有爱的青春陪伴者

个努 著

猫都比你有良心

贵州出版集团
贵州人民出版社

图书在版编目（CIP）数据

猫都比你有良心 / 个讯著. -- 贵阳 : 贵州人民出
版社，2025.2. -- ISBN 978-7-221-18860-1

Ⅰ. Ⅰ247.5

中国国家版本馆 CIP 数据核字第 2025UH8054 号

MAO DOU BI NI YOU LIANGXIN

猫都比你有良心

个讯 / 著

出　版　人：朱文迅
选题策划：大鱼文化
责任编辑：梁　丹
特约编辑：蒋彩霞
装帧设计：颜小曼　唐卉婷
封面绘制：MAZI_麻籽

出版发行：贵州出版集团　贵州人民出版社
地　　　址：贵阳市观山湖区中天会展城会展东路SOHO公寓A座
印　　　刷：长沙鸿发印务实业有限公司
版　　　次：2025年2月第1版
印　　　次：2025年2月第1次印刷
开　　　本：880毫米×1230毫米　1/32
印　　　张：9.5
字　　　数：350千字
书　　　号：ISBN 978-7-221-18860-1
定　　　价：42.80元

贵州人民出版社微信

目 录

目录

第一章 //
全糖珍珠奶茶

"唉——"

在乔岁安发出第 N 声叹气后，余清终于忍不住问："怎么了？"

乔岁安撑着脑袋，眉眼耷拉着，无精打采道："丁斯时已经半天没有理我了。"

余清点点头，了然。

上次，乔岁安不小心翻到了丁斯时的日记本，虽然她十分有原则地选择了没看，但在放回去的时候不幸被丁斯时抓包，乔岁安百口莫辩，然后丁斯时七小时没理她。

上上次，丁斯时人生中第一次尝试 Tufting（簇绒），乔岁安嘲笑他做得丑，气得丁斯时一小时没理她。

上上上次……

两个人之间仿佛有无数个可以吵架的理由，但偏偏每次最后都能和好如初。

余清习以为常，见怪不怪："这次又是因为什么呢？"

乔岁安一下直起身，起了点精神。

"你帮我分析一下。"她不解，"我这次分班考超常发挥，进了重点班，这不是好事吗？他暑假天天揪着我学习不就是希望我进去吗？那他自己想去普通班虐菜，能怪我吗？这两件事没关系吧？他凭什么生气？"

余清也跟着撑起脸，听她滔滔不绝地吐槽，"嗯嗯啊啊"地回应，等她口渴停下了，把水杯往她那儿推了推，才问："那你想不想让他理你？"

乔岁安不假思索道："想。"

"那你就哄他。"

"为什么老是我哄他？"乔岁安抗议，"凭什么啊他？"

"没有为什么。"因为从认识乔岁安开始，她就"丁斯时为什么又不理她"这件事有过无数个为什么，余清已经听累了，"就凭他是'娇娇丁公主'。"

乔岁安想了想，乐了："行，可以接受这个理由。"

余清点点头，熟练地在心底为自己开解："娇娇丁公主"这个绰号最开始是乔岁安取的，和我没有半毛钱关系，希望丁斯时永远都不要知道我今天这么叫他。

被开解完的人压根坐不住，乔岁安思考了几秒钟，"噌"一下站起来，坚定道："我现在就回去哄他。"

余清做了个"请"的手势，目送着她一路走出房间。

身后余妈拿着锅铲，喊："哎，乔乔，留下来吃完饭再走啊！"

"不了。"乔岁安利落地换上鞋，语气轻快，"谢谢阿姨，我走啦，拜拜。"

防盗门被轻轻合上，余妈回过头瞪余清一眼："你也不留一下人家。"

"留什么留？"余清一耸肩，尾音拖老长，"自古人心留不住——"

更何况人家才是正宫。

坐上回家的公交车后，乔岁安挑了个空位坐下，打开手机，咬着手指甲盯着两个人的聊天记录看了半天，然后一点键盘，开始给手机里那位娇娇丁公主发消息。

岁岁和碎碎：哦，天突然亮了，你猜是为什么？原来是丁斯时同学的美貌太过闪耀！

岁岁和碎碎：哦，亲爱的丁斯时同学，你这辈子唯一的遗憾就是亲不到自己那张女娲炫技的脸颊呢。

············

把自己恶心吐了，手机里那位仍旧按兵不动。

乔岁安鼓了鼓嘴，继续。

岁岁和碎碎：如果这个世界上的鱼和雁都灭绝了，那一定是你经常笑。

岁岁和碎碎：今天肯定没月亮了，因为月亮的光辉都被你遮盖了。

她眼尖地看见屏幕上面的昵称变成了"对方正在输入中……"，不过半秒又马上恢复，屏幕上仍旧只有她的一连串"彩虹屁"。

看来有戏。

乔岁安再接再厉。

岁岁和碎碎：你的人生是我见过最美的画报。

岁岁和碎碎：不知道你喜欢什么颜色的麻袋，所以我都准备好了，这就把你偷回家。

手机"嗡"的一声响，某人终于忍不住了。

娇娇丁公主：行，有本事你来偷。

嗯，终于搭理她了。

乔岁安满意极了，乐颠乐颠地打字：正在飞速去你家的路上。

公交车广播女声报着站点："夏辉路，到了。"

她收了手机，一步一蹦地跳下了公交车。

车站离小区有一段距离，夏季炎热，风吹来都是温热的，知了没完没了地呐喊。穿过巷子，街道上行人很少，店铺面前的喇叭还在大声喊着"清仓大甩卖，三十块钱，买不了吃亏买不了上当"，混着轻快的音乐，在这炽热的夏天显得格外喧闹。

乔岁安撑了把遮阳伞，路过小区门口的奶茶店，顿了顿，脚下一转。

十五分钟后，她手提着一杯全糖去冰的芋圆珍珠海盐奶绿敲响了隔壁丁斯时家的门。

乔岁安悄悄把耳朵贴近了门缝，拖鞋踩地的"哒哒哒"声急促，越来越清晰，最后蓦地在不远处停下。

她立马正回身子，捋了下头发丝，对着猫眼露出一个乖巧的笑容。

"啪嗒！"

门没有立刻被打开，耳朵隐约捕捉到一点细微的开合声，她的微笑持续了好几秒钟。

应该是猫眼被关掉了。

等到门打开的那一秒，她飞速举起奶茶挡在自己脸前面，粗声粗气地说："亲爱的丁斯时同学，你点的奶茶外卖到了！"

丁斯时抱着胸，倚在门框边，垂着眼皮不动声色地看着她。

乔岁安慢慢从奶茶后面露出一双眼睛，眨了一下："笑一下？"

丁斯时继续低着眼凝视她，一动不动。

乔岁安又眨了一下眼睛。

丁斯时忍不住似的，扬起唇角"喷"了一声，又立马控制住表情，慢悠悠地移开视线，直起身，伸手接过奶茶袋，抛下一句"进来"就扭身往里头走。

乔岁安顿时松了口气，看来他这气终于消了。

她换上她粉嫩嫩的拖鞋，进丁斯时房间的动作比他还快，直奔向猫窝，把还在打哈欠的宠物猫秋秋一把捞进怀里，舒舒服服地往吊篮藤椅上一躺。

秋秋趴在她怀里，慵懒地伸了个懒腰。

吊椅是乔岁安买的，本来是想放自己房间，结果没想到买大了，她房间压根放不下，就把这歪主意打到了丁斯时的房间上。

吊椅很大，够她蜷着腿横躺在里面，上头垫着淡粉色坐垫，还搁着一只鲨鱼玩偶和一只星星抱枕，和整个房间简约的风格简直格格不入。

丁斯时跟在她身后，踩着拖鞋慢吞吞地进了房间，瞥见她眯着眼快乐的模样，语气凉凉："我觉得你现在哄人一点都没诚意。"

"哪里没诚意？"

丁斯时晃了晃手机："你给我发的都是什么东西？百度上抄的吧？"

"没抄。你怎么能这么想我？"她讶然，义正词严，"我都是直接背下来的。"

"……"

"况且——"乔岁安眨了眨眼，"你不是就吃这套吗？"

他哪里吃……

丁斯时忍了又忍，终究什么也没说，放下奶茶杯，蹲下身，对秋秋拍了拍手，做了个拥抱的手势。秋秋"喵"了一声，从乔岁安身上一跃而下，轻快地迈着四肢跑到主人面前。

丁斯时抱起秋秋，秋秋摇着脑袋蹭了蹭他的手，又"喵"了声。

乔岁安一下坐起来："秋秋，来妈妈这儿。"

秋秋把脸往丁斯时手肘处一埋，没搭理她。

见此，丁斯时哼笑一声，修长的手指轻轻搭在秋秋的脑袋上摸了摸："你看，猫都比你有良心。"

她不服："我怎么没良心了？你看，我还给你买了奶茶呢，全糖，加珍珠。"

他轻嗤一声，懒得回她，腾出一只手，勾住抽屉一拉，从里头抽出一张纸递给她："军训要用的物品准备清单，顺便给你准备了一份。"

顿时，乔岁安的态度一个一百八十度急转弯，她双手虔诚地接过清单，感动道："丁斯时，你就是性转的田螺姑娘，你就是观音菩萨，爱你爱你么么么么么。"

丁斯时轻放在秋秋脑袋上的手一顿，秋秋伸爪扒拉着他按在自己脑袋上的手，不停地"喵喵"叫以表达不满，他猛然发现自己手劲重了，立刻松了力道。

他垂着眼没看她，清了清嗓，带点教育的口吻："你别动不动开口就是爱不爱的，万一下次你说惯了，跟别的男生表达感谢的时候顺出来了，会引起误会，你知不知道？"

"哎呀，不会的，别人又不是你，没那么熟，说话的时候哪能那么容易顺出来？"乔岁安躺在吊椅上看着他给的那张军训物品准备清单，毫不在意地伸手，"想吃巧克力。"

"乔岁安你……"

他欲言又止，最后叹了口气，从桌上抓了颗巧克力丢她身上："算了，你好好准备，别到时候军训又有什么东西忘了，跑过来借我的。"

她捶了捶胸口，随后比了个"OK"的手势："我办事，你放心。"

丁斯时："……"

不，他不放心。

事实证明，丁斯时的不放心是应该的。

军训第一天的晚上，所有人都被集中在教室里写军训日记，头顶灯光明亮，丁斯时落笔间，猛然听见台上班主任喊了一声他的名字。

他抬头，班主任朝教室门口扬了扬下巴，只见乔岁安扒着门框，从门口探出个脑袋，冲他小幅度挥了挥手，心虚又讨好地笑了笑。

丁斯时盯着她半晌，肩膀一塌，叹了一声，从桌上抓起一支黑笔一个修正带，起身快步走过去。

"我总是为我有这么一位机智、聪明又心细的发小而感到骄傲与自豪。"乔岁安手指点点他手里的那支黑笔，"谢谢，笔就够了，修正带有了。"

他感觉自己一口气哽在喉咙里，不可置信地问："你带了修正带，没带笔？你笔袋不一整个带过来吗？"

"哎呀，笔袋是一整个带过来的，但是我刚才发现里面只有两支笔，"她低着头抠手指，音量越来越低，"一支没墨了，一支断墨了。"

丁斯时硬生生被她气笑："那你同班同学也没带？"

"有一半人没带，谁能想得到军训每天晚上都要写日记，居然还要上交啊，我认识的人笔都被别人借完了，我又不好意思问男生借。"

丁斯时却是又笑了声："你的意思是，我不是男的？"

乔岁安："……那倒也不是。"

"我都不知道该不该夸夸你的性别意识。"丁斯时轻挑了下眉，把笔递给她，"拿着你的笔赶紧回班级写日记去。"

乔岁安狠狠感动，张口就要道："丁斯时同学，我真是爱……"

丁斯时在两人险些被拉去教育之前，赶紧打断她："赶紧回去。"

乔岁安："哦。"

交完日记之后，班主任老郭站在台上又讲了些军训相关事宜，最后问："在军训结束前一天会有一个晚会，要求每个班出一个节目，有愿意报名参加的同学吗？"

教室里瞬间鸦雀无声，乔岁安偷偷埋下头，搓着手指不敢举手。

"之前跟你们的父母电话家访过，我知道，你们当中很多人都是有才艺的啊，什么钢琴啊，舞蹈啊。要没人举手的话，我就点名了。"老郭摸着他的保温杯，视线从左到右再从右到左来回扫射，最后定在后排某个人身上，"那个……刚刚出教室借笔的那个同学叫什么名来着……乔岁安！我记得你会跳舞是吧，就你了！"

幸运的乔同学在全班轰轰烈烈的掌声中抬起了头，在班主任充满希冀的目光中微笑着。

班会结束，所有人都要在教室门口排好队，接着按班级顺序一队一队回宿舍。

从教学楼走向宿舍的路上要经过一条很长的紫藤花廊，花季过了，藤蔓绕着廊柱蜿蜒垂下，花廊很宽，左右各走着一个班，互不干扰。安静的夜里只能听见脚步声，廊边的路灯直立着，像夜里的守卫者，照亮了整个花廊。

身后的室友林时蛰突然戳了戳她的腰，声音压低了，兴奋道："乔乔，快看帅哥，七点钟方向，好牛一张脸。"

乔岁安一个激灵，条件反射地扭头，目光如同 X 射线，不加掩饰地直射了过去，比灯光还亮："哪儿？"

七点钟方向，帅哥没见着，丁同学倒是有一个。

大概是她的眼神太过露骨，丁斯时也回望了过来，歪了下头表示疑惑。乔岁安大失所望，耷拉着眼皮扭回了脑袋。

林时蛰瞬间激动起来："啊啊啊，他看过来了，正脸更帅！乔乔，你看到了吗？"

大概是从小看到大看腻了，乔岁安从来不觉得丁斯时长得有多好看，顶多就是感觉他比一般男生五官长得更立体点，因此只能从大爷大妈的"小伙子越来越俊了"到同学的"那个不是××班的学霸帅哥吗"再到路人的"你好，可以要个联系方式吗"判断出，丁斯时同学可能长得确实不太一般。

但林时蛰的语气实在激动，她不好意思驳人家，便尽力提供情绪价值："对对对对对！"

"这辈子没见过这个级别的！我感觉他有点像那种猫系帅哥！"

对对对对对！她养在隔壁的，名唤娇娇，高贵，脾气傲，生气了还不好哄。

乔岁安回寝第一件事就是洗澡。

军训第一天，虽然教官特意找了个有树荫的地方让他们站着，但终归是大夏天的，她感觉自己出了一身汗，又黏又臭。

等她躺上自己的小床，拿起手机，才发现她家那位高贵、脾气傲的猫猫给自己发了消息。

娇娇丁公主：？

岁岁和碎碎：？？

丁斯时同学秒回。

娇娇丁公主：今天在花廊回宿舍的时候，为什么拿那么火热的目光盯着我？

乔岁安抱着手机在心里嘀咕：有这么直白吗？没有吧……

底下林时蛰敷着面膜，瘫在椅子上，一边刷手机一边感叹："军训真的太累了，还好我们学校宿舍不收手机，不然我的精神寄托啊——"

乔岁安手下回着丁斯时的消息，嘴上回着话："对，听说才中就要收手机。"

"真的假的？那么惨？"另一个室友罗落惊叹。

林时蛰："真的，我堂哥就在才中，他就是这么跟我说的。"

她手指划拉着学校超话里的帖子，目光扫过一张照片，指尖一顿，突然想起什么："对了，罗落你知道吗，我们学校居然有帅哥哎！刚回宿舍路上我一眼就看到了！人群中好高好瞩目。"

"就这个。"林时蛰把手机屏幕翻转过来，点开大图将照片亮给罗落看，"喷，开学第一天就有人偷拍，在超话里问，真不同凡响。"

"这个……是丁斯时吧？"罗落仔细辨认了下，"那个中考比咱学校分数线高二十分的学霸，初中好像是二中的。"

林时蛰"哎"了声："乔乔不也是二中的吗？"

乔岁安刚结束和她们口中那位"不同凡响的学霸帅哥"的聊天，被他那句憋半天才憋出的"你试试"乐得不行，突然就感受到了底下两束炙热的目光，她收了收笑容，揉揉鼻尖，坐起身，承认："我俩认识，他是我发小。"

林时蛰惊讶，面膜差点掉下来，八卦之心迅速燃起："青梅竹马？"

乔岁安点头："对。"

罗落发出了一波三折的"哦"声，对上乔岁安茫然单纯的眼神，一下顿住了。

"乔乔，"她蹙眉怀疑，"你不会不知道'青梅竹马'这四个字自带点暧昧的意思吧？"

乔岁安眨眨眼，反应过来，一撇嘴，躺回床上："那还是用'发小'这两个字来形容我们俩吧。"

罗落一乐。

"话说，他中考分那么高，为什么不去最好的才中，来了我们学校？"林时蛰好奇。

乔岁安细细回想了一下他当时的说法："他说在哪儿上高中都一样，育德离家近。"

林时蛰再次提出疑问："可是他成绩那么好，也没进咱们重点班啊。"

乔岁安沉默了两秒。

"他说，"她的表情一言难尽，"想去普通班虐菜。"

林时蛰、罗落也跟着沉默了。

几秒之后，罗落竖起大拇指："OK,fine."

第二天的军训强度更大，上午的阳光越来越刺眼，知了的尖叫伴着原地踏步时整齐响亮的脚步声，教官扯着嗓子喊着节奏，汗水沾湿了衣服，布料黏糊糊地粘在身上。

额上的汗珠顺着皮肤滑进眼里，一阵刺痛，乔岁安站在队列中，都不敢抬手揉一下眼，只能拼命眨着。

教官慧眼如炬："那边那个，干什么呢？面部抽搐？"

四周立马有人偷偷拿余光瞟她。

"报……报告。"乔岁安闭着一只眼，小声说，"汗流进眼睛里了。"

教官肃着脸，踱步过来："听不见，大点声！"

更多人忍不住看过来。

乔岁安紧张，大声说："报告，眼睛流进汗里了！"

"……"

在周围爆发的哄笑声中，教官轻咳一声："到边上的水槽洗洗去。"

她脸色通红地"哦"了声，低着头匆匆往后走，弯着腰在水槽边冲洗眼睛。

　　阳光晕开，地板都在发烫，身侧隐隐有道影子笼下来，紧接着，边上的水龙头被拧开，流水声哗啦，乔岁安捂着一只眼扭头，顺着那双修长的手往上瞧。

　　是丁斯时。

　　她关了水龙头："你怎么来了？"

　　"我们排休息两分钟，我过来洗个手。"他手一拧，亦关了水，垂眼望向她，"眼睛睁开，我看看红没红。"

　　"你都听到啦？"

　　"听见了，你的报告很大声，'眼睛流进汗里同学'。"他"嘖"了声，弯唇，"你也就在我这儿横。"

　　乔岁安一撇嘴，仰起脸，慢慢睁开那只眼睛，又忍不住眨了眨。

　　丁斯时微微弯腰，仔仔细细地检查了下，又直起身子。

　　"还行，不红，疼吗？"

　　乔岁安摇摇头："现在不疼了。"

　　"哎！"不远处的教官在喊，"那边那两个干什么呢？演偶像剧呢？归队了！"

　　"……"

　　又是一片哄笑声。

　　她听见身侧那位也跟着哼笑一声，带点无奈。

　　痛苦的一上午终于过去了，乔岁安腰酸背痛，和室友站在食堂里排队时还时不时抬手捏一下脖子动一下肩。

　　由于学校目前没全面开学，食堂只开了一层，里头人满为患，队伍能从窗口排到门口。乔岁安还算来得早的，都排了整整一刻钟的队。

　　好不容易拿到午饭，她和罗落找了张空桌子坐下。林时蛰去打汤了，乔岁安将林时蛰那份午饭搁在旁边，给她占着座位。

　　今天的伙食还不错，炸鸡腿、土豆丝、番茄炒蛋。

　　乔岁安刚举起筷子，就听见对面的罗落"唔"了一声，她疑惑地问："怎么了？"

　　"你快尝一尝这个炸鸡腿！"罗落嘴里含着肉，吐字模糊不清，"巨好吃！"

　　"真的假的？"

乔岁安将信将疑地咬了口炸鸡腿，肉质鲜美，外焦里嫩，她眼睛都亮了，随即惋惜："好可惜啊，只有一个。"

身侧蓦地伸出一只手，轻轻把林时蛰的午饭往对面推了推，放下了自己的餐盘。

"这里有人了。"乔岁安抬起头才发现是丁斯时。

他低垂着眼皮子随意地瞟了她一眼，轻嗤一声："谁说要在你边上吃饭了？"

丁斯时用筷子把自己餐盘里的炸鸡腿夹住搁到乔岁安的餐盘里："油炸食品，不吃。"

乔岁安瞬间两眼放光，忙道："我吃我吃，谢谢恩人。"

丁斯时看她那为炸鸡折腰的不值钱样子，无语了两秒，随后补充了一句："放心，我的筷子是新的，没用过。"

乔岁安比了个"OK"的手势。

其实她并没有那么在乎这件事情，毕竟她也经常跟余清用一根吸管喝奶茶。但是随着年龄的增长，丁斯时对这种界限算得越来越清楚，再三跟她强调这种问题，以及他和余清不可以相提并论。

罗落咬着筷子目送丁斯时离开，目瞪口呆："你发小好好啊，他简直就像那个许愿池里的王八——你刚说完可惜只有一个炸鸡腿，下一秒他就把自己的送过来了。"

乔岁安被这个形容逗笑了："他不爱吃油炸的。"

罗落点点头，夸奖道："那看来他饮食很健康。"

乔岁安差点呛到自己，默默冷笑一声。

隔三岔五喝奶茶，还是必须全糖的珍珠奶茶爱好者，真"健康"。

奢侈的午休时间一晃而过，知了隐在树叶里头吵个没完，诉说着夏天的燥热。乔岁安唉声叹气地回到队伍里站着，扶了扶帽子，把额前被汗浸湿的碎发拨到一边去。

在队伍里等了会儿，自家教官没等到，倒是一个陌生的教官领着另一排同学走来了。

陌生的教官面对着他们就是扯着嗓子一声"立正"，队伍里同学们面面相觑，迟疑又缓慢地站直了。

"你们教官，刚在球场打球，后退的时候不知道被哪位同学拿脚在后面垫了下，一下没踩稳，摔骨折了，人已经送去医院了。"陌生教官双手背在身后，声音洪亮，"我是二排的教官，现在由我来带你们两个排，还有问题吗？"

一排的同学目瞪口呆，人群中稀稀拉拉地响起几声："没有。"

教官："大声点！没吃饱饭啊！"

一排同学的声音顿时变得整齐划一，盖过了知了的叫声："没有！"

教官昂着下巴示意二排的同学往中间站站，和一排的同学合在一块。

乔岁安悄悄小幅度地转头望向二排搜寻，丁斯时在第五排的排头位置，她默默在心底数了数，和她差了两排一列。

"第三排第二个！"教官喝道，"扭头看什么呢？"

第三排第二个？

乔岁安迅速把眼珠子转过来数了下前面的人数，一、二……右边的，一……

她突然一个激灵把背挺直了，脸绷得比谁都紧。

那不就是她吗？

教官慢慢走过："跟我说说，看谁呢，我把人叫出来给你看。"

乔岁安抿着唇不敢说话，笔直地站在那儿，手指紧贴裤缝，眼珠子都不带转一下。

教官探过头，摩挲着下巴仔仔细细确认了一遍她的脸，恍然大悟道："哦，你就是那个'眼睛流进汗里'了？"

乔岁安："……"

队伍里有人憋不住笑，轻轻的几声掺杂在一起，其中有一道声线实在过于熟悉，她甚至不用扭头确认，化成灰都听得出来。

而她郁闷至极，只想找条地缝钻进去。

"不许笑！"教官的声音又严厉了些许，"都给我站好了。"

队伍立马重新恢复了安静，教官缓缓来回踱步："站军姿一刻钟！把背都给我挺直了！谁要是不好好站，我把他拉出来单独训练！"

太阳炙热得像个火炉，把整个世界笼罩在其中，知了声越来越吵，不停地叫嚣着，夏天的颜色浓墨重彩，热烈滚烫。

不知道过了多久，休息的哨声就像得到救赎的讯号，在耳边显得格外动听，能硬生生劈开知了的尖锐声带给人的烦躁。

乔岁安一下松了脊背，肩膀发酸，指尖麻麻的，她转了转脖子，抬手一瞧，十根手指肿得跟馒头似的。她挪了挪帽子，摸到额上一手湿意，不由得唉声叹气。

大休息时间一共有二十分钟，热到快要原地升天的乔岁安摘了帽子给自己扇风。忽然间有了一个好主意，她悄悄小碎步挪到丁斯时边上，小声说："我有个想法。"

　　丁斯时喝了口水，拧上瓶盖，朝她微微偏了点头："说。"

　　"想去小卖部买冰棍。"

　　丁斯时转过身来正对着她，垂着眼皮子睨着她："总共就二十分钟，吃不完怎么办？"

　　"不会的，我吃得很快。"乔岁安仰着脸，眨了眨眼，突发奇想，"从你这个角度望过去，我的头顶秃吗？"

　　丁斯时早就已经习惯了她清奇的脑回路，眯着眼仔细观察了下她的头发："还好，很茂密。"

　　乔岁安摸了摸脑袋，很满意，随后扯扯他的衣角："那你到底去不去？"

　　他的视线慢慢下滑，落到她拉着他衣角的手指上，静了两秒后，低声道："去。"

　　乔岁安反手拽住他的衣角，抬脚就往小卖部冲。

　　丁斯时被拽得一个趔趄，险些摔她身上，等稳住了，边跟着她跑，边盯着前面那个毫不知情只知道冰棍的罪魁祸首，"啧"了声，叹口气，又忍不住低头笑了下。

　　零花钱有限，两个人在小卖部精心挑选了半天，最后拿了两根最便宜的。他俩叼着冰棍，走回集合点，选了个树荫最广的地儿坐着。

　　一、二排的其他同学显然没想到居然有人连休息时间都能如此计算，他们坐在马路牙子边上，一面拿帽子扇着风，一面目瞪口呆地望着他俩。

　　林时蛰面目狰狞地冲过来伸手就要掐乔岁安脖子："你买冰棍怎么不叫我？我还是不是你的好室友？"

　　乔岁安将冰棍伸过去："来一口。"

　　"好咧，宝。"当代变脸大师林时蛰乖巧地收回要掐她脖子的手。

　　这一番举动很快引起了同样坐在马路牙子边上的教官的注意。

　　"那边，那三个，在吃什么呢？"

　　正在舔冰棍的林时蛰、举着冰棍的乔岁安，还有正在看乔岁安举着冰棍的丁斯时动作同时一僵。

　　两秒之后，林时蛰："阿巴阿巴！阿巴阿巴！"

　　乔岁安低头："……"

　　"你是不是嘴皮子粘冰棍上了？"

　　林时蛰情绪激动，手舞足蹈："阿巴阿巴！阿巴阿巴！"

　　可怜的宝。

乔岁安表示同情。

这几天乔岁安每天都累得抬不起一根手指，睡眠质量前所未有地好，从躺下到入睡不过两三秒。

五天的军训在烈日下进入了尾声，最后一天没有训练任务，上午是军歌比赛，下午则是队列比赛和晚会。

中午吃过午饭后，乔岁安就跑去大礼堂准备晚会彩排去了，没参加队列比赛。

上午的军歌扯到嗓子都疼，她穿着红色舞蹈裙坐在礼堂后台，闭着眼任女老师在脸上摆弄，一边听着外头比赛时一声比一声响的"一二一"，一边咽着口水润嗓子。

她心中哀叹，还好她表演的节目不是唱歌，不然百灵鸟都能变成烟嗓。

"好了！"

腮红盒"吧嗒"清脆一声合上，女老师道："可以睁眼了。"

乔岁安睁开眼，望向镜子里的自己，左右转转脸，又提起一个笑容，于是镜子里的那个美女跟着她一起弯起唇角。

女老师感慨："年轻人皮肤就是好啊，底妆都不用怎么化。"

乔岁安也这么觉得，自己的皮肤真好。

"谢谢老师。"

乔岁安礼貌道完谢，站起身跑到帷幕处。她拉开帷幕，探出个脑袋朝外头张望，队列比赛刚刚结束，陆陆续续有班级进入礼堂，按照座位表落座。

她悄悄从后台溜了出去，感谢老天赐予她的心灵感应技能，让她一眼就能锁定丁斯时坐在哪里。

他还穿着那身迷彩军训服，摘了帽子，脊背随意地靠在椅上，和旁边人说笑，灯光明亮，下颌线清晰。

左侧刚好还空了一个位置。

乔岁安快步走过去，昂首挺胸地在他身侧矜持地坐下，歪头盯着他，轻轻咳了一声。丁斯时有感应地偏过脸，抬起眼，目光落在她身上的那一秒，定住了。

"怎么样？"她语气带点炫耀，"我漂亮吧？"

丁斯时没吭声，目光幽深，只落在她身上。

她今天把刘海儿掀了起来，露出光洁的额头，扬着唇角冲他笑，灯光缀进眼底，与眼下的闪粉一样亮晶晶的。

周围的灯光蓦地暗了下来，她的面容也在这一刻被黑暗笼罩，变得不甚清晰。丁斯时像是怔了下，睫毛颤了颤，终于回过神，垂下了眼睑，迅速回正了头，视线落在舞台聚光灯下，目光所及却是模糊的。

乔岁安笑得脸都快僵了，还是没等到他一句回应。

正当她要发作之时，丁斯时终于开口了，声音低低的、闷闷的，隐在主持人清亮的音色下，险些听不清："你不去表演吗？"

"不着急，我是大轴。"乔岁安放下手，摸了摸头发，不满道，"你对我的造型有什么意见吗？"

他抿了下唇，声音平淡："没意见，挺好看的。"

"什么叫'挺'？语气那么勉强。"乔岁安失落地耷拉下眉眼，鼓了鼓嘴，"算了，不问你了，我去找罗落她们。"

她站起身，迈开步子的那一秒，手腕倏地被人拉住，掌心温热通过皮肤的触碰传递过来，她的指尖下意识地一颤。

台上的音乐已经响起，是凯瑟喵的 *Blue whale*。丁斯时没看她，昏暗的光线下，他的声音也不太清晰了："不是最后一个上台吗？"

乔岁安愣了愣，"嗯"了声。

"那就在这儿坐着吧。"丁斯时沉声道，"别瞎跑。"

乔岁安奇怪地瞧他一眼，可他仍不看她，视线只落在台上，手却没松开。

她说"哦"，然后又坐下，顺着他的目光一起，望向舞台。

丁斯时圈住她手腕的手指缓缓松开，又缓缓收回去，搭回膝盖上，悄无声息地蜷起。

台上的人还在唱——

> 旷野寂静喧嚣里
> 无人知道的秘密
> 这深蓝色海底
> 藏着你的心跳
> …………

乔岁安听了片刻歌声，头凑近了些，小声唤他："丁斯时。"

"嗯？"

"我有点紧张。"

丁斯时又不说话了。

乔岁安盯着他的侧脸，叹了口气。她感觉他今天好奇怪，可是又说不出为什么。

算了，不跟她说话就不说吧，就当他哑了。

她失望地扭回脑袋，手撑着头，盯着舞台深呼吸。

歌曲接近尾声，台上的人手握着话筒，在重复了第二遍"藏着你的心跳"这一句歌词时，身侧人突然开了口："你今天很漂亮。"

乔岁安愣了下，转头望向他。

昏暗的光线把他的侧脸照得模糊又朦胧，他的声音很轻，落在耳朵里却真切又笃定："舞蹈也会很漂亮的。"

台上的歌声灵动，听起来却像一场炽热的梦："藏着你的心跳——"

台下响起轰轰烈烈的鼓掌声。

他明明望着舞台，却没有抬手鼓掌。

第七个节目结束的时候乔岁安就去后台候着了。

第九个节目结束，她抬起手感受着自己的心跳，深吐了一口气。

主持人念着词："欣赏完我们泱泱大国的古典乐器，接下来是来自一排的乔岁安同学给大家带来的舞蹈——《玫瑰少年》。"

罗落和林时挚拼了命扯着嗓子一唱一和。

"乔岁安！'妈妈'爱你！"

"岁安岁安勇敢飞！一排一排永相随！"

"乔岁安！加油！"

丁斯时的目光在这一刻聚焦。

聚光灯聚在一袭红裙上，音乐响起，裙摆随之翩翩起舞。

她整个人沐浴在灯光之下，闪闪发光。

背景乐越发热烈，却在某一刻戛然而止，她转身背对观众席，像风雨俱来前的静寂。

"哪朵玫瑰没有荆棘——"

副歌爆发的瞬间，她利落扭头，发丝在半空中划过，一个高抬腿，裙摆在身前旋过，像翻涌的浪潮，像绽放的玫瑰，燃烧着，鲜活着。

她跌落，又凭借着腰的柔韧性起身，音乐尾音渐轻，观众席上响起轰动的掌声。

而今天的丁斯时却像是被人施展了延迟咒语，坐在喧闹、欢呼的观众席，远远看着舞台上乔岁安笑着鞠躬离场，隔了一会儿，才想起要为她鼓掌。

可是掌声已平。

乔岁安回到后台，她喘息着往椅子上一瘫，平复剧烈的心跳。

还好，整场下来都没有掉链子。

头顶投下一片阴影，她的视野里伸进一只手，掌心向上，放着一颗糖，粉色的透明包装纸。她一愣，不明所以地抬头，面前的男生个子很高，莞尔一笑："你是刚才跳舞的同学吧？"

"对。"

他的手又往前伸了伸："表演的同学都有糖的。"

乔岁安惊喜，礼貌道了声"谢谢"，接过糖果，却见那人还在她面前站着，没有半分要离开的意思，她茫然地与之对视。

"那个……"男生摸了摸鼻尖，鼓起勇气，"能要一个你的联系方式吗？"

乔岁安呆住，捏着糖的手指也跟着僵住，手足无措。

长那么大，这还是第一次有人这么直白地站在她面前问她要联系方式。

紧急求助，怎么拒绝比较好！

突然间，她脑中灵光一闪："我忽然想起来，最近我蛀牙了，医生不让我吃糖。"

她小心翼翼地把糖放回男生的掌心，慢吞吞地道歉："不好意思啊。"

拒绝完，乔岁安跟着挠了挠头发，尴尬得要死，眼神飘忽，目光倏地在某处一顿，落在不远处不知什么时候过来的丁斯时身上。

她立马开始挤眉弄眼，示意他赶紧过来解围。

丁斯时抱胸倚在门框上，冷眼瞧着，接收到她的信号，片刻后从鼻间哼出一声，直起身子，大步走过来。他斜睨了眼边上的男生，视线又下落至对方掌心的那颗糖上，眉心一皱："草莓味啊。"

气氛随着这么一句意味不明的话陷入更尴尬的境地，男生捏着那颗糖，收回去也尴尬，一直举着也尴尬，最后问："你是要吃吗？"

"多谢。"丁斯时从那男生手中抽走糖果。

门口有人喊，那男生扭头一望，神色一松，道了声"再见"，头也不回地跑了。

丁斯时在乔岁安面前杵得跟柱子似的，一动不动，垂着眼看她："裙子有口袋？"

乔岁安懂了："有没有一种可能，这糖是他给我的而不是我给他的？"

他的眉眼终于舒展开来，剥开糖纸，状似无意地问了句："我记得你还挺喜欢吃糖的，今天怎么不要？"

"因为不想给联系方式啊。"乔岁安理所当然地回答，随后目光疑惑地盯着他，"我说你今天怎么回事？好怪啊。"

"军训累了而已。"他含住糖,将糖纸卷了卷丢进垃圾桶。

"嗯,糖挺甜的。"

他眉梢微扬。

不愧是他喜欢的草莓味。

"走吧。"他转过身,"军训结束了,回宿舍收拾下东西,我们回家。"

"哦。"

乔岁安后续不住宿,带过来的行李本就不多,因此收拾得很快,就是整理床上用品费了点时间。

下楼时,丁斯时已经在她宿舍楼下等着了。

他把军训服换了,穿着白色短袖和牛仔裤,乔岁安看见他瞬间一顿。

丁斯时歪头,眼神中充满不解。

她立马拉着行李箱小跑过来。

"丁同学,你这几天是不是没好好涂防晒?"乔岁安打量他,"之前穿军训服没感觉到,你现在一穿白衣服,我突然感觉你好像比之前黑了一个度。"

丁斯时:"……"

他拉过她的行李箱,催促:"赶紧走。"

"哦。"乔岁安走着走着,又开始担心起自己,摸了摸自己的脸,"我是不是也黑了?"

丁斯时停下来瞥了她一眼:"还好,顶多是秋秋认不出的程度。"

乔岁安瞳孔地震,捂住脸:"那么恐怖?"

丁斯时安慰她:"你可以骗它,说自己买了个充满新鲜感的新皮肤。"

乔岁安并没有被安慰到,她伤心透了,她蔫巴了。

第二章 //
不哭了，我在呢

军训结束到开学之间隔了一周的时间，乔岁安决定拿这一周时间跟余清好好疯玩一下。

她和余清不在一所高中，余清进了传说中的才中。录取通知书下来的时候，余清眼泪花花地给她打电话："宝，以后不在一所学校了，你会不会跟别人玩得很好，忘记我啊？"

乔岁安也眼泪花花："你怎么说得出这种话？明明你更没良心。"

余清跟乔岁安性格不太一样。乔岁安不太主动交友，信奉朋友在精不在多，有一个固定的好友圈即可。而余清似乎跟谁都能说上两句话，跟谁都能嘻嘻哈哈处成朋友。

"我不管。"乔岁安撒泼，"你把我的照片放钱包里，让她们都知道你已经有好姐妹了。"

余清："宝，我通常用微信、支付宝支付，不用钱包了。"

乔岁安继续无理取闹："那你就把手机壁纸改成'已有闺'！"

余清略显纠结："可我的手机壁纸是我的'爱豆'。"

"……"

乔岁安摇着头拖长了尾音："自古人心留不住啊——"

军训结束的第二天，乔岁安就被余清诚挚地邀请去了她"爱豆"宋蔚的演唱会。

场地还没开门，外头已经围了一圈粉丝，个个手上举着应援灯牌或者应援棒，旁边的大荧幕上播放着宋蔚的照片。

乔岁安刚到那儿，就被粉丝数量之多震慑到了。

"我在上班高峰期时的地铁站都没见过这么拥挤而庞大的人群。"她脸上被贴了颗爱心，手上被塞了块灯牌，望着人群如是感慨。

余清手里拿着应援棒，盯着旁边宋蔚的海报，止不住地感慨："绝了，太帅了哥！这颜值！我愿意为他痴为他狂为他砰砰撞大墙！"

乔岁安看了她一眼。

确实痴，确实狂。

宋蔚上台的那一秒，身侧的余清爆发出了乔岁安这辈子都没听过的高分贝声音，混在一席观众之间也格外醒耳。

"啊啊啊啊啊——"余清挥舞着应援棒，叫得声嘶力竭，"宋蔚！'妈妈'爱你！宋蔚——"

周围的喧嚣像一场火山爆发，乔岁安捂着耳朵，感觉自己的灵魂都被吵出来了，一时间不知道自己身在何处。

她用力摇晃了下自己的脑袋，想把尖叫声都倒出来。

直到歌声响起，尖叫声才慢慢平息下来，取而代之的是近乎喊叫的大合唱。摄像机扫过观众席，蓝色的应援色在黑暗中舞出一片灿烂的银河。乔岁安也逐渐被气氛感染，挥着手跟着一起唱——

我喜欢风拂过你的发梢
暧昧永远精巧微妙
…………

"宋蔚！"演唱会的尾声，乔岁安也听见了自己此生飙得最高的嗓音，和余清一起，"看这儿！宋蔚！'妈妈'爱你！"

一场演唱会，让她刚吼完军歌并不清润的嗓子雪上加霜。

结束时已经是晚上八点钟。余清跟乔岁安不同路，就在演唱会门口说了再见。

乔岁安家离这儿不远，公交车两站，再走一段路就到了。

她嗓子哑哑的，但心情很好，脸上的爱心还没撕掉，她下了公交车，轻声哼着歌往家走。

夏季晚风都带着温热，演唱会期间外头大概是下了一场雨，马路上湿润润的，带着雨后特有的青草与泥巴混合的腥咸味道。

车站到小区门口要走一段小路，不然绕道走要浪费很长时间。

她顺路去便利店买了点零食，拎着袋子往巷子里走。

周围都是一些老房子，灯光设施差，但倒也能勉强看得清路。余清先前来她家时跟着她走过一次，只觉得这条路可怕，心有余悸。乔岁安倒从没害怕过，大概是从小到大走惯了。

路灯昏暗，月光影影绰绰，路面上的水洼隐约可见。她踩过水坑，险些湿了裤脚，低头"啧"了声，也没多管，继续轻轻哼着歌往前走。

周围一片寂静，身后的脚步声轻微，她的歌声放缓："我不知道，要告白几次才好……"

鞋踩过树枝发出"吱呀"声，人的第六感压着神经突突直跳，配合着心跳鼓动气氛。

她捏着袋子的手越来越紧，僵着脖子直愣愣地盯着前方不敢回头，努力稳住嗓音照旧哼歌，步子悄悄加快。

身后的脚步声也跟着急促起来，那一声声，像是踩在她的神经末梢上，令人头皮发麻。

乔岁安佯装镇定地从口袋里掏出手机，手指轻颤，拨了丁斯时的电话。

"喂。"他接得很快，一贯清淡的嗓音从手机里传出来。

"喂。"一开口，乔岁安才发现自己嗓子哑得不成样子，她努力清了清嗓子，直到话说出口不至于哑得听不懂，不至于抖得不成样。

"哥哥。"她故意大了点声音，"我在巷子里，已经快到了。"

他顿了下："你是不是遇到什么事了？"

"嗯，对。你说你已经到巷子口了？"

"我现在过来。"那头一阵窸窸窣窣，他似是在穿鞋，接着是大门关上的声音，"你别挂电话，继续说。"

"什么？叔叔也来了？那太好了，好久都没见他了。"指甲嵌进掌心，她步子越来越快，"我也快到巷子口了，你们在那儿等我……啊！"

肩上猛地搭上一只手，她尖叫一声，奋力甩开身后人就往巷子口跑。

丁斯时："乔岁安！"

"救命！"乔岁安死死地握着手机，用尽全身力气往前奔跑，大喊，"救命！"

远处狗吠乍响，灯光微弱，四下无人。

身后那人"嘶"了一声，往前追人，他发了狠，伸手扯住她的衣领将人拽了回来。

昏暗的月光与灯光下，乔岁安看清了那人的脸，是个中年男人，戴着黑色帽子，三白眼，下巴尖瘦，一道小疤横劈在下巴上。

他步子不稳，酒气熏天，一手紧攥着她的衣服不放，吊着眼咧开嘴角，另一只手触碰到她衣领下的皮肤。

她抢起手中的袋子往那人身上砸，零食尖锐的角划破了外面的袋子，也划破了男人的手，他闷哼一声，松了手。

零食散落一地。

乔岁安立即扭头继续往前跑，惊恐混着在耳边放大了无数倍的心跳，响到几乎刺破耳膜，快到几乎要呕出来。

巷子口的灯光温暖，外头沥青路上飞驰而过的汽车声音像是唯一的希冀。

跑出去……跑出去……

那男人"呸"了声，骂了句难听的土话，追着她，伸手就要把她抓回来。

"救命！"她冲外头吼，嗓音沁血，"救救我！"

"乔岁安！"

手机里的声音和现实中的重合，巷子的尽头奔进来一个人，头发凌乱。

警笛声由远及近，两道身影在昏暗的巷子里拼尽全力奔向彼此。

那男人见形势不对，扭头往巷子里跑。

丁斯时用力掷出掌心的手机。

手机一角砸中了摇晃着要逃跑的男人，重重一声落地响伴着惨叫，水坑中溅起一片晶莹。

而她终于奔进丁斯时的怀里。

乔岁安紧紧抓着丁斯时的衣角，泪水在这一瞬间崩溃地涌出来，哑着嗓子哭出声。

两颗跳得同样剧烈的心脏靠在一起，丁斯时缓缓吐出一口气，手指止不住地颤着，抚了抚她的头发，呢喃："没事了，没事了。"

"丁斯时。"

"我在呢。"

她带着哭腔："我害怕。"

"我在呢。"丁斯时闭了闭眼，轻轻地将下巴搁在她的肩上，伸手环住她，"我在这儿呢。"

他的怀抱很暖，乔岁安发着抖，恍惚了下，似乎时光错流，那三个字一下把她拉回了很多年前。

小时候，丁斯时一直比同龄人矮，那个年龄段的男生总是有些幼稚，总要标榜自己是个男子汉大丈夫，个子要高，气势要足。而丁斯时又瘦又矮，遭受了不少嘲笑。

当时的乔岁安深陷于奥特曼的威武之中，坚信自己是正义的化身，是奥特曼在现实世界里委以重任的不二人选。

于是，当她看到丁斯时被堵在角落里受欺负时，双手叉腰瞪着眼大喝：

"住手！"

她自以为是天神降临，未料到结果却是她和丁斯时一起，被人揍了一顿。

周围的小朋友都散开了，两个人蹲在角落里抱着膝盖，缩成两个小团。

"乔岁安。"丁斯时突然喊了她一声。

她擦了擦眼泪，努力抑制住抽泣："我在呢。"

他沉默了两秒。

"乔岁安。"他又叫她。

"我在呢。"乔岁安站起来，拍拍裤腿，吸了吸鼻子，却向他伸出手，努力挤出一个微笑，"走吧，不哭了，我们回家。"

"我们回家。"在派出所做完笔录后，丁斯时也是这么对她说的。

两个人沿着人行道走，路灯昏黄，两道影子挨着，忽近忽远。

乔岁安仰起头，望向他，仍然恍惚。

她比丁斯时大一个月，小时候的她也比他高大半个头。

后来是从什么时候开始变的呢？

大概是初中，丁斯时的身高如同坐了火箭，从需要她低头俯视，到平视，再到如今需要她费劲地抬起头，才能对上他垂着眼望向她的目光。

丁斯时察觉到她的视线，扭头温声道："怎么了？"

乔岁安睫毛颤了颤，移开目光。

"没什么。"她抿了下唇，看见他手里那部屏幕碎裂到不成样子的手机，伸手指了指，闷声道，"你手机坏了。"

丁斯时按亮屏幕，毫不在意地说："没事，你看，里面没坏，明天去修一下就行了。"

"哦。"

她不说话了。

"乔岁安。"

"嗯？"

他不答，又喊了一声："乔岁安。"

"怎么了？"她疑惑。

丁斯时垂眼望着地上两道并行的影子，缓缓地呼出一口气，摇摇头："没事。"

没事，只是单纯地想听听她的声音。

夏季的晚风拂过树叶，沙沙作响。

他听见自己的心跳在此刻终于安定下来。

八月的天，热得不像话，大雨未曾给世界降温，潮湿像是要闷进人的骨子里，烈阳出来，树影流动，给人平添烦躁。

重点班每学期会经历两次流动，期中一次，期末一次，每次根据考试排名轮换。分班考时她算是超常发挥，但以她现在的成绩，要想在重点班待下去，着实有些困难。

为此，丁斯时特地给乔岁安准备了厚厚一沓学习资料。

她愁眉苦脸，不肯接手："不是，现在连学都还没开，不能让我再玩几天吗？而且对我来说能进一次重点班就已经很了不起了，我也不奢求能在这个班待下去。"

丁斯时威胁她："期中考试后我会进重点班，所以，你要是落下去了，两个班教学进度不同，下次有不会的题就别想着过来问我，考完试也别找我复盘。你自己看着办。"

"好嘛。"

乔岁安耷拉着脑袋，捧着资料悻悻离去。

临近开学这几天，乔岁安一直在跟丁斯时给的学习资料作战。

通常作战了不到半个小时，她就会想"阿弥陀佛，人要活在当下，要学会放过自己，放手才是爱"，随后扔下学习资料，打开《和平精英》，带领余清等一众人菜瘾大的猪队友拿下 N 把吃鸡。

直至开学那一天，乔岁安才发现丁斯时的选择是正确的，因为她压根跟不上老师的教学思路。

第一堂英语课，要求全英文自我介绍，乔岁安听着周围人操着一口流利而听不懂的口语，真的很想两眼一翻昏过去。

轮到她了，乔岁安佯装高冷："Hello, my name is Qiao Suian."

全班静默两秒，在一片亮晶晶的目光中，乔岁安拼尽全力想起了前两天背的那个单词："I'm an introvert（内向的人）。"

"OK."英语老师替她解围，"Next one."

内向的乔岁安高冷地坐下。

一边的林时蛰憋着笑悄悄给她竖了个大拇指。

乔岁安笑不出来。

她发誓，以后一定好好学英语，绝对不要重蹈覆辙。

数学课更是灾难，她端正地坐在底下，微笑着凝望台上老师的嘴巴一张一合，开始怀疑他讲的是否是中文。

直至放学铃打响，乔岁安才感觉自己重新活了过来，她飞快地整理完书包，一刻都不想在这个重点班教室待下去。

　　隔壁二班还在上课，她站在窗口外张望，丁斯时坐在第二列最后一排，脊背挺直，低头记着笔记，不时抬头瞧一眼黑板。似是察觉到她的目光，他的视线瞥了过来。乔岁安立马笑着挥挥手，他弯唇，缓慢地眨了下眼，又扭回头继续听课了。

　　招呼打过了，乔岁安靠到栏杆上，手指把玩着垂落下来的书包带子，时不时瞄一眼窗内，等着丁斯时下课。

　　余光里，几个高年级学姐一面走近一面你拉我扯地小声嘀咕着，她下意识地抬起脸，茫然的目光跟学姐的对了个正着。

　　下一秒，几个学姐挺直了腰板，昂首挺胸地径直朝她走了过来。

　　乔岁安眨眨眼，手里的动作停了。

　　"你好。"其中一个学姐开了口，"你是军训跳《玫瑰少年》的那个女生吧？"

　　乔岁安手指悄悄搓了搓书包带子，声音不自觉地弱下来："嗯。"

　　"你跳舞好好看啊。"学姐一边夸一边笑，将手里的便笺和笔递过去，"可以加一下你的微信好友吗？"

　　乔岁安松开书包带子，声音又软下来："啊？好的好的。"

　　她接过纸笔，乖乖写下自己的微信号。

　　几个学姐见着她这模样乐得不行，跟她拜拜之后就走了。渐行渐远间，乔岁安隐约听见她们兴奋的聊天声。

　　"真的好可爱，而且好漂亮啊，像洋娃娃。"

　　"天，她看上去好乖。"

　　"……"

　　"想什么呢这么入神？"身旁有道熟悉的嗓音响起。

　　"没想什么。"乔岁安一下回了神，"你终于下课啦？"

　　丁斯时没回，偏过头，视线落在她身后，叹口气："转身。"

　　乔岁安蒙蒙地照做。

　　"刺啦"一声，丁斯时帮她把书包拉链拉上："转过来吧。"

　　"我居然没拉书包拉链吗？"乔岁安扭头往背后望了眼，随后双手放胸前向丁斯时同学比了颗心，感动道，"有你真是我的福气。"

　　丁斯时"呵"了声，并不为之所动，盯着她的心看了两秒，漠然地伸出两根手指，把她的心捏扁了："这种动作也少做。"

　　顿了顿，他往走廊深处那几个嘻嘻哈哈的学姐身上瞟了眼，哼笑一声，补充道："乔岁安，你也就敢在我面前这样。"

随随便便比心，随随便便"爱你"，随随便便地对他做那么多事。

在别人面前声音跟只蚊子似的，还是含羞草级别的蚊子。

乔岁安："……"

烦死了，怎么又被他看见了？

她不服气，反驳："那不是跟你熟吗？"

丁斯时点点头："哦。"

"你哦什么啊？"

他扬起唇角："感觉到荣幸。"

"……"

乔岁安今天的课没怎么听懂，作业是跑到丁斯时家写的。

丁同学的作业在学校里就做完了，就连带回来的书包都是空的。

他给乔岁安讲完了数学公式与原理，接下来的时间里，乔岁安咬着笔杆子对着数学题抓耳挠腮，"丁老师"坐在边上对着手机玩《保卫萝卜2》，怕吵到她学习，他贴心地把手机调了静音。

过了会儿，乔岁安小声喊他名字："丁斯时。"

他放下手机，抬头："哪题不会？"

乔岁安拿笔挠了挠头，有点不太好意思："都……"

丁斯时对着她的练习册沉沉叹气。

真是任重而道远。

"丁斯时。"在他执笔一边写解题步骤一边发出第三声叹息时，乔岁安瞄着他的手机，伸出食指小心翼翼地点了点，"你的'萝卜'死了。"

"……"

他伸出一只手把她的脸掰回来："看作业。"

乔岁安："哦。"

在"丁老师"的帮助下，乔岁安第二天成了全班唯一一个作业全对的同学。

数学老师拿着她的作业本大肆夸赞道："这份练习册原来是学校给高三同学二轮复习用的，没想到我们班真有同学能全部做出来，大家为她鼓掌！"

在全班同学感慨、震惊、艳羡的目光及如雷般的掌声下，乔岁安默默地低下头缩起脖子，心虚地拿手撑着脸，刘海儿遮上手遮下，企图挡住整张脸。

完咯！

早上第三节课结束，乔岁安从桌肚里掏出丁斯时给她整理的英语资料开始临时抱佛脚——中午她要去二班抽背单词。

路过她身边的同学纷纷感慨："果然，人家成为学霸是有理由的。"

乔岁安张口想要解释，人家却摇着脑袋早已走远，于是她只能对着资料露出一个苦涩的笑容。

"学霸"乔岁安中午被抽了十五个英语单词，其中有六个没有背出来。

丁斯时用指尖捏着纸张随意翻了翻，眼角微抬，扫了眼她的脸，冷笑一声。

她双手搭在腿上，乖巧地坐在边上，为自己狡辩："你相信我，五十个里面我就这么几个不会，只是全被你抽出来了而已。"

丁斯时再次冷笑。

乔岁安严肃地夸奖他："我有时候觉得你特别厉害，真的，丁学霸，你每次都能刚好察觉到我欠缺的地方。"

他"啪"一下把资料合上，然后乔岁安喜提六十遍抄写。

"哇——"路过她座位的同学们再度纷纷感慨，"不愧是学霸，对自己要求好严格，她居然在抄写单词哎！"

乔岁安："……"

周五中午，社团的学姐学长到高一各个教室进行招新宣讲时，乔岁安人还在二班正襟危坐，等待抽背。

丁斯时问："你打算进哪个社团？舞蹈社？"

"对。"乔岁安把下巴往他桌上一搁，手掌垫在中间，抬眼看向他，反问，"你呢？"

他点点头，没看她，语气平淡："巧了，我也打算去舞蹈社。"

乔岁安一下直起了身子，瞪大眼睛不可置信地再问了一遍："真的假的？"

如果她没记错，他岂止不会跳舞，简直就是手脚不协调。

丁斯时没吱声，垂着眼，手指捏着英语资料翻过一面，抽了个单词："automatic."

乔岁安下意识地答："自动的，必然的，不假思索的。"

他眉梢轻扬，似是哼笑了一声。

窗外一阵风掠过，窗帘被掀起一角，在他身后浮动，正巧把阳光翻进来，落在他的脊背与发丝上。

丁斯时低着头，轻轻"嗯"了声，指腹落在那行写着"必然的，不假思索的"的中文翻译上，粗糙的纸张摩擦着皮肤，像一场悄无声息的附和。

台上宣讲的学姐学长换了一拨，不知是第几场，终于轮到了舞蹈社。乔岁安眼尖地发现，里头其中一位学姐正是前两天放学后要她联系方式的那位。

领头的是位学长，花了一分钟大致讲了下舞蹈社的情况。乔岁安撑着脑袋听着，猝不及防地被点了名。

"……例如，我知道这次军训有位学妹跳了《玫瑰少年》，视频很火啊。"学长将目光连同橄榄枝一起递了过来，"如果有兴趣，可以加入舞蹈社玩玩。"

他拿起粉笔在黑板上写下一串数字，嘴角含笑："这是我的微信号，大家有想法的都可以来加我。"

说着"大家"，他的视线却定格在乔岁安的身上。

乔岁安伸手轻轻揉了揉鼻尖，避开那位学长的视线，探过脑袋正要从丁斯时的笔袋里掏文具，一只骨节分明的手伸过来，在她的动作之前先一步拉上了笔袋拉链。

乔岁安抬眼看他，一脸问号。

丁斯时也盯着她看，细长的手指用力压着拉链头。

对视五秒之后，他甩开拉链，表情淡了下来："拿。"

乔岁安顶着他冰凉的视线，有些莫名其妙。她翻了翻笔袋，找出修正带，对着他桌上翻开的书划了划，盖住黑笔凌乱的痕迹。

丁斯时低头，这才发现自己的笔刚刚无意识地落在书上，不知画了几道黑印子。

他顿了顿，放下笔，看着她把自己刚弄上去的乱七八糟清理完，瞭了眼讲台上不停瞄向这边的那位学长，无意似的说："你不是要加入舞蹈社吗？不记那位学长的微信号吗？"

"他旁边那位学姐的联系方式我有。"舞蹈社那群人慢吞吞地从教室里离开了，乔岁安这才敢放心说话，"那个学长老 cue 我，我觉得他不怀好意，不加。"

"那就不加。"他的眉头舒展开来。

乔岁安感觉他的心情突然就好起来了，像窗外阴晴不定的天气，上一秒乌云万里压树枝，后一秒微风徐徐万里晴空。

好，不愧是"公主"。

舞室十月有一场路演，这几个周末乔岁安忙得不行，要么就是人在丁斯时家学习，要么就是人在舞室练舞。

余清这两天《王者荣耀》段位下去了，想找她带带自己把段位再提上去都没时间。

"核心稳住！"舞室老师身子靠在镜子边，拍手给他们打着节拍，望着舞步半晌，掌声慢慢停了。老师按下音乐暂停键，眉心微蹙，"乔岁安，你站在 C 位，动作一定要利落，节拍不要拖，刚那个动作，重新来一遍。"

乔岁安点点头："好。"

于是，这么一个动作，她练了几个小时。

其余人都解散了，不知过了多久，终于练得差不多了，她停下来休息，额前的刘海儿湿湿地搭在皮肤上，她喘着气，伸手把刘海儿往上一拨，露出精致的眉眼。

"今天就到这里吧，"舞蹈老师抬起手腕瞧了瞧时间，"练得不错。还挺晚了，早点回去吧。"

乔岁安喝了一大口水，从包里捞出手机看了眼，已经是晚上八点钟了，微信消息闪动着，显示两个小时前来了一条消息。

她点开一看。

娇娇丁公主：什么时候回来？

乔岁安放下水壶，敲着手机键盘。

岁岁和碎碎：刚练完了，现在准备从舞室里出来。

夜晚的风捎来一丝清凉，她搭上回家的公交车，坐在偏后的位置。车内人很少，售票员坐在后门边上，穿着蓝色的工作服，手里拿着个红色的小旗帜，用方言报着站点。

乔岁安扭过头望向窗外，车窗半开，灯光与摇曳的树影一晃而过，余下婆娑几声轻响逐渐远去。

公交车门"吱呀"一声打开，乔岁安下了车，它便扬长而去。

她站在公交车站牌面前，手指抓着双肩包带子，盯着路牌发了几分钟呆。

绕过这个公交车站牌，面前是一条小巷子，是她每次回家的必经之路。

漆黑的、惊险的，她上次险些出事的小巷子。

但倘若绕道，起码要再走上二十分钟，路太远，她甚至开始懊恼，早知道就不那么晚回来了。

乔岁安站在原地纠结片刻，觉得还是命比较重要，要是没人陪着，万一再出什么事该怎么办？丁斯时不可能每次都正好赶到。

　　搁置在口袋里的手机不停地振动，她拿起一看，上头的备注显示着"娇娇丁公主"，乔岁安一边接通电话，一边转身绕过车站大大的广告牌。

　　"喂。"手机被握着举到耳边，乔岁安扫过漆黑的巷子，正要迈开步子离开，目光蓦地定在一处，怔了下。

　　巷子口那盏昏暗的路灯下，一道修长挺拔的熟悉身影立在那里，浅色短袖搭黑色休闲长裤，微风捎起他那在灯光下舞动的蓬松发尾，他一手握着手机，上臂弯起，将手机贴在耳边，而另一只手拎着一个便利店袋子。

　　一辆自行车匆匆忙忙驶过，只余下一串清脆的车铃声，他随之抬眼，相隔一段距离，两束目光在一片朦胧的橙黄色中交会。

　　丁斯时弯了弯唇，手机里传来他一向温淡的嗓音："过来。"

　　乔岁安维持着接电话的姿势，一路小跑着过去。

　　丁斯时把手里的袋子递给乔岁安，乔岁安低头一看，是满满一袋子的零食，有她最爱的原味薯片，还有橙子果冻。

　　"走吧，"他挂了电话，拉过她双肩包垂下来的带子，"回家了。"

　　她牵住他的衣角，月光柔和又平淡，昏暗的光线下，地上两个影子若隐若现，忽近忽远，漆黑的巷子一下变得令人安心。

　　乔岁安低头望着两个人的影子，悄悄扬起了唇。

　　其实小时候，她一直是保护他的英雄，乐此不疲地在他身侧扮演着奥特曼地球使者的角色。有人欺负他，她会第一个站出来咬回去，脸红脖子粗，被他拉住了安慰还是气，非要骂回去才甘心。

　　现在角色好像对换了。

　　他的存在，就像一根定海神针，让她感到无比安心。

　　乔岁安突然想起，初三那年的文艺晚会也是如此。

　　原定她要上去跳舞，结果很不幸，晚会当天彩排时，不知谁在台上洒了水，她滑了一跤，脚腕一扭，脚踝那块骨头重重磕在地上，生疼生疼的。

　　这场变故始料未及，所有人都呆住了。

　　乔岁安疼得眼泪都快被呛出来，余光里瞥见他的视线往这儿轻轻一点，紧接着立马飞奔过来，背着她要去医务室。

　　其实那会儿不知道什么缘故，丁斯时冷她很久了，几乎是看见她扭头就跑的程度。他向自己跑来的时候，乔岁安不由得松了口气。

　　各种意义上的庆幸，就好像只要他来了，她就会没事了。

　　庆幸过后，委屈与疼痛蔓延开来，随着眼泪一起掉出来，大颗大颗的。

　　她趴在丁斯时的背上，胳膊松松地挂在他的脖子上，鼻音浓重："丁斯时，好疼啊，我是不是跳不了了？"

少年的骨骼还未完全长开，正是身高抽条的时候，怎么吃都不长肉，脊背虽然单薄但也让人安心。他细长的脖颈白皙，衣领里若隐若现藏着根红绳，挂着个刻着"平"字的核桃。

乔岁安也有一个差不多的，只是她的核桃上刻的是"安"字。那是他俩的妈妈在他俩一岁时一起买的。

校服外套上有一股熟悉的洗衣液香味，并不浓郁，淡淡地滑入鼻腔里，是干净的苍兰味。她记得自己用的明明也是这款，可是他身上的香味就是格外浓。

丁斯时安慰她："没事，后面还会有很多次上台跳舞的机会。"

很奇怪，明明他不是医生，但他这么一说，乔岁安的心就莫名其妙定下来了。可是她"哼"了声，在他背上跟他闹小脾气："我才不要信你说的话。"

"为什么？"

"你最近都不理我。"

他沉默了几秒钟，迟疑着为自己辩解："没有吧。"

"你有，你分明就是有！你躲着我！你浑蛋！"她哽咽着，超大声。

"好好好，我错了。"他无奈地向她道歉，"我发誓下次不会了。"

"不会什么？"

"不会不理你了。"

"把人名加上，完整地说一遍。"

"丁斯时以后再也不会不理乔岁安同学了。"

"一秒钟都不行。"她补充。

他顺从地复述："一秒钟都不会。"

"举三根手指发誓。"

"原来你也知道发誓是三根手指啊。"他诧异，随后往上颠了颠她，无奈道，"我背着你呢，哪空得出手？"

"那我替你举。"她伸出三根手指在他面前晃了晃。

"行。"丁斯时叹口气，问，"开心了？"

"不开心。"

她将下巴往他肩上一搭，吸了吸鼻子，呢喃道："这可是初三最后一次活动。"

丁斯时说道："你缺席了这场表演，但你人生的舞台才刚刚开始。"

乔岁安闷闷不乐地"嗯"了声，没再说话了，却还是一抽一抽的。估

-030

计她也知道自己刚才那个哭法，妆肯定花得不成样了，便把额头抵在他肩上，长长的头发散下来，遮住了她的侧脸。

好在没什么大问题，只是伤筋动骨一百天，晚上的文艺晚会是肯定参加不了了。

丁斯时问医务室的医生借了把轮椅，推着她去了晚会现场。

舞台上灯光明亮，是一场青春的盛放。她把妆卸了，舞裙还没换，在最边上坐着，目光亮亮的，盯着舞台上尽力表演的人。

丁斯时从舞台上移开视线，低了眼看她。

其实哭过的乔岁安并没有那么好看，相反，泪痕未干，双眼红肿，和平时比起来狼狈得很。

可是这么一垂眼看着她，他的目光却再也回不到舞台上。

心跳在那一刻受到鼓舞，悸动到无以复加，带动耳膜震动，这段时间一直困扰着他的问题在此刻终于得到了答案。

他不知道自己的眼神会不会透露什么不该透露的，只知道自己的心思确实称不上清白。

他庆幸观众席光线昏暗，也庆幸乔岁安没有回头。

第三章 //
他真的很难哄

多亏了丁斯时同学，乔岁安的成绩终于有所提升，月考摆脱了倒数第一的命运，光荣升为倒数第三。

为了感谢他，乔岁安特地斥十五块钱"巨资"去小卖部给他买了一杯奶茶，全糖，加珍珠，超大杯。

中午照例去二班背英语，当她拎着奶茶，抱着一沓学习资料过去时，没在他的座位上瞧见人。

她张望了一圈，才瞧见丁斯时正坐在前排不知谁的位置上低头记着黑板上的笔记，坐姿一如既往的板正，肩膀舒展，脊背挺直。这一个月他白回来不少，从衣领里延伸的一小截脖颈被从窗外透进来的阳光镀了层暖白。

乔岁安碎步小跑过去，把奶茶往他面前一放："噔噔噔！华丽登场！"

他笔尖一顿，抬起头，目光扫过奶茶，在她身上轻轻一点，唇角翘起个小小的弧度，很快又放下来，伸手，掌心笼着奶茶往身边挪了点。

丁斯时偏了偏头，继续看黑板："挡到视线了。"

"哦哦。"乔岁安往边上移开点，好奇道，"你怎么坐这里来了呀？"

他又瞥了她一眼，眼睛有点酸涩，他下意识地眨了眨，重新低头在笔记本上记着，嗓音淡淡："后面看不清。"

她皱眉"嘶"了声，狐疑地瞧着他的侧脸。

"丁斯时同学。"半晌，乔岁安开了口，"你是不是近视了？"

确实近视了。

在经过验光等一系列检查之后，眼镜店老板拿着一个小单子下了结论。

不过还好，一百二十五度，也没有散光，属于不上课时也可以选择不戴眼镜的度数。

老板靠在柜台边上，手指敲敲柜面玻璃："小伙子，挑个镜框吧。"

丁斯时对镜框没什么想法，随便一个能戴就行。他随手就近从柜台上拿了个粗框细长方形的，还没给自己戴上，手"啪"一下被人死死按住。

他扭过头，望见乔岁安紧蹙的眉毛。

乔岁安看着他挑的镜框，一个头两个大，感叹道："你还真敢尝试啊。"

"怎么了？"他茫然。

"专挑大爷爱的款。"乔岁安从他手里抽走镜框，踮脚伸手，按着他的肩膀让他坐在椅子上，搓搓手掌，"您安心坐着，我来挑。"

他盯着她的脸，探究道："乔岁安，你是不是有点太兴奋了？"

"很明显吗？"她诧异。

他予以肯定："很明显。"

"你知道的，"乔岁安诚恳地说，"我从小就喜欢打扮娃娃。"

"……你小时候打扮的那都是奥特曼。"

给奥特曼穿粉色纱裙，戴棕色假发，是她小时候的乐趣之一。

可能奥特曼这辈子都不会想到，自己居然是以这种方式"塌房"的。

乔岁安毫不在意地一挥手，说："这都不重要，重要的是你要相信我的审美。"

丁斯时感觉自己就像是板上待宰的鱼肉，双手抱胸坐在椅子上，任她给自己摆弄。

其实也没那么糟糕，他望着她忙着左挑右选，摘戴眼镜时只需要微微仰起脸，她的手指偶尔会擦过他眼侧的皮肤，痒痒的，一触即逝，他的睫毛却得颤一颤，他下意识地闭了下眼，再睁开时，镜子里的自己已经又换了个镜框。

乔岁安一个人评赏还不够，在挑出几副都不错的眼镜之后，选择困难症又犯了，于是她对着丁斯时"咔嚓咔嚓"一顿拍，发给了余清。

余清回复得很快。

云宝：丁斯时近视了？

岁岁和碎碎：快来挑挑，你觉得哪个更好看点？

余清仔细斟酌了很久，对每张图片都进行了细致的评价。

云宝：那款金边细框的，我觉得不太可以，他戴上都没有斯文败类感，显得太温柔了。金边细框，就该是斯文败类的神！

云宝：那款无框的，好看是好看，就是感觉不太适合校服，他戴上感觉太精英了。

云宝：那款黑边不规则细框的！可可可！校园清冷感学霸狠狠拿捏住了！眼镜丁哥就是我的新墙头！宝，你一定要说服他买这款！冲！

于是，乔岁安拿起那款黑边不规则细框眼镜，小心翼翼地给丁斯时戴上，把镜子举在他脸前，告诉他："你喜欢这款。"

完全失去镜框选择权的丁斯时："……"

"行。"他叹口气，把眼镜摘下来，抬眼看她，"我喜欢这款。"

丁斯时戴着眼镜去学校的第一天，校园群里炸了。

今天校门口站岗的那个戴眼镜学弟是谁？三分钟，我要知道他所有的信息！

报告楼上，正是高一(2)班那位学霸帅哥，月考全年级第一的那位。

乔岁安中午抱着英语资料站在一班和二班大门中间的墙壁旁，跟罚站似的，一边背单词，一边看着学姐们手挽手一次又一次不经意地路过二班门口。

由于之前在舞室准备路演，乔岁安很忙，余清深觉她冷落了自己，在微信里轰炸了她 N 条。

乔岁安昨晚哄了余清一晚上，带着她游戏段位升到了王者。

余清假模假样地捏着嗓子开麦："姐姐，你的丁公主不会发现你大半夜跟我打游戏不务正业，然后跟你生气吧？"

"不。"乔岁安理智分析，"首先，我的作业已经写完了，所以他不会现在找我。"

"其次，"也是最重要的一点，"他只玩《保卫萝卜》。"

丁斯时没有《王者荣耀》的账号，看不到她在不在线。

余清："……"

几局之后，乔岁安彻底上头了，带着余清大杀四方，余清乖乖骑在她的英雄头上，在耳机里咆哮："飒飒飒——"

"别飒了，要得风湿病了。"

乔岁安忍无可忍地吐槽着，手下却不停，左手灵活走位，右手预判放大招，一路揪着对面打，一把操作下来，把对面干蒙了。

对面的小乔戳她：哥哥，你技术好好哦，下把可以带带我吗？我是女孩子哦！

余清真心实意地说："曰（呕吐）。"

乔岁安憋笑，"啪啪啪"打字告诉对面：我也是女孩子吧。

沉默是金，对面的小乔深谙此道。

于是，乔岁安一上头就忘记了丁斯时布置给她的英语单词还没背，而她第二天还要去二班抽背单词。

"grief."她背靠着墙壁，拿余光瞟着路过的学姐们，突然间感觉自己好凄凉，十月份的风逐渐萧瑟起来，她在心里默背，"名词，悲伤，悲痛。"

时间差不多了，她摆出壮士一去兮不复还的架势，大步走进了二班的正门。

丁斯时坐在最后一排，戴着他的新眼镜，身侧站着一个学姐，手里拿着几张纸，笔尖点着，弯腰跟他嘱咐着什么。他眸子垂下来，眉心蹙着，唇瓣一条直线，偶尔点点头，应声。

察觉到有人靠近，他撩起眼皮，瞟了眼乔岁安，眉心松了，起了身，朝自己的椅子扬了扬下巴示意："坐这儿等我一下，学生会有点事，我出去会儿，处理好马上回来。"

乔岁安登时喜出望外，点头如捣蒜："好啊好啊，你先忙，不用管我。"

丁斯时顿了顿，上下打量她，欲言又止，最终还是什么也没说。临走前他顺手把她脖子后翻进去的衣领子给翻出来，动作又轻又快，十分熟练，指尖半分都没碰到她的皮肤，甚至他给她理完了，乔岁安都还没反应过来自己外套没穿好。

她下意识地摸了摸自己的后脖子，听见他"啧"了声，便悄悄扭过头望。丁同学在前面走得潇洒，学姐倒是一步三回首，望向她的眼睛里盛满了笑意。

乔岁安："……"

她赶紧回头捂住脸，太社死了。

趁着丁斯时出去的这段时间里，乔岁安努力临时抱佛脚，"哗啦啦"翻开资料再背了一会儿单词。

前桌正和别人聊着天，见她过来，笑眯眯地转过身说："呀，乔乔又来背单词了啊。"

乔岁安熟练运用刚背的单词："哈哈，grief！"

前桌叫刘添愿，是个可爱又热情的女孩子。每回乔岁安过来，她都会递给乔岁安点好吃的。

乔岁安从刚开始的拘谨不好意思，到后面混熟了，也慢慢放开了。

前面聚着几个女生，聊得开心，捂着嘴咯咯笑。乔岁安趴在桌子上背单词，没刻意听她们的聊天内容，但就在前面，聊天声音也大，总会有几个词汇从她耳朵里掠过，例如"暗恋""男生"……

青春期正是对感情最懵懵憧憬的时期，春心冒出芽，会肆意幻想未来，会私底下悄悄讨论，会默默看向某个人的身影偷着笑。

刘添愿聊到一半，突然扭过头问她："乔乔你呢？"

乔岁安："啊？"

她好奇地问："你的理想型呀！是什么样啊？"

乔岁安愣住。

说实话，她还从来没有考虑过类似的问题。

说来也奇怪，在同龄人都对感情一事抱有美好憧憬并且悄悄会芳心暗许的年龄，她对这件事却半点兴趣也没有。

小时候看爱情剧男女主角接吻时，妈妈会遮住她的眼睛；再大点，丁斯时会遮住她的眼睛；再再大点，丁斯时也不遮了。

可她就是没什么兴趣，她甚至都不看偶像剧或者言情小说，生活好像就这样平淡又丰富，有丁斯时，有余清，有罗落等好朋友，她实在想不出哪天会有另一个人以她们口中那种强势的姿态闯进她的世界，给予她独一无二的悸动。

但是刘添愿这么问了，乔岁安也就认真地想了想，道："嗯……三观要正，个子要高，一米八五以上吧。"

不知是哪个女生问了句："你喜欢戴眼镜的吗？"

"不好吧，长期戴眼镜会使眼睛变丑哎。"乔岁安纠结道。

话音刚落，她感觉背后有点凉飕飕的。

大概秋天真的要来了。

"让让。"背后响起一道清冽又熟悉的男声，声音低低的，乔岁安扭过头才发现丁斯时回来了。

她吓得一个激灵，立马抱起英语资料一目十行。

可是他没看她，也没再吱声，面色平淡，修长的手指伸进桌肚，掏出眼镜盒，摘下眼镜往盒子里一丢，"啪"一声合上就给扔回桌肚里，拿了个水杯，一言不发地往外走。

乔岁安望着他的背影："他是不是又不高兴了？"

刘添愿疑惑："啊？有吗？"

乔岁安反问："没有吗？"

刘添愿挠头："没有吧。"

感觉他一直都是这样啊。

乔岁安："好吧。"

"刚说到哪里了？"其中一个女生拍了下脑门，"啊，对，乔乔说不喜欢戴眼镜的。"

乔岁安赞同地点点头。

"没品位。"刘添愿愤愤评价她，"你都不知道眼镜有多大的杀伤力，尤其是金丝眼镜！"

周围立马响起几道附和的声音，大家偷乐着哄笑，懂的都懂。

乔岁安并不赞同她的观点，摇摇头："胡说，丁斯时戴金丝眼镜就没有他脸上现在的这款好看！"

周围蓦地静了两秒，一群人直直地盯着她看，眼睛一双比一双亮。

刘添愿试探着开口："丁斯时的眼镜是你选的？"

"对啊。"

刘添愿立即露出个莫名其妙的笑容。这个笑容仿佛会传染，在那几个女生身上达到了一比一的复制效果。

乔岁安鸡皮疙瘩都快起来了，脊背往后一靠，说："别这么冲我笑，好诡异啊。"

"那我克制一下。"刘添愿伸手往下扯了扯嘴角，干脆起身，腿一跨，反坐着，正对着乔岁安，清了清嗓子，问，"那我问你，你喜欢丁斯时戴眼镜吗？"

乔岁安才不上她的当："那怎么能一样？"

"怎么不一样？"

"怎么就一样了？"乔岁安觉得理所当然，"他是丁斯时啊。"

"难道丁斯时就不是男生？"

乔岁安快被她绕进去了，犹豫了下，不知该如何反驳，只会重复："他是啊，但就是不一样啊，他是丁斯时啊。"

刘添愿盯了乔岁安两秒，又笑了，说："行吧，不一样小姐。"

乔岁安："……"

"咱换个问题吧。"其中有个女生好奇地望向乔岁安，"那丁斯时呢？你知道他喜欢什么类型的女生吗？"

"……"

一个问题，把乔岁安问倒了。

她从来没见过丁斯时跟哪个女生走得近过。

丁公主这人一共三大嗜好：一是搞学习；二是搞她的学习；三是一边

喝着全糖珍珠奶茶一边玩《保卫萝卜》。

她仔细斟酌片刻，慎重道："也或许，他不喜欢女生。"

一整个午休，丁斯时再没有回来过，最后临近上课，乔岁安还没见着人，只得抱着资料离开了二班。

下午第一节课刚好是体育，几个班级混在一起到体育馆上的，除了体测那段时间，其他时候都"水"得很，基本上做完热身后就解散自由活动了。

体育老师站在最前方领着他们做扩胸运动，口哨声打着节拍。

乔岁安没精打采地做着动作，偷偷扭头去瞧边上队伍里认认真真跟着做操的丁斯时。

上体育课的队伍一向闲散，一个比一个姿态懒散，手臂抬不起来，膝盖弯不下去，只盼着一声令下解散了各玩各的。丁斯时在这样的队伍里显得格外醒目，人站得笔直，每一个动作都无比标准。

她忍不住笑了声，"扑哧扑哧"小小两声，企图吸引他的目光。

他偏头瞥了一眼，充耳未闻般，木着张脸收回了视线。

乔岁安眨眨眼，他好像确实是又不开心了。

这次又是因为什么？

她严肃地进入了沉思，自己今天有做错什么吗？没有吧？

丁公主总会因为各种稀奇古怪的、她无法猜到的事情悄悄闹脾气，还闷着不肯说，有的时候乔岁安是真的很不能理解他是什么狗屁脾气，只能在心里安慰自己，人总有缺点，起码他好哄。

就像是过去很多次所做的那样，她将原因抛之脑后——管他呢，先把人哄回来再说。

热身结束，伴随着清脆的口哨声，体育老师一声"解散"，场中央的人群立刻一哄而散，乔岁安摸了摸兜里的两颗糖，正好。

丁斯时拿了颗篮球，正在馆内中央的篮球场投篮。

她"噔噔噔"地凑上去，丁斯时睨了一眼她，没吭声，身形一跃，长臂一掷，篮球脱手，在半空中划过，随后稳稳落进篮网里。

一个标准的三分球。

乔岁安又"噔噔噔"地跑去把落地的球捡了回来，递给他，小心翼翼地开口道："我有两颗糖。"

丁斯时："不吃。"

乔岁安并不气馁："是你最爱的草莓味哦！"

丁斯时柴米油盐都不进："不爱。"

乔岁安："……"

没关系，她努力弯出一个微笑，刚要开口再接再厉，丁斯时眼神一凛，猛地揽过她的腰往边上一带，变故就在一瞬间，球擦着她的耳朵飞过去，在地上弹了两下，滚开了。

丁斯时松开手退后两步，沉默地盯着她看，面无表情。

在他开口之前，乔岁安主动道："我是笨蛋。"

然后她变魔术似的，手腕一转，手掌摊开，两颗草莓味的糖在她掌心静静躺着。

"吃糖。"

丁斯时垂下眼皮，盯着糖没动。半晌，她的手都快举累了，丁斯时才伸手接了过去，长指撕开包装袋，将糖往嘴里一含，把包装袋丢进了体育馆楼梯边上的垃圾桶。

乔岁安喜笑颜开，屁颠颠地跟着他去垃圾桶边上，对着他的脸瞧瞧，好奇道："你怎么没戴眼镜啊？"

"不上课可以不戴。"丁斯时顿了顿，又补充道，"眼镜店老板说的。"

"这样啊，"乔岁安非常遗憾，"那可是我亲自给你挑的哎。"

丁斯时立马低头，再度盯着她。

乔岁安眨眨眼，一脸疑惑。

她感觉他好像有千言万语要跟她讲，可是事实上他什么也没说，唇角往下一抿像是在委屈，平静地移开了视线，从口袋里掏出了一包纸巾，那颗糖被他用舌尖抵了出来，包在纸巾里，一起丢进了垃圾桶。

乔岁安茫然地目视着丁斯时离开的背影。

好吧，她收回"他很好哄"这句话，今天的丁公主，有点难哄。

后两节课老师一直拖课，乔岁安上厕所、倒水都来不及，更别提去二班哄人了。

而一放学，丁斯时又被学生会抓走了，只在桌上给她留了一张字条，大致意思是让她自己回去，字迹清晰，落笔锋利，透着一股冷淡感，她捏着字条沉默了。

完了，这把高端局。

十月霜降，深秋来得快了些，踩过枯黄的树叶时一片吱呀响，风也跟着凉了下来，萧瑟地穿过街道。

没有丁斯时陪伴回家的路途寂寞又遥远。

乔岁安背着书包走上天桥，人来人往，行人匆匆，她忽然看见天桥边坐着个老奶奶，穿了身红色旧衣，头发花白。

老奶奶身前用矮桌摆了个小摊，桌角贴着付款码。蓝色毛巾包裹着几朵白兰，铁丝扎着花根，弯出一个小圆圈，圆圈里穿了根别针。花瓣用白色细绳拢在一起，风吹过时花香就这样散开来。

乔岁安走近了，桌上还立着一个牌子。

——八元一朵。

学生会给新生开了个会，主要是讲一些日常工作与任务。丁斯时因此比平时晚了一个多小时才回家。

他一边上楼梯一边拉开书包拉链，长指一勾，钥匙碰撞的声音哗啦响。

丁斯时挑出开家门的那把，一个抬眼，愣住了。

门把手上挂着个小袋子，里面放着一杯奶茶，全糖，加珍珠，一本小册子，还有一个用小透明袋装起来的白兰花别针。

他先是翻了翻小册子。

封面上是几个工整、秀气的大字"保卫萝卜秘籍"。

下面又加了个破折号，紧接着是"乔岁安独创，轻易不给别人的哦"几个小字。

楼道的廊灯暗下又亮起，橙黄色的光线落在他头顶，额前的碎发挡住了些许眉毛，他垂下睫毛，在眼下打下小片阴影。

纸页摩擦的细碎声音轻轻响起，他捏着一角翻了一页。

片刻后，丁斯时又拆开透明袋子，将白兰花别针拿起来放在鼻前嗅了嗅，清香溢满鼻腔。

他伸手轻轻抵住额头，叹了口气，哑然失笑，觉得自己未免太好哄了。

笨蛋，就这样，他怎么对她生气啊？

什么都不懂的笨蛋。

乔岁安咬着笔杆在房间里坐立难安，几乎要给摊在面前的数学作业跪下。

乔妈敲了敲门，端着一碟水果进来，把盘子轻轻搁在桌上："你今天怎么没去找斯时写作业啊？"

"他有点事。"乔岁安心不在焉，盯着作业，余光又止不住向手机瞟过去。

其实她对自己送去的东西还是很有自信的。

乔岁安知道丁斯时在《保卫萝卜》第100关卡了挺久。

不巧,她乔某人虽学业上毫无建树,但在游戏上,从《奇迹暖暖》到"音游",从《开心消消乐》到《和平精英》,甚至连微信各类小游戏,无一不精通。哪怕没玩过的,上手一局基本上也能玩出手感。

　　谦虚点说,她就是游戏天才。

　　手机屏幕亮起,乔岁安下意识地挺直了脊背,扭过头去看。

　　微博提醒:你关注的他/她发动态啦!

　　"……"

　　她立马塌下肩。

　　微博消息底下,紧接着跳出一条微信消息。

　　娇娇丁公主保持了他一贯的言简意赅:带着作业过来。

　　乔岁安立马连人带书包,再卷着水果盘子,以五十米冲刺的速度去了隔壁。

　　乔妈只觉得疾风袭面,下意识地闭上眼,再睁开时,面前的人已经消失了。

　　乔妈:"……"

　　丁斯时家门开着,乔岁安自觉换了拖鞋,关上门,端着水果盘子走进房间。

　　丁斯时人正坐在桌前,脊背靠着椅子,修长的手指间夹了一支笔,在指尖来回转动,旋出一阵残影。

　　乔岁安一直觉得转笔很酷,追着丁斯时苦苦学习了几年,但仍一无所成。

　　她感觉自己的天赋点非常不平均,例如舞蹈、游戏是超越满分的叠满状态,又例如体育、转笔是降到负分的宛若失智状态。

　　……大概是女娲在捏她时情绪不太稳定。

　　她再走近点,目光落在了他的胸前。

　　那处别了朵白兰花。

　　乔岁安步子顿了顿,抿住唇角蔓延开的笑意,抬手轻轻揉了下鼻尖,这才在他身侧规规矩矩地落座,转过头望着他:"你……"

　　刚发出一个音,丁斯时便开了口:"中午没抽的英语单词,现在抽。"

　　语毕,他疑惑:"你刚刚想说什么?"

　　"……"

　　乔岁安不看他了,也不笑了:"没什么。"

　　只不过是她生性不爱笑罢了。

就这样，在丁斯时的紧盯模式下，乔岁安终于慢慢从重点班的倒数爬到了中等的位置。

——一个很安全的位置。

离期中考试还有两天，丁斯时给她整理了很多可能会考的题型、重要的知识点，硬挤硬凑，愣是把所有都塞进了乔岁安的脑子里。

乔岁安趴在桌上，长发披在肩上，窗外秋风一吹，她垂眼，看见一根头发飘飘荡荡落在了地上。

她摸了摸头顶，紧张兮兮地跟丁斯时确认："没秃吧？"

"放心，没秃。"丁斯时扫了眼她那头乌黑茂密的长发，从手腕上撸下一根橡皮筋，朝她那边递了递。

"不扎。"乔岁安严肃拒绝了这根橡皮筋，"我昨天刚看过一篇文章，说是橡皮筋对头发有隐性危害。我的头发很脆弱，禁不起折腾了。"

他望着她那头又顺又直黑得跟泼墨似的头发，无语片刻，忍着翻白眼的冲动，收回了橡皮筋，冷笑道："有本事明天上学你也披着头发去。"

"我没本事啊，"她承认得非常大方，眼神真诚，"我是瓜包。"

丁斯时哽住了。

离期中考试还有一天。

乔岁安突然开始紧张起来，满脑子乱想。

晚上十一点钟，丁斯时刚洗完澡，踩着拖鞋，深蓝色毛巾顶在头上，湿漉漉的发梢露出来，水珠顺着脖颈往下滑。

他拉开房间门，就看见一个人幽幽地坐在他的床上，穿着一身软绵绵的粉色睡衣，长发披散，手里抱了一本数学书，听见门口的动静，立马"噌"一下站起来望过来。

丁斯时被吓了一跳，认清那人是乔岁安之后才松了口气，紧接着又轻蹙起眉头："你怎么在这里？不回去睡觉？"

乔岁安紧张兮兮地向他展示了数学书里的某个页面："函数，好难。"

丁斯时叹气："你放心，才高一，不会给你考很难的。你在重点班，平时做的卷子难度都和平行班不一样，但期中考全年级一张卷子，出卷老师总得顾及平行班的。"

他伸出两根手指，隔着睡衣布料推着她的肩往外走："回去睡觉。"

人到门口时，乔岁安又猛地扭回头，额头险些磕上他的下巴，追问："万一我这次被踢出重点班了怎么办？"

丁斯时闭了闭眼，往后仰了仰身子，后退一步拉开了点距离。

"不会，你上次班级测验，数学第二十三名，英语第十七名，而语文一直是你的强项。重点班一共三十五个人，只有倒数五名才会进入流动机制。"他再次叹气，"你慌什么？"

　　"假如……"乔岁安还是很焦虑，她再强调了一遍，抬起眼可怜兮兮地看着他，"假如我真的被踢出去了，你还会管我吗？"

　　"大小姐。"丁斯时脊背倚在门框上，清瘦的手指捏了捏眉间，神色越发无奈，"我什么时候真的不管你了？"

　　"有！你初三就有段时间一直不理我，看见我就跑，也不跟我一起回家。"乔岁安声音渐小，委屈地嘀咕，"你知道你这叫什么吗？这叫冷暴力，很过分的，超级超级过分。"

　　提起那段时间，丁斯时张张嘴，百口莫辩，最后道："那次确实是我错了，但这次我保证作数。只要你想，我就不会不管你的。"

　　见他落于下风，乔岁安有了底气，得寸进尺道："那你平时老跟我莫名其妙地生气……"

　　"不是莫名其妙。"他反驳。

　　乔岁安洗耳恭听："那你说，什么个理由？"

　　丁斯时不吭声了。

　　"你看吧。"她一拍手，"被偏爱的总是有恃无恐，闹脾气连个理由都不需要有。"

　　丁斯时都快被她气笑了。

　　迟钝的笨蛋，还好意思跟他谈"偏爱"，他俩眼睛里的"偏爱"是一回事吗？

　　"现在不紧张了是吧？"丁斯时催促她，"赶紧回去睡觉。"

　　乔岁安得了他不会不管她的保证，心满意足，总算肯抬脚走人了。

　　"乔岁安。"身后那人突然叫她。

　　她回头。

　　稍微相熟点的朋友都会喊她"乔乔"，但丁斯时这人从来都是喊她全名。

　　从小到大，都是这样。

　　他站直了身子，微垂了睫毛，目光落在她身上，喉头轻轻滑动了一下，神色沉沉的看不清晰，嗓音也跟着低了下去。

　　"下次别那么晚来我的房间。"

　　他视线下陷，落在她那身粉色睡衣上。

　　"尤其是在洗完澡之后。"

期中考前一晚，乔岁安翻来覆去，入睡失败。

后果就是，第二天她顶着两个偌大的黑眼圈双目无神地踏进考场。

……然后考英语听力时睡着了。

成绩发下来之后，丁斯时对着她的试卷上听力计分上大大的"0"沉默了片刻，侧过头又无声地盯了她片刻，问："你自己觉得应该吗？"

被盯的乔岁安低头抠手指。

丁斯时："不仅睡着了，而且二十道听力题，一道都没蒙对，我是不是还得夸夸你完美避开了所有正确答案？"

乔岁安声音小小的："运气不好啦。"

"……"丁斯时深呼吸。

乔岁安偷偷抬起眼睛瞄他一眼，随后又垂下脑袋，声音依然小小的："别生气啦。"

英语卷子被"哗啦"一声合上，眼前人陷入了漫长的沉默，乔岁安低头望着自己搁在膝盖上的手指半晌，见他仍不出声，就再次悄悄抬起眼睛看他。

四目相对。

丁斯时不常戴眼镜，此刻睫毛轻垂，眼皮微耷，眼尾那条纹路像是被延长出去的眼线。

他盯着她有一会儿，冷不丁问了句："周末有没有空？"

他的语气仍旧算不上好，比起刚才却温和些，乔岁安估摸着自己周末又得被某人支配着学习，悲戚地斟酌道："有的吧。"

丁斯时左手插进兜里，将手机掏出来，指尖在屏幕上轻点了几下，将屏幕转向乔岁安。

屏幕中央是一个二维码，而二维码上头写着几行小字：

《黑亚当》
第五排六座
第五排七座。

乔岁安猛地抬起头诧异地看向他。

"你不是想看很久了吗？"丁斯时没看她，低着眼，语气轻描淡写，"考试考完了，一起去吧。"

她眨了眨眼，才反应过来，小心翼翼道："你不生气啊？"

"气什么？考不好是你自己的事。"他瞥了她一眼，顿了顿，又道，

"我反思了一下自己，或许是我一直在强调重点班的事，给你的压力太大了，才导致你太紧张了，没有发挥好。"

他面对她，认认真真地问："乔岁安，你是不是不喜欢待在重点班？我不希望你是因为被我强迫着才努力要留下来的，是，重点班确实节奏快，作业多，压力大。如果你想去普通班的话也挺好，一班二班挺近的，以后我可以经常过来找你。"

乔岁安愣了一下，忙摆摆手，又觉得有点好笑，轻咳一声，挺直了脊背，同样以认真的口吻给予回应："我承认我不喜欢学习，我懒，但那句'能进一次重点班已经知足了'说出来其实是没走心的。没有人会不希望自己往上走，重点班有更好的师资力量，而你给了我一个前进的动力。我考前紧张不是因为你，而是因为我想留下来。"

视线在半空中交会良久，他读着她眼底的郑重，低头哼笑一声："哦。"

见他笑了，乔岁安才开始抱怨："但说真的，你刚才问我'周末有没有空'的时候表情巨凝重，我还以为你要给我加卷子呢，好吓人的。"

"我是想着考完试了一起出去放松一下。"丁斯时手指关节轻敲了一下她的脑袋瓜，无语道，"整天就不想点我好的。"

她下意识地缩了下脖子，摸摸脑袋，笑嘻嘻地说："想着的，你最好了。"

他抬着下巴，睨她，从鼻腔里发出一声"嗯"。

乔岁安比心："爱你。"

丁斯时怔了下，望着她清澈的眼睛，唇角一抿一松，登时又想敲她了。

"都跟你说了，我不是你的小姐妹，少拿对付余清那套对付我。"

"那我换个方式嘛。"乔岁安清清嗓子，开唱，"你是电你是光你是唯一的神话！"

丁斯时赶在下一句之前，及时捂住她的嘴。

"闭嘴吧你。"他并不接受她的示好，"你知不知道你唱歌跑调？"

乔岁安："……"

哼！他真难搞。

她默默想：还是余清好！

一夜梦扰得丁斯时头疼，迷迷糊糊睁开眼时天已大亮，思绪还朦胧时亮光照在眼皮上，刺目又难受。秋秋隔着被子压在他腹部上，重量不容小觑。

他坐起身，细细回想了下梦里的内容。

隔壁那位对着秋秋深情演唱"你是电你是光你是唯一的神话"，神奇的一幕发生了，秋秋化身为人，于是两个人欢天喜地手拉手私奔了。

梦里的乔岁安宛若装了电动小马达，跑步速度比现实中快多了，他咬牙切齿地在后面追了半天也没把人拽回来。

丁斯时揉了揉太阳穴，冷笑一声。

……没良心。

他又瞥了眼趴在被褥上睡得正香的秋秋。

两个都没良心。

他捏着秋秋的后颈把它丢下了床。

秋秋立即警觉地睁开眼，在半空中拐了个圈四肢落地，"喵喵"两声，冲他摇尾巴。

丁斯时没搭理它，大概是没休息好的缘故，右眼皮一直在跳，他伸手摸了摸右眼。

秋秋轻巧一跃，再次爬上了床，找到原先自己窝的地方，再次趴下来。

丁斯时掀开被子一角，精准蒙在秋秋脑袋上，下了床。

秋秋愤怒："喵！"

丁斯时踩着拖鞋，人都快到房间门口了，手指已经搭在门把手上了，回头睨了眼被子里的那团，起床后遗症让他后知后觉，连带着一夜没睡好的那份浮躁，他皮笑肉不笑地回了秋秋一句："喵——"

语毕，他扭开门把手，转身就走。

高贵的猫猫被狠狠无视，于是 emo 了，丁斯时吃早饭时，秋秋一直拿爪子扒拉他的裤脚。

乔岁安来时，丁斯时刚吃完早饭，他坐在沙发上，脊背靠着身后的枕头，右眼皮持续发作，连同眼角都泛了红。

秋秋跳到丁斯时的膝头找存在感，收着猫爪挠他的裤子："喵喵喵！喵喵喵！"

"秋秋今天怎么那么闹腾？"乔岁安嘴里还叼了个包子，说话含混不清，突然想起什么，从口袋里摸出手机，"话说我前两天下了个猫语翻译器，让我试试。"

丁斯时心不在焉地"嗯"了声，第六感突击神经，他头一回迷信，打开手机想要搜索——右眼皮跳是跳财还是跳灾？

今天的网不太好，浏览器加载出结果的那秒，猫语翻译器冰冷的机器女声给出了秋秋最准确的心声："铲屎官为何那样？"

秋秋："喵！"

猫语翻译器："竟敢对高贵的本猫如此冷脸相待！"

丁斯时手指划了划手机屏幕。

……哦，原来是跳灾。

他冷笑了一声，按灭了屏幕，垂眼望向仍然不死心地划拉他衣服的秋秋，冲乔岁安伸出手："手机给我。"

乔岁安蒙蒙地递过去，就见丁斯时修长的手指在屏幕上轻敲，伴随着猫语翻译器传出一声拖长了音的"喵"，秋秋瞬间夸毛。

右眼跳灾。

这种感觉在丁斯时倚在奶茶店桌沿时格外强烈，他看着乔岁安拎着三杯奶茶，问："为什么买三杯？"

乔岁安道："因为余清也来看电影呀！"

丁斯时："……"

乔岁安察觉到他情绪不对，扭过头，疑惑地问："怎么了？"

丁斯时抿唇，错开视线，站直了身子："走了。"

乔岁安也没过于纠结，快乐地拿出手机给余清发语音："宝贝，我拿到奶茶啦，马上过去……丁斯时，你走慢点行不行？"

回复她的是丁公主清隽冷漠的背影。

乔岁安咬牙小跑着跟上去。

你付电影票钱你高贵！

我忍！

《黑亚当》上映得早，只是先前又是路演又是考试，乔岁安一直没来得及看。

影片在映已经进入尾声，正好避开了观影高峰期，影院里人不算很多，于是余清顺利抢到了和乔岁安连着的座位。

乔岁安抱着爆米花找到座位，趁着灯光还没暗下来，她跟余清相隔一个扶手，给对方发消息。

云宝：为什么我总感觉丁斯时看我的目光凉飕飕的？

岁岁和碎碎：他今天好像心情不是很好。

云宝：要不你哄哄？

岁岁和碎碎：可是我不知道他为什么生气呀。

云宝：没关系，宝贝，按你过去一直做的来就好。你也从来都没知道过他为什么生气，但你一直哄得很好。

乔岁安鼓鼓嘴。

影厅里的灯光暗了下来，手机亮光一下子非常明显，她划了划屏幕，合上手机，转着眼睛，余光不由自主地瞄向丁斯时。

昏暗光线下的他侧脸模糊不清，后脑勺靠着椅背，喝了一口他的全糖珍珠奶茶，又放下，推了下眼镜，开始双手抱胸，盯着大银幕一动不动，余光都不分给她一个。

乔岁安也看了看大银幕，现在还在放广告。

她轻轻戳了戳他的手，见他立马往她那边侧了侧脸，角度很小，依旧不看她。

她用气声问："你是不是不太高兴？"

他忍了又忍，喉结滑动了下，手捏住扶手，沉默半晌，终于忍不住了，彻底扭过头盯着她的眼睛问："你真的不知道？"

乔岁安两眼茫然。

丁斯时硬生生地被气笑了："我约你出来看电影，你真的不知道什么意思？"

乔岁安继续茫然。

坐在一边的余清顿悟，不可置信地望过来，整个人都呆住了。

丁斯时的声音又闷又沉："算了，你不用知道，你就这样吧。"

"这样？"乔岁安懵懂，大脑转不过来，重复道，"哪样？"

丁斯时不吭声，他才不要跟她说话。

沉默了一会儿，丁斯时轻飘飘地来了句："想吃爆米花。"

乔岁安立马把"这样"抛之脑后，双手呈上爆米花。

他接过，抱在怀里，往嘴里连丢了好几颗，银幕上广告结束，电影正式开始，身侧那个人还一个劲儿地盯着他看，眼睛亮晶晶的。

"好好看电影。"最后，他又叹了口气，补充，"我已经被哄好了。"

乔岁安震惊，赶紧捂好手机屏幕："怎么偷看别人的消息！"

"偷看什么消息？"他摸摸胸前用红线穿起的核桃吊坠，轻嗤，"猜你那点想法，我还用得着偷看你手机消息？"

乔岁安也跟着摸了摸自己脖颈上挂着的核桃，莫名其妙有一种他们的心绪凭着脖子上的红绳相互传递的感觉。

从小到大，他猜她的心思，一直很准。

自丁斯时那句话后，余清再也不能安心看电影了，大银幕上一帧帧播着起承转合，她愣是一点都看不进去，抱着爆米花把自认识乔岁安以来所有值得怀疑的事情想了个遍，偷偷从银幕上挪开视线。

丁斯时压根没看电影。

借着大银幕的光，她看见他目光朝向正是身边什么都不知道的那位，眼底平添几分勾人的柔意，太过明显的眼神以发小的名义为借口凭着黑暗传达，像一汪春水泼在了地面上，于是春暖花开。

一瞬间，所有的事情都有了清晰的指向。

大抵是察觉到了她的偷瞄，他眼皮子微微一抬，落在了她身上，瞬间不柔了，也不暖了，清清冷冷的一眼，漆黑的瞳孔像无声的警告。

余清眼观鼻，鼻观心，装作什么也不知道，赶紧扭回头。

第四章 //
乔岁安是笨蛋

周一换教室，罗落抱着乔岁安哭："呜呜呜，乔乔，我舍不得你。"

"不至于不至于。"乔岁安拍拍她的背，安慰道，"就在隔壁，我会经常回来的。"

丁斯时资料多，收拾起来也慢，把书包整理完时，乔岁安已经背着书包过来了，欢快地跟刘添愿打了个招呼。

十一月的天突然降温，她校服外套里头套了身深绿色的卫衣，袖口很长，刚好挡到她指根。

乔岁安坐在丁斯时的椅子上，偏头看他收拾桌上的书本。

他把所有东西都放进书包里，抓着肩带往背上一担，然后低眼看她："手伸出来。"

乔岁安把袖口往上捋了捋，乖巧地伸手。

几颗糖落在她掌心，糖纸五彩斑斓。乔岁安愣愣地抬头看他，面前的人单肩背着包，窗外阳光落进来为他的发丝镀了层金，连瞳孔都染上一层金褐色。

乔岁安恍惚间觉得，面前这位长得确实有点意思。

丁斯时："今天中午记得来一班背书。"

乔岁安："……"

那种恍惚瞬间支离破碎。

普通班的课对于现在的乔岁安来说过于简单，老师讲课速度很慢，语速也平，一点也没有重点班那种每一秒大脑都高速运转的紧绷感和急迫感，她坐在最后一排，一手按着圆珠笔头，一手撑着脑袋。

窗外的天气并不好，黑云压着屋顶，小雨绵延不断，白噪声和台上平稳无波的讲解声混在一起，成了最佳的催眠曲。

乔岁安脑袋前后小幅度摇摆，昏昏欲睡。

眼前忽地闪过一道白光，跟幻觉似的，她一个前倾，在额头砸桌之前顺利醒来，迷迷糊糊地望向窗外。

一道雷声劈天砸下，炸在耳朵边，引得大半人跟着望向了窗外。

乔岁安打了个哈欠，随后偷偷摸摸从包里拿出手机，在课桌底下给丁斯时发消息。

岁岁和碎碎：看见窗外那道雷了吗？那是本人在渡劫！马上，本人就要原地成神了，尔等凡人，还有什么要跟本座说的吗？

点击发送的那一秒，眼前突然陷入黑暗，教室停电的瞬间，不少同学发出惊呼，但都不如老师在台上那声咆哮响亮："后排那个新转来的同学！为什么你的课桌底下在发光？把手机给我交出来！"

乔岁安："……"

最后是丁斯时去办公室为她做的担保。

丁斯时长得好看，平时人又乖，成绩又好，深受老师们的喜爱，加上乔同学低眉顺眼一副"我知错了"的可怜样，老师心一软，以五百字检讨成交，换回了她的手机。

"胆子挺大。"出了办公室，丁斯时如此对乔岁安的行为进行评价。

乔岁安继续低眉顺眼。

教室里的灯还暗着，走廊上风云翻涌，雨珠顺着风击打进来，靠外的一边积了水，整个走廊都湿漉漉的。

广播带着回声循环播放："请同学们不要惊慌，不要随意走动，安静地坐在教室里，学校会马上启动备用电源。"

没用，胆小的躲在教室，胆大的已经出来观赏大雨了。雷声混着兴奋的尖叫声，教室与走廊上皆是一片混乱。

丁斯时瞥了眼外面的天气，揪着乔岁安的衣角把人拽到走廊靠里的位置，催促道："你赶紧回教室吧。"

乔岁安点点头："哦。"

丁斯时重新回到一班时老师不在，里头一片喧闹，笑声混着桌椅碰撞声。他习惯了黑暗，勉强也能视物，摸着黑回了自己座位。边上的罗落和林时蛰两个人正抱着瑟瑟发抖，闪电每闪一下，雷声每震动一下，两个人便抖一下。

在吵闹声中，他隐约听见两个人聊着。

"会不会一道闪电下来，咱们学校就没了？"

"呜呜呜，我那身在二班的乔乔宝贝，也不知道她会不会害怕。"

丁斯时手指顿了下，下意识地哼笑一声。

她才不怕呢，她可是奥特曼使者。

丁斯时小时候以为所有的小朋友都会怕打雷，因为每次天气恶劣时，幼儿园的小朋友都会露出惊恐的表情。

哦，包括他自己。

幼儿园临近放学，老天突发恶疾，乌云压城，整个世界被笼罩在一片漆黑中，只剩下教室里那些光，闪电劈开黑夜，雷声震天。

所有的小朋友都在教室里，一边等爸爸妈妈来接，一边听着雷声号啕大哭。

老师哄了这个，那个又开始喊"妈妈"；哄了那个，这个就开始抽泣着说"我害怕"。整个教室闹成一团，吵得要命。

丁斯时挺着脊背乖乖坐在自己的椅子上，抿着唇，搁在膝盖上的手指悄悄握成了拳头，紧紧的。他的目光偷偷扫过那群眼泪混着鼻涕的同学，在心底冷笑。

这个，上次说他没有男子汉模样的，哭了。

那个，仗着他瘦小欺负他的，也哭了。

他按住发颤的手，抬起下巴——哼！男子汉大丈夫，我才不哭！

终于，他的目光停在了不远处歪着脑袋同样坐在椅子上的乔岁安身上，她漆黑的眼睛里落了教室的灯光，亮晶晶的，手撑着椅子，晃着腿，在一众混乱的人群里显得格外淡定。

她怎么那么淡定？一定是装的！

丁斯时跳下椅子，佯装镇定地跑到她面前，站得笔直，抛下四个字："我不害怕。"

那双亮晶晶的眼睛终于把视线落在了他身上。

一直扮演被保护者的角色，此刻丁斯时觉得自己在她面前好像站起来了，又补充道："如果你害怕的话……"

如果你害怕的话，可以抱抱我。

这句话还没说完，乔岁安突然神秘兮兮地凑到他耳边："告诉你一个秘密。"

丁斯时："嗯？"

乔岁安："我要变身啦，这道雷是我九九八十一难里的最后一劫！"

丁斯时信以为真，吞吞口水，睁大了眼睛，问："那你到底是谁？"

她一昂下巴，掷地有声道："奥特曼。"

"……"

他沉默了半晌，提醒道："奥特曼好像不用经历九九八十一难才能变身的吧。"

乔岁安虚心求教："那他需要什么？"

丁斯时："正道的光。"

乔岁安："……"

比她还离谱。

"丁斯时。"身后有道清脆轻快的嗓音喊他名字，伴着这么一声，教室里骤亮，他转过身，一道强光直冲冲对上他的眼睛。

丁斯时下意识地闭眼，往后仰了仰身子，结果后腰撞在桌沿上，"砰"的一声响。

他轻轻"嘶"了声。

乔岁安被那一声吓了一跳，忙调暗了手电筒，从他身上移开："没事吧没事吧？"

"没事。"丁斯时努力适应了下光线，把眼睛睁开一条缝，望向她手里的光源，"……这是什么？"

乔岁安无比骄傲："正道的光！"

"……"

丁斯时失语半晌："我的意思是，你来学校还随身携带手电筒？"

"忘记什么时候放的了。"乔岁安小声说，"这不是正好派上用场了嘛，这个比手机亮多了。"

罗落见光立马抛弃林时蛰，扑上来："乔乔，爱死你了！你是什么黑暗里的天使！"

乔岁安摸摸她的背："不怕不怕。"

丁斯时揉了揉后腰，继续问："那你怎么来我们班了？"

乔岁安一手握着手电筒，一手拍着罗落的背，眼睛却闻言望向他，还是亮晶晶的，和小时候一模一样。

"怕你害怕呀。"她如此直白地说道。

罗落跟林时蛰瞬间扭头跟着望向丁斯时。

丁斯时立马反驳："我不怕。"

乔岁安歪头："可是你小时候怕呀。"

窗外又是一阵惊雷，轰隆作响，其实并不吓人，像烟花炸在心上。

怕不怕好像也没那么重要了。

丁斯时望着她的眼睛，顿了片刻，垂眼哼笑了声，伸手将鼻梁上的黑边不规则眼镜取下来轻轻搁在桌上，重新直视她的眼睛，脊背轻轻下压，和她离得近了些，语气放软："好吧，有点怕，你会留下来陪我吗？"

边上的罗落和林时蛰同时悚然。

这辈子第一次见到"夹子男"。

可是乔岁安好像一点也没察觉出不对劲，事实上她完全不会怀疑丁斯时怎么样，他都说怕了，她理所当然地像小时候一样，干脆利落地点头："会呀，等备用电源开了我再回去。"

罗落和林时蛰同时低头盯脚尖。

她俩应该在车底，而不是在这里。

这场暴雨下个不停，要纯靠双脚，估计还没走到家，衣服就湿得能拧出水来。

于是，乔岁安紧急呼唤了自己的妈妈，让她放学后来接自己。

"你和斯时打车吧。"乔妈在家一边看电视一边啃着苹果，"下雨天我开车多不安全呀。"

乔岁安："那爸爸呢？"

乔妈："加班。"

乔岁安又动了歪心思："那丁阿姨呢？"

"你忘了，"电话那头苹果啃得"咔嚓"响，乔妈提醒，"你丁阿姨没驾照。"

她又补充："你丁叔叔出差了，今天还没回来，别想了你。"

乔岁安："……"

电话的最后，是乔妈爆发出的一句："亲了！甜死我！"

乔岁安木着脸挂了电话。

人间处处是真情。

最后，两个人还是叫出租车回的家。出租车停在校门口，乔岁安跟丁斯时一人顶着一把伞迎着风从教学楼扛到校门口。

天阴沉得不像话，狂风怒吼着，把乔岁安那把小破伞"咯吱"一声吼折了，伞骨架软软垂着，伞面随风而逝。

暴雨更是不留情，在伞骨折的那一秒，雨水铺天盖地砸下来。

丁斯时伸手把她拉在自己伞下，一手撑着伞，一手拉着她的胳膊，一个几乎把她揽在怀里的动作。

"丁斯时！"雨幕中，她捏着破败的伞骨架，在他耳边大喊，"我们像不像那个修仙文里刚开始面对敌人手无缚鸡之力负隅顽抗的主角？"

"……"

她艰难地顶着风，举起手里那把伞骨架："这是我竞技场上荣誉的象征！"

丁斯时："闭嘴吧你！"

两人上车的时候，裤脚湿透了，鞋子里进了水，沉甸甸的，脚趾冰凉。好在丁斯时的伞足够大，质量足够好，上半身还算没什么事。

雨刮器一直开着，刮不开暴雨的洗礼，前面的路况模糊成零星的色块，几乎看不清楚。出租车开得很慢，堵在红绿灯路口，后面的鸣笛声不断。

司机在前面叹气，等红绿灯的间隙，跟他们搭话："等接完你们这一单，我今天就回家了，这雨实在下得太大了。"

"你俩都是育德的学生啊？"司机通过后视镜在两个人脸上打转，问，"你俩是兄妹吗？"

乔岁安坐在后排左侧，小声嘀咕："为什么是兄妹？明明我还比他大一个月呢，说姐弟还差不多。"

雨下得太大了，后头鸣笛声又吵，司机没听清，说："什么？"

乔岁安鼓了鼓嘴，刚要重新开口，丁斯时倏地出了声："不是兄妹。"

她扭过头看向他，他靠着椅背，顿了顿，才回道："青梅竹马。"

"啊，对。"乔岁安点点头，补充道，"我们两个是发小，住对门。"

外面的雨水洗刷着车窗，出租车慢吞吞地往前挪，司机这才道："哦，这样啊，那关系肯定很好咧。"

乔岁安微不可闻地应了声，转头去望什么也看不清的窗外。

军训时罗落对"青梅竹马"这四个字的解释在脑海里轻轻晃过，却似乎留下了难以磨灭的痕迹。

乔岁安捏了捏手指。

她猜他不知道。

这场雨下了很久，直到半夜才停下。第二天上学时，马路还是湿漉漉的，沥青淋了水显出更深的黑色，泥土混着草的味道蔓延开来，称不上难闻，也算不上清新。明明阳光明媚，但整个世界仍然充斥着潮湿感。

十一月份，雨后的风更冻人了，阳光也不暖和。踩地时枯黄咔嚓作响，整个世界像是提前进入了冬季。

两扇门打开，乔岁安围着一条浅粉色的围巾，下半张脸被遮住，见到丁斯时，她从袖口伸出两根手指往下扒拉了两下围巾，露出嘴巴，开口第一句话是"你猜今天几度"。

丁斯时单肩背着包，冬装校服宽大，穿在身上松垮又随意，他从外套口袋里掏出一双毛绒手套丢给她。

乔岁安接过手套，愣了下，说："这双今天我找了半天都没找到，怎么在你那儿？"

丁斯时冷呵一声，关了门朝电梯口走："这恐怕得问去年冬天的你。"

"哎呀。"乔岁安给自己戴上手套，立马在后头跟上去，"我刚说什么来着，哦对，你猜今天几度？五到十度！"

他按下了电梯下行键，继续听她用抑扬顿挫的语气哀号："现在才十一月份！天啊！这个冬天我得怎么过啊！"

面前"叮咚"一声响，电梯门打开，一个大妈穿了身喜气洋洋的袄子，手里拎着包，站在靠左的位置，见有人要进来，抬起眼扫过两个人，又淡淡收回视线。

耳边那道吵吵闹闹的声音瞬间收住，丁斯时低头，偷偷抿唇哼笑一声。

电梯下行至一楼，大妈先行离开。

沉默了有一会儿的乔岁安恢复吵闹，严肃道："你说，这会不会是受寒流影响？"

丁斯时刚在一班上两天课，还没轮得到地理，便瞥了她一眼："一班地理上到这儿？"

"你别这么看我。"乔岁安双手合十，搓了搓手套上的毛，无比骄傲，"虽然我在一班显得很烂，但在普通班，还是能勉强算上个学霸的。"

"听力零鸭蛋，"他轻笑，开了口，"还有脸骄傲？"

乔岁安："……"

在一班被虐成狗的乔同学在二班确实如鱼得水。

上午最后一节是数学，那些内容过于简单，昨天的作业压根不用丁斯时讲她都能轻松全对。

……然后被丁公主压着做了一班的作业。

丁斯时每次拿作业时都会拿两张，特地给她带一张。

他太"认真负责"了，她哭死。

离下课吃饭还有一分钟，乔岁安没心思听了，老师的讲课声逐渐过滤为背景音，她目不转睛地盯着墙壁上挂着的时钟，秒针转动，每"嘀嗒"

一下，她便跟着抓心挠肺。

下课铃响起的那一秒，十二分警戒拉起，她火速站起身，雄赳赳气昂昂地迈出右脚打算奔赴食堂一楼的炸鸡腿。

……然后被人拦了下来。

乔岁安茫然又焦急地仰起脸，一个男生拿着练习册和一支笔，挡在她身前，轻声问："乔乔，我有道题不会，可以问一下你吗？"

下课铃打响不到十秒，教室里的人"呼啦"一下全没了。

她压根没注意他的称呼，随手拿起桌上自己那本练习册递给他，放轻柔的声音是她最后的耐心："你可以自己先看看解题过程，如果还有不懂，吃完饭你再过来问我。"

那男生张张口，还未来得及出声，就见她迅猛地转了个方向，一抬脚就是冲刺速度，从教室后门"咻"一下跑走了。

丁斯时人刚出一班教室，就被一阵风拽着衣袖飞。

他一边人在后面跟着飞，一边思索：这可比她五十米体测快多了。

到了一食堂门口，乔岁安终于慢了下来。她扭头，目光里充满了期待，暗示他："我想要一个炸鸡腿和一份铁板猪排饭，你呢？"

丁斯时琢磨了一下她的意思："我想吃铁板猪排饭。"

乔岁安很满意："那你去排铁板猪排饭的队，我去买炸鸡腿。"

她松开他的衣袖，快乐地冲向一窗口。

食堂各个窗口前的队伍都排得老长，人群熙熙攘攘，乔岁安伸长了脖子往前面瞧，祈祷着快一点再快一点。

丁斯时排了十分钟左右，端着两盘铁板猪排饭找到位置坐下，瞥见乔岁安双目无神空手而归。

他从桌边的餐厨柜里拿了两双筷子，摆在她那份午饭餐盘上，问："卖完了？"

"嗯。"乔岁安失魂落魄，"最后一个被排我前面的学姐买走了，但凡我再快两秒钟都不是这结果。"

丁斯时看着她失落的眉眼，抿了下唇，解释道："我今天出教室确实有点晚，主要是老师拖了……"

乔岁安打断他，恨恨道："早知道就不该为刚才问我问题的那个男生停留步伐。"

丁斯时一顿，捏着筷子的手紧了紧，把剩下几个字吞入腹中。他咬了一口猪排，没看她，垂着眼皮，待这一口嚼得差不多了，才语气凉凉道："午饭前问问题，损人不利己，没安好心，天打雷劈。"

乔岁安被"天打雷劈"四个字震慑，气一下消了大半："那倒也不至于啦。"

丁斯时提醒："炸鸡腿。"

乔岁安的表情瞬间严肃："至于。"

顿了顿，她又补充发誓："回去之后我是不会跟他讲题的。"

丁斯时撩起眼皮看了眼她举起的手指。

三根。

他眉眼舒展开，满意地低头继续吃饭。

回去的乔岁安再次被人堵在了座位边，那男生一手拿着两本练习册，一手握着笔，无比执着："乔乔，我还是不太会。"

听清称呼，她一怔，慢吞吞地望了他一眼。

虽说身边的朋友都这么喊她，但那都是女生，此男生喊她时语调生疏，怎么听怎么怪异。

乔岁安欲言又止，纠结了半天，肩膀一塌，还是没提称呼的事，那句"不教"也在喉咙里卡了半天，最后憋出一句小声的话："哪道？"

她实在是尿。

那男生翻开练习册，点了点题目，说："这道题。"

乔岁安目光随着他的手指望过去，眉头紧锁，大脑中天人交战，吼着"你刚刚发誓了"，又犹豫着不敢开口说"不教"。

半晌，她终于想到了一个绝妙的回答："这道题我抄隔壁班丁斯时的。"

那男生一愣。

她再接再厉："要不你问问他？"

"……"

那男生脸涨得通红，离开了。

下午第一节体育课传来噩耗——要进行八百米和一千米体测。为了保证速度，一班二班放在一块测，先是男生，后是女生。

乔岁安彻底笑不出来了，默默跟着队伍，从体育馆往操场上走，听取周围哀号声一片。

"怎么办啊？我跑步可烂了！"

"我跑不动啊，我真的跑不动！"

乔岁安木着脸在心里用力"呸"了一声。

现在一个个说得好，等跑的时候都冲在前面。只有她一棵小趴菜，是真真切切实实在在的慢。

刘添愿从队伍前面慢下速来，落到乔岁安边上，问："乔乔，你八百米怎么样？"

乔岁安愁得要掉头发了："我能跑五分钟，你说怎么样？"

刘添愿激动："我也能跑五分钟。"

乔岁安喜出望外："好姐妹！"

刘添愿握着她的手用力晃了晃："有难同当！"

深秋的阳光并不温暖，透过树叶的缝隙，斑驳地撒落一地，一行人穿过林荫道，到操场集合，脱掉厚重的外套与围巾，在富有节奏的口哨声下做着热身运动。

男生比女生先跑，乔岁安趁老师不注意，悄悄从队伍里挪出来，跑到丁斯时边上，小声问："丁斯时，你紧张吗？"

"不紧张。"

"真的？"她不信，伸手去抓他的手腕，"让我摸摸你的脉搏。"

丁斯时猝不及防地被圈住手腕，长衣袖口被人撸上去，冰凉的指尖落在温热的脉搏上，他手指下意识地蜷了蜷，像夏季的冰镇可乐，贴上皮肤的那一秒"刺啦"一声被拉开易拉罐，汽水爆炸。

乔岁安嘀咕："果然骗我，你的脉搏越跳越快。"

"……"

丁斯时没吱声，撇过脸，抽了手。

老师终于注意到了这边的情况，喊："那边那两个，干什么呢？队伍排好！"

乔岁安不敢反驳，默默挪回到自己的位置继续热身。

丁公主的体育成绩无可指摘。他体育中考前那段时间一千米练得最狠，后来放了暑假，也有晨跑的习惯。

通常乔岁安和周公恋恋不舍说完拜拜的时候，他已经跑完晨跑，吃过早饭，洗完澡了。

开学之后，他倒是没再跑过，但体测拿个满分还是绰绰有余的。

从开跑到结束，他一直遥遥领先，结尾时没有冲刺，从头到尾都是匀速跑，但从未被人超越，看着轻轻松松。

乔岁安站在终点线边上，手里拿了瓶水，等他。

丁斯时越过终点线，又朝前多迈了几步，才缓缓停下来。

他喘着气，迎着阳光，一步步朝她走过来，呼出的热气凝为白雾，在半空中散开来。

他额上绑了根发带，浅蓝色条形的，风把他的发型吹得乱了些，几根随意地横在发带上，被他随意拨开。

丁斯时在她面前站定，没接她递过来的水，盯着她笑了一声，问："想及格吗？"

持续有人奔过终点线，老师按着秒针报着时长："三分三十秒。"

"三分三十二秒。"

"三分四十秒。"

乔岁安想了想，给他拧开了瓶盖，重新递到他面前。

她知道他什么意思，但她问："先跑一千米又跑八百米，你不累吗？"

丁斯时接过水，又笑："你以为我暑假是白练的吗？"

乔岁安偷偷瞄了一眼老师，压低了音量："这样老师允许吗？"

"你现在声音小点有什么用？"丁斯时往下弯了点腰，和她视线平视，一只手放在唇边学她，声音低了低，道，"刚才那句那么大声，估计体育老师早听见了。"

体育老师张一只耳朵闭一只耳朵，掐了最后一位男生的表，默不作声地走开了。

"……"乔岁安捂脸。

丁斯时直起身，笑到肩膀都在抖。

乔岁安站上跑道的那秒，心脏狂跳，脚提前开软，她站在最内侧的跑道上，不停地深呼吸，而丁斯时就站在她边上，神闲气定，丝毫不像刚才跑过了一千米，呼吸也早就平稳下来了。

"别那么紧张，"他神态自若，"放轻松。"

哨声响起的那一秒，所有人都冲了出去，那位传说中要跑五分钟的刘添愿冲在最前面，飞似的。

乔岁安落在最后面，丁斯时在内侧前面领着她跑，不紧不慢地和她保持大概半米的距离，提醒她："保持呼吸，跟着我的步子。"

原本密集的人群已经渐渐拉开差距，乔岁安步子越来越沉，努力保持三步一喘。

十一月的寒风不容小觑，顺着呼吸刮着嗓子，干涩又生疼。乔岁安的鼻尖逐渐失去知觉，整个身子重得不像话，让她几乎迈不动步子。

心跳加速，红色的跑道在眼前不断晃动，她能清晰地听见自己沉重的呼吸声，还有前面的丁斯时对她说："别停，步子迈大，跟着我的速度。"

前面陆续有几个人实在受不了，从跑步改为慢走。

整个世界好像只剩下呼吸声，还有她落地时沉重的脚步声。

前面一个女生离乔岁安越来越近，乔岁安一咬牙，从外侧超越。

丁斯时在前面跑着，还不停地回头看她，额前的头发随着步子晃动，跟她讲别停下。

最后一百米。

他说："看终点线，冲刺。"

乔岁安握紧了拳，不知从哪儿来的一股气，从脚底直冲上脑，促使她加速，眼底只剩下前面跑道上那根白色的终点线，周围的一切像是一场虚影，掠过她紧张的神经，化为一片空白。

耳边风声呼啸。

冲刺，冲刺。

那根白色的线在眼前放大。

心跳几乎冲破喉咙的那一秒，她抬脚跨过了终点。

老师的掐表读秒声与身侧丁斯时伴着风声而来的那一声低笑同时传入了耳膜。

"四分十秒。"

"真棒。"

四分十秒，她体育中考都没这水平。

喜悦像一场突如其来的飓风，顺着滚烫的血液蔓延至四肢，飞舞着狂欢。乔岁安一把拽住身侧丁斯时的衣角，说话中带着止不住的喘息声，却掩不住兴奋："丁斯时！我及格了！我真的及格了！"

丁斯时低下头，一下撞进她亮晶晶的眼底。阳光坠入她琥珀色的瞳孔，他清晰地在她满是雀跃的眼中看见自己的倒影。

跑完步后的心跳尚未平复，气息也混乱，他触碰到她目光的那一刻，大脑像加载过了头，蓦地空了。

寒风中生出了炙热，腕上系着的那根运动手环数值不断飙升，大概是一千八百米太过，他感觉大脑缺氧，视线定格在一处无法动弹。

乔岁安的声音在他耳边掠过，像隔了一层膜，不甚清晰："丁斯时，要不你掐我一把吧，我现在感觉有点不太真实。"

腕上的运动手环蓦地发出刺耳的警报声，丁斯时猛地眨眨眼，如梦初醒，抬起袖子把她的手从自己衣角上挪开，后退一步。

他的目光闪躲开："行了，是真的。刚跑完步别马上停下，多走几步。"

"你手环响了。"乔岁安紧张地再次伸手要去抓他的手腕，丁斯时却下意识地将手往身后一藏，她顿了顿，担忧地抬起眼，"你是不是跑太久了？你没事吧？"

"没事。"他抿了下唇瓣，迅速把手环摘下来塞进口袋，垂着眼盯着面前的地板，声音平静，"应该是手环出问题了，我明天去店里修一下。"

乔岁安半信半疑："真没事？"

他轻轻推了她的肩两下，催促道："多走两步去。"

"知道了。"乔岁安收回视线，嘟囔，"现在多走两步有什么用啊，再过几秒我心跳都要恢复了。"

她一步三回首，望见丁斯时默不作声地转过身，背对她整理袖口。

奇怪。

她扭回脑袋，一脸疑惑。

又没有袖扣，有什么好整理的？

乔岁安的作业仍然是在校时就写完了，回丁斯时房间的时候开始做他给的一班的作业。

二班的作业像一张学霸体验卡，等开始写一班作业时她又开始抓耳挠腮，就好像游戏模式一下从简单跳到地狱模式，她被虐得体无完肤，逐渐失去做题兴趣。

边上的丁斯时靠在飘窗墙壁上玩《保卫萝卜》，仍然是静音版的。

乔岁安坐了会儿就忍不住了，咬着笔杆子悄悄把目光移到了丁斯时身上。

"丁斯时。"她小声问，"你玩到第几关了啊？"

他眼皮子也没抬，淡声道："好好做题。"

乔岁安转了下眼珠子，又开始好奇："上次我写的攻略，你看了吗？"

他放下手机，抬眼看她，屏幕上萝卜的最后一口被怪物狠狠咬下，刻着骷髅头的墓碑跳出来，游戏失败。

乔岁安一眼看到死去萝卜的墓碑，小声提议："我可以帮你过这关哦。"

丁斯时从飘窗上下来，拉开椅子在她身侧坐下，伸出两根手指捏着她的下巴，把她的脸转到面向题目，叹出一口气，重复道："好好做题。"

乔岁安耷拉下肩，脑袋卸了力，下巴搁他手上，苦恼道："不会做。"

他立马收回了手，她身子一个前倾，下巴险些直接磕上桌，好不容易稳住，瞪大了眼睛扭头看他。

丁斯时面色如常，指尖夹了一支笔，笔尖往题册上空白那道点了点："这道？"

她鼓了鼓嘴，郁闷地支起手肘撑住脑袋，偏着头望向他笔尖点的那道

-062

题，点点头。

他读完题，又叹气："我昨天不是讲过类似题型吗？"

"没办法，我笨。"乔岁安的语气坦荡大方。

丁斯时扭过头看乔岁安，乔岁安撑着头目光肯定地点头，他无语地收回视线："那倒也不至于，好好听。"

讲完题已经是晚上十点。

乔岁安跟解放了似的，呼出一口气，脊背"躺"在椅子靠背上，狠狠伸了个懒腰，踮着脚尖，椅脚翘起。

然后，下一秒，重心不稳，她晃着手想要保持平稳。

丁斯时眼疾手快地伸手扶住她的椅背，乔岁安乱晃的手来不及收回，指甲狠狠擦过他脖颈处的皮肤。

他"嘶"了声，扶稳了她才抽回手，捂住颈侧。

"对不起对不起，"乔岁安自觉有错，"噌"一下站起来，真挚道歉，往下扒拉他捂着脖子的手，"我看看我看看。"

丁斯时偏着头，微抬下巴，手被扒开，脖颈处赫然躺着一条红痕，破了皮，但好在没出血。这几个月的时间把他养回了白皮，衬得那条红痕突兀、醒目。

"疼吗？"乔岁安拧眉盯着那条红痕，伸出点手指，却没敢碰，怕他会疼。

丁斯时冷笑道："你说呢？小没良心的。"

她立马道："那我给你吹吹，伤口嘛，吹吹就不疼了。"

还没等乔岁安凑上来，丁斯时反应极快地往后弹出一米远，脚踝"砰"的一声撞上床沿，他顾不上疼痛，瞪着她，咬牙切齿地说："乔岁安！"

她立马手脚并立，乖巧地低头站着："我错了。"

他闭了闭眼，忍了又忍，喉头滚动了下，说："我收回刚才那句话。"

乔岁安："嗯？"

"笨蛋。"他骂。

乔岁安："……"

丁斯时不顾脖子和脚踝传来的疼痛感，伸过来作势要推她，快触碰到她衣服的那一秒顿了顿，转换方向，"哗"一下拉开抽屉，从里面抽出一根蓝色的肌肉按摩棒，抵着她的肩推她："出去。"

乔岁安不停地回头："哎，哎，哎，我的书包。"

丁斯时提起书包丢她怀里："拿着书包出去。"

人被推到门口，他又把手里那根按摩棒塞她包里，下巴微抬朝向防盗门方向，让她赶紧走。

乔岁安抽出按摩棒打量："什么东西？"

"让你睡前按按腿，"丁斯时没好声，"最好再拉伸一下，不然凭你那点身体素质，今天跑完八百米，明天床都不一定下得来。"

乔岁安轻嗤，扬眉表示不屑，抬着下巴，尾巴能翘上天："开玩笑，怎么可能？我八百米可是四分十秒！我的身体素质哪儿差？"

"砰"的一声，丁斯时才不听她说瞎话，房门直接在她面前关上。

乔岁安："……"

人不能太自信，话不能说太满。

乔岁安第二天热泪盈眶地望着教学楼高高的台阶，扶着边上的扶手，酸痛的双腿不住地颤抖，每向上动一动都是煎熬，如同小美人鱼上了岸，每一步都像在刀尖上舞蹈。

"为什么？"乔岁安欲哭无泪，"为什么我们学校没有电梯？"

身后的丁斯时"呵"了声，双腿插兜，径直越过她，长腿一跨就是两个台阶。到了拐弯处，他停下来，转过身，居高临下地垂眼望向她。

"你不打算管一下我吗？"乔岁安艰难地向他伸出一只手，事实上她胳膊也疼，估计是昨天跑步时挥臂太厉害了，"哀家需要人扶。"

丁斯时不为所动，继续居高临下："昨天是谁说她身体素质很好的？"

乔岁安正色道："昨天的我怎么能和今天的我相提并论？今天的我俨然更加成熟，更加知分寸。"

他哼笑一声，慢吞吞地从楼上走下来，朝她伸出一只胳膊。

她赶紧两只手抓住他的胳膊，整个身体重量压过来，目光扫过他的脖颈，红痕仍在，比昨天颜色却是淡了很多，但在他偏白的脖颈上仍然十分醒目，她一愣，伸手要碰："我昨天划这么狠吗？怎么还红着？"

他警戒地往另一边偏了偏头躲开。

乔岁安顿了顿，百思不得其解："我又不是要害你，干吗每次反应都这么大？"

"我知道，"丁斯时道，"我还知道你昨天也没想害我，你只是粗心大意地在我脖子上划了一道。"

乔岁安小声解释："我试图补救了。"

"然后我的脚踝疼了十分钟。"

"好吧。"她悻悻收回手，"好心人，咱们上楼吧。"

乔岁安整个人几乎是抱着他的胳膊被硬生生拖上三楼的，宛若一个残废。周围路过的同学好奇地瞄他俩，乔岁安被瞄得尴尬，使劲低头，只差把脑袋埋地里。边上的丁斯时却是目不斜视，甚至极轻地笑了声。她跟她的耳朵确认再三，确实是嘲笑。

乔岁安愤愤不平地偷偷瞪他。

"丁哥！"

不远处有人在喊。

乔岁安仰起脸，一班的数学课代表兴高采烈地朝这儿挥了挥手，小跑着穿过走廊，待走近了，他才看见丁斯时脖子上的那道红痕，疑惑道："你脖子怎么了？是被你家猫抓的吗？"

乔岁安的脑袋垂得更低了。

"我家猫？"头顶上那道声音尾音微扬，他挑了下眉，"差不多，就是比秋秋不乖点。"

乔岁安的脑袋一低再低。

她手指屈起，轻轻掐了丁斯时的胳膊一下，丁斯时不动声色地伸手把她用来掐他的手指拨开了。

"哦。"数学课代表又注意到乔岁安那扭曲的姿势，"那乔岁安呢，这是怎么了？"

不幸被点名的乔岁安只好抬起脸，勉强微笑。

头顶那道声音十分没良心地又笑了声："昨天跑……"

"脚崴了。"乔岁安及时截住他的话，跑八百米跑到第二天楼梯都上不了这个理由实在太丢人了，她语气斩钉截铁，眼神真挚笃定，强调，"就刚在楼梯上，非常不幸，脚崴了。"

数学课代表走后，丁斯时淡定道："你知道吗？"

乔岁安："嗯？"

"只有说谎的人才会重复自己的话，以增加说服力。"丁斯时语气慢慢悠悠的，目光浅浅地扫过她刚痛苦上完楼梯、酸痛犹在且还在发颤的腿，勾了下唇，"比如，脚崴。"

"……"气得她差点打人。

中午，乔岁安那不争气的双腿令她彻底失去了一食堂炸鸡腿的竞争权，只能抱着泡面桶拖着残疾的身子去一班霸占了罗落的位置，而丁斯时在她强硬的要求下没去食堂，留下来陪她吃泡面。

乔岁安同学吃着碗里的看着锅里的，嘴里嚼着自己的红烧牛肉面，视线不停地瞟向旁边丁斯时的金汤肥牛面。

过了会儿，她没忍住，问："好吃吗？"

他可太懂她这句话什么意思了，直接拒绝："别想。"

丁斯时放下叉子，实在匪夷所思，说："在男生碗里找吃的，你是怎么想的呢？"

乔岁安悻悻收回视线，嘀咕："小时候不也这样吗？那时候你也没说什么嘛，而且你又不是别的男生。"

丁斯时吃面的动作顿了顿，欲言又止，最后终究什么也没说，闷头继续吃面。

教室里总共就两个人，他们俩闭麦后，世界一下安静了下来，唯有窗外偶尔微风拂过树梢，树叶沙沙作响，和教室内轻微的嗦面声。

乔岁安张望了下窗外，见没人过来，悄悄从口袋掏出手机，借泡面桶挡着，开始刷微博。

汤面温热，驱走了冬季的寒凉，快见底时，丁斯时突然听见边上一阵咯咯笑，乔岁安被呛到，咳了好几声，眼泪都快呛出来了。

可她仍乐个不停，喊他名字，悄摸摸把手机挪过来，屏幕面对他，亮起的是微博学校超话，他低眸，看清内容的那一刻顿住了。

> 育德中学超话：大家都知道高一那两个从军训时期就出名的同学吧，一个跳舞很厉害，另一个中考成绩巨高结果被分进了普通班。听说两人还是从小一起长大的，真令人羡慕，青梅竹马真的很有爱哎。
> 一楼：啊！羡慕了！
> 二楼：哦！青梅竹马！

乔岁安浑然未品出其中另一层含义，一边刷着评论区，一边小声跟他炫耀："你看，他们都羡慕我们关系好。我跟你说哦，丁斯时，除了我就没人陪你从穿纸尿裤到长大了，你要好好珍惜我，我们俩朋友一生一世一起走。"

丁斯时深吐出一口气，没吭声，撇过脸去刚要继续嗦面，身侧的乔岁安又"哎"了声。

他无奈地再次回头："又怎么了？"

"你看这张照片……"她手指点开评论区照片。他的视线重新回到屏幕上，落到了那张不知何时被偷拍到的双人照上。

照片上是换教室那天，乔岁安乖巧地朝他摊开掌心，上面是他给的两颗糖。丁斯时站在她面前，唇角带了笑，静静地垂眼望她，目光专注，像阳光融化，包裹了一腔柔软。

眼神如此明显。

丁斯时盯着照片，指尖一颤，浑身僵住，他从未想过他望向她的眼神会如此明显，明眼人几乎都能看得出来。

"这张照片……"乔岁安再度出了声，带着几分探究，话说到一半再次止住，而后又是一阵沉默。

丁斯时僵硬的视线顺着她的胳膊缓缓上抬，落在她紧蹙的眉头上，呼吸一滞，心跳仿佛骤停。

他张张嘴，艰难地找回自己的声音："我……"

"怎么能把我拍得那么胖呢？！"她匪夷所思。

丁斯时紧攥着叉子的手蓦地松开了。

乔岁安比画着自己的身材，在他耳畔叽叽喳喳没完没了："你看，我可瘦了，刚吃过饭，顶多只有点肚子。还有我的下颌线，你看看，多清晰……"

他不语，沉默地听着她的声音，心头涌上几分莫名的烦躁。余光里，她还在手舞足蹈地比画，全然不知他此刻混乱的心绪。

堵在心口的郁气像滚雪球般，随着耳侧她的嗓音越滚越大，倏地，他端着泡面桶一下站起身，椅子后撤摩擦地板发出一声刺耳的"刺啦"声，她茫然地跟着抬头。

"吃完了。"丁斯时语气淡下来，抛下这句便头也不回地出了教室。

整个中午，丁斯时都没有回过班级。

乔岁安抱着学习资料，每背一分钟都要抬头看一次门口，等着他什么时候出现，告诉她该抽背单词了。

可是他没有。

直到上课铃声打响，乔岁安才不得不离开一班，走前在桌上给他贴了张便笺，上头画了一个在抹眼泪的小人，边上是一行小字：理理我吧。

下午第一节课是语文，老师在台上抑扬顿挫地念着《赤壁赋》。这篇课文早在之前她就在一班上过了，默写都默完了。乔岁安有一搭没一搭地听着，趴在桌上奋笔疾书写完了一张数学作业和英语作业。

剩下的作业还没布置，她撑着脑袋盯着黑板旁边挂着的时钟。

老师捧着书，朗声道："好，接下来让我们看一下最后一段，客喜而笑……"

下课铃打响，老师顿了顿，乔岁安眼皮子跳了下，下一秒，他微笑道："同学们，老师再拖两分钟堂，我们把最后一段讲了。"

她脑袋一垂，丧气。

好在语文老师说两分钟就真的两分钟，他用飞快的语速迅速解释完了最后一段，再提了一下文章思想，便下了课。

乔岁安腿疼，慢吞吞地跟在一帮倒水、上厕所的同学身后，等堵在门口的那群出去了，她才出了教室门，而后拐进隔壁一班。

那个熟悉的座位上依旧空无一人。

她扭头问罗落："丁斯时人呢？"

"不知道啊，"罗落耸肩，毫不在意，"估计是去倒水了吧。"

乔岁安抿了下唇瓣，拉开他的椅子坐下，撑着脑袋继续等。

桌上贴着的便笺一动也没动，边缘翘了点角，她盯着看了半天，伸手把便笺压压平，压压紧。

她想了想，又拿起他桌上的笔，在那行小字下面添了一句：别生气啦，放学我请你喝奶茶！

等到第二节课铃声打响，丁斯时还是没回来。

罗落看她撑着脑袋等了半天，神情有些落寞，便换了个理由："也可能他去上厕所了，嗯，便秘也说不准，你要不下节课再来找他？"

理由听上去有点牵强……乔岁安道："我真是谢谢你。"

"不客气。"

无奈之下，她只好起了身。

踏出一班后门的那一秒，余光里那道熟悉的身影出现在前门口，乔岁安眼睛一亮，刚要张口喊他名字，左肩蓦地被人从背后拍了下。

乔岁安转头，数学老师笑里藏刀："这位同学，上课了，怎么还不进教室啊？"

乔岁安闭嘴，缩着脖子闷闷不乐地跟在数学老师身后，进教室之际，她再次转头想要去捕捉他的身影。

那里已经空无一人。

第二节下课铃打响，乔岁安热切地盯着老师，眼皮子再次一跳，她伸手按住，由心而生出一种不祥的预感。

数学老师张口，露出一个熟悉的微笑，说："好，同学们，我们再留个两分钟，老师把这道题讲完。"

"……"她痛苦地捂眼。

这是全校老师统一的默契吗？

这两分钟像是一整个世纪那般漫长，好不容易熬到数学老师抱着课本走出教室门，乔岁安立刻拖着两条腿走出了教室门。

丁斯时个子高，坐在后排，从后门能一眼锁定他的身影。他鼻梁上架了副眼镜，碎发挡住额头，侧脸下颌线格外清晰。他身侧站着个人，乔岁安先前见过，是学生会的学长，正弯着腰低头同他说着什么，丁斯时听得认真，偶尔点头应声。

乔岁安刚抬腿要跨进一班教室门，身后突然传来一道犹疑又有些许耳熟的男声："你是乔岁安同学吧？"

她扭过身，一愣。

面前的男生手里抱着纸张，正是军训晚会上给她两颗糖问她要联系方式的那一位。估计是因为上次的事，他瞧上去有点尴尬，伸手挠了挠鼻尖，还是开了口："是这样的，我是文艺部的。学校现在在组织元旦晚会的表演，我们部长让我过来问问你，你愿意参加这次晚会吗？"

说着，男生又递给了她一个表格，道："你可以先考虑一下，如果有意向的话，把这张表格填好交给高二（3）班的李茜学姐就行。"

乔岁安礼貌地小声说"好"，接过了表格。

她再回过头望向丁斯时。

四目相对，她怔了下，下意识地挺直了上半身。

他好像只是随便一瞥，风轻云淡地在她身上一点，便收回了视线。

不知道学长说了什么，丁斯时点了点头，摘下眼镜，目光清淡地略过她，没有停留，也没有开口说半个字，瞳仁漆黑平静，站起身随着学长从教室前门而出。

与她擦肩而过。

乔岁安捏着报名表，彻底愣住，几秒之后呆呆转身看向他的背影，那道身影在走廊上越走越远，直至拐角处彻底消失不见。

她睫毛颤了下，茫然又失落，深呼了一口气，眨眨眼，还是快步走到他桌前。

便笺原封不动地贴在桌角，上头依旧画着小人，依旧印着她写下的那两句话。

一个字都没有多。

她后知后觉地想，和以前不一样，丁斯时好像是真的生气了。以往他再怎么闹脾气，也会故意给她抛下一个机会去哄他，从来没有像这样完全无视过她。

可是为什么呢？

第五章 //
送他兔子手环

为什么呢？

乔岁安撑着脸望着窗外，怔神很久。

心底发慌，她执起笔来转，可是做不到像丁斯时那样连续不断玩得漂亮，笔在她的指尖摇摇欲坠，几乎每隔几秒钟都会"啪"一下掉到桌上。

老师的讲课声就像白噪声，她听不进去半分——事实上也没什么可听的，同样的内容在一班时早就上过。老师也懒得管她，前两天月考成绩出来，她的分数比重点班的平均分还要高三分，所有人都心知肚明，她不过是考差了才掉下来，早晚得回重点班。

哪怕哪次考试考差了，还有丁斯时给她复盘。

笔再次掉落在桌面上，滚了两圈，跌落在地，轻轻一声"啪"。

突然一下，心底有个声音告诉她：这次无论是奶茶、游戏秘籍，还是草莓味糖果，好像都哄不回来他了。

乔岁安的心脏猛地很快地跳动了一下，重重一下。

那要怎么办呢？

她这才想起要捡笔，慢吞吞地弯下腰，捡起地上的笔，缓缓起身之时，目光随意扫过桌肚，一顿，定格在暑假时余清送她的兔子手环上。

余清这人向来心灵手巧，什么废品在她手里一转，就会变成漂亮可爱的小饰品。

暑假结束的最后一天，余清送了乔岁安这么一个兔子手环，乔岁安喜欢得不得了，待回了家，戴着它向丁斯时炫耀："快看，我的宝贝给我做的！是不是特别可爱？"

他瞥了一眼："嗯。"

"她说，哪怕不在一个学校，只要我看见这个，就会想起她。"

丁斯时："……嗯。"

乔岁安继续嘚瑟："你看，她好爱我哦。"

丁斯时闭着眼，总觉得自己被秀恩爱了："嗯。"

"你别光'嗯'呀，"乔岁安兴高采烈，想了想，道，"我们也搞一个吧，就是那种你一看见就会想起我的那种。"

丁斯时无奈地在她面前转了一圈，指着自己身上的东西一个个跟她介绍："这个红绳，我们两个同款的；这个眼镜，你挑的；这身衣服，也是我俩妈妈一起买的同款；你脚上那个拖鞋也是……你是觉得我看见哪个想不起你呢？"

"还有一点，"他顿了顿，漆黑的眼睛盯住她，低声补充，"你说的那种纪念是留给会分开很久的人的，不适合我们。"

乔岁安一想，也对，说："那我们就换一个吧。你老是跟我闹脾气，这样，我下次要是送你兔子手环，你就不可以再生气了，戴上就说明你愿意和我和好。"

丁斯时冷笑一声。

"我不要别人做的兔子手环，等你学会了再跟我说这个吧。"

等到下课，乔岁安从桌肚里将兔子手环拿出来瞧了半晌，伸手戳了戳前面刘添愿的肩膀，问："你有毛线吗？"

刘添愿诧异地回头瞧她一眼："你怎么知道我有？"

"百宝箱，我猜你什么都有。"乔岁安摊开手，"好姐妹，借我点。"

"我那是用来逗小卖部旁的猫猫的。"

"我也是用来哄猫的。"乔岁安压低了音量，"要是哄成功了，我明天把秋秋刚到货的玩具带给你。"

刘添愿再看她一眼。

"成交。"

乔岁安将毛线球搁在腿上，剪了口罩，抽出里头的铁丝弯成一圈，再抽了根毛线头出来，模仿着记忆里余清编小兔子的动作努力编织着。一会儿，她又对着余清的那个拆拆补补半天，总算摸到了窍门，垂着头一点一点编。几次都没编好，她拆了又编，手里的兔子耳朵慢慢成型。

想了想，乔岁安在笔袋里拨了拨，挑出三支荧光笔。

给兔子耳朵一个涂粉，一个涂蓝。

就跟丁斯时一样，心情变化怪异，时晴时雨。

直到放学铃打响，老师又拖了两分钟课。乔岁安急到不行，飞速收拾完了东西，手里握着兔子手环，背着书包拖着两条不争气的腿跑去一班。

属于丁斯时的那张桌子和椅子干干净净的，显然已经被主人收拾过，书包都不见了。

乔岁安一愣，走近了。

桌上贴了张便笺，是她写的那张，孤零零地待在桌角。

一丝未变。

罗落看见她，"咦"了声，疑惑道："乔乔，你怎么还在这儿？你今天不跟丁斯时一起回家吗？"

乔岁安抿了下唇，问："他走了？"

"对啊。"罗落点点头，见她表情不对，后知后觉地察觉到了什么，"怎么了？你俩又闹矛盾了？"

乔岁安不说话，罗落倒是没在意，语气轻飘飘的，早就习惯了："哎呀，那你赶紧去哄人吧。"

所有人都觉得他俩闹别扭就是那样，乔岁安哄哄，丁斯时就会回来。

手里的兔子手环发烫，乔岁安茫然地想，这次好像真的不一样。

她只能将兔子手环丢进口袋，跟罗落道了声"再见"，便垂着脑袋，拖着那双近乎残废的腿往外走。

刚放学，走廊上四处都是人，同学们背着包，挽着手，有说有笑一起走。一时间，长长的走廊被吵闹声充斥。

她一个人慢吞吞地穿过走廊，拐角处便是楼梯，周围同学跟风似的下去了，她低头盯着长长的台阶，平时几下就能跳下去的楼梯，现在好像有万丈高似的。

乔岁安在那一瞬间委屈得要死。

她又是哪里惹到他了吗？烦死了。

乔岁安捏紧了扶手，深呼了一口气，正打算试探性往下跨一步，楼梯拐弯角一道身影几步迈上来，急匆匆的，还喘着气。抬起眼，两道视线在半空中相撞。

她一愣，立马收回那条即将要跨出去的腿，直直盯着他看，轻薄的刘海儿下眼睛睁得老大，唇角微抿，可怜兮兮的。

丁斯时顿住，动作明显慢下来。他背着黑色的书包，双手插着兜，冬季校服外套拉链拉到最顶端，挡住一点下巴。他面无表情、不紧不慢地踩着台阶上来，抬起黑白分明的眼来浅浅扫了她一下，随即又垂下睫毛，伸出一只胳膊横在她旁边。

她觉得机会到了。

乔岁安松开扒着栏杆的手，迅速抓住他的手指，生怕他跑了似的，从口袋里摸出兔子手环，对比着他的手腕，将手环开口处掰大了些，在他手腕处扣上。

丁斯时不作声，却也没阻止。

等戴好手环，乔岁安这才抬起眼睛，仰起脸看他。

丁斯时仍然一声不吭，面无表情，胳膊横在她身前。

她低落地抱住他的胳膊，重心往他身上靠，借着力道一步一步下楼。

丁斯时不说话，她也跟着忐忑，小声问："你还在生气吗？"

他没看她，也没开口，楼梯走完了，就扒开她的手，把手重新插回口袋，自顾自往前走。

他步子迈得大，乔岁安每走两步就要小跑一下，好在平地不像楼梯，哪怕小跑也不会特别酸痛。但是这么跟着终究费劲，她一下伸手拽住他的衣角，揪紧了，道："你总得告诉我你在气什么吧。"

一个下午都没见着人，好不容易见着了，人又是这个态度。她脾气彻底上来了，抓紧了他的衣角不让他走："你每次都这样，问你在气什么你又不说，每次都要我哄你，那我做错什么了啊？丁斯时，你能不能不要什么都憋在心里啊？"

他终于停下来了，转过身子，低眼望着她。

冬天的晚上黑得早，路灯一盏一盏地亮起，昏黄的灯光落在他身上。丁斯时围着条蓝色的围巾，冬季的风掀起围巾一角，他双手插在口袋里，眼眸漆黑，被夜色笼上几分说不清道不明的深邃。

丁斯时沉默地望了乔岁安半晌，乔岁安也仰着脸瞪他，丝毫不让。

直到她鼻子被寒风吹得通红，使劲吸了下鼻子，他才叹出一口气，热气在灯光下化为白雾，又随着冷风飘散。

"乔岁安。"他凝视着她，扯了下唇角，"你要我怎么说？"

他的视线落在自己右手腕上套着的兔子手环上，嗓音低了下去，被风一刮，尾音清浅地飘散开来。

"我永远在你的选项之外，你要我怎么说啊？"

丁斯时关上房间门，秋秋窝在吊椅上，见他来了，"喵"一声跳下来，扑上去摇着尾巴，扒拉着他的裤脚。

丁斯时有点累，只摸了摸它的小脑袋，让它自己玩会儿，随后就霸占了它的吊椅，人往椅背上一靠，长腿斜斜地支着地，闭了眼，下巴微扬，修长的手指搭在眼上，脊背枕在乔岁安买的靠枕上。

头有点疼，他伸手抵住突突跳的太阳穴。

吊椅轻轻前后摇晃，秋秋见自己原来窝着的地方被铲屎官霸占了，恼怒地一声"喵"，可是铲屎官别说眼神，连眼睛都没睁开。

秋秋无能狂怒了一会儿，紧接着丁斯时听见"啪"的一声，似是有什么东西掉落在地，他睁开眼，秋秋以一个胜利者的姿态站在书架上，高昂着脑袋看他，前爪微微抬起，孤傲地"喵"了声。

他视线下移，一本书掉在地上，是列夫·托尔斯泰的《复活》。

"……"

丁斯时用食指揉了揉太阳穴，又瞥了眼站在书架上的秋秋，感觉头更疼了。

秋秋本来是流浪猫，没事就喜欢在他们小区晃荡，刚开始胆子很小，躲在角落里，见着人就撒腿往反方向跑，等喂多了食物才慢慢跟他和乔岁安熟起来。

后来它被乔岁安捡回了家，但乔爸对猫毛过敏，所以只能养在他家。

在宠物医院里做完所有检查之后，乔岁安兴致勃勃地买了个猫窝，问他："我们是不是得给它取个名字？"

小猫温顺地窝在她的怀里一动也不动，她轻轻摸了摸它橘黄色的毛，软软滑滑，于是她打了个响指，语气认真笃定："要不，就叫它'大黄'吧？"

本来温顺乖巧的小猫一声"喵"叫，从乔岁安怀里狠狠挣脱，头也不回地跳进了丁斯时怀里，把脸往他胸前一埋，露出一只蓝色眼睛，充满敌意地盯着她。

丁斯时抱着猫，忍笑道："算了吧，你这取名水平，连它都嫌弃。"

她瞪着眼睛，鼓了鼓嘴："你懂什么？这叫贱名好养活！"

"你看它乐意吗？"丁斯时垂眼，指节分明的手指轻轻揉了下小猫的脑袋，小猫眯缝着眼，可怜巴巴地"喵"了一声，他想了想，道，"要不叫'秋秋'好了。"

秋秋重新摇起尾巴，从那以后，但凡丁斯时在，它就不黏乔岁安。

刚领回来时，它还算乖巧，会撒娇会低头，让它朝东不朝西。后来不到一年的时间里，猫主子的个性越发不知收敛，脾气又差又嚣张，骂它两句还会奓毛跟你拼了命地"喵喵"叫。

丁斯时看着地上的书叹气。

猫主子真是被宠坏了。

“你知道你这叫什么吗？”丁斯时站起身，教育秋秋，“被偏爱的有恃无恐。”

话一出口，他先愣了下，总觉得耳熟。片刻后才想起，乔岁安之前也拿这句话形容过他。

丁斯时垂首，笑了下，闷闷的。

对着一个压根什么都不懂的人啊，他好像怎么解释都是错的，说出来了怕她尴尬远离他，彻底藏住了又怕自己成为她心目中第二个“余清”，心意忍不住时不时探出头，轻轻触碰着试探。

可是她什么都不知道。

丁斯时蹲下身挠了挠猫主子的下巴，唇角慢慢塌下来，最后叹了口气，从地上捡起书，“吧嗒”一声，什么东西从书里头掉下来，他收了书偏头一望。

是一枚干花书签。

乔岁安送的那朵白兰静静地躺在里面，保持着原来盛开的姿势，层层花瓣叠在一起，被压成薄薄一片。

其实乔岁安送他的花不止这一朵。

三年级的暑假，乔妈当时的会计证还没考下来，在步行街边经营着一家花店，花店规模不算大，生意也不算好。

情人节当天，写完作业的乔岁安同学被她亲爱的母亲塞了满满一怀包装好的单枝玫瑰，套上白色纱裙，打扮成花童丢到步行街卖花。

丁斯时刚和小伙伴打完篮球回来，穿着一身红色篮球服，衣服上白色字体标着数字“23”，额上系了根橙黄色的发带。

夏季闷热，他攥着硬币，就近找了家小卖部买了根冰棍。

今天步行街上的人格外多，他不懂什么情不情人节，只知道一男一女人来人往晃得他眼睛都快要花掉了。

他捏着冰棍出了小卖部，目光落到某处，突然一顿。

一个同龄的小女孩抱着玫瑰，坐在路中央的花台上，她扎着双麻花辫，噘着嘴耸着肩，裙摆随着腿部晃动而摇曳，百无聊赖地看着人来人往。

丁斯时盯了半天，终于确认坐在花台上那位是乔岁安，他绕过人群小跑过去。

乔岁安被突然闪现的他吓了一跳，怀里的玫瑰差点掉下去，她赶紧抱好。

他低头看看玫瑰，再抬头看看她，问：“你在干吗？怎么不回家？”

“妈妈说今天是什么情人节，要我把这些花卖出去。”乔岁安眼巴巴地看着他手里的那根冰棍，吞了吞口水，"你手里的冰棍可以给我吃一口吗？"

"不给。"丁斯时舔了口冰棍，"妈妈说了，男女授受不亲。"

乔岁安嘴角往下一撇。

他顿了顿，又问："那你为什么不卖呀？"

"我不知道怎么卖呀。"她愁眉苦脸，声音也小小的，"我不敢去问那群哥哥要不要买花，好尴尬哦，而且突然跑过去这么问，会不会不礼貌？"

丁斯时又舔了口冰棍，乔岁安盯着，嘴角又往下撇了点。

丁斯时无视了她眼神里浓浓的渴望，歪着头想了想，指着她怀里的玫瑰，问："是只能卖给哥哥吗？"

"啊？"乔岁安被问得一愣。她其实也不知道今天为什么要卖玫瑰，她仔仔细细地回想了一下妈妈说的话。

乔妈当时人瘫在躺椅上，一手玩着消消乐，一手捏着瓜子在嗑，语气随便："嘴巴甜点，就跟人家说'哥哥，给姐姐买朵玫瑰啊，姐姐一定会很开心的'，这样，懂不？"

乔岁安皱着眉头思考了一会儿，随后严肃道："应该……是的。"

"那你一朵卖多少钱？"丁斯时问。

"妈妈说，"她腾出一只手比画了下，"一枝十五哦！"

丁斯时的目光在她怀里转悠了一圈，沉思片刻，突然严肃道："帮我拿一会儿。"

他把冰棍塞她手上，扭头就跑。

乔岁安欲言又止，张望了下，发现丁斯时的背影很快消失在人群中，她迷惑地眨眨眼，低头直愣愣地盯着手里那根冰棍两秒，丝丝凉气溢出来，她又不争气地吞了下口水。

··········

半个小时后，当丁斯时攥着小钱包气喘吁吁地跑过来时，乔岁安手里只剩下冰棍的棍了。

他不可置信地望着她手里的棍："我只是让你帮我拿一下！"

乔岁安眼神飘忽，露出个心虚的笑，酒窝浅浅。

好在丁斯时也没太计较，只是恶狠狠地瞪了她一眼。

他垂头，拉开小钱袋的拉链，小心翼翼地掏出两张一百元、两张十块，还有五个硬币。

"喏。"他道，"你的花，我都买啦，你可以回家啦！"

乔岁安呆住了。

"你你你……"她又感动又震惊，望着他手里的钱，最后化为一句，"你怎么有那么多钱？"

"过年压岁钱攒下来的呀。"丁斯时疑惑，"你不是也有压岁钱吗？"

"妈妈说她把我的压岁钱存银行了。"她扬起脸，道，"妈妈还说等我长大了，就能存一笔巨款了！"

"阿姨骗你的。"他早就看清了这群大人的真实面目，冷笑一声，"她估计拿你的压岁钱买化妆品去了。"

乔岁安又是一愣，不愿意相信自己的压岁钱真的没了，嘴角往下一耷拉就要哭，大声反驳："你才骗人！"

"爱信不信。"丁斯时翻了个白眼，又把手往前伸了伸，"把钱拿走，玫瑰花给我。"

乔岁安要哭不哭，哼着鼻子数了数怀里的花，一共十五朵，她算了半天，嘴里念念有词。

"两百二十五块。"丁斯时催促，"你是没背过乘法表吗？算得那么慢。"

她鼓了鼓嘴，把视线收了回来，又大声反驳："是两百一十块，最后一朵不卖给你！"

她大声，他也跟着大声，睁大了眼睛气鼓鼓的："为什么不卖？"

乔岁安跳下花台，她从他掌心挑出两张一百的和一张十块的放进自己斜挎着的小包包，又挑出一枝粉色玫瑰，将剩下十四枝全部塞到他的怀里。

玫瑰的香味扑面而来，丁斯时下意识地接过一怀玫瑰，就听她理直气壮地超大声说："因为这枝我打算送给你呀！"

丁斯时一怔，气焰一下子灭了，他眨了下眼，耳尖微红，声音也轻了下来。他垂着长长的睫毛，带点结巴，说："为……为什么送我？"

"因为你买了十四枝花。"乔岁安把剩下最后一枝粉色玫瑰花双手递给他，很是郑重，"喏，感谢嘛，我还是会的。"

丁斯时抿了下唇瓣，接过那枝粉玫瑰，小心翼翼地把它插在玫瑰的最中间，没有齐平，比其他玫瑰高了一截，很是醒目。

他笑了笑，露出两颗虎牙，看起来很可爱。

丁斯时抬起眼睛看她，努了努嘴："嗯……好啦，现在我买走了你所有的玫瑰花。"

他弯起眼角："叫我哥哥。"

比丁斯时大了一个月的乔岁安："……"

她伸手，说："粉色玫瑰不送你了，还我。"

一觉醒来头痛欲裂，脑袋都晕晕乎乎的，丁斯时推开房门，爸妈不在家，要么是去约会，要么就是加班。

他踩着拖鞋到电视柜旁边，弯下腰抽开柜门，从里面拿出一支体温计，含入嘴里量了下。

38.9℃。

果然是发烧了。

好在今天周六，不用上课。

外头的天阴沉沉的，实际上已经是早上八点钟了，天却暗得像夜里。

丁斯时吃过早饭后，翻了下药柜，打算吃点退烧药再睡会儿。结果翻了半天，都是过期的。

他叹气，只好换了身衣服，把自己裹严实了，勾过钥匙塞进口袋里。右手手腕像是被什么圈住了，他抬起来一看，是一个毛茸茸的兔子手环，耳朵一蓝一粉。

丁斯时顿了顿，最后还是没摘下来。

他在门玄关处换了鞋，突然听见门外一声重重的跺脚声。丁斯时皱皱眉，手指拨开猫眼盖。

透过猫眼，就见乔岁安拎着个垃圾袋在门口来回踱步，不知道在干吗？声控灯不一会儿又暗下去了，她又猛一跺脚，走廊重新亮了起来，随后她继续左右踱步。

丁斯时抱胸在玄关处不动，透过猫眼看了她半天。

不知多久，他直起身，一下推开门。

乔岁安立马拎着垃圾袋往电梯口走，像是听见他开门，扭过头来。

丁斯时仍旧抱胸，倚着门框，低着眼看她。

四目相对一秒，她又马上收回视线，抬着下巴往电梯口快步走，似是在自言自语："哦，要下楼倒垃圾。"

他没动，冷眼目送乔岁安一步一步走到电梯门前，按下下行按钮。

电梯很快从一楼升上来，电梯门打开，她磨磨蹭蹭地抬起一只脚要跨进去，忽然听见家门口丁斯时克制不住的两声咳嗽，咳得惊天动地。

乔岁安身形一顿，深呼一口气，又一步一步倒退回来，依旧抬着下巴，没转身看他，语气硬邦邦的："感冒了？"

丁斯时维持着靠着门框的动作没动，盯着她，嗓子有点哑，语调也冷冷的："38.9℃。"

"发烧了？你……"乔岁安瞪大了眼睛猛地回头，对上他视线的那一秒，突然想起他俩还在吵架，重新扭回头。

昨晚他说完那句话后就走了，留下她茫然站在原地，委屈又生气，只能干跺脚，发誓这次绝对不会再哄他。

她清了清嗓子，余光斜瞟着他，语气也淡淡的："吃药没？"

丁斯时言简意赅："没。"

"没吃你那么理直气……"乔岁安又要扭回头，扭到一半停住，硬生生地转回来，生硬地憋出一句，"谁管你啊！"

生病的人脾气不好，丁斯时冷笑："那你走。"

乔岁安梗着脖子不动，下巴抬起，非常孤傲，有点像秋秋。

哦，也有可能秋秋那姿势就是学她的。

丁斯时盯了她半晌，道："你转过来。"

乔岁安踌躇半天，转了四十五度角，拿侧脸对他。

丁斯时："再转。"

她这才完全转过来，垂着眼睛盯着地，一副誓死不看他的模样。

两个人就这么安静地面对面站了会儿，终于在走廊声控灯即将熄灭的前一秒，他直起身，关上门，伸手拽住她的衣袖，发出一声叹息，轻轻的，像在认输。

"乔岁安，"他闷声道，"刚才那句'那你走'是假话，你不要真的就这么走了。"

乔岁安不吭声，视线乱飘了半天，最后定在他垂落的那只手的手腕上，一顿。

衣袖盖住腕骨处，只隐隐露出兔子手环的两个耳朵，一个蓝一个粉。

她偷偷翘了下唇瓣。

"家里的药都过期了，"丁斯时声音还是哑的，语气却轻柔了下来，他学着她以前哄自己的模样，晃了晃她的衣袖，"陪我去买药吗？"

乔岁安静了片刻，清了清嗓子，凶巴巴地问："那你昨天为什么生气？"

丁斯时缓慢地呼了口气："你以后会知道的。"

乔岁安脾气又上来了。

"为什么非要等以后？什么都要以后，多久是以后？现在就讲清楚不好吗？"她一把推开他。

生病的人柔弱无力，丁斯时被一推，脊背顺势倒在门上，发出"咚"的一声响。

他垂着头，气氛一下子静下来，就在乔岁安以为他又要沉默以对的时候，他开了口，像是下了某种决心。

"高考结束。"他抬起头，定定地望她一眼，睫毛又落下，低声喃喃，"高考以后，就告诉你。"

乔岁安皱了下眉，鼓鼓嘴刚又要吵，身前人突然又用力咳了几声，撕心裂肺的，他抬起右手捂住嘴，乔岁安的目光重新落在了那个兔子手环上。

丁斯时闭了闭眼，头往门上一靠，哑着嗓子："头疼。"

她盯着他这副模样，张了好几下嘴，什么也没说出来，气憋了半天，最后泄了，自暴自弃似的："算了。"

她扶住他的胳膊："你回家，我去给你买药。"

"没事，我和你一起去。"

"你眼睛都烧红了还没事呢？"乔岁安瞪他，"躺床上休息去。"

"哦。"他又咳嗽，手盖住唇瓣，唇角悄无声息扬起的弧度也跟着被盖住。

药店就在小区门口，乔岁安按百度给的退烧药建议，买了几种，拎着袋子敲响了丁斯时家的门。

开门时，丁斯时已经换回了睡衣，整个人看上去有些无精打采，他侧了侧身让她进来。

"你吃完药睡一会儿吧。"乔岁安换了拖鞋，拉上防盗门，把药品一一摆在桌上。

丁斯时抱胸靠着桌沿看着她从袋子里掏出一盒又一盒药跟搭积木似的摆在桌上，头更疼了，忍不住提醒她："我是发烧，不是快死了，用不着吃那么多药。"

乔岁安拢了拢袋子，语气讪讪的："这不是想帮你多备点药吗？"

他无语，在那堆药里挑了挑，拿了盒布洛芬。

"中午你家冰箱里有什么吃的吗？"乔岁安看着他倒了一杯热水，指尖撕开铝箔，将药片倒入掌心，仰头含下，"你要没有的话，待会儿来我家吃呗，我爸妈在家烧饭。"

"行。"

"那你现在感觉好一点了吗？"

"药又不是吃下去马上起效的。"他声音闷闷的，带了点鼻音，顿了顿，突然想起什么，直起身踩着拖鞋往房间走，"过来。"

乔岁安挠挠头，跟在他身后去了房间，紧接着，他翻了翻书包，"哗啦"一声，抽出了一张试卷。

乔岁安下意识地后退了一步，有种不祥的预感。

"我们班的数学作业，我给你多带了一份。"丁斯时见她双手握拳置于身后，凉凉抬起眼扫了她一眼，随后把她的手腕拉过来，一根根掰开她的手指，把着她的两根手指头捏住卷子。

"我定个一个半小时的闹钟，我睡一会儿，你趁这段时间在边上把这张卷子写掉。一个半小时后，我醒来给你批一下。"

乔岁安："……"

谢谢他在吵架的时候还能记得给她多带一份作业，谢谢他生病了还坚持不懈地督促她学习。

他太"认真负责"了，她哭死了。

乔岁安挣扎道："那我在你边上写，肯定得开灯啊，你开灯睡觉不难受吗？"

丁斯时睨了她一眼，没说话，在手机上定好了闹钟，随后掀开被子上了床，从枕头边上拿起自己的眼罩，向她展示了一下。

他这才把眼罩戴上，躺下，为自己盖好被子，抑制不住地咳嗽了两声，沙着声音开了口："好好做。"

乔岁安："……"

十分钟过后，乔同学偷偷拉开椅子，凑到床边用气声喊了一声："丁斯时，你睡着了吗？"

丁公主戴着眼罩，侧躺在床上，毫无反应。

乔岁安露出个狡黠的笑，鬼鬼祟祟地伸手摸向床头柜上他的手机。

"你是病人，要多休息你知道吧？一个半小时哪能够啊？"她气声发言，打开手机，自信地输入密码。

手机一声振动，屏幕上弹出四个字——密码错误。

乔岁安一愣，不由得扭头看了一眼仍在熟睡中的丁斯时。

什么时候改密码了？她怎么不知道？

乔岁安又划拉了两下手机，没有人脸识别，也没有指纹识别，真不知道他什么时候关掉的。

她磨了磨牙，撑着脑袋细细思索了下，随后抿着唇小心翼翼地按下六个数字——030402，锁开了。

"嘁，就这？"她哼了声，扬着眉毛小声嘚瑟，熟练地点开闹钟页面，把响铃时间改到了十一点三刻，狠狠戳了戳他的被子边边，"睡吧你！"

闹钟一改，时间一下子空出来好多，她轻轻把手机放回原位，一边往外走一边揣着自己的手机给余清发消息。

岁岁和碎碎：王者峡谷你冲不冲？

云宝：冲冲，冲，冲冲！

岁岁和碎碎：今早的王者，我就是主宰者！

主宰者乔岁安带着余清大杀四方，一套操作炫到队友欢呼，酷到对面急眼。

对面的小乔在对话框里戳她：姐，可以不杀我吗？我是男孩子哦。

这套话术实在过于熟悉，余清看了看对方ID，笑着开麦道："你猜怎么着？这个小乔就是上回问你下把能不能带带他他是女孩子的那位。我怀疑他应该是记得你，并且想赌一把你不记得他。"

乔岁安正要打字，连着麦的余清兴奋地开口阻止："你等等，这次让我来。"

十几秒过后，云宝：姐姐，杀他，我也是男孩子哦。

乔岁安笑到打鸣，手上操作倒也没含糊，手起刀落，收割了小乔的人头。

沉默是金。

对面的小乔再没出过自家塔。

余清也杀疯了："稳了稳了！这把稳了！"

乔岁安操作快到起飞，屏幕上频繁跳出"kill"的字眼，突然听见耳边一道男声，淡声念着她屏幕里聊天框里的话："姐姐，杀他，我也是男孩子哦。"

熟悉的嗓音仍带了点哑，轻轻柔柔地在耳畔响起，却像是携了冬日的凉意。

他故意把字念得缓慢又柔软，语调却是幽幽的，冰凉一片。

乔岁安身子一僵，瞬间毛骨悚然，耳机那头传来余清惊恐的声音："你那边是什么声音？谁在说话？"

屏幕暗了下来，乔岁安慢吞吞地转过头，对上了丁斯时放大的脸。

他还穿着那身睡衣，脖子处空荡，衣领口露出一小截锁骨。

丁斯时一手搭在椅背上，脊背微弯靠近她，皮笑肉不笑："姐姐，怎么，你试卷写完了？"

余清："你怎么'死'了？喂喂喂？"

乔岁安瞳孔地震，下意识"啪"一下把手机屏幕暗灭了，咽了咽唾沫，偷偷看了眼时间。

现在是十点半，他怎么醒了？

"早啊。"乔岁安努力克制住惊慌，强行镇定地弯起一个微笑，挥挥手，"身体好点了吗？"

"你猜？"

丁斯时伸出原先背在身后的那只手，一张空白的卷子拍在她的眼前，他收了笑，漠着脸挑了下眉梢："解释一下。"

耳边余清一个劲儿地喊："你那边什么情况？你复活了，你出来啊姐姐！"

乔岁安现在听不得"姐姐"两个字，"唰"一下把耳机摘了丢入口袋，随后为自己辩解："聪明的人才看得到的解题思路。"

他被活生生气笑了，松开搭着她椅背的手，低着眼凝视着她："皇帝的试卷是吧？"

乔岁安努力维持着脸上僵硬的笑。

丁斯时紧接着又从口袋里掏出手机，手指在屏幕上点了几下，调到闹钟页面，贴到她脸前："那这个呢？我明明记得自己定的是十点一刻的闹钟。"

"那说明你记错了，"乔岁安语气笃定，眼神真诚，"而且你怎么能怀疑我呢？我怎么会知道你手机新改的密码呢？"

"那你又是怎么知道我手机密码是新改的呢？"丁斯时冷呵一声，晃了晃手机，"忘了告诉你，这个密码，就是我刚在设闹钟的时候改的。"

他顿了顿，对此评价："不打自招。"

乔岁安："……"

她悚然。

该死！好大的心机！好阴险的招数！

"我错了。"技不如人的乔岁安终究还是低下了她的头颅，但贼心依然不死，"等我这局打完就去写卷子。"

丁斯时盯着她的脸两秒钟，最后叹了一口气。

"行，你打。"

他拉开她边上的椅子坐下，示意她继续："我看着你打，打完这局，别想偷偷开新局。"

"怎么会，我才不是这样的人好吗！"乔岁安小声嘀咕，麻溜地戴上了耳机。

耳机对面的余清一声尖叫，撕心裂肺地喊："啊！我怎么又'死'了！乔乔！乔岁安！你去哪儿了？你回来！"

"别慌，"乔岁安看了眼现在的局势，还有救，"我带你逆风翻盘。"

在游戏中，余清麻溜地骑在她头上，乔岁安在中路 1V5 丝滑走位，屏幕最上方不断闪动着"kill"的提醒，对面小乔见形势不对，立马掉头就要跑路，她放出大招，团灭。

乔岁安带着小兵直冲去敌人家的塔。

"所以，"余清实在费解，"你前面是在做什么？你是为了炫一波现在的技术，前面故意让对方？"

推塔成功，乔岁安又是本场MVP。

她呼出一口气，闻言悄悄抬起眼睛瞄了一眼丁斯时。对方坐在一边，睡了一觉之后精气神好了一些，食指抵着太阳穴的位置轻轻打着圈，目光却是望向她的。

她没敢开麦，噼里啪啦地在微信里打了一串字。

岁岁和碎碎：前面在跟丁公主解释，为什么在他睡醒前我的数学卷子还没写完。

云宝："……"

丁斯时的烧下午就退了，然后乔岁安一整个下午的时间都被他征用来学习。

经过将近一个学期的魔鬼训练。乔岁安的成绩已经进步了不少，尤其是数学，一班的练习题从几乎一道不会到只有压轴不会。

她一手撑着脑袋，一手捏着笔杆子，无精打采地听他讲着压轴题的思路。丁斯时讲着讲着突然停住，望了一眼她的侧脸，笔头敲了敲桌面，无奈道："好好听啊大小姐。这个题型还挺重要的，说不准会作为期末考压轴题。"

乔岁安想到什么，忽然提了点精神："丁斯时，我们打个赌吧！"

他"嗯"了声，尾音上扬，带着疑问："赌什么？"

她趴在桌子上，眼睛亮晶晶的，盯着他瞧："听说元旦晚会可以拿手机，如果我考进一班了，你帮我录个舞台的舞蹈直拍，如果我没考进，那我就答应你一个要求。"

"我记得元旦晚会是在期末考之前吧？"

她伸出一只手捶了捶自己的胸口："我对考进一班这件事胸有成竹好吧！"

丁斯时笑了声："行，给你录。"

他顿了顿，又问："晚会打算跳什么？"

"《海底》。"

周一，乔岁安就把表演的表格交上去了，又趁着社团活动的时间向舞

-084

蹈社社长借了几天的舞蹈房使用权。

其实乔岁安跟社长不太熟。刚进舞蹈社的时候，他对她过分热情，明里暗里要了几次她的联系方式，都被丁斯时打断了，后面没两天态度就冷下来了，几乎明着来的不待见。练舞休息期间，学姐悄悄跟她八卦，说社长最近换新目标了。

学姐冷笑："也就你们这些新生对社长带点滤镜，像我们这种老人啊，他什么德行我们心里都清楚。"

乔岁安耸耸肩，也不太在意社长的态度问题。

"元旦晚会？"社长正用舞室里的电脑找伴奏，闻言抬了下眼，"巧了，我们社晚会也要出节目，但好像学校规定一个人只能参加一个节目。"

乔岁安小声道："我的表格已经交上去了。"

社长收回视线，语气不咸不淡："那就算了，那我就不在我们社节目里排你的位置了。"

她点点头，又问："我们社除了我，还有其他人不参加社团的节目吗？"

"还有一个丁斯时。"社长轻飘飘地笑了声，语气阴阳怪气，"他跳得太烂了，上台影响我们舞蹈社声誉，所以我干脆刚开始就把他排除了。"

乔岁安身形一顿。

丁公主确实跳舞跳得稀巴烂，来社团那几次也都是陪着她的。

但是，这句话她听得非常非常不高兴。

"干脆刚开始就把他排除了"，那就是连问都没问丁斯时意愿如何。

她忍了又忍，想着多一事不如少一事，一声不吭地往门口走，没走两步，倏地停了下来，转过身，微笑道："他跳舞确实一言难尽。没办法，谁让上帝是公平的呢，毕竟他长得好看、成绩好，还懂得尊重人……"

乔岁安以挑剔的目光上下打量他，随后接着说下去："人总会有缺点的，缺点舞蹈天赋可比缺点礼貌好多了。"

语毕，她抬着下巴，扭头就走。

后面几天乔岁安的午休时间一下子丰富起来，除了背书还要再抽出一段时间去舞蹈房练舞。社长在社团节目中间有段独舞，所以她偶尔会在舞蹈房碰见社长，上回闹得不愉快，两个人见着对方都没好脸色，但也没撕破，稍稍点头就算打了个照面，站在镜子前各练各的。

乔岁安在网上订购的裙子也到了。裙子是上下半身分开的套装：上面是雪纺白色短款上衣，腰侧绑交叉细绳，在背后系上蝴蝶结；下面是半身白纱裙，到脚踝处。她还买了块白纱当作道具，不用时先系在手腕上。

怕效果不好，到货之后，乔岁安挑了一天中午换上，跑去舞蹈房打算练一遍。

舞蹈房有点冷，她先开了空调，待房间里暖和起来了才把外头披着的冬季校服外套脱掉。社长正好不在，她就打开电脑放了伴奏。

空灵的琴声响起，她转身面向镜子，一个旋转，抽开手腕上的白纱，同时高抬腿，裙摆在身前划过。白纱脱手，自半空中缓缓飘落，像一缕海上的烟，接着又被揭开。

她全身心投入舞蹈中，轻盈，柔软，舒展，融进音乐的情绪中。

舞蹈房的门突然被打开，"砰"的一声巨响。

乔岁安愣了一下，回头望过去。

社长站在门口，目光触及她时一停，随即笑了下，笑中带着点说不清道不明的意味。

兴许是外头的寒冷顺着敞开的门爬进来，她下意识地起了点鸡皮疙瘩，往后退了一步。

社长很快便收回了视线，往舞室后头去了，道："你继续。"

音乐还在播着，乔岁安未多想，点点头就继续跳下去了。

她跳舞一直是怀着十二分的认真，步子一动便能被音乐氛围轻易裹挟。

白纱落地，她也跟着轻轻倒下，连续几个地板动作后，白纱被抛起，她凭借腰力与绝对的柔韧性起身，伸手接了纱，目光重新落回镜子的那一秒对上后面那一双漆黑的眼睛，仍然带着那股说不清道不明的意味，视线直直落在她的腰上，像携着恶意的蛇在她身上游走。

她的血液像是被瞬间冻结。

剩余几个动作僵硬无比，乔岁安被盯到熬不下去，匆匆过去关了音乐，潦草收场。

她心跳加速，步履飞快地往门口走，正要踏出之时，身后人突然开了口。

"学妹。"

她脚步一顿，听见他笑了声，背后那道视线如有实质，她脊背发寒。

"你腰上有颗痣。"

铺天盖地的慌张随着这么一句话涌过来，乔岁安白着张脸，甚至想吐。脚下不过顿了一瞬，下一秒她就奔了出去，直到去厕所重新换回校服，忐忑的心才稍微缓和一些。

她把服装塞进袋子里，抱着衣服从厕所里出来，心不在焉地往教室走，倏地额上一痛，撞上了谁。

乔岁安慌乱地抬头一看，才发现是丁斯时。

他垂眼盯着她，皱了下眉，弯下腰，双手撑膝平视她："怎么了？"

她蓦地松了口气，心安下来，伸手抓住他的衣角，小声喊他的名字，带着委屈："丁斯时，我突然不想上晚会表演了。"

他看着她，声音低下来，轻轻的，柔柔的，安抚着她糟糕的情绪："发生什么了？"

乔岁安揪紧了他的衣角："就是……"

"丁斯时！"身后有一班的同学喊，"老班让你去趟办公室，说你的奖状发下来了。"

乔岁安被打断，顿了两秒，抿了下唇，松开了手。

但丁斯时没动，只偏头冲那个同学说了声"知道了"。

乔岁安垂着脑袋，道："你先去办公室吧。"

他仍旧没动，温和的目光注视着她："你先说，发生什么了？"

她张张口，又开始觉得委屈了，静了两秒，重新拽住了他的衣角。

"我们下学期换社团吧。我不喜欢那个社长，我不想待下去了。"

丁斯时沉默着，凝望着她的眼睛。

乔岁安脖颈处那根红绳发着烫，对视间，她感觉他好像猜到了什么，但是他什么也没说，只道："好。"

顿了顿，他又问："舞台还上吗？"

乔岁安深呼了一口气，受他的目光鼓舞，就像吸取到了勇气与力量，冷静了下来。

"去啊，"因为她非常喜欢跳舞，没有人能轻易撼动，"准备了很久的。"

十二月三十号是元旦晚会，育德只上上午半天课，下午就可以自行规划时间了，各班可以自行组织活动。乔岁安一吃完饭就去舞台那边换衣服化妆彩排。

罗落作为乔岁安的御用化妆师，也跟着去了彩排现场。

舞台上有人正在调试灯光，罗落在后台对着她的脸各种捣鼓。

乔岁安乖乖坐着任由罗落捣鼓，垂着睫毛在手机上"啪啪"打字。

岁岁和碎碎：你在干什么呢？

娇娇丁公主：班级组织看电影。

乔岁安一下来了点精神。

岁岁和碎碎：看什么？

娇娇丁公主：《喜羊羊与灰太狼之我爱灰太狼2》。

岁岁和碎碎：……

岁岁和碎碎：好看吗？

娇娇丁公主：你说呢？

罗落忍不住了，说："姐姐，别看了，闭眼，要给你画眼影了。"

乔岁安乖乖关掉了手机，闭上眼睛，继续任由她捣鼓。

隔了一会儿，手机再度"嗡"的一声响，她立即点亮屏幕。

娇娇丁公主：电影结束了，排队准备入场了。

她手指敲击键盘：哦。

身前的罗落一声惊叫："你别笑！口红要涂出来了！"

乔岁安眨眨眼，立即控制住唇角。

胡说八道，她才没笑。

观众席上陆陆续续有班级入场，渐渐坐满了所有位置，灯光暗下来，大屏幕上是一分钟倒计时。

临到 10 秒时，观众席上开始有人跟着喊："10！"

"9！"

倒计时的声音越来越大，越来越齐，兴奋中掺杂着激动。

"3！"

"2！"

"1！"

大家齐声大喊："0！"

秒针正好指向"12"这个数字，舞台灯光在这一刻亮起，伴着台上鼓声震天，观众席上一片欢呼。

开场表演是舞狮与击鼓。台上的人统一身着红色新年装，额上系着红飘带，鼓声由缓至快，越来越急促，也越来越热烈，舞台中央的两只舞狮翻滚着，做着各种动作，博得掌声一片。

乔岁安偷偷从后台溜出去，观众席上灯光昏暗，她眯着眼睛找了很久，才锁定丁斯时的位置。

他坐在前面的中间，一个非常好的位置。只可惜前后左右都有人。

乔岁安叹了口气，也就罢了，不挤进去了，拿起手机给他发消息。

岁岁和碎碎：我的节目排在第四个。

她抬头，看见丁斯时低头看向了手机，没过几秒钟，手机振动了一声。

娇娇丁公主：知道。

乔岁安讶然。

岁岁和碎碎：你怎么知道？

娇娇丁公主：……我好歹是学生会的。

乔岁安："……"

哦，好吧，差点给忘了。

岁岁和碎碎：那你别忘记拍我哦！

丁斯时回了个"OK"的手势。

他收了手机，漫不经心地扫了眼舞台。台上鼓声震天，他从书包里拿出水杯，中午乔岁安跑来一班找罗落时，顺手分了他一半她喝不完的冰红茶。杯子里的冰红茶喝完了，离乔岁安上台还有好一会儿，他寻思着去洗一下杯子，重新倒点白水，便起了身，冲身侧人低声道："麻烦让一下。"

丁斯时出了厅，右拐进了男厕所，他挽起袖口，打开水龙头，水流冲洗着杯壁。

里头还有几个人，聊着天，时不时发出一阵哄笑。

突然有一个人道："哎，那个乔岁安是你们社的吧？"

丁斯时顿住。

"是啊。"那道声音很耳熟。

紧接着就是一阵窃窃私语和几声不怀好意的哄笑。

丁斯时关上水龙头，没盖上杯盖，一言不发地出了门，目光无意似的，扫过摄像头。

乔岁安下了舞台，罗落拥上来尖叫："乔乔！你好美好仙！你太棒了！今夜我为你的舞姿疯狂！"

"做人呢，要矜持。"乔岁安笑着推开她，摊开手掌，"我的手机呢？"

罗落连忙双手奉上她的手机。

乔岁安指纹解锁，看见丁斯时刚才给她发了一条消息。

娇娇丁公主：出来。我在靠近后台的那个门口。

她按灭了屏幕，蹦跳着往门口去了。

台上主持人字正腔圆地念着稿子，她轻轻推开厅门，再轻轻合上。

外头没开空调，她冻得一个激灵。下一秒，一件冬季校服就披在她的肩上，熟悉的洗衣粉香包裹住她。

乔岁安伸手裹紧了自己，转过身，抬起眼，目光落在丁斯时的脸上，蓦地一愣。

丁斯时垂着眼，灯光在他眼下打下一片阴影。他的左眼角边上有一抹瘀青，淡淡的。

"直拍没了。"丁斯时开了口。

他伸出左手，摊开，几颗红色包装的糖果赫然出现在视线里。

他抬了点眼睛看她，嗓音低低的："但是有糖果。"

乔岁安没接，盯着他的眼角，蹙眉，她想伸手碰碰，最终怕他疼，又给放下了，问："你眼角怎么了？"

丁斯时不答，手心往前伸了点，说："草莓味。"

乔岁安接过了糖，目光仍落在他的眼角上，担心地问："还伤到哪里了吗？"

"没，就挨了这一下。"丁斯时摸了摸眼角那块淤青，"问题不大。"

她松了口气，这才问："怎么搞的啊？"

"我要说是摔的，你信吗？"

她把视线从他的眼角移到眼睛上，就在目光触碰的那一瞬间，脑子里闪过一件听上去荒唐到不像他会做的事，但是她却在那一刻笃定了这种可能性。

"虽然从小到大就没见过你跟别人打架，"乔岁安抿了下唇，目光随即落在他的指关节上。他的手指泛着红，一点也不像被冻的，倒像打架打出来的，"但你最好说实话。"

他叹了口气，无奈地把手插进了卫衣口袋里。

"乔岁安。"丁斯时俯下身，喊她名字，她仰起脸，两人四目相对。

门没关严实，大厅里面的音乐声隐隐露了出来，他轻声说："你别知道原因。"

他总是这样的。

乔岁安凝望着他的眼睛。

他总是这样，出了事，不肯开口说原因，尤其是和她有关的。就好像，她不知道理由，就不会为他难过和生气了。

她低着头，心底堵得慌："那你会不会因为这个拿违纪单？"

丁斯时从小到大都是好学生，是老师眼里的宝贝，成绩好，长得好，礼貌又乖巧，"三好学生"拿到手软，从小到大就没拿过违纪单，而且一旦拿了违纪单，他这个学期的"三好学生"就别想要了。

"拿了也没关系。"丁斯时毫不在意，"一年内累积不到三张，会自动取消的。"

"那万一老师很生气，给了你处分怎么办？取消不了不说，还会留档案，你说大学招生会看这个吗？"

"乔岁安。"他被气笑了，"你能不能盼着点我好？"

乔岁安双手合十："那就求无人发现吧。"

　　他哼了哼，下意识地摸了摸眼角。

　　怎么可能不被人发现呢？

　　"别担心了，不会给我开处分单的。"他笃定。

　　"回去吧，"他隔着校服外套把着她的肩膀，转了个方向，"站外面久了冷。"

　　"啊？"乔岁安疑惑地回头，"我不冷啊。"

　　丁斯时瞥了一眼披在她肩头的那件自己的校服外套："我冷。"

　　乔岁安："哦。"

　　她正要把头扭回来，视线尽头拐角处晃过一个人影，眼熟得紧，那人走路还带了点踉跄，她顿住，刚要眯着眼睛仔细看看是谁，丁斯时就拉开了大门，大门遮挡住了她的视线，她便收回了目光。

　　刘添愿在身侧给乔岁安留了一个座位，见她朝观众席这边走过来，赶紧挥了挥手示意她过来。

　　"乔乔。"乔岁安刚坐下，刘添愿便开始给她小幅度鼓掌，"你刚才真的！绝美！仙女下凡！我给你录了视频，待会儿发你！"

　　乔岁安被夸得有点不太好意思，摸了摸鼻子，比了个"OK"的手势。

　　台上音乐播放着，鼓声热烈，节奏轻快，几个女生站成三角队形跳着K-POP，力道舒适，笑容灿烂，点燃了台下的气氛。

　　刘添愿兴奋地问道："哎，你们舞蹈社表演的是舞蹈串烧哎！听说你们社长中间还有段独舞啊，社长哎，跳舞是不是很好？"

　　乔岁安皱眉，没说话。

　　"这个是不是你们社长？"刘添愿扯扯她的衣角，"出来了出来了！"

　　乔岁安抬起眼。

　　那位社长穿了件橘色的宽大短袖和黑裤，脖子上挂了根银链子，大步从舞台边走过来，向台下抛了个手势，全场欢呼。

　　下一秒，他一个侧空翻，摔在了地上。

　　全场静默。

　　刘添愿摸着下巴，边看着舞蹈边叹气："你们社长腿脚是不是不太好？怎么感觉他每个动作都站不稳？"

　　乔岁安肩上还披着丁斯时的那件外套，她捏着衣领，忽然一愣，下意识地扭过头。

　　她一眼就捕捉到丁斯时在哪里，他正抬着头望着舞台，隔了两秒，有所感应似的，他侧过脸，望向了她所在的方向。

四目相对，可惜灯光太暗，他的轮廓模糊，隐在一片昏暗之中，她分辨不清他的神色，只能隐隐捕捉他投过来的视线。

……还有下意识弯起的唇角。

晚会结束已经是晚上六点钟了。

乔岁安把衣服换了回去，背着书包跟丁斯时一起回家。

丁斯时今天难得在非上课时间段戴了眼镜，昏黄的路灯下，镜片反着光，将他眼角的淤青挡得模糊。

乔岁安一路上不住地往他眼角上看，冷不丁听他来了句："别看了，再看也看不出花来。"

她收回视线，正好路过奶茶店，她撇过脸望了眼，清了清嗓："手冷，想喝热奶茶。"

单是乔岁安下的。

老规矩，他的那杯是全糖，加珍珠。

两个人抱着两杯热奶茶继续往家里走，丁斯时那杯见了底，她还在咬着吸管慢吞吞地吸。

下班高峰期的马路拥挤又繁忙，车鸣一声比一声响，也有和他们一样穿着校服的学生经过，一样背着书包往家赶，步履匆匆。

乔岁安憋了一路，还是没忍住，临到小区门口，问："你真没伤到其他地方吧？"

丁斯时睨她："你在质疑我的打架水平？"

"主要是你也不会打架吧？"乔岁安小声嘀咕。

他没吭声。

昏黄色的灯光下投下两道影子，肩并着肩，风拂过树梢沙沙作响，整个世界充斥着喧闹的安静。

她的奶茶终于见了底，两个人也终于走到了家门楼下。

丁斯时刚要推开那扇铁绿色的大门，身后人倏地叫住他："丁斯时。"

他顿住，回过头，乔岁安站在离他一米左右远的地方，脖颈上还围着和他一个款式的围巾，淡蓝色的，遮挡住她那小半张脸。

她盯着他，小声问："是因为我吗？"

他望着她，没说话。事实上他不需要回答，乔岁安早就已经知道答案了。

她呼出一口气，在灯光下凝结成白雾轻轻飘走。

"下次别为我做这种事了。"乔岁安认真地说，"打架不好，我们都不要为了对方做出对自己不好的事。"

隔着漆黑、静谧的夜幕，他静静望了她一会儿，扯了下唇角。

"乔岁安。"

"嗯？"

"我没动手。"他解释道，"我只是让他们滑倒摔了跤，顺便嘲讽了两句，至于这个伤……"

他顿了顿，摸了摸眼角："确实是意料之外。"

她愣了下，说："那你就单方面挨揍？"

丁斯时从她身上移开目光，抿了抿唇角，神色不太自然："我躲不开……要是还手了，那就是互殴了。"

他咳了声，又继续说："我的意思是，你不用担心我挨处分，我不会被罚的。"

"那也不好，"乔岁安在心里骂了社长千万遍，撇了撇嘴，"不喜欢看你受伤。"

丁斯时手握着大门的把手，握紧了，又松开，无声地看着她半晌，垂头笑了一下。

"好。"他点点头。

乔岁安也弯起唇角，蹦蹦跳跳地跑到他身侧，语气轻快："那我待会儿去你家给你涂药吧。"

"不用，我自己来就行。"

"你自己怎么来呀？眼角的伤自己很难上药的。"

"对着镜子。"

"还是我来吧，我得对你负责。"

他看她一眼："负责？"

她重重点头。

丁斯时慢悠悠地移开视线，将抿起的唇瓣弧度藏进围巾里。

笨蛋。

乔岁安一回到家就奔向家里的药箱，翻箱倒柜。她很庆幸她家常备各种乱七八糟的药，不像丁斯时家，什么都没有。

乔妈紧张兮兮地围过来："乖女儿，怎么了？受伤了还是生病了？"

"不是我，"她终于找到治跌打损伤的药膏了，站起身，"是丁斯时受了点伤。"

乔妈更紧张了："小丁？伤哪儿了？怎么搞的呀？严重吗？"

"脸。"

乔岁安抛下这句话就急匆匆跑去门口换鞋了，只留下乔妈在后面唉声叹气："哎哟，怎么那么不小心？那么帅一张脸哟，啧……"

乔岁安敲了敲隔壁的门，是丁斯时开的。

乔岁安熟练地换了拖鞋，顺手关上门，左右张望："叔叔阿姨呢？"

"加班。"

"又加班？"她诧异。

丁斯时"嗯"了声："他们最近挺忙的。"

"这样啊。"乔岁安点点头，随后推他去沙发上坐着，从口袋里捞出药膏，"坐好啦，我给你上药。"

他顺着她的力道，被她按着肩膀坐下。乔岁安弯下腰，取走他鼻梁上架着的眼镜。丁斯时下意识地眨了眨眼，视线陷入模糊中。

乔岁安往手指上挤了点药膏，倾身轻轻抹在他眼角的瘀青处，小心翼翼的，清清凉凉的药膏敷在眼角处。她怕弄疼他，下手很轻，指腹若即若离，触碰到皮肤，引起一阵痒。

丁斯时痒得"嘶"了声，下意识地往后仰了仰脖子，隔开一段距离："我不是瓷娃娃，你这手法要抹到猴年马月？"

"那我不是怕你疼嘛。"乔岁安手指停了停，故意用了点力，果不其然，又听见他"嘶"了声，这回是疼的。

"我就说了嘛。"她手上的动作又轻了回来，"疼吧？"

丁斯时又不吭声了。

乔岁安"哼"了声，继续一点一点涂完药膏。

明亮的灯光下，毫无遮掩的距离，他的瘀青显得颜色深了很多，泛紫的蓝色盖在白皙的皮肤上，狰狞又碍眼。

乔岁安的心脏像浸水的海绵，轻轻一戳，就软下去，心疼就这么溢出来，促使她几乎不可控制地将脑袋又凑近了些，轻轻吹了吹他的瘀青处。

他的睫毛像是突然受扰的蝴蝶，颤着，蓦地撇开脸。

"你干什么？"丁斯时猛地朝后靠，厉声道。

乔岁安怔了怔："怕你疼，给你吹一吹。"

他的脊背僵直得厉害，搁在沙发上的手指蜷缩着，扭着脖子没看她，片刻后嗓音松了松，软下来："还好，你别吹了。"

"哦。"她直起腰，不知道为什么，总觉得气氛有点奇怪，莫名地奇怪，她挠了挠脖子，撇开视线，清清嗓子，"那……你真的没其他受伤的地方了吧？"

丁斯时给自己戴上眼镜，低声道："没了。"

"没了就好，"她道，"没了我就先回去了。"

"好。"

乔岁安扯了扯唇角，欲要转身，身后倏地一声猫叫，一道身影直直跳到她背上压过来。

她瞳孔紧缩，瞬间重心失衡，整个人往沙发上倒去。

心口相撞，乔岁安跌在丁斯时身上，鼻尖划过他脸侧，磕在他肩上，泛着微酸。身下人闷哼一声，她木木地睁大了眼，双手捏紧了他肩侧的衣服，像是被人按了暂停键，僵直到呼吸都被控住。

大概是被惊吓到了，她犯愣地盯着他泛红的耳朵，心跳相贴着重重一声，分不清是谁的，又闷又响，魔怔了似的。

这时，秋秋探过脑袋，摇着尾巴歪着头从她身上跳下来，窝在沙发上"喵"了声，表情无辜，半点没有罪魁祸首的自觉。

乔岁安如梦初醒，慌忙起身，手不小心按到他腹部，底下人又痛苦地哼了声。

她身形一顿，突然反应过来什么，瞬间什么也顾不上了，心底那股奇怪的触感也被压了下去，一把掀开他的上衣。

他的腹部，青紫一片。

乔岁安的手都在颤抖，她不可置信地抬眼盯住他："这就是你跟我说的，没其他伤了？"

"你别随随便便掀别人衣服，尤其是男生。"丁斯时把衣服扯回来盖住，轻抿了下唇，说，"还好，不怎么疼。"

"不怎么疼你刚才痛呼什么？"乔岁安的声音不自觉加大了，"你这算什么？你又不会打架你逞什么能？伤敌一千自损八百吗？"

丁斯时定定地望着她，直到她吸了下鼻子，他慌了，伸手要拉她坐下："我错了，你别哭。"

她愤怒地甩开他："别碰我，男女授受不亲！"

他手足无措，又觉得有点好笑。

谁家生气学别人说话啊？

"我错了，答应你了，以后都不会了。"他伸手，又要拉她衣袖。

乔岁安顺着坐下了，瞪他："你又不说！你什么都不说！要不是我自己发现了我又不知道！"

"是我做得不好。"

她质问："我还是你最好的朋友吗？"

"是啊，怎么不是？"

"我是你最好的朋友我什么都不知道！你为什么打架不告诉我？你连受伤了都不跟我说！"

"我怕你担心。"

"这不是借口！"乔岁安伸手戳他，愤怒地道，"你还笑，有什么好笑的，憋回去！"

丁斯时闻言立刻压平了唇角，一脸严肃。

她自己坐在那儿平静了一下，最后哼了哼，小声道："这次就算了，不跟你计较了，下次不可以瞒我的。"

他非常干脆地答应："好。"

乔岁安还是有点不高兴，把药膏丢给他，说："你自己涂吧，我不要负责了。"

她"唰"一下起了身，扬着下巴就往门口走，没走两步，又被人叫住了。

"乔岁安。"

她停住了，却没有回头。

丁斯时凝望着她的背影，其实他想说的很多，可是最后动了动唇瓣，也只是轻声道："没下次了。"

乔岁安顿了一秒，还是扬着下巴，走的速度极快，"砰"一声便关上了他家的大门。

乔妈正在客厅玩手机，听见动静，扭过头喊："饭在桌上，冷了自己热啊！"

"哦。"她依旧往房间里走。

乔妈奇怪："你回房间干什么？不吃饭了？"

"不饿。"

房间门也接着这一句话的尾巴合上。

直至回到只属于她一个人的空间里，乔岁安才算呼出一口气。

紧绷的神经松懈下来，愤怒被渐渐抚平之后，方才的情景便在脑海里一直环绕着。

相撞在一起时快到几乎失控的心跳，他通红的耳垂，还有自己要走时，他在身后喊出的那声"乔岁安"。

乔岁安，乔岁安……

他明明一直都是这么连名带姓地叫的，为什么偏偏这一次，她的指尖在发麻？

乔岁安脊背贴着门，下意识地抬手摸了摸脸颊。

她觉得自己不正常。

乔岁安不自然地眨眨眼，颇为心虚地从口袋里掏出手机，点开相册，手指慢吞吞在里头滑动着，终于点开其中一张大图。

是暑假跟他去密室玩的时候拍的，他坐在桌前，咬着奶茶吸管，察觉到镜头，侧着脸，目光漫不经心地望过来，眼下贴着一颗黑色的小爱心，是店家收银台前摆着的免费贴纸，乔岁安贴的。

她盯着照片，又抬起手摸了摸心口，心跳正常。摸了摸脸，温度正常。

方才发生的一切就像一场错觉，似乎不过一场突如其来的惊吓打翻了心跳，被误认为是其他因素。

乔岁安将脑袋往门上一靠，彻底松了口气。

第六章 //
想去北方看雪

元旦放假前的最后一天，乔岁安人在学校，心却早已飞向假期。

数学课结束后，她去了趟卫生间，回来时瞥见刘添愿正跟几个女生围在一起叽叽喳喳说个不停，她顺口问了句："怎么了？"

刘添愿直起了点身子，说："乔乔，你知道丁斯时打架那事吗？"

乔岁安"嗯"了声，说："知道。"

"刚我去办公室问题目，正好看见他们几个人在那儿挨训。"其中一个女生道，"说是元旦假期结束后要请家长，赔医药费，每人一千字检讨，还有处分，放完假回来全校通报批评。"

"都不知道丁斯时怎么惹到他们了。"刘添愿打抱不平，"二对一，太过分了！"

其中有个人默默举手，推了下眼镜框，小声道："这个我大概清楚一点，昨天我从礼堂出去，正好看见他靠在男厕所对面的栏杆那边，我路过的时候他提醒了句，说地上有水，别滑倒了，后面我拐到楼梯那边的时候，听见有人在惨叫就回头看了眼，男厕所门口有两个人摔了。"

"然后呢然后呢？"刘添愿按捺不住吃瓜的心。

"没然后了，后面我就走了。"女生仔细回想了下，补充道，"哦对，我依稀听见其中有个人喊了句'丁斯时你是故意的吧'，再后面我就真不知道了。"

"所以，是因为丁斯时不小心把水洒在了地上，没来得及提醒他俩，他俩摔了，恼羞成怒？"刘添愿总结，回头看乔岁安，"乔乔，他有跟你说什么吗？"

乔岁安"刺啦"一下拉开椅子，坐下，心底有点发闷。

静了片刻，她道："没有。"

今年过年早，放假也早，元旦过后的第二周周一就是期末考。

刘添愿考前一晚临时抱佛脚，挑战当代高中生的记忆力极限——一个晚上背完几十页的政治和几十页的历史，势必要把自己逼成一个奇迹。

第二天，她手里握着一杯咖啡，顶着偌大两个黑眼圈，有气无力地进了教室。

乔岁安看着她跟幽灵似的飘过来，拉开椅子，再轻飘飘坐下来，不由得开了口："你很困吗？"

刘添愿强打起精神："胡说八道，我怎么会困呢？"

乔岁安望着刘添愿那眯成缝的眼睛："你确定？"

"人要对自己采取积极的心理暗示。"刘添愿喝了口咖啡，伸手撑开自己的眼皮，语气笃定，"我不困。"

乔岁安："……"

就在这一刻，她非常庆幸丁斯时平时管她管得严，让她免遭这一场猝死式复习法。

刘添愿把历史书甩在乔岁安面前："抽！随便抽！就没有姐记不住的知识点！"

闻言，乔岁安随便翻开一页，随便抽了个知识点："《梦溪笔谈》谁写的？"

"就这？"刘添愿掀起嘴皮子不屑地冷笑一声，自信地开口，"古人写的！"

"……"

乔岁安称赞道："你真聪明。"

刘添愿："你就说这个答案有没有毛病吧！"

乔岁安憋笑憋了半天，悄悄从桌肚里掏出一张写满了密密麻麻字的纸，望了望四周，低了点头示意刘添愿把耳朵凑过来，随后小声道："丁斯时押的题，独家的。"

刘添愿一下来了精神，跟做贼似的扭头确认了一遍周围没人注意到，跟着小声问："押得准吗？"

"年级第一的押题，"乔岁安反问，"你说呢？"

"乔乔。"刘添愿感激涕零，"你就是我的神。"

事实证明，丁斯时的押题水平是一流的。

两天的考试考下来，乔岁安答题思路顺畅，如有神助。

最后一场考试，结束铃打响，她呼了口气，将卷子传上去，收拾好文具，待老师数完了卷子，才起身跟着人群往门外走。

一月初的冷空气让人感觉像被关在了冰箱里，寒风凛冽，好在今天天气还算不错，暖融融的阳光穿过干枯的枝丫落进走廊。从考场涌出来的人群低声讨论着题，白色的雾气随着嗓音一起飘开。

乔岁安把手往口袋里一插，无意间听了两耳朵。

"这次的数学填空好难啊！最后三道我都没做出来。"

"我觉得后面的大题也好难，唉，老天保佑我一定要及格。"

⋯⋯⋯⋯

乔岁安眉梢微扬，心情很好。

不错，他们说的难题她都做出来了。

教室里哄闹成一团，大家拿着卷子三三两两聚在一起对答案，有的大声讨论着答题思路，还有的捂着耳朵趴在桌上哀号"别对了别对了，我不想听见"。

乔岁安提着笔袋，侧着身绕过人，往自己座位靠近。

"这道题肯定是根号五，我算了三遍！"

"你漏了一个情况吧！怎么可能是根号五？明明就是二根号三啊！"

⋯⋯⋯⋯

乔岁安把笔袋和卷子放在桌上，从教室后面把自己的课本搬回来，书垒成高高一摞，她双手抱着用下巴抵住，微微弯着腰，略有些吃力地迈着小碎步快走回自己桌边，等把书都放下才松了口气，甩了下通红的手。

突然，后衣领子被人扯了下，接着她整个人被拖了过去。

"你问乔岁安！她答案肯定对的！乔岁安，你填空最后一题答案是多少？是不是根号五？"

乔岁安猝不及防地被抓过来，人还是愣的，男生揪着她后衣领子的手还没松开，她刚搬书为了图方便，把围巾摘了，现下他的指关节不小心碰到了她的脖子，带着外头的寒气，冻得她一个激灵。

她有点难受地往边上轻轻躲了下，没能躲开。

两个男生为这题吵得不可开交，盯着她一定要一个答案。

"学霸你说，你答案多少？"

"根号五。"背后传来一道熟悉的男声，干净的，带点冷冽，随之而来的是她脖颈处那只手一松，"手松开。"

男生见丁斯时来了，讪讪地松开了乔岁安的后衣领子。

"我都说了根号五，"另一个男生得了肯定，扬扬得意，"你非不信。你看，真是根号五吧！"

"继续对，继续对！"

乔岁安赶紧整理了一下衣领，手往后一伸就准确无误地拉住了丁斯时的衣袖。

"东西收拾好了没？"丁斯时单肩斜斜挎着包，垂眼看她，"回家了。"

"马上马上。"乔岁安立马迅速跑到教室后面把书包带过来，还往里头塞了几本书。

丁斯时看着她收拾，顿了顿，问："考得怎么样？"

乔岁安道："我就一句话。"

丁斯时"嗯"了一声："说。"

她背上了书包，语气郑重其事，把刘添愿那套说辞搬了来："你就是我的神。"

他轻嗤一声，瞥了一眼。

"谁要当你的神了？"

期末考后还要再上一周的课，用于讲试卷或者提前上一点下学期的内容。为了讲题方便，答题纸在考试结束后的第二天就发下来了。

成绩出来前的日子最是折磨，老师评讲试卷的过程宛如凌迟，每报一题答案，都有人暗暗松口气又或者哀号叹气。尤其是数学，计算过程简直山路十八弯，在最后的答案报出来前，永远乾坤未定。

三门大课里，数学永远是乔岁安最棘手的科目，尤其带字母的计算，每次都绕得她头晕眼花。

报完了选择题和填空题的答案，她略微松了口气，用红笔在答题纸上打了个大大的钩。

下课铃打响，乔岁安活动了下手腕，往椅背上一靠，从书包侧边的口袋里拎出保温杯，杯子很轻，她摇了摇，才发现没水了。

她戴上手套和围巾，一整个全副武装，准备离开她那开着热空调的温暖教室，外出倒水。

前门被人打开了一点，门口站着个男生，探着头往里头瞧，手里捏着个蓝色信封，不知道在张望谁。

乔岁安的视线默默移到他手上的那个蓝色信封上，一边在心里吐槽这年头居然还有人用这么老土的方式，一边悄咪咪放慢了脚步，手指捏着围巾往脸上扒拉了点，露出一双漂亮的眼睛，拿余光好奇地瞟着门口的男生。

她没有什么坏心思，只是单纯想吃个瓜。

那张脸有点眼熟，她细细思索了一会儿，才想起自己见过对方。

前两天午休时，刘添愿转过来跟她分享薯片，借着她的笔袋挡住手机，两个人趴在桌上一起刷朋友圈。

"你快看，这个学长有点帅啊。"刘添愿激动地放大图片，转了手机给她，"话说我好像都在朋友圈刷到过他几次了，人好像是高二的。"

乔岁安扫了眼，还行，但没 get 到。

刘添愿跟她混熟了，一看她的表情就知道她是什么意思，叹了一声："算了，差点忘了，丁斯时那张脸你从小看到大都免疫了，估计这个等级的帅哥你确实 get 不到。"

顿了顿，刘添愿又不死心地问："你每天对着这么一张帅脸，真的从来没有别的想法吗？"

乔岁安手指微微一顿，突然想起上药那天晚上心脏的错拍，像是炎热夏季汽水冲破瓶盖，滴在手上，灼到心慌的感觉。

……这算什么呢？

"没有。"她嘴硬了一句，重新低下头，手指漫无目的地往下划拉着朋友圈内容，却看不进任何一点内容。

她和丁斯时是什么关系呢？发小，从小到大的好朋友，熟到几乎什么都能跟彼此倾诉。这样稳定的结构，不该被不稳定的因素冲破。

那男生仍在张望，目光从教室后门一路扫到教室前门。

乔岁安将步子慢了又慢，只为能在角落吃到这一口最新鲜的瓜。

余光里，那个男生的视线定在了她的身上，下一秒，教室门又被拉开些许。

乔岁安僵了下，下意识地把围巾又往上提了提，一种强烈的不祥预感如潮水般涌来。

那男生喊了声："乔岁安。"

她顿住。

靠门口坐的几个同学随着这一声，也跟着扭过头来。

乔岁安闭了闭眼，快步出了教室门，关上门，隔开了同班人的视线，才硬着头皮转过身，尴尬而不失礼貌地问道："你好，是有什么事吗？"

那个蓝色信封被递了过来。

"给你的。"那男生声音略轻，带了些不好意思，"我也是第一次给人写这个，上面有我的联系方式，如果你愿意的话，给我个答复。"

乔岁安摁了下唇，没接："谢谢，但是，我不能收。"

那男生愣了下，大概是没想到会被直接拒绝，声调扬了起来："为什么？"

"我目前没有这方面的打算。"乔岁安如实道，"我也不希望给你带来误解。"

那男生沉默了下。

外面到底比不上里面暖和，乔岁安见他沉默，觉着这件事就算翻篇了，说了声"抱歉"就要转身往直饮机那边走。

胳膊被蓦地拉住，那男生不甘心地问："真的吗？那我再问一个问题，丁斯时和你是什么关系？"

乔岁安下意识地蹙眉，抬起眼，目光略过他，却愣住了。

四目相对。

丁斯时倚在廊边，离她不过五米远，目光落过来，漆黑的，静静的，不知是站了多久，听见了多少，只等着她发现他。

乔岁安张了张嘴，直愣愣地盯着那处。

其实没什么好心虚的，也没什么好尴尬的。自入学以来传他们俩谣言的多了去了，她也不过是当玩笑话看。

但她目光闪躲了下，浑身上下不太自然，甚至连手脚都不知道该往哪儿摆才算正常。

也没等她回答，倚着廊边的那人直起身子，摘了眼镜捏在手里，迈着长腿径直走了过来。

那男生随着她的目光望过去，也跟着怔了下，松开了拉着她胳膊的手。

丁斯时在她面前站定，没看那男生，垂了眼，语气自然："过来跟你说一声，各科成绩出来了，你年级第九。"

乔岁安愣愣的，怀疑自己耳朵坏了，不可置信地问："第几？"

"第九。"丁斯时又重复了遍。

巨大的喜悦像是突如其来的糖水雨，一下从头浇灌至脚，瞬间卷走了寒冷，洗刷掉了刚才所有的情绪。她知道这次自己排名不会低，却未曾想到居然能进年级前十。

"班主任让我过来跟你说一声。具体成绩今天放学前就会发放下来，明天你就要搬教室了。"他微弯了点腰平视她，明明没戴眼镜，眸光却像是被蒙了层什么，模糊不清。

他浅浅弯了下唇角，但也谈不上笑，问："马上就要一个班了，高兴吗？"

乔岁安沉浸在"年级第九"的惊喜里，没注意他的神色，拼命点头。

他的视线下落了些，落在她手上握着的保温杯上："要去倒水？"

乔岁安这才想起来自己出门究竟是要干什么。

"对。"

"等我一下，我去拿个杯子，一起去吧。"丁斯时的目光有意无意地略过边上那道沉默又僵硬的身影，修长的手指钩住她的校服衣袖，"过来。"

丁斯时朝那男生稍稍点了个头，算是打个招呼借过。

那男生手里捏着蓝色信封站在原地，抿着嘴，脸憋得通红。

乔岁安被一句"年级第九"砸得飘飘然，脑子都高兴昏了，只知道顺着他的步子走。

被丁斯时勾着袖口进了一班的门，他才松开，语气却淡了下来："突然想到，我杯子里还有水，你自己去吧。"

突然从"年级第九"的喜悦里醒过来的乔岁安一脸的不可思议。

乔岁安："你礼貌吗？"

丁斯时重新戴上眼镜，气质一下拒人于千里之外，他抬起手腕看了看表，说："离上课还有一分钟，你飞过去倒完水再飞回来，还来得及。"

"……"

乔岁安扭头就跑。

成绩单是在放学时下来的。

乔岁安翻了翻，这回主要是数学没有拖后腿，语文保持着原有的优势，英语分数奇高，只扣了两分，年级第五。

"乔乔。"刘添愿问，"你是不是明天要回一班了？"

"对啊。"乔岁安收拾着书包，弯着眼角，显然心情很好。

刘添愿耷拉着眉眼："呜呜呜，以后就没有人默写时给我提醒了，我会想你的，乔乔。"

乔岁安背上包，再把自己那个棕色的小熊针织线帽戴上，给了刘添愿一个抱抱："我也会想你的投喂的。"

"……"刘添愿唇角一平，一把推开她。

走廊上突然有人喊："下雪了！下雪啦！"

教室里顷刻之间一阵骚动，不少人涌出门去看，走廊上顿时一片欢呼声。

乔岁安也连忙跟着奔出去看。

盐桐这块地临海，冬季温度普遍在零度朝上一点，平时别说下雪，连雨夹雪都不常见。在盐桐见到大雪，像是一场奇迹，格外罕见。

乔岁安站在走廊边。

外面白茫茫一片，皑皑白雪洋洋洒洒，像风吹进了梨花林，花瓣似的飘飘荡荡，覆在干枯的树枝上、地上，还有楼下人的身上，携着凉意，朦胧了整个世界。

身侧紧跟着站了个人，跟着将胳膊搭在走廊边的扶手上，带着熟悉的洗衣粉味，清冽的，淡淡的，清爽的。

她没回头，兴奋地伸出手，一片雪花轻轻落在她的指尖，半透明的，静静躺着。

乔岁安举着那片雪花，兴奋地侧过头，眼睛亮晶晶的："丁斯时，你快看！"

他垂下眼去望。

她的手指苍白纤细，指节分明，掌心泛了点红，是被冻的。雪花在指尖渐渐融开，变成一小摊水渍。

乔岁安捏了捏指尖那摊水渍，遗憾道："融了。"

丁斯时摘下一只手套，隔着厚重的冬季校服握着她的手腕，给她戴上："不冷吗？"

"我手套在教室课桌上，"乔岁安低着头看他给自己戴手套，"出来得太急，忘了。"

丁斯时给她戴好，松了手，眼皮抬起，对着她的眼睛望了片刻，突然伸手往下一扒拉她的针织线帽，遮住她的眼睛。

乔岁安"嘶"了声，连忙把自己的帽子翻好，瞪他。

丁斯时把手往校服口袋里一插，像是什么也没做过，神色从容淡然："拿上，回家了。"

乔岁安再瞪他一眼，嘀咕："知道了。"

这场雪越下越大，绒绒一片，借着月光，依稀可见银霜满地，玉树银花。脚踩下去，像踏入毛毯，柔软松陷。路灯那橙黄的光源下，绒绒雪片像蓦然间抖落的一场柳絮雨，却还要比柳絮浓厚些。

乔岁安被冻得鼻尖通红，却高兴得很。

今年的第一场初雪正好落在她成绩出来的这一天，像是老天特意赶来为她庆祝，送给她一个美得惊心动魄的礼物。

她明里暗里开始显摆："以前我看见雪呢，我会说下雪了。"

丁斯时走在边上，轻轻"嗯"了声，尾音上扬。

"现在，作为年级前十的选手，我会文雅地感慨，燕山雪花大如席，片片吹落轩辕台。嗯……梅须逊雪三分白，雪却输梅一段香。"

丁斯时轻嗤："你掰着手指头数数，从小到大，见过雪的次数不超过五次，上次还是在小学。"

乔岁安哽了下："干什么那么较真？"

丁斯时问道："那你还听过一句话没？"

"什么？"

他偏头看她，在灯下定住脚步，温暖的光源倾倒在他身上，影子在脚下拖得斜斜的很长一条，他双手插在口袋里，呼出的热气成了白雾在灯光下散开。

"人们从诗人的字句里，选取自己心爱的意义。"

他望着她，瞳孔跟夜里的天一样黑，不过夜晚有月亮，他的眼里是她。

灯光打着，很清晰的一个小小的倒影。

他喉头滚了滚，问："听过吗？"

乔岁安有点茫然："啊？谁写的啊？"

丁斯时抿了下唇，转回了头，没答，只伸手轻轻扯了下书包带子，叹出一声，神色被眼镜遮挡，看不清好坏。

"没事。"他目视前方，继续往前走了。

晚上洗完澡，乔岁安躺在床上，开始翻手机相册，刚点开的那一面都被今天的雪占满。她挑挑拣拣删了几张不好看的，挑出九张还不错的，精心修了修。

其中有一张是丁斯时的背影图，月光和灯光混成一片，他从灯光下穿过，黑色书包连着包带松松垮垮搭在肩上，略微侧了点脸，下颌处打下一片阴影，线条分明，模糊却有氛围感。

她手指顿了顿，突然又想起他说的那句不知道是谁写的话，打开手机浏览器，刚打下一个"人"字又停住。

原话是什么来着？

乔岁安咬着大拇指指甲绞尽脑汁，尽自己最大努力还原了雪地里他的那句话——人可以从诗里读出不同的含义。

她划拉着浏览器，结果却没搜到原句。

最后，在半小时后，丁斯时刷到了一条朋友圈，还配了九宫格图片。

隔壁那位：一千个读者就有一千个哈姆·雷特。

高一（1）班罗落：乔，你的图片跟文字怎么牛头不对马嘴。

高一（1）班林时蛰：宝，你应该发"这次回归，我将夺回属于我的一切"。

丁斯时无语，按灭了手机。
眼不见心为净。

翌日，乔同学在刘添愿依依不舍的目光中，在林时蛰和罗落热切期待的目光中，荣归"故里"。

她的新座位位置不错，在林时蛰前面，跟罗落是同桌，离丁斯时也就差了一排加一个过道。

在搬来的第一节语文课上，丁斯时正记着笔记，突然听见斜前方"嘶嘶"几声，声音过于耳熟，他抬起头，对上一双透着点狡黠的眼睛。

讲台上粉笔"哒哒哒"响，乔岁安不放心地拿余光瞟了一眼老师，见她仍然背着身在黑板上写着字，才悄悄摸摸在椅子边上伸出手，背在身后，冲丁斯时比画了下，然后轻轻眨了下眼。

同桌明显也看见了，往丁斯时那边稍微靠了靠，拿气声疑惑地问："这是什么意思？"

丁斯时："她想吃可可麻薯华夫饼，加奶油、奥利奥和草莓，但外面太冷了懒得出教室，让我下课帮忙去小卖部买一个。"

同桌瞳孔放大，大受震撼，比画了下她刚才的手势："她就比画了这么两下，怎么看出来这么精准丰富的含义的？"

丁斯时不答，只哼笑了声，低头继续记笔记。

同桌不信，下课后特地跑过去问乔岁安。

"啊？"她茫然，"我让他帮我带一下可可麻薯华夫饼，加奶油、奥利奥和草莓……怎么了吗？"

同桌惊呆了。

育德中学的华夫饼很有名，主要是种类多，原味、可可麻薯流心、抹茶、酸奶，上面还能加很多小料，奥利奥、奶油、草莓、蓝莓、红豆沙……

热腾腾的可可麻薯流心华夫饼，中间夹着奶油，奥利奥屑撒在上方，又镶嵌了几颗草莓，用小盒子装着，配了个小勺子，入口松软滚烫，黑棕色可可流心和夹着的白色奶油相得益彰。

华夫饼很大，馅又多，乔岁安课间没吃完，放进了桌肚里。

但只怪香气太夺人。

然后，在课上偷吃的乔岁安就又被老师抓包了。

丁斯时帮老师去办公室拿作业，刚出了门，又转个身面向在一边举着课本神色委屈的乔岁安，盯了她两秒，冷笑一声："活该。"

她更难过了，吸了下冻到没知觉的鼻子，说："你是来刻意嘲笑我的吗？"

她为自己辩解："我只是犯了全天下女人都会犯的错误罢了。这不能怪我，要怪只能怪华夫饼，是它先勾引我的。"

丁斯时把自己脖颈间的围巾解下，绕着乔岁安的脖子连带着下巴围了好几圈，把她的下半张脸也给挡严实了，才后退一步打量她，双手插着口袋。

"还是活该。"

乔岁安被围巾捂住了嘴："唔！"

乔岁安心心念念的寒假终于来了。放假第一天，她在床上跟周公一起度过半日，乔妈早上"咚咚咚"敲了她三次房门，毫无回应。

最后，乔妈直接推开门，"唰"一下拉开窗帘。前几天又是下雪又是下雨，今天却是阳光明媚，阳光从外头倾泻进来，融去寒意，一瞬间房内天光大亮。

乔岁安在被子里蠕动了两下，不太情愿地哼了声，抓着被子往脑袋上一蒙，只露出些许长发在被子外。

"十点了乔岁安，再过一会儿该吃午饭了。"乔妈拽她被子，训斥道，"你看看人家丁斯时，都晨练完回来了。你要是不学习，就滚去舞室，别总在被窝里，还碍眼。"

被子失守，乔岁安被冻醒了，她顶着一头乱发和惺忪的睡眼，从床上蚯蚓起来，起床姿势奇特，好似床上有一块专门针对她的磁铁，离开床的每一秒都在挣扎。

乔妈看着她那副眼睛半睁不睁的样子，直摇头叹气，把被子丢回床上。

下一秒，刚离开了床的乔岁安一个弹跳入床，一滚，将被子缠在了自己身上，闭眼安然入眠。

乔妈咆哮："乔岁安！起床！"

早午饭是连在一起吃的，乔岁安正舀着馄饨，突然听到乔妈道："吃完去写作业。"

乔岁安一凛，忙道："我选择去舞室。"

"哟，叫起床嘛不起，说今天可以不学习倒是记得清晰。"乔妈阴阳怪气，"快滚吧你。"

乔岁安不辱使命，快马加鞭地吃完饭滚了。

人到舞室时，舞蹈老师正坐在楼下的桌子上跟前台一边聊天一边吃肯德基，见她来了，顺手递着个蛋挞。

　　乔岁安："谢谢老师。"

　　舞蹈老师点点头，又接着跟前台聊天去了。

　　课还没正式开始，乔岁安把随身携带的小包放在边上，坐在边上的另一张桌子旁，咬了口蛋挞，两个人的聊天无意间往耳朵里飘。

　　"对，那个男孩子天赋确实好，个子高，腿长手长的，适合跳舞。人也聪明，一点就通。"舞蹈老师嘴里还叼着鸡腿，说话声音有点模糊。

　　"长得也好看。"前台姐姐调侃，"好像高二吧，还是才中重点班的，我要是他同学，高低得暗恋他几年。"

　　"但是基本功不行，以前应该是一点也没练过，不知道怎么突然想走艺考这条路，学得晚了。他跟我们班其他人比基础差太多了，我也不可能一堂课一直都盯着他。"

　　乔岁安吃着蛋挞，心说舞蹈这东西也不是一天两天就能练成的，这位仁兄确实多少有些勇气。

　　舞蹈老师突然想到什么，扭了头过来，喊她："乔岁安，你后面打算走哪条路？艺考吗？还是纯靠文化课？"

　　乔岁安猝不及防被点名，愣了下，认认真真地想了想，说："还没完全想好，也有可能艺考吧，我还挺喜欢跳舞的。"

　　前台姐姐突然眼前一亮，拍了下手，说："正好乔乔跳得好，你让她带带林中绪呗。他俩是同龄人，学习上还有话说，说不准比你教得还好。"

　　乔岁安手里还捏着最后一口蛋挞，对上舞蹈老师火辣的目光，小心翼翼地咽下那一口蛋挞。

　　最后，舞蹈老师以"吃人嘴软，拿人手短"的理由，把乔岁安的时间给卖了。

　　乔岁安眼巴巴地问："这个有工资吗？"

　　舞蹈老师推她："下学期学费减半行吧？"

　　乔岁安讨价还价："起码全免吧？"

　　舞蹈老师避而不答："上去吧你。"

　　传说中的林中绪正在楼上压腿，乔岁安被舞蹈老师推着上了楼。推开门，里头穿着舞蹈服的男生听见动静，跟着转过了头。

　　很干净的长相，眼睛明亮，皮肤很白，鼻尖上有一颗小痣。他冲她礼貌地笑了下，露出唇角一颗漂亮的小梨涡。

　　乔岁安也友好地冲他笑了一下，下意识地往舞蹈老师身边贴近了一步。

舞蹈老师把她从身上扯开，知道她有点社恐，也没指望她介绍自己，简单跟林中绪介绍了下情况，便下楼继续吃炸鸡去了。

在楼下时，舞蹈老师跟她讲过一点林中绪的情况，柔韧性好，天赋不错，但一些基本功弱了点，这个时候才选择去艺考，只能多练，让她多盯盯。

于是，她展示了一个侧翻的技巧，蹲在一边盯着他练。

林中绪按照她方才的模样尝试，却没成功，脚都没能离得了地面。

"不是不是，手撑着地的时候重心要移过去，然后双腿一起蹬。"乔岁安又演示了一遍，手一撑，腿一蹬，半空之中双腿伸直，划过一条弧度，接着轻巧地稳稳落地，非常漂亮的一个侧翻。

林中绪照她说的来，双手撑地，翻倒是翻过去了，但她"嘶"了声："你这个腿分得不够开啊。"

"这样，我再给你演示一遍。"乔岁安慢动作来了一遍，问，"看清楚了吗？"

他企图学习她的姿势，却怎么也领会不到精髓。失败了几次后，他抿了下唇，失落道："我是不是有点笨？"

"啊？"她愣了下，忙挥手，鼓励他，"没有没有，舞蹈嘛，都是慢慢进步的。我刚开始学舞蹈的时候，比你差劲多了。"

林中绪看着她，眼睛亮晶晶的："你什么时候开始学舞蹈的呀？"

乔岁安一顿。

他仍旧望着她，拿那种漂亮的、干净的眼神。

她低了头盯脚尖，小声道："……幼儿园。"

林中绪："……"

几个动作教了一下午，到晚上乔岁安才开始自己跳舞，她压了压腿，照例练了会儿基本功。她最近在学《这世界那么多人》，舞蹈对她来说不难，她扒舞快，舞姿灵动，动作舒展又标准，肩颈中透着一股意蕴之美。

下来喝水时，她终于听见林中绪开了口，语气中带着羡慕："你跳得真好。"

她没想过林中绪会突然开口夸她，一愣，随即道："谢谢。"

时间有点晚了，乔岁安练了没两个小时便收拾东西走了，路上估摸着时间差不多了，给丁斯时发了条消息。

夜色渐暗，前段时间的大雪早已融化，乔岁安坐在公交车上，脑袋靠着窗，在手机上刷北方的雪，雪势比盐桐那天下的还要大很多，脚踩下去，雪能压到小腿处。

她关掉手机，望向窗外，叹了口气，在玻璃上形成一个小小的白色雾气团。

　　北方的雪不是几年难得一见。

　　好想去北方堆雪人。

　　车内传来广播声，机器女声播报着"夏辉路，到了"。

　　车门"吱呀"一声打开，她跳下车，身后公交车扬长而去，她绕过广告牌，丁斯时却不在巷子口。

　　乔岁安愣了下。

　　巷子里一片漆黑，先前的恐怖经历历历在目，她下意识一个激灵。

　　她正要打开手机给丁斯时拨电话，左脸蓦地一热，有什么暖和的东西贴了过来，紧接着是背后一道熟悉的声音，带了点无奈："转身，我在你身后。"

　　乔岁安回头，才发现贴着自己脸的是一杯热奶茶，温度透过袋子传导至皮肤，一片暖融融。

　　他手里也有一杯，不用猜也能知道，肯定是全糖，加珍珠。

　　丁斯时不蛀牙，简直是她这辈子最大的疑惑。

　　她拆了吸管，扎破封口，吸了口，奶茶顺着食道一路暖到胃。

　　乔岁安伸手拉住他的衣角，心情一下子特别好："走吧，回家。"

　　路上，丁斯时问她："你今天怎么那么晚？"

　　"舞室里来了个新人，老师让我带带他。"乔岁安吸溜了口小芋圆，"高二，以前没接触过舞蹈，想艺考，就来我们舞室了。"

　　丁斯时垂着眼，没说话。

　　巷子里没什么灯，全靠月光指引前路，旁边偶尔有一两家居民开了灯，灯光从窗户里露出来，不知谁家的狗吠叫着，距离有些远了，模糊到依稀听不清。

　　丁斯时问："那你呢？你想走艺考吗？"

　　她疑惑："你们今天怎么都这么问？"

　　"S大正好有舞蹈系。"天太黑了，乔岁安拉着他的衣角，听见他的声音从边上传来，有意无意地暗示她，"我也正好想去S大的计算机系。"

　　"S大？"她眉头一皱，紧紧的，哀叹道，"太难考了吧？"

　　"不难的。"丁斯时认真地分析，"你这次期末考试年级排名第九，再高个四名，差不多就能进了。"

　　她摇摇头。

　　"那你也知道这次我是超常发挥啊，加上你押题准，高考你又押不了题。平时我哪有这个实力？"乔岁安叹气，"我就是一条没什么大梦想的咸鱼。"

"咸鱼乔。"丁斯时在黑暗中精准无误地捏住她的帽檐往下轻轻一拽，帽子遮住了眼，乔岁安险些炸掉，他却停了步子，没松手，清冽的嗓音继续顺着风流进耳朵里，"再怎么看你也得信我。打个赌，我要是没能把你教上 S 大，我就自愿给自己把目标学校降一降。"

乔岁安倏地顿住了。

她感觉嗓子有点痒，被羽毛轻挠过似的，于是，她低声问："降去哪里？"

看不见了，声音就更加清晰了。

她听见面前那个人轻轻笑了下。

"降去你会在的学校。"

乔岁安不吭声，眼前被一片漆黑笼罩，狗吠声在寂静的夜里更胜，她不说话，他就耐心地等着。

她突然问了句牛头不对马嘴的话："S 大在哪儿？北方吗？"

"对。"

乔岁安沉思了很久，最后把帽檐拉起来，抬了点眼，依稀在黑暗里捕捉到他的轮廓。

她盯着他模糊的脸庞，冒出来一句："我想去北方堆雪人。"

也想和你在同一所学校。

晚上，乔岁安做了个梦。

梦里下着鹅毛大雪，地面上堆积的雪几乎没过了小腿，整座城市都是白的。她从剧院出来，裹着围巾，妆还未卸下，听见往外走的观众谈论着那一场表演，赞赏的，惊叹的。

她将围巾往上拉了点，无声地弯起唇瓣，抬眼一扫。

大雪纷飞间，丁斯时就伫立在剧场门口不远处，静静地等着她。

梦醒之后，乔岁安盯着白花花的天花板看了半天，抿了抿唇。

她对未来一向充满茫然，缺少目标，什么都只想个大概，连学习都是丁斯时推着她走。每天就是按部就班上着课，按部就班写着作业，按部就班地长大。

初三奋斗一年升入重点高中，又在丁斯时的监督下进了重点班，昏昏欲睡的过去像一场梦，只有在跳舞时才能感受到那份主动的追求感带来的心跳声。

梦想没有，理想缺斤少两，却在这一刻被勾勒出具体形状，拨开了通往未来道路上的迷雾。

　　她无比坚定地确认，她想和丁斯时一起去 S 大，她想一直跳下去，登上更大的舞台。

　　乔妈推门而入，对上她睁着的双眼，一愣，不由得打开手机确认了一遍时间，满腹怀疑地嘀咕："八点半就醒了啊今天？"

　　"妈。"乔岁安睁着眼睛持续盯着天花板，下定了决心，道，"我想艺考。"

　　乔妈了然："梦游的人确实该睁着眼。"

　　"……"

　　乔岁安掀开被子坐起来，强调："我醒着。"

　　乔妈拉开了窗帘，语气满不在乎："醒着就醒着呗。"

　　顿了顿，她又问："那你未来想做什么呢？"

　　乔岁安道："想进舞蹈团，在剧场演出。"

　　"我丑话先说在前面，这条路可能并不好走。"

　　乔岁安问："那你同意我艺考吗？"

　　"你考呗，这事哪需要我同不同意？"乔妈语气诧异，"你的未来难道还要我替你走不成？"

　　乔岁安将目光挪到乔妈身上，定定望了很久。

　　乔妈说："看我干吗？"

　　"没什么。"乔岁摇摇头，收回视线，眨了眨眼，"就是挺感动的。"

　　父母的支持与鼓励永远是她最坚实的后盾，会在背后一直推着她，只要她愿意。

　　自从确定了要艺考之后，乔岁安往舞室跑得就更勤了，见着林中绪，颇有种惺惺相惜的感觉，尤其是当知道他也想考 S 大之后，每天带练也勤快严肃了很多。

　　林中绪底子弱，练舞时总是要比别人付出更多的努力，花费更多的时间。好在他聪明，也提升得快，教给他的动作基本上都能飞快消化……除了侧翻，那个非常简单、基础的侧翻。

　　乔岁安想破了脑袋也没想明白，为什么偏偏在这个动作上，他像是失了智一样，怎么都学不会。

　　临近过年，街上的店开门的越来越少，冬风过境卷走了落叶，街道上一片萧瑟，偶尔会看到哪家店玻璃上贴着"福"字剪纸。

到除夕夜前夕，舞室也要关门了。

林中绪和乔岁安总是留得比较晚，舞室的灯向来留给他俩关，舞室的门钥匙二人也都各有一把。

"哗啦"一声，舞室门上了锁，在寂静的夜里格外清晰。周围的店基本上都关了门，只有对面那家花店还亮着灯。行人三两，也大多是买完了年货，走在回家的路上。

林中绪双手插在口袋里，鼻尖被外头的风一吹，便冻红了。

"新年快乐。"他说。

"新年快乐。"乔岁安笑，最近跟林中绪混得熟络了些，也敢开些玩笑了，想了想，她祝贺道，"祝你过年完回来，成功学会侧翻。"

"谢谢，那我就祝你……"他张了张口，却没想到什么合适的祝词，"算了，你舞蹈已经跳得够好了，没什么可以祝的。"

乔岁安又笑，双手合十，道："那就祝我……下回考试进年级前五吧。"

第七章 //
希望岁岁平安

公交车驶过沥青路，车厢明亮而空荡，门一开一合，便扬长而去。冬季的夜风寒冷刺骨，乔岁安绕过公交车站牌，果不其然，看见丁斯时站在巷子口那道明亮的路灯下。

她笑了，奔过来拉住他的衣袖，对着他的手左找右找，惊讶："今天没奶茶？"

丁斯时无语，说："我并不是每天都要喝奶茶的，我还不想年纪轻轻就得糖尿病。"

乔岁安松开他的衣袖，肩膀微塌，垂下头，脚尖碰碰他的，嘀咕："可是我练了好久的舞，饿了。"

"关东煮吃不吃？"他问。

乔岁安眼睛一亮，忙道："吃。"

公交站附近正好有一家24小时便利店，走过去不过几分钟，在这个漆黑的夜里灯火通明。

乔岁安先是点了几串关东煮，随后拿着篮子对着零食货架一阵清扫，临到付钱时，又从旁边捞了盒口香糖。

……然后余额超支了。

她讶然，眉头皱在了一起。

新年的物价，果然是高得不同凡响。

她将求助的目光转到丁斯时身上，丁斯时长长叹了一口气，但他两只手都握着关东煮的杯子，腾不开手，便转过身侧对着她，微抬下巴示意自己的左口袋："自己拿手机。"

乔岁安从他口袋里摸出手机，指纹解了锁，驾轻就熟地打开了支付宝，扫码成功。

"谢谢你。"她把手机塞回他口袋，真诚道谢，"等过了年，这钱我父母会在压岁钱里还给你。"

"别这么说。"丁斯时冷笑一声，"从小到大，你就没少欠我。"

乔岁安"嘿嘿"两声，继而严肃地拍了一下他的肩："我们俩之间，不是可以谈钱的关系。亲发小，谈钱伤感情。"

收银员的视线在两个人身上来回扫，显得有些古怪，乔岁安并未在意，最后收银员保持着微笑，将零食袋子递给她："欢迎下次光临。"

乔岁安饿了，吃关东煮吃得快，不一会儿杯里就只剩了几根竹签，她一边走一边仰头把汤汁喝了个干净，将纸杯丢进了路边的垃圾桶里。

"吃完了就自己拎着。"丁斯时抬了抬手里的零食袋子。

乔岁安"哦"了声，接过。关东煮吃多了，嘴里稍微有点腻，她突然想起自己在便利店还多捞了一盒口香糖。

她打开袋子翻了翻，脚步慢了点，落了丁斯时一步。

回到了巷子口，丁斯时正要往里拐，听见身后塑料袋一阵响，随即是拆包装袋的声音，乔岁安问："我买了口香糖，薄荷味的，你要吗？"

他回头，听见"啪嗒"一声，什么东西掉在了地上。

丁斯时低头去看。

一个"U"形的东西正掉在巷子口那盏灯下，格外显眼。透明的，外围着一圈青绿，大抵对应她口中所谓的薄荷味。

"……"

乔岁安猛地低头去看手里那盒包装，动作瞬间僵硬，脸"噌"一下通红，站在边上近乎窒息。她迅速弯腰从地上把它捡起来，没看一眼直接丢进了口袋，丢得极快，好似烫手一般。她头也没抬，直直地盯着地上自己的鞋子。

夜里的沉默格外折磨人。身后的马路上，偶尔有车过，轮胎与沥青路面摩擦，像是猫收了爪有一搭没一搭地挠着心脏，痒到每一秒都是煎熬。

寂静良久，头顶那道嗓音低低的，像从卡壳中刚缓过来，尾音上扬，在夜色的熏陶下添了几分奇怪的说不清道不明的意思："……口香糖？"

"……"

乔岁安僵着脊背，没吭声。

静了好半晌，她闷闷出声："你就当什么也没看到。"

她的声音微弱，头死死低着，从丁斯时那个角度只能看见她的头顶以

-116

及额前的刘海儿，刘海儿垂下，投下一片阴影，整张脸都被那片阴影挡得严严实实，看不清她的神色。

头顶那人轻轻叹了口气，似是无奈，风一吹，尾音的气声就落进了她的耳朵里，淡得几乎要跟身前的夜色融为一体。

他伸出手，摊开掌心。

"给我吧。"丁斯时道，"前面那段路没监控，我找个垃圾桶丢了。"

那玩意儿隔着厚重的羽绒服与毛衣，却好像贴着皮肤似的，仍在发烫，温度从腰侧蔓延开，直至脚底和大脑，最后蔓延至全身。

脸上温度灼热，她身体仍木着，尤其是手指，几乎弯不了也动不得，更别提伸手去碰。

"乔岁安。"他仔仔细细地辨认了一遍她的姿态，再次开口叫了她的名字，语气不紧不慢的，却带了点笑意，"你在害羞吗？"

"……"

她更觉得窒息。

他又闷了一声笑，说："跟我害羞？"

乔岁安终于开了口，带了点恼，气几乎都喘不匀："这是跟谁的问题吗？"

丁斯时胸腔微震，笑得弯了些腰，手搭回了大衣口袋边沿，昏黄的灯光照下来，明暗交替，指节分明。

"又不是我买的，你自己不看清楚，还白白花费了几十块钱。现在跟我恼什么？怪我？"丁斯时挑眉，"那你自己扔？"

"花的是你的钱。"她嘀咕，犹豫了片刻，推着他往暗里走了点，衣料摩擦，身形交错，她借着这空当飞快地把东西塞进他手里，声音仍旧很轻，"你丢。"

小路漫长，夜色浓得像墨，根本晕染不开，月光给人投了点微弱的影子在地上，若隐若现，偶尔有所交叠。今天的狗吠声也消失了，安静到每一步落脚都清晰可闻。

她不知沉默了多久，一直低着头看脚下的路。

一直走，一直沉默。

她沉默，影子沉默，月亮也沉默，乔岁安平生第一次觉得这条路长得像永远走不到尽头。

前面依稀见到点马路上的灯光，明亮得有点晃眼。

犹豫了很久，乔岁安瓮声瓮气地说："丢了吗？"

身侧那人的声音沿着黑夜传进耳朵里："丢了。"

"哦。"

她略微松了口气。

丁斯时又开了口，找了个话题："今年的年夜饭，我们两家是不是还是一起吃？"

"是吧。"乔岁安想了想，"应该是的。"

"那你今年有什么新年愿望吗？"

"有啊。"她掰着手指数，"希望我下次能考进年级前五，希望我新年能拥有一台新电脑，旧的那个实在太卡了，希望我以后万事顺利、好运爆棚……"

她数了一大堆，数着数着也慢慢忘却了方才的乌龙，嘴上许着，好像马上就会实现了。

待数完了，乔岁安耸了下肩，把手放进口袋，偏了头问："那你呢？"

"我？"丁斯时低声笑，"我希望岁岁平安。"

乔岁安"啊"了声，失望道："你的愿望真是朴实无华，毫无特点。"

实际上他每年的新年愿望都很相似，之前是身体健康，今年是岁岁平安，大差不差。

她又问："就这一个愿望吗？"

丁斯时摇摇头："不是，还有一个。"

"什么？"她好奇。

"不能告诉你。"

什么愿望居然连她都不能告诉？

乔岁安有点气馁。

随着年龄增长，丁斯时对她保留的秘密越来越多，他们之间就好像隔了点什么，说不清道不明。明明一起长大，距离却好似越来越远。

"那我再许个愿望。"这个愿望多少带点赌气的成分，她双手合十，"希望丁公主对我不要有那么多的秘密，比如他为什么老是莫名其妙就生气，比如他的第二个新年愿望是什么。"

她说完这话，斜着眼睛偷瞄他。

奈何丁斯时嘴严得很，像是焊死了门："都不能告诉你。"

"……"

她也没逼问，只是有些失落，说："算了。"

除夕一大清早，乔妈就开始包汤圆。

乔家包汤圆，丁家包饺子，两家再并到一块吃，这是一贯的传统。乔妈包汤圆时会在其中一个馅里放一枚硬币,吃到这枚含着硬币的汤圆的人,新的一年便会心想事成、万事如意,是个好兆头。

乔爸也跟着包,但他做得不好,没做两个就被赶出了厨房。

乔岁安是被外面的鞭炮声炸醒的,当她顶着一头凌乱的头发,打着哈欠推开房门时,恰好看见丁斯时端着盘饺子从隔壁过来。

她走过去,眯着眼瞅:"什么馅的?"

丁斯时把盘子放下,道:"荠菜猪肉。"

他用筷子夹了个,递到她唇边:"尝一个?"

"我还没刷牙。"她摇摇头,又打了个哈欠。

筷子方向一转,他道:"那我吃。"

乔妈从厨房探出头来,喊丁斯时:"小丁,把你爸妈叫来,汤圆也煮好了,咱吃早饭了。"

她视线一转,又停留在乔岁安身上,上下一打量,眉头一皱就开始训斥:"天天这么晚起床,怎么着?你跟床是私订终身了?啊?赶紧洗漱去!"

乔岁安连忙一溜烟进了卫生间。

待洗漱完毕,丁妈丁爸也到了,正在厨房盛汤圆。

乔岁安悄悄挪到丁斯时边上,问:"有人吃到硬币了吗?"

丁斯时摇头,说:"还没。"

乔岁安露出了满意的微笑,在橱柜里拿了个碗排在丁爸丁妈后头,待前面的人都盛完了,她稍微磨叽了会儿,偷偷瞄了眼四周,见无人在意,便悄悄拿汤勺轻轻地压了压锅里那几个汤圆。

这个软软的,不像有硬币的样子。

她皱皱眉,将这个汤圆踢出战局,又换了个试探。

"乔岁安!"身后,乔妈怒而咆哮,"别作弊!"

被抓包的乔岁安心虚一瞬,随即挺直了腰板,为自己辩解:"我这叫'我命由我不由天'!"

乔妈几步走过来,夺了她手里的碗和汤勺,随手捞起几个汤圆滑进碗里,又舀了点汤,塞进她手里,顺带送了个白眼:"得了吧!你这叫不守规矩!赶紧的,趁热吃!"

乔岁安委屈地拿着她的碗和筷子去了餐厅。

她带着十足的诚意,在咬开第一个汤圆前,双手捧着,将汤圆碗轻轻放在桌子上,伸出手指在胸前虔诚地点了几下,念道:"阿门。"

边上的人突然"嘶"了声。

乔岁安扭过头，看见丁斯时唇边叼了枚硬币，还粘着黑色的芝麻流心。他用筷子夹住，松了口，把硬币轻轻搁在了桌上。

硬币与桌子碰撞，发出清脆的一声"哒"，像是在祝贺好运。

她低头看看自己碗里的那四个呆头呆脑的汤圆，瞬间失去了品尝的欲望。

"怎么了？谁吃到硬币了？"乔妈端着碗大步走过来，定睛一看，笑了，道，"又是小丁啊。好兆头，你今年的新年愿望一定能实现。"

丁斯时只是淡淡笑了下，没搭话。

而边上的乔岁安失落地吃完了整顿饭。

说来也怪，乔岁安长到现在十几年，一次硬币也没咬到过。咬到次数最多的非丁斯时莫属，其次就是乔妈和丁妈，偶尔是乔爸和丁爸。

新年的幸运之神好似独独眷顾丁斯时，其余几个人偶尔想起来便照拂一下。至于她，不知道在哪个犄角旮旯的地方待着，在幸运之神面前毫无说话的余地，甚至可能会被一脚踹开。

待吃过早饭，乔岁安拉着丁斯时去小区外头的空旷地方玩仙女棒。

打火机"吧嗒"一声升起了火苗，点燃了仙女棒，伴随着"滋滋"的声音，金黄色的烟火从小小的火花到炸开的绚烂，一星一点亮着金色，像是星火四溅，噼里啪啦，璀璨又夺目，格外漂亮。

乔岁安点了两根拿在手上甩圈圈，火星交汇，溅开的火花明明灭灭，在半空中画圆，像一场小型的烟火秀。

她递给丁斯时一根，空出一只手，从口袋里摸出手机来拍照。

"丁斯时。"她突然想到什么，小声喊他，"你的第二个新年愿望究竟是什么呀？"

忍了那么久，仍然忍不住好奇。

丁斯时上下晃了晃仙女棒，开玩笑道："知不知道好奇心害死猫？"

"说不准我能帮你实现呢。"乔岁安不死心。

丁斯时侧了一点头，睨她一眼，笑了，挑了下眉梢，问："真想知道？"

乔岁安点点头。

他把视线收回来，重新落在了手里那根仙女棒上。

这时，偏偏有道寒风吹过，烟火抖了抖，小了些许，不再那么明亮，小小一簇，在空中绽放着。

他盯着仙女棒愈来愈小的火花，道："也是岁岁平安。"

她觉得丁斯时在敷衍她，一撇嘴："这不是和第一个一样的吗？"

"不一样。"手里那根仙女棒没能支撑多久，终究还是熄了。他叹了口气，手垂了下去，声音轻轻的，像是在反驳，又像是在自言自语，"怎么能一样啊？"

整整一天，大人们都在厨房里忙活，鸡汤在炉灶上炖着，腌制的肉还在窗台上挂着，剁肉声与洗菜的水流声不断。乔爸本来要帮忙，又被乔妈骂手脚不利索，帮忙帮忙帮倒忙，只好悻悻地回了客厅吃水果。丁爸默默地在旁边洗菜，一声不吭，生怕殃及池鱼。

乔岁安从茶几上把之前在便利店买的零食拿上，去了隔壁丁斯时家，拉着丁斯时要看电影。

电影看完，余清来了电话，抱怨太无聊，问她要不要一起去王者峡谷厮杀一顿。

乔岁安欣然同意，扭过头去问丁斯时："你要不要一起？"

"我不会打。"他甚至连软件都没有下载。

"没关系，我带你飞，你可以打辅助，待在我身边就好。"

"乔岁安。"电话那头，余清不满，"那我怎么办？我不是你亲爱的辅助吗？"

乔岁安沉着声音道："亲爱的，你该学着独当一面了。"

余清："……"

"你俩打吧。"丁斯时声音里染了点笑意，"我在旁边看你打。"

乔岁安也没强求："行。"

她拿了个抱枕搁在腿上，手肘撑着，刚点进《王者荣耀》，屏幕上就跳出来余清的邀请。

匹配好队伍，她耐心地等着其他人选完位置，瞥了眼右下角阵容提示——缺个法师。

她锁定小乔。

乔岁安技术好，这次匹配到的队友也不错，配合默契，很快就赢下一局，几个人便没退房间，就着这个阵容打了好几把。

她一边放着技能，一边得意扬扬地跟丁斯时炫耀："怎么样？我厉害吧？"

他应了声："厉害。"

又一把拿下，队友给她点了赞，乔岁安按下准备，刺客倏地开了麦，是道好听的男声："法师，待会儿我们俩加个好友吧，以后可以经常一起开黑。"

乔岁安愣了下，也开了麦："不用……"

"这把打完，该吃晚饭了。"身侧，丁斯时蓦然开口，打断了她。

乔岁安猝不及防听见他说话，吓了一跳，揉了揉耳朵，给他比了个"OK"的手势。

她接着补充："好友就不加了，我不太习惯加别人，有缘的话以后说不定也能再匹配到一起。"

刺客沉默了一会儿，道："行。"

打完最后一把，乔岁安将游戏从手机运行后台里踢了出去，回了隔壁吃晚饭。

年夜饭丰盛。

茄子切成片卷起，裹住肉和鸡蛋，油炸成金黄色，入口脆响；板栗红烧排骨，红褐色的排骨肉质酥软，带了稍许微焦，非但不影响口感，反倒呈现出烧烤的焦脆感；蒜蓉粉丝虾摆成一个圈，虾头朝外，底下沉了粉丝；土豆切成条塞进腌制过的去骨鸡翅里，炸过后外焦里嫩，土豆入口软糯……

除了主菜，还有一些小吃，春卷、玉兔奶冻，以及草莓、车厘子……

乔岁安胃口大开，一连干了两碗米饭，直到实在吃不下了，挺着肚子瘫在椅子上。

乔妈怒骂："你看看，哪个舞蹈生像你这样？保持点身材吧！"

乔岁安举起四根手指头严肃发誓："下学期一定！"

丁斯时瞟了眼，帮她把她的小手指折下去。

刚松手，小手指又弹起来，乔岁安瞪他："发誓就是要四根手指头！"

丁斯时嗤笑一声，道："赖皮。"

乔岁安再次瞪他。

电视机里，春晚节目热闹非凡，窗外烟花声不断。

她趴在阳台窗边，望向窗外。

夜空之上，烟花绽开，五彩缤纷，绚丽夺目，比星星更耀眼，溅出的火光闪烁着，在夜里一点点化为灰烬。月亮似被吓到，捏着云朵遮起面来。

每年洗碗的工作是轮着的，今年轮到乔妈，她洗完了出来，望见丁斯时跟乔岁安肩抵着肩站在窗台前看烟花，恍惚间好像看见了十年前的小不点，也是这么站在窗口，穿着大红色的新衣服，手扒着窗台，仰着脸望着夜空。

白驹过隙，不过转眼间。

时间好像个盗贼，偷走了生活后从指尖偷偷溜走，只留下残骸的记忆，这种感觉就像人生被倍速播放，经历时不觉得，一回头，却恍然多年。

　　她不由得感叹："时间过得怪快的，一眨眼，他俩都那么大了。"

　　乔妈扭头问："你家丁斯时这个子得一米八多了吧？"

　　"差不多。"丁妈喊他，"丁斯时，你上次学校体检，身高量了多少？"

　　丁斯时踩着拖鞋缓步走回来，坐回沙发上，答道："一米八三。"

　　乔妈"啧啧"两声："你这个子随了老丁了，高。"

　　丁斯时垂着眼眸，嗓音淡淡："不高。"

　　"这还不高？"乔妈讶然，"那你想长多高？"

　　丁斯时声音低低的，语气却是轻描淡写的，一笔带过："起码得一米八五。"

　　"丁斯时！"

　　他回头，乔岁安从阳台上回来，眼睛亮晶晶的，喊他："我们去外面放烟花吧！"

　　烟花买得不多，就这么一箱。下午还存了点仙女棒没玩完，就搁在烟花箱子的上面，和摔炮一起。

　　乔岁安抱着，从台阶上跳下来。

　　丁斯时双手插着口袋，跟在她身后。

　　乔岁安找了块空旷的地，撺掇着他把打火机拿出来，握在手心里，按下按键，还没来得及点火，猛地发觉丁斯时人没了。

　　她左右张望，听见他在身后慢慢悠悠开了口："我在这儿呢。"

　　乔岁安回头，发现他站在几米之外，脊背挺直，眉眼淡然，从容不迫，人仍是那副清清淡淡的模样，手却从口袋里拿了出来，垂在身侧，好似就等着她一点火，便好抬起来立马捂住耳朵。

　　"啪嗒"一声，她松手，火苗熄了。

　　乔岁安觉得有点好笑，压住上扬的唇角，故意磨他，伸了手向他举起打火机，唤道："丁公主，你点呗。"

　　"你想玩的，你玩。"他依旧淡然自若。

　　她终究还是没忍住，笑了："丁公主，你是不是怕？"

　　他沉默了一秒，道："还行，就是有点吵。"

　　那就是怕。

　　她哼笑。

　　从小到大，他这点倒是一点没变。

"那你捂好耳朵，我不笑话你。"

乔岁安点燃了烟花，捂住耳朵，扭头就跑。

丁斯时还未来得及捂住耳朵，被她撞了个满怀，他下意识地伸手隔着一点距离在她身后挡了挡。

烟花声轰鸣，他动作一顿，才反应过来她是故意的。

乔岁安扭了个身，站在他身侧，抬头："你看天上呀！"

丁斯时仰脸。

比在窗口看到的那个更大更壮观，炸开的瞬间肆意地布满整片夜空，却又稍纵即逝，熄灭陨落，将天地留给下一场。

他将视线缓缓下垂，最终才望向身侧那人。

她看烟火看得高兴，黑色的眼底倒映着烟花，五彩斑斓的。

乔岁安突然回了头，兴奋地大声喊："丁斯时，好好看啊！"

丁斯时飞快眨了两下，视线挪开，重新抬起来聚焦在天上。

他轻轻"嗯"了声，说："确实好看。"

乔岁安："啊？你说啥？大点声，我听不见！"

"我说，"好像有了正大光明的理由，他转过头来看她，微弯了点腰，贴近了一点她的耳朵，大声喊，"确实好看！"

她就笑。

他也跟着笑。

烟花声渐渐止息，丁斯时又听见身侧人小声喊了一句"丁公主"。

他应了声，微微侧了点头，下一秒，身侧那位伸了一只手过来摆在他脸前，指间夹着什么东西，夜太黑了，他下意识地眯了点眼，还没等看清楚，乔岁安用力一捏。

"啪"的一声，带了点火光，在指尖迅速炸开。

他下意识地往后倾了倾身子，脖颈微麻，又听见她在耳边笑。

是摔炮。

丁斯时反应过来，直回了身子，舌尖顶了顶腮，咬了咬后槽牙："乔岁安！"

她抿住唇收了笑，低眉顺眼："我错了，丁公主，别生气。"

他垂眼冷凝。

"真错了，丁公主，真真的。"

他从口袋里伸出手，扯着她的毛线帽往下一拉，遮到眼下，按住不放："换个称呼。"

识时务者为俊杰，乔岁安立马改口："错了，丁斯时，真真真错了。"

-124

他盯了她两秒，松开手。

乔岁安扶住帽子，往上抬了抬，露出眉眼，又说："你伸手，送你个新年礼物。"

丁斯时没动，手揣在口袋里，只是看她。

她用手肘碰了碰他，催促道："快点，真礼物。"

他眉宇间松了松，不紧不慢地伸出手，摊在她面前。

乔岁安在口袋里掏了掏，那礼物神秘兮兮地被攥在掌心，她的手轻轻搭在他掌心，从掌根慢慢挪到指尖，牵起一阵痒意。

他手指蜷了蜷，又被她另一只手控制住。

食指指腹触碰到什么，小小一个，硬硬的。

就在那一瞬间，摔炮在他指尖炸开。

与此同时的，还有乔岁安的声音："教你玩，好玩的。"

"……玩我是吧？"他拉住她的帽子狠狠一扯，包住了整个脑袋，按住，指尖隔着一层毛线帽，却依旧感受得到她笑到整个脑袋都在抖动。

乔岁安"唔"了声，拍他的手："真不玩了，你松开，松开。"

丁斯时仍然按着她的毛线帽，没动，也不吱声。

透过毛线缝隙，她努力抬起眼，去捕捉他的视线。

视线受阻，看不太清晰。他垂着眼，眼神漆黑，指节有意无意地触碰到她的下巴，冰凉的，摩擦着，恰似一阵寒风。

沉默了好一会儿，丁斯时突然喊了一声她的名字："乔岁安。"

"干吗？"

"以后的每一年新年，你都会和我一起过吗？"

"啊？"乔岁安一愣，疑惑，"为什么突然问这个问题？我们不是每年都在一起过新年吗？"

"我是说未来。"

她歪了歪头，更疑惑了，说："我不跟你一起过，那我跟谁一起呢？"

"未来你会遇到其他很多人。"丁斯时轻声说，"或许到那一天，我就真的不在你的选择范围之内了。"

"可是你是丁斯时啊。"她的声音贴着他的尾音响起，略显急促。

她不知道他为什么突然提及这件事，可她听不得他拿这样落寞的声音讲话。

丁斯时顿了顿片刻后，又问："我在你心里很特别吗？"

"当然特别。"乔岁安坚定道，"在我心里，这个世界上只有一个丁斯时，那就是你。"

抵着她下巴的手指一点一点回暖。

又安静了很久，丁斯时慢慢松开手，重新插回了口袋里，好似心情好了点。

乔岁安把帽子扒拉到刚刚遮住眉毛的位置，扯了下帽子上的小熊耳朵，一边整理一边抱怨："你老扒拉我帽子，再这样下去，我以后冬天就要换帽子了，换一个你扒拉不了的。"

他垂下眼，揉了揉指尖，没说话。

"而且你怎么会问那么奇怪的问题啊？"乔岁安仰着脸，看着他，嘀咕，"真的很莫名其妙哎。"

话音未落，口袋里的手机不停地振动，流畅的音乐声顺着口袋缝隙倾泻出来。

乔岁安突然想到了什么，忙从口袋里掏出手机，关了闹钟之后，点开世界时钟。

11：59。

还有一分钟，新的一年就将开始了。

乔岁安没再跟他搭话，只专注地盯着手机屏幕。

秒针转动，缓缓从"12"出发又要转回来。

乔岁安跟着在心里默数。

秒针指向"12"的那一秒，天空之上烟花绚烂，不远处是万家灯火，好似整个世界都在欢呼。

她站在烟花之下，兴奋地抬起脸看向夜空，鼻尖被寒风吹得通红，像只兔子："丁斯时！新年快乐！"

丁斯时喉头微动，伸出手在她脸侧顿了顿，最后轻轻揉了揉她针织线帽上的小熊耳朵，道："新年快乐。"

静了一秒，他多少带了点私心，轻声加了一句："兔年快乐。"

新年快乐，戴着小熊帽子的兔子。

等回了家，电视里正播着春晚小品，逗得人咯咯乐。茶几上零零散散撒着瓜子、花生，还有妙脆角，窗外的烟花声从零点开始就没停过，映得天空都在发亮。四位家长还精神着，凑了一桌斗地主，吃着零食聊着天。

乔岁安已经开始有点困倦了，于是跟长辈们讲了声，回了房间。

待洗完澡出来，丁妈丁爸已经回隔壁了，茶几上的零食与扑克牌被收拾干净了，电视机关掉，世界像是从一片喧嚣中抽离出来，重新陷入安眠。

她躺上床，再次打开手机，才发现林中绪也给她发了条消息，0:01

-126

的一句：新年快乐。

乔岁安回了一句：新年快乐！

她本想放下手机睡了，却没想到他的消息很快又进来了。

舞室—林中绪：本来是想卡着零点发的，但刚才网络有点卡，延迟了一分钟。我是不是第一个跟你说"新年快乐"的人？

乔岁安如实打字回答：不是。

她又回了句：陪我一起过年的人是第一个。

舞室—林中绪：亲人啊？

乔岁安想了想，似乎也差不多，于是她打字道：是。

舞室—林中绪：那你打算几号回舞室练舞？

乔岁安和林中绪都是有舞室钥匙的人，哪怕放假期间老师不在，他们俩要是想去练练舞也是可以的。

岁岁和碎碎：初五吧，你呢？

舞室—林中绪：我明天就去了。

乔岁安愣了下。

明天可是大年初一，他不用走亲戚的吗？

但她也没有多问，只回了句"晚安"。

高一的寒假作业并没有那么多，选课是下学期开始，因此寒假只有大三门的作业。

乔岁安也就寒假刚开始放松了两天，后面被丁斯时每天揪着学习，假期大概过半时，作业就写得七七八八了，后面就一直处于丁老师专属课堂时间。

丁老师明明人才高一，手上不知怎的，有数不清的卷子和习题，从基础到压轴，应有尽有。

乔岁安自从确定了自己的目标之后，学习态度也认真了不少，每天布置的题乖乖写，写完了给他批改，单词和语文课文按时背。

丁斯时每天布置的也不多，不求量，求的是日积月累出来的质。

有时候乔岁安学累了，就趴在桌上看他打《保卫萝卜》，先是趴着，但视野不好，她就直起了身子，最后越靠越近，跟他几乎头挨着头，挤在一个小屏幕面前。

主关卡他早就过了，现在玩的都是"天天向上"模式。

"哎哎哎！"眼见着怪物血条没减多少，张着血盆大口迅速往萝卜飞近，丁斯时往边上扔了一颗星星，乔岁安着急得不行，伸手直接按了暂停，

"不对不对，你这里不能放星星，你放月亮呀，减速！"

她撇开他的手，拿过手机，直接自己上手操作了，嘀咕："外面的雪花卖掉卖掉，攻击范围太小了碰不到怪物，你这怪物太多了，放太阳，然后火箭，顺便清理一波道具……"

在她的手动干扰下，粉色萝卜在终点保持着满血，摇头晃脑，像是在炫耀，又像是在不屑那群怪物。

一局胜利，关卡又往上升了一层。

乔岁安拿起手机在他的眼前晃了晃，抖了抖身子嘚瑟，跟那只粉色萝卜似的："厉害吧厉害吧！"

丁斯时看着她摇头晃脑，轻笑了声，把手机接过了，夸她："厉害，真厉害。"

第八章 //
我们都长大了

　　天气在升温，空气中逐渐尝出了新春的味道，青涩、清新，风里却还是捎了点微凉，和冬季的凛冽刺骨不同，显得更为柔和舒缓，拨弄着光秃树枝上不知何时冒出来的嫩芽。

　　一个假期稍纵即逝，新的学期很快就到了。

　　在开学考中，丁斯时是一如既往地第一，甩了第二名将近二十分，一骑绝尘，而乔岁安则稳在第十五的位置，也算是不错。

　　她这个假期里，舞蹈也小有进步，舞姿更轻更加灵活，基本功也越发扎实，被舞蹈老师夸了好几遍。林中绪更是进步极大。

　　春天的含义大概是万物苏醒，一切都在慢慢变好。

　　一班的阵容正式稳定下来，接下来比较重要的事情就是选课。

　　育德中学的教育模式是流动制的，大三门集中在各班上，小三门流动着上课。一个班级选了同一门的由一个老师教，至于授课老师课上得是否好，全凭运气。只有一班是内定的，由该门课最好的授课老师来上。

　　课后，林时蛰戳她的后背，问："乔乔，你小三门想选什么呀？"

　　"嗯……"乔岁安想了想，道，"不出意外的话，应该是生物、地理和政治吧。我这几门成绩会更好一点，反正物理、化学我肯定不选。"

　　"可是不选理化的话，大学专业会受很大限制哎。"林时蛰手肘撑着桌面，托住脸，纠结道，"我也不想选物理、化学，但是我想考心理学，我看好多高校都有要求选物理。"

　　她望向乔岁安，目光炯炯有神："乔乔，你想考哪个专业？"

　　乔岁安笑了，说："我想艺考。"

　　"哦对，你舞蹈好，那你就不需要考虑这个问题了。"林时蛰拿手托着脸，垂着眼皮子继续思索，"艺考……我堂哥也想考舞蹈来着，被他爸妈狠狠骂了顿。"

这是乔岁安第二次听见林时蛰提到她的堂哥，一愣，皱了下眉："为什么？"

"觉得跳舞没前途呗。"林时蛰手指甲有一下没一下地划拉着桌面，"我堂哥不像我，人家是才中好班的，成绩可好了。他爸妈想让他考S大金融系来着，但我堂哥不喜欢金融，他喜欢跳舞，从小喜欢到大，只是他爸妈一直拦着不让学。"

"那你堂哥现在还打算考舞蹈吗？"

"不太清楚，好像是不打算考了。"林时蛰耸耸肩，"他哪里拗得过父母啊？又不出钱给他学舞蹈。"

林时蛰叹了口气，摊手。

乔岁安从林时蛰身上收回了视线，轻轻叹了一声。

她突然很庆幸她有一对开明的父母，尊重她的选择，支持她追求梦想。她不需要为此而苦恼，她只需要付出努力，一个劲儿地往前冲，后盾后塔都有人为她堆砌好，不用她回过头担忧。

她还有丁斯时帮衬着，给她计划着未来。

被人支持的感觉，就好像，只要她愿意，全世界都在为她喊加油。

最终，乔岁安选定了生物、地理和政治，而丁斯时则是生物、化学、物理，标准的理科生装备。

随着选课的敲定，乔岁安想到了一个非常严重的问题，顿时有些伤心难过："那是不是……以后你就不能辅导我地理和政治了？"

丁斯时瞥了她一眼。

他的回复是甩给她一大沓高三的政治、地理满分模考试卷。

乔岁安："……"

她望着桌上那比她茶杯还高的厚厚一沓试卷，瞠目结舌："你什么时候做的？"

"在你打《王者荣耀》《和平精英》的时候。"丁斯时冷笑一声，"这时候你就该明白，为什么你成绩比我差了。"

她甘拜下风："年级第一，你应得的，我不羡慕。"

周六上午乔岁安写完了作业，下午照例去练舞。

进了舞室，她张望了下，奇怪，最勤奋的林中绪居然不在。

肩膀猛地被人拍了下，她转过头，高马尾横扫过身后人的下巴，林中绪下意识地闭眼往后仰了仰脖子。

乔岁安"嘶"了声，忙不迭道歉："对不起对不起。"

"没事没事，"林中绪站稳了，弯着唇，嘴角的梨涡很深，眼神是亮的，"给你表演个动作。"

他往前两步，在空地上弯腰，双手撑住地，双脚一蹬，双腿在半空中劈开，划过一段圆弧，接着稳稳落地。

很漂亮的一个侧翻。

乔岁安瞪大了眼睛，惊喜道："你学会了？"

林中绪仍笑着，额前的发丝有些乱："学会了，谢谢你。"

乔岁安"啪啪"鼓掌。

他的舞蹈进步很快，舞步之中已经逐步有了韵味。乔岁安每次看着他进步都会感到很欣慰，悄悄在心底沾沾自喜。

名师出高徒，看来她还是有教学天赋的。

如果未来有幸，那就可以一起进 S 大，也算是多了个朋友。他们当中说不准有人能火，无论是他还是自己，乔岁安想，自己都会很高兴的。

运气再好一点，就一起进好的舞蹈团，一起走进理想。

后面约了余清去撸猫，所以今天乔岁安提前走了。

到的时候，余清人已经在猫咖门口了，手里拿着两杯多肉葡萄。

猫咖开了也挺久了，但之前一直没来过，这两天正好打折，两人冲着价格便来了。进去时要洗手消毒，还要穿上鞋套。店家送了两根猫条，还给了一根长长的逗猫棒，末尾坠着几根羽毛，像小毽子。

余清挑了只看上去最温顺的英短蓝白，先是拿逗猫棒逗了逗，然后慢慢诱到身边，试探着伸手碰了碰它的毛，见它不抵触，只是眯着眼"喵"了声，才尝试着顺着它的毛发撸。

乔岁安咬着吸管看余清，见她对英短蓝白爱不释手，最后觉得时机差不多成熟了，轻轻抱起猫放在自己膝盖上。小猫很温顺，趴在余清的膝头，叫得乖巧。

乔岁安一动没动，叹气道："不知道为什么，我来这儿，总有一种自己出轨了的感觉。"

余清把猫条撕了一个小口，挤出一点，放在小猫嘴边，看它嗅了嗅，随后伸出小舌头来舔，她的心都要被可爱化了。

听见乔岁安的话，她下意识地想到了秋秋——那只刚开始夹着尾巴，后面暴露本性高傲当主子的猫，身子一抖："秋秋不太好相处，上回我差点被它挠。"

"它也就在丁斯时身边还算好点。"乔岁安"啧"了声，"在我面前也横得不行。真是的，当初可是我把它捡回来的，真没良心。"

余清闷着笑，周围响起此起彼伏的可爱猫叫，乖得不成样子，其中有一只迈着轻巧的步子走过来，摇着尾巴，脸颊轻轻蹭了蹭乔岁安的裤腿。

"那你现在挑一只撸。"余清提出了宝贵的建议，"要是不幸被秋秋发现，它生气了，你就告诉它，你只不过是犯了每个女人都会犯的错误。"

乔岁安一想，也对。

秋秋对她蛮横无理，她又凭什么为它"守身如玉"？

小腿边上那只小猫又"喵"了声，甜甜腻腻的。

乔岁安瞬间抛开了所有负罪情绪，伸手开始撸猫。那是一只布偶猫，眼睛大大的，像是蓝宝石嵌在眼眶里；除了脑袋和尾巴，身子雪白又圆润，像雪花一般，摸上去又软又舒服。

比秋秋乖得多。

乔岁安被可爱得昏了头，开始思考："如果我把它带回丁斯时家，秋秋会不会和它打架？"

"你醒醒吧，秋秋曾经是野猫，现在虽然家养了但战斗力绝对不弱。"余清敲碎了她的想法，"你要带新猫回去，没过两天，秋秋就能给它挠到秃头，再过两天，估计毛都不剩几根。"

乔岁安："……"

梦醒了，她低头，和那只布偶对上眼神，布偶睁着它大大的眼睛软软地叫。

乔岁安又忍不住摸了摸，心想：罪过。

搁在口袋里的手机开始振动，她腾出一只手来接，备注上写着"娇娇丁公主"五个大字。

她按了接通键，问："喂？"

那头顿了几秒，随后清冽的男声顺着电话传出来，不太真切："你不在舞室吗？"

她一愣，讶然道："你是去舞室找我了吗？"

"嗯。"丁斯时声音低低的，掺了点别的什么情绪，模模糊糊的，"里面就剩了一个男生……就是那个经常跟你一起练舞的男生，我来的时候他正在锁门，他跟我说你已经走了。"

"我跟余清约了猫咖。"乔岁安打开微信共享了位置，"微信发了，你过来吗？"

"猫咖？"丁斯时愣了一秒，重复了一遍。

蓦地，那边传来一道猫叫，凄厉、大声又凶狠。

那猫叫太过大声，从手机里倾泻出来，怀里安逸躺着的布偶猫一下竖直尾巴乍了毛，脑袋抬起来，一下从她膝头跳下来，跑远了。

乔岁安也跟着身形一顿："你把秋秋带着了？"

丁斯时似是在闷着笑，低低的，顺着电话爬过来，酥酥麻麻，他轻声哄着怀里那位主子，嗓音柔和了点，告诉她："我不过来了，家里这位对你的行为很不满意。"

秋秋在电话那头又叫了声："喵！"

丁斯时："嗯……它好像骂得很脏。"

"你也可以拿你的猫语翻译器翻译一下。"他说话不紧不慢，带了点幸灾乐祸和调侃，语气中带着笑意，"火葬场了啊，乔岁安同学。"

乔岁安："……"

她瞬间失去了撸猫的兴趣，猫咖的猫看她的眼神也不太亲切。

"建议你早点回来磕头认错啊。"丁斯时道。

乔岁安挂了电话，痛苦地捂眼，头轻轻地磕在桌面上。

余清见她神色不安，问："谁啊？"

"丁公主。"乔岁安声音闷闷的，"他说，秋秋发现我来猫咖了，骂得很脏，建议我早点回来，回头是岸。"

余清想到秋秋彪悍的战斗力，突然一个激灵，说："那你还是赶紧回去吧。"

乔岁安听了劝，没在猫咖里待太久，跟余清说了声就要往外走。

推开门之际，她听见身侧服务台站立的那人道："慢走。"

声音有点耳熟，她推开门的动作停了停，扭头望去，对上熟悉的一侧梨涡，怔了怔。

林中绪也愣了下。

乔岁安先开了口："你怎么在这儿？"

他很快反应过来，笑了下，说："亲戚开的店，有点忙，就让我空下来帮着点。"

乔岁安急着回家，没多问，只是笑了下，挥挥手跟他说"再见"。

待回了家，她立马跑去隔壁哄猫，还带了猫粮，是秋秋最喜欢的牌子。

丁斯时作为交接官，进去跟秋秋协商了好一会儿，又出来，告诉她："秋秋不想见你，它说你们俩彼此最好冷静一段时间。"

乔岁安讶异："翻译得那么细节？秋秋会说人话了？"

丁斯时面不改色："猜的。"

乔岁安："……"

"但它不想见你，这个应该是没错的。我刚拖它半天想让它出来，它还要吼我。"丁斯时摊手，"我尽力了。"

"算了，"乔岁安叹气，拿起桌上刚带过来的猫粮，"等它气消了我再过来喂它吧。"

一无所获，乔岁安失落地走到玄关换了鞋，踏出防盗门的那一秒，身后那人倏地叫住她："等一下。"

乔岁安茫然地转过身。

丁斯时手揣在居家服的口袋里，慢吞吞地踩着拖鞋走到她身侧，垂眼瞧她，沉默了两秒，还是问："你……没有别的要说的吗？"

她继续茫然："什么？"

丁斯时盯着她，慢吞吞地开了口："那个和你一起练舞的男生……"

话说到一半又止住，他望着她眼底的那一片澄澈，突然间泄了一口气，又觉得有点好笑，她什么都不知道。

丁斯时移开视线，扯了扯唇角。

有点烦。

"怎么了？"乔岁安疑惑，"你怎么又不高兴？"

他没看她，面无表情："我没有不高兴。"

"骗人！"乔岁安伸手指指他的眉毛，一下点破，"两边眉头收紧了大约一毫米，你就是不高兴了！"

丁斯时："……"

乔岁安追问道："不高兴了就要说嘛。所以，你为什么不高兴？"

丁斯时垂下睫毛，冷冷凝视着她，无声对峙。

四目相对，最后是他率先挪开了眼神。

像是有点不耐烦的，气恼的，他的身子微微前倾，手握住门把手。

"自己想。"

他抛下这句话，手下一使劲，防盗门"砰"一声在乔岁安面前合上。

乔岁安手提着猫粮袋子，愣愣地看着紧闭的门，摸了摸鼻尖。

丁公主的脾气真是越来越阴晴不定了。

晚上八点钟，乔岁安收到了隔壁那位"公主"给她发的消息。

娇娇丁公主：过来。早上有道题，跟你讲下第三种解法。

嗯，这是和好的信号。

乔岁安脑袋靠在椅背上，打字：不生气啦？

对面那位半天没回音。

乔岁安信息回得快，她才不信丁公主现在不在线没看到消息，八成是在拿捏回复的语调。

在等着他回消息的空当，她上下划拉了下他俩的聊天记录。

上回发消息还是在今天中午，她分享了今日的午饭——乔爸失败的创意作品——番茄炒红豆。

丁公主问她味道如何。

岁岁和碎碎：不知道，我选择了白饭配白饭。

再往上划拉划拉，是她在网上刷到的好笑段子。

基本上他俩每天都有在聊天。

好奇怪，明明就住在隔壁，两个房间的直线距离还不到十米，明明就在一个学校一个班，但是要分享的东西就是很多。

等了不知道多久，聊天框底层弹出了一条最新消息。

娇娇丁公主：秋秋说，它原谅你了。

乔岁安一下子从椅子上站起来，拿上白天没能送出去的猫粮，就要朝外走。

隔壁的防盗门是开着的，乔岁安换了拖鞋，顺手把门给关上，熟门熟路地进了丁斯时的房间。

丁斯时戴着眼镜，正坐在桌前，秋秋窝在它自己的小窝里，团成一团，闭了眼，尾巴温顺地垂着，好似睡着了。

听见动静，丁斯时往门口瞟了一眼，见她走近了，把手里那张草稿纸往她面前推了推。乔岁安低头，稿纸最上方是题目，下面写着清晰的解题步骤。

她低头看看稿纸，又抬眼看看他，捏了捏手里的猫粮："真解题啊？"

丁斯时扶着镜框边缘向上推了推眼镜，眼神很明显在问："不然呢？"

乔岁安指甲轻轻磨了磨指腹，问："你没什么想对我说的吗？"

她提醒："比如，你为什么生气？"

"秋秋不高兴，"他语气淡淡的，"我也恨屋及乌一下。"

乔岁安："你礼貌吗？"

丁斯时自然地接过她手里的猫粮放在书桌一侧，将另一把椅子移到她身旁，接着屈起食指，轻轻敲了下桌面上那张稿纸："好好看，哪里不懂问我。"

乔岁安坐下了，接过稿纸，碎碎念道："我是大冤种，大冤种是我。"
他在身侧哼出一声轻笑。

结果，这么一道三种解法的题，没想到在月考中还真出现了。

乔岁安写完数学最后一道题，时间还绰绰有余，她也懒得检查。

检查这种东西，越检查越焦虑。

她翻了翻卷子，翻到那一道，一下来了兴趣，执笔低头继续奋笔疾书，在解题的第一行前面添了个小小的数字"一"，随后在答案后面跟了个"二"，"二"解完了便是"三"。"三"完了，她又在答题纸那一题框框的最后，画了一个小小的笑脸。

收卷铃正好打响，她深吐出一口气。

回到教室后，乔岁安兴致勃勃地跑到丁斯时面前，轻咳了一声，将脸侧头发拢到耳后，语气故作平淡高傲："今天数学倒数第三题第二小问，我写了三种解法。"

罗落刚奔进教室，还没从数学考试中缓过来便听到这么一句，震惊地瞪大了眼睛回头来望，下巴都快掉下来。

"哦……"丁斯时点点头，语气随意，漫不经心地，"下次记得只写一种。"

乔岁安立马翻脸："不夸夸我？你什么意思？"

"你回头看看。"

乔岁安闻言回头，对上了罗落惊恐的眼神。

"……"

乔岁安一下子百口莫辩，慌忙摆手："不是，我没有'凡尔赛'的意思。"

她明明只是想让丁斯时夸夸她，他教的解法她都会了而已。

"我懂。"罗落故作黯然神伤抹眼泪，"说到底，在这个班里，凡人不过只有我一个罢了。"

月考成绩出来，乔岁安又比上次进步了两名，丁斯时仍稳稳当当排在第一位，最令人出乎意料的是林时蛰，直接跨越十四名，空降班级第十二名。

最受刺激的人是罗落，高一刚上来时她们三个的成绩半斤八两，每次考试她都心惊肉跳维持在车尾，生怕一不小心被卷出了一班的大门。

后来，乔岁安排名上去了，她和林时蛰在后排抱团取暖。

再后来，林时蛰也弃她而去，留她一人在末尾苦苦挣扎。

"我要卷。"罗落备受打击，每天下课后拿着本习题书念念有词，"我要把你们统统卷到后面去。"

"我就是运气好，你看我平时哪能考那么高？"林时蛰嗑完了瓜子又向她伸手，"再来点。"

"我给你来点空气！"罗落瞪她一眼，却还是从桌肚里掏出一大包瓜子，心疼地轻轻放在她桌上，嘱咐道，"少倒一点啊。"

"话说，丁斯时平时是怎么学习的啊，怎么那么牛？每次第一也就算了，居然还每次都超第二名二十几分，也太离谱了。"

罗落拿着习题书叹气，摇了摇头："他不进才中真是才中的损失，我都怀疑是不是咱学校给丁斯时塞钱了，强制他过来给咱学校涨录取率的。"

林时蛰"咔嚓咔嚓"嗑着瓜子，跟着感慨："我估计他要是去才中也能进好班，也不知道他跟我堂哥谁更厉害点。"

这已经是乔岁安第三次听到林时蛰提起自己的堂哥了。她对林时蛰的堂哥印象很深刻，可能是由于他们拥有相似的梦想，但那位堂哥不像她那么好运气，拥有一对支持他追求梦想的父母。

罗落来了兴趣，扭过头说："你堂哥也是学霸啊？长得帅吗？"

林时蛰歪嘴嗤笑一声，摸摸自己的脸："你看我的长相就该知道我们家的基因有多优越。我长这样，我堂哥能差到哪儿去？"

罗落大失所望："啊？那我就没兴趣了。"

林时蛰嘴角一垮，瞪她："你把话说清楚，你什么意思？"

乔岁安在边上看热闹不嫌事大，指挥道："她骂你丑，你把她瓜子全吃完。"

林时蛰闻言撸起袖子就要起身去夺罗落的瓜子袋，罗落惊恐地护住自己的桌肚，用身子把瓜子袋挡得严严实实的，求饶道："我错了美女，您闭月羞花，您堂哥玉树临风。"

玩笑话开完了，闹也闹完了，林时蛰也没真生气，慢慢悠悠又坐下了。

她往窗外张望了下，见老师还没过来，偷偷摸摸拉开书包拉链，摸索一番后袖子塞得满满当当地从书包里拿出来，小声道："真不吹，我哥长得确实还不错，他在才中还挺有名的。我给你们看照片。"

林时蛰背对着门窗，用身子挡住，才悄悄把手机从袖口里摸出来，手掌围着遮着，手指在屏幕上划拉了半天，终于找到一张照片。

"喏。"

林时蛰将手机转了个方向，递给罗落看，乔岁安好奇，也跟着凑过脑袋来看。照片是张班级大合照，被林时蛰放大在了一道身影上，高糊，只能隐隐瞧见脸部的轮廓，那人侧了脸，下颌线却很清晰，鼻梁也很优越，看不清具体长相，只能勉强分辨出底子不错。

乔岁安隐隐觉得他有些眼熟，好似在哪儿见过，却怎么也想不起来。

她皱着眉轻轻"嘶"了声，正努力辨认着，突然听见罗落问："你哥叫啥啊？"

乔岁安竖起了耳朵，跟着抬眼望向林时蛰。

"林中绪。"

乔岁安又猛地低头去望。

那张照片里，他唇角的梨涡依然糊到看不见，轮廓却在脑海里越发清晰。

舞蹈、姓氏、照片统统对上。

风驰电掣之间，她突然明白了为什么林中绪先前一直没有学过舞蹈，她为他的过去与奔赴在这条路上的阻力叹息，也突然间发现了一个令她高兴的事——

哦，林时蛰的那位堂哥，并没有放弃舞蹈。

后门口突然有人喊："老班来了！"

喧闹的班级里瞬间安静，混乱聚集的人群在生死时速间瞬移回了座位，佯装努力学习。

林时蛰被吓了一跳，忙夺过手机，佯装在拿书，把手机迅速丢进桌肚里，随便翻开一页书，抓起笔。一切变数不过几秒之内，她已然是一位正在勤奋学习的好学生。

班主任手握保温杯，踩着皮鞋踏上讲台，保温杯"砰"地一声重重砸在讲台上。他扫视一遍底下，目光是冷的，语调锐利，开口训斥道："整个年级就你们班最吵！没听见上课预备铃是吧！"

班里鸦雀无声，沉默蔓延开来，直到他"哗啦"一声翻开书，声音没什么起伏："把书翻开来，讲十五课。"

乔岁安在底下低着头，大气不敢喘一下，生怕殃及池鱼。

一整节课气压都极低，罗落悄悄递了一张字条过来，乔岁安偷偷瞄了眼讲台上那位，他正背过身在黑板上写字，粉笔按着墨绿色的黑板"哒哒"响，字又大又草。

她慢吞吞地把笔袋挪到了正前方，低头小心翼翼地拆了字条。

罗落：我猜他今天估计心情不好，平时咱班也吵，没见他这么生气过。

乔岁安执笔在字条上回了两个字，颇有感触：确实。

平日里班主任还算和蔼，听见吵闹也不过笑呵呵说两句，不痛不痒把事情略过去，上课时也偶尔会开两句玩笑。

从没见他像今天这样冷厉过，乔岁安也被吓了一大跳。

好不容易熬到下课铃打响，班主任收拾了东西，喊了"下课"，乔岁安堪堪松了口气，一口气还没松到尾，又听他拿着不咸不淡的语气道："丁斯时跟乔岁安，跟我来一趟办公室。"

她心里"咯噔"一下，浑身一僵，战战兢兢地站起身。

旁边的罗落拿自求多福的同情眼神望向她。

乔岁安深吸了一口气，太阳穴突突直跳，等丁斯时从后头上来了才跟着往前走，手指轻轻捏住他的衣角，才算是安心了点。

是福不是祸，是祸躲不过。丁斯时是块宝，他总不可能挨骂的。

班主任忽然回了个头，视线淡淡扫过乔岁安捏着丁斯时衣角的那只手，轻飘飘一眼，又迅速转开。

乔岁安手指一麻，下意识地松开了。

明明什么也没做，却如同做贼心虚。

等进了办公室，班主任把手里的资料和保温杯放下，从桌子边上捞起两张纸递给他俩，语气没像教室里那么冲，缓和了些许："这里有两张作文比赛的表格，我综合了一下班里作文的水平，感觉你俩挺有潜力的，可以试一试。比赛含金量不错，你们看一看，决定一下要不要参加。"

乔岁安心下放松了些许，接过了表格，礼貌道："谢谢老师。"

丁斯时也接过了，道了声谢。

以为这便没事了，乔岁安扯了下丁斯时，转身刚要走，又听身后班主任道："站住。"

她回了头，班主任坐在椅子上，抬起眼直视他俩，眉峰蹙起，带了些审问的意味："有同学说你们平时走得太近了，你们俩什么情况？"

"没有！"乔岁安下意识地反驳，"无稽之谈！"

班主任的目光从乔岁安脸上扫过，在丁斯时身上顿了下，又收回来，低头看自己的备课资料。

"老师相信你们知道什么时候该做什么事，未来才不会后悔。"他垂着头，语气淡淡的，像是在告诫，"我知道你们关系好，但平时也别让同学们误会。"

丁斯时从头到尾都没有吱声，睫毛耷拉着，看不清他脸上的神色。

乔岁安忙不迭点头。

班主任没抬头："回教室吧。"

在办公室里，乔岁安没敢扯丁斯时的衣角，班主任身上的低气压一路漫到她身上，直到关上办公室的门，她才像重新活过来一样，深呼了一口气。

今天的阳光很好，落在走廊里暖洋洋的，春天真的到了。课间不少人出来逛着，趴在走廊上聊天看风景，或者挽着手臂一起去倒水。

"太恐怖了。"乔岁安摇摇头，感叹，"你感受到班主任今天身上那种吓人的气势了吗？"

丁斯时打断了她："作文比赛打算参加吗？"

乔岁安愣了下，"啊"了声，低头扫了几眼作文比赛的报名表。

是一个市级比赛，前三名再晋级，到省级，再晋级，直至全国。

"参加吧。"乔岁安道，"要是拿奖了，还能在我的简历上添上一笔。"

"走吧，"他看着对这个比赛兴致不高，连瞧都没有瞧上一眼报名表，"回教室。"

"哦。"

丁斯时个子高腿又长，走一步乔岁安要跨两步，在他不刻意放慢步子的情况下，乔岁安跟着都费劲。

她走两步就要小跑两步，嘴里嘀咕："哎，你走慢点，我要跟不上了……你说谁那么怪？咱俩的关系那不是该尽人皆知的吗？"

身前人突然停了步子，乔岁安险些撞上，往旁边挪了挪身子，正疑惑着他怎么不走了，还没等她开口，丁斯时便转过了身。

他个子高，微弯腰时挡住了她视线里那颗太阳，背着光，整个人昏暗不明，神色莫测。

走廊上仍旧吵闹，他盯着她。

"那你说，我们两个算什么关系？"

乔岁安疑惑，却也如实回答："发小，好朋友。"

"未来也一直会是这样吗？"

她茫然："不然呢？"

丁斯时笑了，无声地盯了她半晌，后来直起身子，错开了视线，没再看她："算了，回教室。"

自那天过后，一切好似仍然正常，乔岁安却总觉得丁斯时不对劲，他所有的情绪好像都淡了下来，所有的回应都在告示着他若即若离的态度。

她忍不住在想，他不会是真的听了班主任那句"不要让同学们误会"，从而跟她保持距离吧？

中午，乔岁安搬着自己的椅子，照例去丁斯时那儿背英语。

他拿着资料，抽背："corresponding."

乔岁安盯他，张口就道："不会。"

丁斯时抬眼随意地瞥了她一眼，再抽："portion."

"不知道。"

"derive."

"记不得。"

"……"

丁斯时放下资料，平静地看着她："那你记得什么？"

乔岁安下意识地想去拉他的袖口，被他不动声色地躲开了，她顿了下，才道："记得你不高兴了，我得哄。"

"我有什么好不高兴的？"丁斯时笑了，把资料丢进她怀里，"你要是不想背，干吗要过来呢？你学习难道是为了我吗？"

"我背了的。"乔岁安把资料背过去，小声道，"corresponding，形容词，符合的，相应的；portion，作为名词是指部分，作为动词是把什么分成多份；derive，动词，源于，来自。"

她又去牵他的袖口："我就是想跟你说两句，你别不高兴了。"

丁斯时沉默。

讲台上有人在模仿数学老师的腔调，引得靠前面坐的几人哄堂大笑。教室后面的空地上有人正单腿斗着鸡，周围围了一圈看热闹不嫌事大的人，喊着加油。

他在分外吵闹的人群里，显得分外沉默。

直至上课铃打响，丁斯时轻轻拉回袖子："上课了。"

周五，乔岁安上交了比赛的报名表，从办公室回来经过丁斯时身侧时步伐有意无意地慢下来，余光轻轻一瞥。

他坐姿还是那么端正，戴着眼镜垂头写作业，桌角搁着那张报名表，上面什么也没写。

乔岁安抿了下唇，犹豫了一会儿还是停下来，似是随口一问："你打算参加比赛吗？"

他头也没抬："嗯。"

乔岁安在原地憋了半天，见他还是不抬头，最后只憋出一个"哦"字，不甘心地扭头走了。

翌日，她照例去练舞，到舞室时林中绪已经在那里了，见她来了微笑着跟她挥手打招呼："早上好。"

"早上好。"

她放下包，练了两个小时基本功，中途休息时拎了一瓶水往地上盘腿一坐。

舞室两面墙壁上贴着镜子，另有一整面落地窗，扭头望去，底下是一片车水马龙的繁荣景象。昨晚下了一场春天的雨，沥青路仍未干，眼下天已放晴，微风撩拨枝丫，阳光倾泻进来，暖融融的。

"心情不好？"林中绪问。

乔岁安又喝了一口水："有点。"

"怎么了？"

"有个人不理我了。"乔岁安抠了抠瓶身上的标签，不欲多说，顿了顿便扯开话题，"对了，你是不是有个堂妹叫林时蛰？"

林中绪一愣："你认识她？"

"我俩是同班同学。"她笑笑，"是不是特别巧？"

他讶然，挑了下眉梢，点点头。

乔岁安调侃道："林时蛰老在我们面前炫耀，说自己哥哥成绩好，长得好看，很优秀。"

"那倒也没有她说的那么优秀。"他有点不好意思。

"你别谦虚啊。"她扭头望向他，触及他眼睛的那一秒，顿了下。

她不确定林中绪是否愿意让她知道他家里质疑与反对他学舞的声音，但他跳舞的时候分明那么耀眼，那么义无反顾。

乔岁安挺直了上半身，望着他的眼睛："我们认识的时间其实不长，我可能没有那么了解你。可是，我知道，你是一个很勇敢的人。"

四目相对间，林中绪睫毛颤了颤，抿了抿唇瓣，移开视线偏头去望外面的春天。

半晌，他唇瓣一翘，轻声道："是吗？"

市级赛乔岁安和丁斯时都进了前三，丁斯时第一，乔岁安第三。

省级赛是六月初开始，正好是期末放假的第五天，在另一个市。由于路程比较远，比赛又是上午，他们便直接在考场附近订了酒店。

乔岁安对这场比赛尤为重视，连着几天没去舞室，在家看看名家写的散文，摘录点好词好句。

放假第一天时，林中绪问她怎么没来舞室，听说了她要比赛，便跟她说了声"加油"。

舞室—林中绪：虽然当天不能给你去送考，但比赛前，我会在聊天框里送你条锦鲤的，祝你好运爆棚，一切顺利啦！好运炸弹！

第四天的时候收拾好了行李，两个人由乔爸送过去。

一路沉默，乔爸专注着开车，也没察觉到什么不对劲，车里放着凤凰传奇的歌，特别能提神醒脑。乔岁安一路望着窗外的夕阳，几次扭头想跟丁斯时说点什么，目光触及他毫无表情的侧脸，又把话吞了回去，回头继续看窗外。

至此，他们已经保持这样的状态一个月了。

也不是完全不理不睬，他们照旧一起学习、一起上学、一起回家，但两人之间就像隔着一面陌生的墙没有打破。

隔阂总是恼人，乔岁安找不到问题的突破口，几次三番都被堵了回去，多少也带了些郁气。

到了酒店，乔爸没有多待，嘱咐了两句，又说他明天还要上班，得早点回去，便开着车走了。

两个人订的房间连在一起。

乔岁安收拾完了行李，已经是晚上七点钟了，肚子饿得不行。

她犹豫了片刻，还是没叫丁斯时，在地图上搜了个吃面的馆子，便出门下了楼。

面馆离酒店不是很远，一公里的距离。

乔岁安背了个小包，装了点随身携带的比较重要的东西，跟着导航沿着路走。

"小姑娘。"身后有人叫她。

紧接着肩被拍了下，乔岁安回过头，就见一个大妈手里提着袋子，脸上堆着笑："这家酒店怎么走啊？"

乔岁安朝自己来的方向指了个位置。

"哦，谢谢你哦。那你能再帮我个忙吗？"大妈苦着一张脸，指了指街对面的阴暗地儿，"我还有好多行李放在那边，一个人拎不动，小姑娘，你能帮我拎一下吗？"

乔岁安随着大妈手指的方向望过去，那地方是个昏暗的巷子，跟她家附近公交车站边上的那个一样暗，看不清全貌。她脑子里突然闪过一个骇然的想法，瞬间警铃大作，她摆了摆手，往后退了几步，勉强地笑："我朋友还在前面等我，有点急事，不好意思啊阿姨，您找别人吧。"

她转身就要跑，胳膊突然被人拽住，往后一扯，随即是大妈的破口大骂："死丫头！叫你读书不好好读，非要混去网吧！现在跟那群混混学坏了，我讲你两句，你还要离家出走了是吧！"

乔岁安奋力挣扎，奈何大妈力气大，拽着她的胳膊不松手，下了猛劲儿反剪着她的手，拖着她往后走。

乔岁安心跳加速，大喊："你放开我！谁是你女儿！救命！"

这里的动静立刻吸引了周围不少人的目光，一群人围过来指指点点，大妈赔着笑，扯着嗓子高声道："抱歉啊抱歉！女儿不懂事，现在还学着人家离家出走，我现在就把她带回家。"

"我根本不是你女儿！你这是拐卖人口！"

路边停了一辆车，黑色的，车门大开。大妈眼见了，立即拖着乔岁安往车的方向拉。

胳膊动弹不得，乔岁安拼命扭着身子，大妈见状抬起腿就是两脚，踹在她的膝盖处。她闷哼一声，腿一软险些跪下。

大妈呸了声："长大了翅膀硬了不认妈了是吧！没良心的！"

乔岁安挣脱不开钳制，将求助的目光落在周围人的身上，吼道："她不知道我叫什么！她压根不是我妈！救救我！报警！快报警！"

"都跟你说了贱名好养活让你别改！"大妈捂住她的嘴，大骂道，"你个不听话的！"

有人欲言又止，却无一人站出一步。只是隔着一段距离远远观望着，还有举着手机录像拍摄的，扮演好了旁观者的身份，明明眼中含着疑虑，行动却冷漠至极。

人人都想自保，人人都不想惹麻烦，怕平白惹一身腥味。

乔岁安"唔"了声，狠狠一口咬在大妈手上，大妈吃痛，松了手，乔岁安趁机就跑，抓住人群中一人的手，指尖打着颤，声音抖得不像话："我包里有身份证，可以证明我不是这个市的人！我压根不认识她！救救我！求求你了！报警！我要报警！"

被乔岁安抓住的那人犹豫着，手伸进口袋，摸出了手机正要报警，大妈咬牙切齿重新扑上来勒住乔岁安的脖子，一个劲儿地赔笑："家事，家事。"

脖子被手狠狠勒住，好像全部血液都在往脑袋上涌，乔岁安的脸色通红得像猪肝，嗓子像被卡住了，近乎窒息，只能发出几个单调的音节，说不出一句完整的话。

力气越来越软，世界也变得越来越模糊，她看见人群离她越来越远，她一个劲儿地伸出手去够，手背上青筋暴起，却怎么也够不着一只能令她停下来的手。

心跳越来越快，几乎冲出胸膛，意识近乎眩晕，眼泪呛出来了。

大脑缺氧，她模糊间想——

好可惜，她还没来得及哄好丁斯时，也还没来得及实现自己的梦想。

"乔岁安！"

天旋地转，紧接着脖颈被解放，她一下瘫软下来，趴在地上止不住地咳，撕心裂肺，好似要把肺里的血肉一起咳出来一般。

她被人拥住，紧接着是大妈的叫骂声，车门"砰"一声打开又合上，她捂着生疼的脖子抬头，模糊视线里，从车上下来一个大汉。

"你谁啊你？凭什么干涉我教育女儿？"

"女儿？"丁斯时蹲在地上护着乔岁安，闻言笑了声，瞳孔里一片漆黑，目光凛冽冷厉，盛满了寒意，"我已经报警了。"

他扬着下巴，点了点人群中还举着手机录像的那人，带了些嘲弄的意味："犯罪过程，也有人录着。"

那人被点了名，讪讪地把手机放下了。

乔岁安咳嗽咳够了，渐渐平复了，抬起头。

大妈的眼神里明显带了些慌张，梗着脖子仍要辩解，车上下来那大汉拉着她，在她耳边说了句什么。

二人很快上了车，在警车赶来之前，扬长而去。

人群渐渐散开。

有一人慢吞吞地走过来，待抬起头，才发现是之前录视频的人。他挠了下头，颇为不好意思，带了点歉疚："妹妹，我也不是故意不帮忙，只是不想惹麻烦，理解一下啊。视频你们要是想要的话，我可以给你们。"

丁斯时没理他，只垂着眼，扶着她慢慢站起来，任由她趴在自己肩上，低声问："出来怎么不叫我？"

乔岁安没吱声。

"如果不是碰巧我发现你不在房间里，打电话也不接。"丁斯时深呼一口气，"要是我没下来找你，你要怎么办？"

录视频那人觉得丁斯时好像在指桑骂槐，更觉得尴尬，离远了几步又回头，最后干脆直接走了。

丁斯时撩起眼皮拿余光略过他的背影，什么也没说。

直至丁斯时将目光转回来，乔岁安把脸从他肩上抬起来，丁斯时才看见她泛红的眼眶含着眼泪，捏着他衣角的手在抖，睫毛也在颤，刘海儿乱得不像话，面无血色。

她张了张苍白的嘴唇，小声说："丁斯时，我害怕。"

夏季的夜里，蝉鸣声不断，吵闹喧嚣，天空黑得吓人，路灯勉强晕开一道光明。

　　这么一通闹下来，已经是晚上九点半了。

　　"饿不饿？"丁斯时问，"想吃什么？"

　　乔岁安小声道："想去面馆。"

　　尽管手心出了汗，黏糊糊一片，乔岁安仍不肯松开丁斯时的衣角。

　　丁斯时感觉自己的衣角都快皱得不成样了，叹了口气，妥协似的，向她摊开手："别拉衣角了，拉我手，嗯？"

　　乔岁安低着头，声音微弱又委屈："你之前不给牵的，初中之后你就不给拉手了。"

　　"现在可以，特殊情况，你不是害怕吗？"

　　乔岁安磨蹭了半天，松开了他的衣角，衣服那块被她捏得皱巴巴的，她低头抚平了，借着机会悄悄把手上的汗擦了擦。

　　丁斯时看在眼里，太阳穴一跳，提醒道："乔岁安。"

　　她顿了顿，才松开了他的衣角，那一块小角已然湿了，颜色比其他地方深了些许。

　　乔岁安的目光落在他的手上。

　　丁斯时的手生得好看，手指修长，薄薄一层皮覆着，没有赘肉，指节分明，骨感却漂亮。

　　乔岁安慢慢抬手，掌心触碰又摩擦，她轻轻地牵住了他的手。

　　手指相触，掌心灼热。

　　那一刻，蝉鸣声实在太吵了，携着心跳盖住了一切声音。

　　乔岁安也不知道自己怎么了，就好像又回到了那个为他上药的夜晚，嗓子干涸，大脑像是沉溺在海底，无法思考。

　　恍惚中，她听见自己的声音沙沙的，在问："这算是和好了吗？"

　　"算。"丁斯时没想到她居然还惦记着这件事，"因为这个，所以出门吃饭的时候才没叫我吗？"

　　乔岁安低着头盯着脚尖，嘟囔："我哄了你好久的。"

　　丁斯时沉默了一会儿，突然道："差了点。"

　　她抬头，茫然："什么？"

　　"哄法差了点。"

　　她又低头。

　　"你的要求怎么越来越多了？"乔岁安踢了下脚边那颗石子，"搁以前，哄法都没问题的。"

丁斯时停下步子，转过身，垂眼望着她。

夜风拂过，树叶沙沙作响，马路上的车疾驰而过，伴着偶尔一声车鸣，还有轮胎摩擦地面的声响。

灯光晕染橙黄，他就站在路灯下，这么看着她。

"因为我们都长大了。"丁斯时道，"所以不能再像小时候那样了。"

他慢慢松开了她的手。

"面馆到了。"

掌心一空，乔岁安愣愣地望着他，手还维持着那个相握的姿势。

两秒过后，她才像是终于回过了神，眨了眨眼，指尖颤了下，手垂回身侧，率先走进了面馆的门。

室内开了空调，驱走门口透来的热意。夜色已晚，面馆里人很少，灯很亮。

两碗咸菜肉丝面很快就被端了上来。乔岁安其实没什么胃口，饿过了头，加上惊吓，很难再有食欲，但想着还是稍微吃了几口，免得半夜被饿醒。

搁在桌上的手机屏幕亮了下，乔妈的信息弹出来，乔岁安低头去看。

亲爱的妈妈：宝贝女儿晚上吃的啥呀？

面有点烫，雾气攀着空气慢慢爬上来，萦绕着视线，模糊得很。

她很想跟妈妈诉说今晚发生的事，又怕妈妈担心，字刚打了一个头，又被删掉，最终只是拍了张两碗面条的照片，发了过去。

岁岁和碎碎：和丁斯时一起吃的面条。

亲爱的妈妈：早点休息哦。

岁岁和碎碎：嗯！

发完了消息，她把手机关掉放一边，肩膀一垮，有点累。

视线里伸过来一只手，接着是丁斯时的声音传过来："手机没电了，你的给我用一下，我跟我爸妈报个平安。"

她"哦"了声，任他伸手去拿手机。

丁斯时指纹解了锁，在屏幕上划拉了下，熟练地打开微信，在消息里翻找丁妈的头像。

乔岁安一直都只有一个置顶，那就是丁斯时。下一个就是刚才和她聊天的乔妈。再下一个……

他划着屏幕的手指一顿，目光定了下。

舞室—林中绪。

不过一秒，丁斯时浅浅扫过去，手指迅速向上一划，那个熟悉的名字很快被略到屏幕之外。

待吃完晚饭，回到酒店把门关上，落锁落了两层，乔岁安仍有些不太放心，环顾了下酒店房间，推着桌子堵住了门，这才松了一口气。

乔岁安躺在床上，身体又累又沉重，思绪却慢慢飘散开。

幼儿园时的春秋游怕小朋友们走丢了，因此总是要两两拉着手排着队一起走。

队伍是从矮到高排的，那会儿乔岁安个子高，排在后面，丁斯时发育得慢，个子矮，排在前面，两个人之间错开好几行。

要和乔岁安拉手走的是之前带头欺负丁斯时的小胖墩，乔岁安和他简直两看两生厌，于是就偷偷拿一根棒棒糖贿赂了站在丁斯时旁边的那个小女孩，成功换了位置。

丁斯时惊愕道："你怎么过来了？"

乔岁安朝后头看了眼，目光触及那个小胖墩，恶狠狠地瞪了一眼，才道："不想跟欺负你的那个浑蛋一起走。"

于是，他就"哦"了声，乖乖伸出手来让她牵。

乔岁安怕被清点的老师发现了，悄悄弯了点腰，肩膀耷拉着，膝盖微微弯曲，努力跟前面的小朋友齐平。

清点人数的老师没有多看她，嘴里念叨着"二、四、六……"便过去了。

乔岁安微微松了口气，总算放松了脊背，站直了。

这时，身后冷不丁响起一个讨厌又耳熟的声音："老师！乔岁安偷偷换了位置！"

她不可置信，怒气冲冲地回过头，小胖墩扬着眉毛得意扬扬地瞧她，吐着舌头比鬼脸。

老师很快发现了她，声音柔柔的，语气却不容拒绝："乔岁安，咱们回到原来的位置好不好呀？不然队伍就乱啦。"

乔岁安嘟嘴，磨磨蹭蹭赖着不肯走。

她一点也不想回去。

老师又喊她名字："乔岁安。"

"知道了——"她拖长了尾音，不情不愿要松开丁斯时的手。

手上蓦地一紧，她被人拽住。

乔岁安回了头，就听见丁斯时低声道："你上次秋游，花光了十五块钱，就买了一个黑色一字夹，阿姨可生气了。"

乔岁安一愣："啊？"

什么时候的事？

丁斯时仰着脸，看向老师，中班的小朋友说话仍带着奶气，语气却格外认真："老师，阿姨让我看着她，不能让她乱花钱的。不然等回家了，她要挨阿姨骂，我要挨妈妈骂的。"

他平时话少，安静又乖巧，让练字就乖乖趴在桌上写，手工课就认认真真拿着工具做，放动画片就规规矩矩坐在小板凳上看，事少又省心，加上长得可爱，老师们都很喜欢他。

他开了口，说话软绵绵的，眼睛又黑又亮，老师心一软，蹲下身摸了摸他的脑袋："好吧，那你们两个就乖乖在这里排着哦。"

老师又掐掐乔岁安的脸："好好听话，不要瞎买东西，一个一字夹哪里会那么贵啊？别再被人骗啦，小笨蛋！"

乔岁安："……"

她才没有花十五块钱买个一字夹！她才不是小笨蛋！

可是她忍了又忍，回头对上小胖墩不甘心的眼神，一下子心情很好，于是重重点头："好的，老师！"

第二天作文比赛的题目给得特别简洁又特别大——以海为主题，创作一篇文章，题目自拟。

乔岁安很快便定好了整篇文章的逻辑框架，动笔开始写作。

直至考试结束铃打响，她正好停了笔，信心满满地交上了考卷。

丁爸已经等在外边了，见丁斯时和乔岁安出来，挥了挥手，笑眯眯地问："考得怎么样？能晋级吗？"

乔岁安神清气爽，说："挺顺手的，应该可以。"

丁斯时微微点了点头道："还行。"

丁爸很高兴，带他俩去吃了市里的特色菜。

待吃过了午饭，几人才收拾好了行李回家。

先前考试不允许携带手机进入考场，她便把手机关机了放包里，跟别的包一起放在考场外面。现下终于得了空，她便给手机开了机。

联上网络的瞬间，铺天盖地的消息砸下来，微信的聊天框里弹出一条接着一条。

首先是乔爸乔妈，在家庭群里戳她，问她比赛感觉怎么样，后面又是余清、罗落、林时蛰等人。

乔岁安一一回复了，接着把消息框往下拉。

舞蹈老师给她连发了好几条消息，她一愣，随即点开。

严可老师：你知道林中绪怎么了吗？他好几天没来了，真奇怪。

严可老师：乔乔，他有跟你说过什么吗？自己最近有事不能过来练舞之类的？

············

乔岁安一愣，随即打字回复道："没有啊，他什么都没说。"

屏幕顶上显示着"对方正在输入中……"，没隔多久，聊天框里重新弹出一条消息。

严可老师：给他发消息不回，电话也打不通。这孩子，不会出什么事了吧？

乔岁安的眼皮子突突直跳，退出和舞蹈老师的聊天页面，在通讯录里滑到W，点开林中绪的头像。

他俩的聊天记录还停留在放假第一天，林中绪跟她说比赛加油。林中绪还说比赛那天，他虽然没办法送考，但是会在比赛开始前在聊天框里送她条锦鲤。

可是他没有，而比赛开始前她也未在意。

乔岁安敲着键盘。

岁岁和碎碎：听老师说你最近没来练舞，是发生什么事情了吗？

以往，只要林中绪不在舞室，回消息就会很快，几乎是秒回的速度。但这次，直到乔岁安回到家，收拾好行李，甚至晚上洗完澡躺在了床上，消息都像是石沉大海，没有回音。

乔岁安给林中绪打了个电话，一阵"嘟嘟嘟"声后，电话终于拨通了，却传来一道温柔却又冰冷的女声，念着"您拨打的用户已关机"。

眼皮子持续不断地跳着，她摁住右眼皮，心里的不安却逐渐扩大，第六感鼓动神经跳动，她预感不太妙。

乔岁安咬了咬大拇指的指甲盖，纠结了下，还是给林时蛰发了条消息。

岁岁和碎碎：你堂哥最近没出什么事吧？

今天费了一上午的脑子构思书写作文，实在太累了，乔岁安一直撑着眼皮，等着林时蛰回消息，眼皮却是越来越沉重，最后直接握着手机就闭上了眼。

第九章 //
热爱永不止休

早上，乔岁安是被惊醒的。

窗外下了雨，一道闪电劈开天际，隔了一会儿，天边雷声阵阵。

她拉开窗帘，外头乌云密布，整个世界陷入了一片黑暗。

乔岁安突然想起手机，在被窝里翻找了半天，才从枕头底下摸出来。

一点亮屏幕，就弹出了林时蛰的消息。

林时蛰：具体的我也不太清楚。好像是说他偷偷拿压岁钱，以及不知道去哪里挣的钱，西凑东凑，交了舞蹈的学费，打算以后艺考。结果被父母发现了，他们大吵一架，现在被锁在房间面壁思过呢，听说连手机都被没收了，每日三餐都是让保姆送进去的。

乔岁安眨眨眼，仔细读过每一个字。

明明每个字她都认识，怎么组合起来这么奇怪呢，怪到她不能明白。

"轰隆！"又是一道雷声，天地间一片墨色，深沉又压抑。

她无比难过地想——

原来，这个世界上真的有人，连未来自己想要走什么路都决定不了。

这场雨从暴风雨逐渐转为小雨，仍旧淅淅沥沥下个不停，空气里满是潮湿的味道。夏季的湿润并不好受，带着一种黏腻感，弄得人浑身都不舒坦。

乔岁安这两天睡不好，烦闷的心情顺着潮湿的空气蔓延，她总是想起林中绪，但她也不知道能为他做些什么，只是每天坚持给他打电话，收获着一遍又一遍的"您好，您拨打的用户已关机"。

她挂断电话，望着窗外的雨。

如果没有那么巧在一个舞室练舞，如果他只是存在于林时蛰嘴里的堂哥，她或许只会惋惜一句，毕竟那是别人的人生。

可是不是，偏偏他和她一样怀揣着同样的热爱，和她一起在舞室度过那么多努力的时间。

偏偏他让她感觉，那是世界上另一个和她的人生轨迹截然不同的"她"。

雨还是一直下。

在对着卷子打上第五个红叉叉之后，丁斯时放下笔，叹气道："你最近怎么了？"

乔岁安也干脆搁下笔不写了，转过头，问他："我有一个朋友，想学舞蹈，未来艺考，但是他父母不同意，你说怎么办啊？"

丁斯时细细思索了片刻："我记得阿姨叔叔明明挺赞成你艺考的啊。"

乔岁安强调："真的是我一个朋友，舞室里的朋友，不是我！"

他沉默了会儿，冷不丁地问："是林中绪吗？"

她错愕："你怎么知道？"

"我怎么会不知道啊？"丁斯时伸手揉了一把她的头发，带了点力道，揉得蓬乱。乔岁安瞪他一眼，躲开他的手，把头发理顺。

偶尔在舞室接她回家时也见过两面，而林时蛰就坐在他过道另一边的座位上，他低头写着作业，却也能听见她们聊天的声音，怎么会不知道呢？

他喉头轻轻动了下。

"他对你来说很重要吗？"

"听说他被父母锁在房间里了。"

两个人的声音几乎同时开始又同时结束，乔岁安一愣，问："你刚说什么？"

丁斯时抿了下唇，错开了视线："没什么，你继续说。"

"哦。"乔岁安也没太在意，闻言就继续说下去了，"就林中绪嘛，林时蛰她堂哥，从小到大都想学跳舞，但父母不让。现在攒了点钱，又自己赚了点，瞒着他父母报了舞室，想走艺考的路，结果被发现了。林时蛰说，他被锁在房间里，手机都被没收了。"

她趴在桌上，唉声叹气："刚开始是舞蹈老师发消息给我，问我他是不是出事了，我也联系不上他，不知道他什么时候才能拿到手机。"

丁斯时静静地听着她讲话。

"丁斯时。"乔岁安又直起身子，轻声叫他。

"嗯？"

乔岁安望着他的眼睛，半晌，又趴回桌子上。

她的嗓音里带点庆幸，也带点叹息。

"幸好我不是他。"

幸好她在乎的人都支持她，让她勇往直前，不必瞻前顾后。

可是好可惜，他也不是她。

"乔岁安。"丁斯时突然喊她名字，低声问，"如果那个人是你，如果我和你父母都不支持你的梦想，你会放弃吗？"

她顿了顿，盯着他，半晌，笑了。

"我不会。"她笃定地说，"你和他们也不会。"

这场雨连绵不断，天空一直昏暗着，整个世界如同被困在雨天画里，好像永远也看不到光明。连窗外的草都蔫巴地耷拉着头，提不起精神。

放假的第六天，乔岁安依然没有联系上林中绪，林时蛰那儿关于他的消息也彻底断了。

放假的第七天，乔岁安照例去舞室里练舞，林中绪依旧没来，舞蹈老师看着她，沉沉地叹了口气。

放假的第八天，乔岁安在楼上正练着舞，突然听见楼下一阵喧闹，女人尖锐的破口大骂声像一根刺一样，扎着耳膜嗡嗡作响。

"我不管！这个钱，你必须给我退了！"乔岁安关了音乐走下楼时，便听到这么一句，"我儿子以后也不会再来了！"

女人的面容与林中绪有五六分相似，应该就是他的妈妈。

见她下来，女人的目光扫过来，不过一眼，又飞快地挪了回去。

女人抹了口红，妆容精致，穿着都是品牌的，手指纤长，做了漂亮的美甲，指节却把桌子敲得"咚咚"响，语气嚣张又不屑："我告诉你，我儿子可是才中的，他未来一定会进 S 大的金融系，在这儿就是浪费时间做不该做的事，而你们就是助纣为虐，影响他的前途！"

前台小姐姐一个头两个大，脸上却还挂着微笑好声好气地道："姐姐，咱们林中绪已经上了一段时间的课了，其他的钱可以退您，但已经上过的真的不可以。"

女人冷笑了声，扬起了下巴，神情傲慢："谁跟你咱们我们的？赶紧把钱给我退了！"

乔岁安站在楼梯上，愣愣地看着，手紧紧抓着扶手，一股无力感攀上来。她内心里涌动着一股冲动，鼓动着她冲上去反驳，说跳舞才不是浪费时间，它对于热爱的人而言就重要很重要。可是她张了张嘴，最终什么也没说出口，只是手攥紧了楼梯的扶手，攥到掌心通红，又默默松开。

这场雨不知道下了多久，潮湿笼罩着整座城市。明明是夏季，却有一种从下水道透出的阴冷感，刺进骨子里，一点都不像热烈的夏天。

挂在阳台的衣服一直没干，乔岁安每天都趴在阳台上看外面的天气，盼着放晴，盼着湿冷的衣服能闻到太阳的味道，也盼着什么时候能联系到林中绪。

电视里播着关于台风的天气预报，新闻播报员操着标准的播音腔，念着稿子："……尤其是沿海地区的居民，做好安全防护，尽量减少出门……"

以往的夏天有这么多雨吗？

乔岁安仔细回想了一下，好像没有，这场雨实在太漫长了。

她其实挺茫然的，林中绪好像跟她生活在完全不一样的世界里——她从未接触过的世界。他的到来就像是一场破碎的梦，舞室里相处的点点滴滴在记忆里如惊鸿一瞥。

然后，他消失了。

她为他感到难过，却又在难过中一点点忘却他。

她不可能为了一个认识了几个月的朋友，打乱自己所有的生活节奏，即使那个人有些特别。她继续每天练着舞、写着作业，日子照样这么过着。

毕竟那是别人的生活。

天气终于转晴了，乌云退却了，阳光透过窗户，丝丝投进来。整个世界一下子就明亮了起来，驱走了那份潮湿的阴冷感，阳台上的衣服也都干了。

乔岁安高兴得不得了，去丁斯时家写作业时都是哼着曲笑着的。

他给她批完了卷子，肯定地"嗯"了声："不错，全对。"

"那当然了。"乔岁安骄傲地扬起了下巴，得意扬扬地挑眉，手一摊，"奖励。"

丁斯时垂了眼，轻轻拍了一下她的手，问："想要什么？"

她歪头想了想："……嗯，我想吃炸鸡。"

他把手机丢给她，说："自己点。"

乔岁安笑嘻嘻地接过了手机，开始在外卖 App 上选炸鸡，还问他："你要不要喝奶茶？"

"喝。"

她就知道。

输入了支付密码，付款成功，她刚把手机还给他，搁在桌上的她的手机不停振动着，她转过头望过去，屏幕亮着，显示着联系人的名字。

她一怔。

舞室—林中绪。

时隔不知道多久，他才终于有了消息。

乔岁安突然眼皮跳了下，快速拿过手机，按下接通键。

对面很安静，只听得见呼吸声，以及隐约传来风吹过水面涌起波浪的模糊背景音，乔岁安试探地"喂"了声。

电话那头的人终于开了口，是很轻的一声"喂"。

她有很多话要问，比如他什么时候拿到手机的，还会坚持跳舞吗……最后却都化作一片沉默。

从接通电话的那一刻开始，其实她心里已经差不多有答案了。

寂静良久，他说："打电话过来就是跟你说一声，我以后不跳舞啦。"

乔岁安张了张嘴，呼吸有点不畅，她说不清自己是什么样的心情，只是干巴巴地说："如果你不跳舞了，还是有很多选择的，你成绩又好又勤奋，前途一片光明的。"

"没其他选择了。"林中绪笑了声，声音有点虚弱，又有点落寞。

隔了两秒，他道："今天天气真好，终于能出来走走了。"

乔岁安扭过头去看窗外。

今天的阳光确实很好，终于有点夏季的样子了，炙热且热烈，整个世界都很明媚，对面高楼的玻璃折射出彩色的光芒，十分漂亮。

他道："就是风有点大，我看见舞室对面的铁塔大风车一直在转。"

林中绪深呼了一口气。

"那就再见了。"起风了，电话那头的潮声又响了些许，总让她想起前段时间阴沉的连绵雨天，让她有点不太舒服，林中绪笑着说，"打这个电话就是让你放心，舞室的钥匙我刚才也还了。"

乔岁安愣愣的，不知道为什么，不太敢说"再见"，他说他挂了，她也举着手机没吭声。

大概是他没彻底摁到挂断键，电话还通着，潮水声越来越吵。

乔岁安的右眼皮又开始跳动，一种不祥的预感涌上来，她焦急地"喂喂喂"了好几声，没有回音。

"砰！"

她只听见很响一声，重物落水的声音。

整个世界，好像静止了一秒。

乔岁安坐在医院急救室外，人仍是恍惚的。

短短时间内，她好像又尝到了那种近乎窒息的滋味，嘴里一片咸涩，握着手机的手仍在不停地颤抖着。

　　那是她第一次听见有人自杀，就在耳边，是她的朋友，是活生生的一个人。

　　原来这么近，就发生在她的身边。

　　丁斯时坐在她身侧，虚虚地搂着她，亦是沉默着。

　　没多久，高跟鞋"噔噔噔"的声音由远及近，她抬起头，看见那个漂亮女人，依旧是精美的妆容，头发却是乱的，风尘仆仆赶过来一样，女人身侧还站了一个中年男人，应该是林中绪的父亲。

　　"我儿子呢？"艳丽的口红遮住了林中绪妈妈原本的唇色，她神色却是憔悴的，眼角通红，红血丝布满整个眼球，"我儿子怎么还没出来？"

　　女人的目光落在乔岁安身上，一顿，明显认出了她是谁。女人顿了片刻，目光又移开。

　　急救室里的灯还亮着。

　　林中绪妈妈脱了力似的，身子靠着墙，软软往下滑，最后蹲下了，抱住了膝盖。

　　"为什么呢？"她呢喃，"就只是因为我不让他学舞蹈吗？"

　　林中绪父亲怒不可遏："混账东西！我都是为了他好！半点不领情还跑过去……跑过去……"

　　他伸手指着长长的走廊，指尖微颤，那两个字环绕在他嘴边，却怎么也吐不出来。

　　医院的空调开得很冷，乔岁安浑身都在发抖，她冷眼看着这荒唐的一幕，愤怒在这一刻达到顶峰。

　　那些舞室里没敢说的在这一刻爆发了。

　　她鼓足了勇气，问："打着爱他的名义不让他去追求他想要的东西，这算是为了他好吗？"

　　林中绪妈妈愣住了，他父亲也跟着顿了一秒。

　　他父亲随即低吼："跳舞没有前途！他未来会后悔的！"

　　林中绪妈妈在这一刻尖叫出声，崩溃得掩面哭泣："别说了，你别说了！"

　　"都是我们的错！妈妈错了！"哭腔糊了嗓音，哑得不成样子，近乎撕心裂肺，"求求你了！儿子，求求你！别丢下妈妈，妈妈求求你了！"

　　医院的长廊空旷又寂静，又偏偏被哭声充斥，一片吵闹。

　　护士出来，皱着眉说："这是医院，请不要大声喧哗！"

　　林中绪父亲烦躁地走来走去，他妈妈立马捂着嘴巴，哭着又不敢发出

-156

太大的声音。

乔岁安握住丁斯时的手，他顿了下，她立刻又攥紧了些："别动，让我握一会儿。"

"丁斯时，我好累。"她声音很弱，"你让我靠一会儿吧。"

她太疲惫了，抓着他的手用了点力道，很重。

丁斯时回握住她，大拇指指腹轻轻摩擦着她的手背，算是安抚。

不知过了多久，久到乔岁安记不清时间，久到她有些恍惚。

急救室的灯终于灭了，门被推开，身着白大褂的医生走出来。

乔岁安脚有些软，起不了身，就坐在椅子上抬起头，脖子有些许僵硬，她凑了耳朵去听。

"病人没事，还好送来得及时，再晚一点可能就危险了。"医生道，"先转去 ICU 观察两天，等他醒过来。"

乔岁安顿时松了一口气，握着丁斯时的手略微松了点力道。

林中绪妈妈显然也放松了很多，捂着嘴不敢发出太大动静。

林中绪很快就被推了出来，乔岁安没跟过去，瘫在椅子上坐着，太阳穴一阵一阵刺痛。

丁斯时就在旁边，陪着她。

"丁斯时。"乔岁安又喊他名字，眼睛盯着天花板，刚才她没哭，现在却吸了吸鼻子，"好累，我想回家。"

他定定地望着她，终究还是没忍住，长叹了一口气，虚虚拥住她，轻轻拍拍她的背，哄道："我陪你回家。"

林中绪是在一天后醒的。

乔岁安去看望他的时候，他已经转到普通病房好几天了。

这段时间他人清瘦了不少，蓝白条纹病号服像是在包裹一个骨架子，显得眼睛大得吓人，唇角的那个梨涡却还在。

"谢谢你啊。"林中绪见她进来，冲她笑了笑，梨涡很深。

乔岁安把果篮放在他的床头柜上，在旁边坐下来，问："最近好点了吗？"

"还行，医生说要是不出意外，下下周就能出院了。"他的眼睛虽然很大，可是却不空，窗外的阳光落进来，亮晶晶的，"乔岁安，他们同意了，我又能跳舞了。"

乔岁安忍不住笑，说："祝贺你啊大舞蹈家。"

后面林中绪妈妈进来了，见着她只是点头微笑了下。

乔岁安总觉得有些尴尬，毕竟前面她还顶撞过他父母，瞬间如坐针毡，最后没聊几句，便跟林中绪道了再见。

"乔岁安。"

快出病房的时候，他喊她名字。

乔岁安回了头，林中绪望着她的眼睛，张了张嘴，欲言又止，最后只扯着嘴角笑了笑，说："再见。"

阳光越发刺眼炙热，在经过一段时间的下雨降温之后，随着天气转晴，温度也升了起来。

夏季本是该这样的，烈阳瑰丽，沥青滚烫，知了起鸣，说热爱永不止休。

又到了西瓜成熟的季节。

乔岁安在水果摊里挑挑拣拣了半天，才敲定了一个西瓜，有点沉，袋子勒得手疼，手指泛着红痕，最后是直接抱着上的楼。

腾不出手敲门，她就直接扯着嗓子搁门口喊："丁斯时！开门！丁斯时！"

没隔一会儿，眼前门打开，丁斯时手里还握着杯奶茶，瞥了眼她吃力的样子，顺手提过西瓜，解放她的双手。

乔岁安换了拖鞋，盯着他手里那杯奶茶，问："有我的份吗？"

"没有。"

他两口吸掉最后一点，手一扬将奶茶杯丢进了垃圾桶，听见她在身后怨念嘀咕："吃独食！不厚道！西瓜不给你吃了！"

他把西瓜放砧板上，闻言冷笑一声，转了身，低眼看她，问："过年前便利店那笔钱，你还我了吗？"

乔岁安瞬间沉默。

乔岁安："您能别提这事儿吗？"

丁斯时拿了刀，手起刀落，将一个西瓜一切为二。此刻，清香四溢，红色的汁水漫出来，夏天的甘甜瞬间四溅。他把切好的西瓜装进两个大碗，抽出两把勺子插上，递给她大的一瓣。

乔岁安接过，握着勺子从中心挖了一口西瓜，凉凉的汁水在齿间爆开来，她含着西瓜模糊不清地说道："晚上我跳完舞，你直接来舞室接我吧，罗落生日快到了，我们一起去挑礼物呗。"

"还是老时间？六点？"

她点头，计划道："顺便就在附近把晚饭解决了呗，想吃陈胡那家的凉皮。"

"行。"

"丁斯时。"乔岁安突然喊他，扭了头看他，弯着眼睛笑，"我买的西瓜是不是比你之前买的那个甜？"

"……"

"你真的很不会挑西瓜啊，"她举着勺子说，"你前两天买的那个真的皮厚又不甜。还是我会挑，你跟着我学着点。"

"……吃完写作业去。"他夺了她手里的勺子，挖了一大口西瓜塞她嘴里，"吃还堵不住你的嘴。"

吃过了半个西瓜，乔岁安也不是很饿，中午随便扒拉了两口饭就出门去舞室了。

人到舞室一推开门，挂在门上的风铃跟着响，清脆悦耳，室内开了空调，驱走了外头的炎热。乔岁安收了遮阳伞，刘海儿都被汗湿了一半，软软地贴在额上。

舞蹈老师还坐在楼下的小圆桌上吃着午饭，见乔岁安来了，笑眯眯地说："来了？"

乔岁安点头，道了声"严老师好"，舞蹈老师拍了拍她的肩，眉梢带着笑，嘴却是往下耷拉着的："乔乔，暑假档，老师最近有点忙，你知道吧？"

乔岁安一愣，不明所以，又听舞蹈老师道："舞室最近新来了一个人，你有空帮老师带带。"

乔岁安双手抱胸，后退一步："这次免多久的学费？"

舞蹈老师打着哈哈，搁下了筷子，推着她往楼上走："这不是老师能决定的，这个由老板决定。"

她才不吃那一套："可是，老板娘，你上次答应我的时候很干脆。"

乔岁安被推着上了楼，舞蹈老师推开了房间的门，里头的音乐声倾泻出来，里头的男生跪躺在地上，凭借腰力，向上伸手的同时起了身，脚背绷着，很利落、漂亮的一个动作。听见门口动静，他转过头，见着她，弯了唇，嘴角的梨涡很深。

乔岁安惊喜："林中绪！"

"你出院啦？医生说你能跳舞了？"

"能跳了，都在家躺那么久了，就是很久没练习，感觉差了很多，"他开玩笑，又感慨，"真是台上一分钟台下十年功。乔老师又得花心思教我了。"

"没事。"她顿了顿，有点担心，"你父母真的松口了？"

提到这件事，林中绪垂了眼，唇角的梨涡浅了很多。再抬起时，眉眼坚定又认真，他轻笑一声："他们也知道啊，没人能阻止我。"

舞室的钥匙林中绪也拿回来了。

从下午一点到晚上六点钟，不止息的，音乐充斥着整个房间。从课前到课上，再到下课后，偶尔乔岁安累了，停下来休息，喝两口水，林中绪仍在练习着，好像要把之前落下来的时间全补回来似的。

舞室下午四点钟关门，等两人到了六点钟停下来时，已经没有其他人了。

乔岁安检查了遍，把所有灯和空调都关了才下了楼，锁门。

林中绪在边上站着，垂着眼瞧她锁门，犹豫着，一个"你"字刚出口，又停下。

她挑起一边眉，眼神示意，问他怎么了。

他欲言又止，抿了下唇，最终还是道："没事，就是跟你说声再见。"

"再见。"乔岁安挥挥手。

丁斯时还没到，她便站在门口等他。

夕阳坠落，只余下天际一丝红，温热的风将树叶摇得沙沙作响。她背着包，百无聊赖地，翘起脚尖低头瞧了瞧自己的鞋，又去望马路对面。

她发现那家花店还开着。

"乔岁安！"

她眼睛一亮，回头，看清来人时瞬间失望。

林中绪去而复返，喘着气，眼睛亮亮的，带着忐忑与不安，手指无意识地蜷缩着。

乔岁安疑惑："你怎么回来了？"

"我是想告诉你……"他触及她眼中一瞬间的失望，整个人倏地顿住了。他的手指收得越来越紧，从嗓子里涌上来的干涸让他几乎说不出话，只是动了动唇瓣。

"我是想告诉你……"路旁的灯一盏盏亮起，整个世界被灯光笼罩，一片光明。

林中绪的目光掠过她的背后，在某处轻轻一点，最后，他像是下了一个非常重要的决定，深呼出一口气，望着她笑了下，张开了双臂，说："乔岁安，抱一下吧，祝你以后前程似锦！"

乔岁安下意识地后退了一步，觉得好笑："你怎么了？莫名其妙的，搞得好像以后再也见不到了似的。"

"没怎么啊，就是非常感谢你，非常欣赏你，非常希望……你能过得越来越好。"他补充，"作为朋友，不可以吗？"

　　乔岁安想了想。

　　"好吧。"她伸手绕过他虚虚拍了下他的肩膀，又弹开，语气轻快，"那也同样祝福你吧！"

　　林中绪放下了双臂，重重吐出一口气，微笑着说出了离开前的最后一句："再见啊，乔岁安。"

　　夏季的晚风拂面，把颤抖的尾音吹散了，少年人的心思全部掩藏在这一句祝福里，不再付之于口。

　　乔岁安还弯着唇，转过身，却倏地对上了一双眼睛。

　　漆黑的，神色莫测的，不知道已经注视了她多久的。

　　视线交汇之际，丁斯时仍伫立在不远处的路灯下，手里拎着一盒草莓蛋糕，一动不动地与她在半空中目光碰撞，灯光在他脚下拉了很长一道影子，显得孤寂又落寞。

　　乔岁安愣了一秒，快步朝他走过去，目光落在他手里那盒草莓蛋糕上："我说你怎么这么慢，原来是去买草莓蛋糕了啊。这个面包店平时人不是很多吗？我上次去队排得可长了……"

　　丁斯时打断她："你跟那个男生怎么回事？"

　　乔岁安茫然："啊？"

　　"你知道什么叫作分寸吗？"

　　她听明白了，在他沉沉的目光下，声音下意识地放轻了："不是，就是朋友之间的祝福。"

　　"仅此而已吗？"他盯着她。

　　"对。"乔岁安忙不迭地点头。

　　"好。"丁斯时笑了，却靠近了一步，两个人之间的距离瞬间缩小。这一秒，她久违地听见了自己的心跳声，重重地撞击在胸口。

　　她如同一只惊弓之鸟，下意识地想后退一步，却被一只手按住了肩。

　　"别动。"他说。

　　乔岁安僵直着身体，像是被装进了密闭的箱子里，呼吸开始变得急促，睫毛颤着，直直盯着他慢慢靠近。

　　"……"

　　丁斯时从她的头发上捏起一片落叶，目光有意无意扫过她的耳后，稍停一瞬，下一秒便轻轻退开。

　　他若无其事地在她面前转了转那片落叶，指尖一松，叶子便飘落在地。

他道:"刚才你的头发上掉了片叶子。"

"我知道。"乔岁安缓缓吐出一口气,指腹捻过掌心,才发现自己出汗了。

她不着痕迹地擦了擦,强装镇定:"我们走吧。"

丁斯时不动。

"乔岁安。"他喊了她一声,歪着头,视线再次瞥过她的耳后,低头轻笑一声。

"夏天太热了。"他牛头不对马嘴地说出了这么一句话。

乔岁安怔住,忍不住伸手摸了摸耳垂。

是的,夏天太热了,她开始变得不对劲了。

翌日,乔岁安起得比谁都要早,早到乔妈打着哈欠推开她房门时,却发现房间里早已空无一人。

清晨,朝阳浅浅露了个脑袋,向四周的天空点上橙黄色,又大面积地铺开,给天空调色,像是油画。微风拂过,还算是清凉舒服。

舞室还没开门,好在乔岁安有钥匙,她上楼换了舞鞋,先拉韧带,过两三遍基本功,再继续练前两天刚学的舞蹈。

昨晚的事在脑子里轮播,脑子乱,动作也跟着乱,压根专心不了,乔岁安甚至都没注意到平时最勤奋的林中绪还没有来,直至门口传来一道声音:"节奏乱了。"

她停下,扭过头去看,舞蹈老师倚在门框上,皱眉道:"你今天是怎么回事?来这么早,舞蹈跳得还稀碎,起太早把这么多年舞蹈基础落被窝里了?"

舞蹈老师凑近一看,眉头夹得更紧了:"你昨晚没睡吗?黑眼圈都可以拿来申遗了。"

乔岁安被骂得多少有点心虚羞愧,舞蹈老师几步上前,嘴里念着节拍,给她演示了一遍,停下,在一边抱胸看她,眉毛一挑,示意她照着练。

舞蹈老师在边上用手拍着节奏,她跟着,思绪才慢慢收回了,专心在舞蹈动作上。

一个上午很快就过去了,乔岁安中午去旁边的面馆随便吃了点,重新推开舞室的门时听见舞蹈老师跟前台姐姐在聊天。

"林中绪是个好苗子,太可惜了,他要是能进 S 大,我们舞室也能跟着沾光。"

"但国外的资源比这里要好得多,对他来说确实是个好选择。"

乔岁安步子一滞，连带着呼吸都停顿了一瞬。

舞蹈老师余光中瞥见她，抬起头挥手："回来了？"

"老师。"昨晚的告别在脑海中播放，她舔了舔嘴唇，不太确定地问，"您刚才在聊什么？"

"林中绪啊，你不知道吗？"舞蹈老师诧异，"他父母安排他出国进修舞蹈了。"

她彻底怔住。

半晌，她眨眨眼，像是终于回过了神，低头迅速从包里翻出手机，才发现微信里有一条来自林中绪的未读消息。

> 想了很久，还是没敢当面告诉你，怕自己突然就舍不得离开了。前两天，妈妈问我要不要出国，会为我准备更好的舞蹈资源，依照我在国内参加比赛的获奖成绩，也能为我安排一所更好的教育学校。大概是觉得换个环境更好点，怕我再想不开吧，哈哈哈。
>
> 我一直犹豫着不敢答应，我不甘心啊，我想和你一起学舞蹈，一起艺考，一起进S大，一起毕业进同一个舞蹈团，一起实现舞蹈梦……
>
> 可是我害怕，我胆怯，我懦弱，我不敢把我的心意说给你听。我又不想留下遗憾，万一有那么一丁点的希望呢。所以我昨天跑回来，忍不住向你要了一个拥抱。尽管我知道，你对我只有朋友间的关怀，再无其他。
>
> 哈哈，可能这也是上天指引我，打消我的心思，让我好好努力追求舞蹈吧。
>
> 乔岁安，这次是真的再见了。
>
> 希望下次见面，我和你都已功成名就。

她凝望着这条长长的消息，很久很久，缓慢地点开了键盘，敲敲打打良久，也不过是两个字——再见。

离别总是早有预谋，却又令人猝不及防，轻巧得像一朵云，又笨重得像一座山，昨日的晚风拂至今天，将他的道别轻轻送到她耳边。

再见。

风说他是这样开口的。

林中绪，祝我们都会成为更好的自己，再次相见时会在舞台上，为过去的我们相视一笑。

昨天晚上忘记买礼物，于是今晚乔岁安从舞室里出来得早，去附近的商场挑了挑，给罗落选了个生日礼物，是一顶白色的渔夫帽。她让店员精心包装好了，提着回了家。

　　夏季的夜晚来得慢，直至乔岁安登上公交车，街上的路灯才一盏盏亮起，车鸣声混着发动机的声音，协作着成为伴奏。

　　手机上弹出一则消息。

　　娇娇丁公主：怎么还不回来？

　　乔岁安手指顿了顿，犹豫片刻后，慢吞吞地打字：在公交车上了。

　　昨晚一宿都没睡好，此刻窗外灯光晃悠，睡意慢慢爬上眼角。

　　朦胧的梦里，两道长长的影子挨着，灯光在他眼眸中流转，丁斯时笑着点了点她的耳垂："乔岁安，夏天太热了。"

　　停顿了几秒，他眼睛一弯，语气轻快："你露馅了。"

　　脑袋猛地磕在窗户上，她瞬间清醒，捂着脑门痛呼一声。周围坐着的人，或低着头划拉着手机，或低声交谈，没有一人注意到她的动静。

　　她低下头，努力平复自己的呼吸，却又忍不住，像梦里的他一样，抬起手，轻轻触了下耳垂，只一下，又飞快放下。

　　"夏辉路，到了。"

　　售票员的大嗓门响起，她背着小包提着礼品袋，两步并一步，匆匆忙忙下了车。

　　待公交车扬长而去，乔岁安愣愣地站在广告牌前，突然间不敢再踏出一步。

　　她知道，只要绕过广告牌，她就会看见丁斯时。

　　熟悉的他会站在熟悉的巷子口、熟悉的路灯下。可是好似有什么东西在心脏处发了芽，随着每一次呼吸轻柔地扫过心脏，痒痒的，让她忽然觉得一切都变得好陌生。

　　街景变得陌生，广告牌变得陌生，巷子变得陌生，他也变得陌生了。

　　乔岁安在广告牌前踱步许久，最终还是踏出了那一步。

　　随着这一步，阻隔着视线的广告牌在眼前慢慢挪开，她抬眼望过去，成功地再次在巷子口找到了那个一直在等着她的人，他手里拎着一袋零食，隔着一段距离与她遥遥相望。

　　乔岁安像往常一样小跑过去，拍了一下他的肩，也像往常一样笑了笑，说："走吧！"

　　他应了声，伸手要接过她手里的礼品袋，她下意识地后退了小半步，两个人同时一愣。

片刻后，他弯下点腰，还是从她手中轻轻拎走了礼品袋，若无其事地问：“是给罗落的生日礼物吗？”

“嗯。”

“那我送什么好呢？”丁斯时歪着头想了想，举起手中的袋子摇了摇，开玩笑道，“要不然这顶帽子就算我们两个人一起送的？”

“不要。”乔岁安拒绝。

“为什么？”

“你这样，罗落就得少收一份礼物了。”

“只是因为这个？”丁斯时问，“胳膊肘往外拐？”

“对。”

她飞快地应下，听见身侧的人一声笑，蓦地察觉到不对劲，极快地反驳：“不对，是因为……帽子是我付的钱。”

他诧异地说：“这个时候又开始分你和我了？”

乔岁安又不吭声了。

漆黑的夜，巷子里光线昏暗，两个人肩并着肩走。丁斯时看不清她的神色，只低下头揉了揉鼻尖，唇瓣微扬：“好吧，那我买个其他的好了。”

她还是不说话，老半天才终于回了声“哦”。

临到家门口，丁斯时把手上的礼品袋递给她，又将零食袋挂在了她的手腕上，意有所指：“这个就不用跟我客气了。”

乔岁安：“……”

罗落的生日聚会定在聚郝 KTV，罗爸罗妈开了一个包间，嘱咐了罗落几句就走了，把空间充分地留给了她和她的一群朋友。她的生日几乎邀请了一班所有人。

路上交通堵塞，乔岁安和丁斯时两个人迟到了会儿，待推开包间门时，人基本已经到齐。

音响里正播着一首 S.H.E 的《候鸟》，唱歌那人高音上不去，破碎了一地，别人笑骂，他恼羞成怒，追着取笑自己的那人打。彩色灯光移动闪烁着，包间里一片鸡飞狗跳的混乱。

“乔乔！”罗落热情地跟她打招呼，一蹦一跳地跑过来。

今天的寿星难得穿了条裙子，白色的，裙摆随着跑动蹁跹，头上扎了两根精致的鱼骨辫，很漂亮。

乔岁安拎过礼品袋，递给罗落，笑着祝贺：“生日快乐！”

罗落兴致勃勃地拆了礼物，惊喜地“哇”了声，举起帽子给自己戴上，眨眨眼，说："好看吗？"

乔岁安点头："好看！"

罗落给她竖了个大拇指，大屏幕上切了歌，有人扯着嗓子喊："《小雨天气》！谁的歌？"

罗落立马回头，举起手，大声回道："别切！我的我的！"便又急急忙忙蹦跳着走了。

乔岁安往身后望了眼，丁斯时刚进包房就被一个男生拉走了，她便自己找了个位置坐下。

大屏幕上播着MV，罗落拿着话筒合着伴奏轻声唱："夏夜蝉鸣的节奏竟然也如此熟悉，滴滴答答今晚怎么我又梦见你，就想见你，不止梦里……"

乔岁实在没忍住抬头，看罗落手握着话筒站在正中央，神情恍惚地想：她以前的声音有那么甜吗？

林时蛰从最边上一路挤过来，一屁股在乔岁安身侧坐下，听见歌声抬头，眯着眼仔细辨认手握话筒那人，惊讶道："她是不是'夹'了？"

乔岁安忍俊不禁，止不住又偏头去望了眼不远处的丁斯时，他跟那个男生聊完了，四下搜寻她的身影，许是察觉到她的视线，他转头望过来，才发现她身侧已没了空位。

丁斯时顿了顿，随后抬手示意自己去找其他座位了。

乔岁安点点头。

"看什么呢？"林时蛰随着她的目光望过去，落在丁斯时身上，恍然大悟，"我是不是占了丁斯时的位置？"

语毕，林时蛰便要起身让座，丁斯时似是瞧见了她的动作，便又站那儿不动了，静静等着。

乔岁安倏地一把拉住林时蛰的胳膊，没看他，视线虚虚地落在他背后的大屏幕上："没，你就坐这儿吧。"

"那丁斯时呢？他不和你一块儿坐吗？"

余光里，他似是在看她，乔岁安屏住呼吸，隔了几秒钟，他终于收回视线，转身朝其他方向走过去。

她一根根松开抓着林时蛰胳膊的手指，不知为何松了口气，这才回答道："他坐其他地方就好。"

林时蛰侧过脸仔细打量了她一会儿，"嘁"了声："你俩又吵架了？"

乔岁安不答反问："为什么这么问？"

"因为你俩一直都是待在一块儿的啊。"林时蛰理所当然，"除非你俩吵架了。"

因为一直都是待在一块儿的……

乔岁安蓦地想起某天在走廊上，丁斯时背着光，垂着眼凝视她，鸦羽般的睫毛之下情绪辨不分明，她整个人被笼罩在影子之下，听见他轻声问："未来也一直会是这样吗？"

她不清楚未来，只知道从某一刻开始，有些事情就变了。

她开始多想，开始变得抗拒他的靠近。她拼命抑制住心跳在神经末梢起舞，生怕自己被心跳支配。

唱完了《生日歌》，切完了生日蛋糕，有人提议要玩游戏，又嫌弃真心话大冒险太老土了，便选了猜数字，将真心话大冒险作为惩罚项目。

身为寿星的罗落自告奋勇当主持，从 0 ～ 300 里挑了个数字，撺掇着众人去猜。林时蛰来了兴趣，拉着乔岁安在边上坐下一同玩。

余光里，丁斯时收了手机，施施然走过来，挑了个空位坐下，离她隔了两个人的距离。他似是察觉到了她的视线，回望了过来，乔岁安头不动，眼珠子悄悄赶紧往边上偏了几度，佯装发呆。

罗落在纸上写好了数字，用掌心盖住，手握着话筒扬声道："好了！从左到右，开始吧！"

最左侧那人一上来便报 150，直接把范围缩小一半。

罗落："151 到 300。"

"225！"

"151 到 224！"

…………

前面几个人玩得野，将范围一半一半地缩，接着看戏似的瞧后面的人猜。

轮到林时蛰猜时，只剩下了 180 至 186 这么几个数字。

林时蛰谨慎地报出一个数字："180。"

"181 到 186！"

林时蛰兴奋地打了个响指，逃过一劫。

这回轮到乔岁安紧张了，她郑重地在胸口点了几下，随后试探性地，带了些疑问的语气："……186？"

罗落立马道："181 到 185！"

乔岁安长舒一口气，放松下来。

还剩下三个数字，乔岁安身侧从左到右是两个女生及一个丁斯时。

乔岁安身侧那个女生不假思索地开了口："183！"

"184到185！"

气氛一下子焦灼了起来，众人的目光聚在她右手边第二个女生身上，她的回答决定了谁输谁要接受惩罚。那女生挠挠头，神色犹豫，顶着众人的催促，最后心一横眼一闭，喊道："184！"

罗落大声道："185到185！"

逃离了惩罚，那女生睁大了眼睛，猛地回了头去看，激动到几乎要拍手。

丁斯时垂了睫毛，无奈地弯唇，服输："185。"

"丁斯时输了！"罗落兴奋，"真心话还是大冒险？选一个！"

"真心话。"

罗落立马吆喝："大家集思广益一下啊！问什么好！想问的举手！机不可失，失不再来！"

人群中有一人举了手，罗落见着了，把话筒递过去，乔岁安扭过头去看，是个女孩子，散着长发穿着百褶裙，不认识，应该是罗落的朋友。

那女孩子双手握住了话筒，目光落在丁斯时身上，直视着他，笑问："想问问丁学霸，成绩那么好，平时是怎么平衡学习和娱乐生活的呢？有什么方法吗？"

此问一出，吁声一片。

"这什么呀？"有人笑骂，"这问题一点都不行！"

"为什么要提'学习'这两个字啊？我突然想起来我还有一堆卷子没做！"

丁斯时就这么倚在沙发上，灯光昏暗，模糊地勾勒出他的五官。他眉梢一挑，歪着头努力思考了一会儿，才道："没什么方法，我的娱乐生活挺单调的，大概是……"

他稍微一停，莞尔，没看她，继续慢条斯理地说了下去："看某人打游戏，看某人跳舞，陪某人看电影，接某人回家。"

"哦，还有，"他补充，"给某人讲题。"

气氛瞬间被点燃，周围哄笑声一片。

"听出来了，这扮演的是陪玩加老师的角色。"

"某人是谁啊？"

更有甚者直接喊出了乔岁安的名字，调侃道："乔乔，给'丁陪玩'老师付钱了吗？"

"……"心跳不由得加速，乔岁安捏了捏掌心的肉，恨不得现在立刻原地消失。

"好了。"丁斯时似乎看热闹不嫌事大,"大家就别逗某人了。"

乔岁安:"……"

她有点不太想搭理他了。

随着开学,班主任公布了一个好消息,乔岁安和丁斯时作文比赛都进了前三,入围全国赛。

比赛那几天乔岁安和丁斯时请了假,飞去京城参加比赛。

S大正巧也在京城。

比赛的前一天,乔岁安没叫丁斯时,一个人去S大逛了圈。

夏季的中午炎热,像个火炉似的吊在天上,把整个世界笼罩在一片焰火中。正巧到了午饭点,S大食堂门口人来人往。

食堂边上有人立了一块牌子,周围围了一群人,乔岁安好奇,挤进去望了眼。

牌子最上方写着"free hug",下面贴着很多便笺,再旁边点是一张小桌子,上头放着一支笔和一排不同颜色的便笺。

人群中有不少人上前拥抱,free hug的女生蒙着眼,拍了拍来者的肩,笑着。

桌子前有人写着心愿,写完贴到旁边的牌子上。

乔岁安犹豫了很久,扭头从包里翻了半天,才掏出一个口罩,给自己戴上了。半晌,她下定了决心,低着头冲出去,轻轻抱了抱那个蒙着眼的女生。

耳边的女生声音带着笑意:"希望你所有愿望都能实现。"

那一刻,乔岁安好像备受鼓舞,轻轻说了声"谢谢"。

女生拍了拍她的背,说:"去写心愿吧。"

乔岁安松了手,拔开笔帽,挑了个蓝色的便利贴:希望能考上S大舞蹈系!

她犹豫了一下,又添了几个字:和丁斯时一起。

考完试的第二天两人就回盐桐了。乔岁安对这次比赛心里没底,全国性比赛,参赛的个个都是人中龙凤,千挑万选出来的,而她上回超常发挥也不过得了个省内第三,堪堪卡上晋级的那条线。

她深知自己的实力,比起人家还差了一段距离。

余清安慰道:"你已经很棒了,拜托,你可是从市和省一路杀出来的哎!只不过是因为你边上有个丁斯时作参考,所以你才觉得自己不行,你再向下看看，你比多少人强啊！"

她掰着手指头数乔岁安的优点："长得漂亮，成绩好，尤其是语文，还会跳舞。你说说，就你这文笔，以后跳舞要是闯不出名堂，写小说也是一条路。"

乔岁安提醒余清："夸我就好，别咒我。"

余清拍了一下自己，赶紧道："对对对，咱们乔乔跳舞那么厉害，怎么可能闯不出名堂？咱以后就是大舞蹈家，最好是你一夜爆红，我以后就靠你过活，到时候记得给我开通亲密付。"

乔岁安点头，开始肆意畅想："我一夜爆红，你一夜暴富，我负责买车，你负责买别墅。"

余清提议："我比较喜欢大平层，不想上下楼。"

"好，那我买车，你买大平层。"

乔岁安说着，"啧"了声，忍不住笑了："两个高中生，连班都没上，搁这儿想什么呢？"

余清也跟着笑，抱着抱枕瘫在沙发上笑到直不起腰，拎起抱枕砸她："想想怎么了？想想又不犯法！你要相信自己未来的实力！"

黄昏映夕阳，红霞卷着云层滚动，晚风最是温柔，推着霞光往外散开。

未来很长，长得任由幻想肆意浪漫生长。

第十章 //
隔壁那位岁岁

随着天气渐凉，夏季把世界的手交给了初秋，于是第一阵秋风卷走了第一批枯黄，整个世界被蒙上一层金黄色的滤镜。

运动会也在校长的一声"秋高气爽"中正式开始。

男生还好，女生报名最是头疼。体育委员翻遍了名册也凑不出人头来跑八百米和接力赛。实在没辙了，他开始一个个找人来问。

问到乔岁安时，还剩了最后一个女生八百米没填上，于是他拿着名册，问："乔岁安，你参加个八百米吧？"

乔岁安吓唬他："我八百米跑五分半。"

体育委员不信："你骗谁呢？"

"真的！"她据理力争，"不信你问丁斯时啊！"

"别以为我不知道，你俩一直都是一伙的。"体育委员还是不信，作势就要把她名字往报名表上写。

乔岁安连忙抓住他的笔杆，一咬牙，问："裁判报名人数是不是还没满？"

育德中学历年运动会都是由学生自己组织的，裁判也是自己报名然后由老师统一培训两天，持裁判证上岗。

当了裁判的是一律不允许报名参加任何体育项目的，其他班不少人拿这个办法逃过一劫。只是一班分配的裁判项目是田径，最是苦最是累，一天到晚都得站在跑道边上，盯有没有人犯规、有没有人陪跑、有没有闲杂人等干扰比赛秩序占用跑道……

这个季节再怎么着也是秋老虎，太阳大起来也挺要人命，尤其是这一站基本上就是一天。而且每年比赛都有人陪跑，得扯着嗓子喊，得跑过去追，以免干扰了比赛秩序。

高一时运动会的裁判都要恨死了，吐槽："陪跑的觉得自己重情义，我呸！这是比赛，不是平时跑步，其他选手怎么想？而且里面还在比跳远呢，差点就陪到沙坑里去了。我喊得嗓子都快哑了也不听，无语死了！"

乔岁安在边上默默听着，忽然忆起上回体测时丁斯时陪她跑八百米，心虚得要死。

"乔乔，我没讲你啊，你那也不是比赛，也没影响别人。"正吐槽那人瞥见她的神色，补充了一句，接着又开始滔滔不绝地骂人。

而现在，乔岁安为了使自己的名字不被写在八百米报名表上，毅然决然赴死："我报名当裁判。"

一班的出场式中规中矩，穿着校服简简单单跳两个动作，没什么意思，也没拿到什么名次。

运动会正式开始后，乔岁安去找老师拿了她的裁判证和黄旗子，找到跑道边属于她的管理区域。

运动会一共一天半，今天早上是五十米、八百米、一千米的初赛，下午是接力跑和五十米的决赛，组别从高三到高一，每个年级又分了两组跑。

到八百米时陪跑的人开始变多了，乔岁安扯着嗓子阻止了几个，累到气喘吁吁。

好在今天是阴天，太阳被云遮了个十成，也没那么热。

吃过午饭，乔岁安休息时无精打采地跟罗落和林时蛰抱怨："天啊，当田径裁判怎么那么辛苦。陪跑的人真的很多，有一个险些撞上里面摄影的同学。"

罗落摸摸她，说："要不你下次还是跑步吧？"

乔岁安一个提神醒脑，严肃地拒绝了罗落的提议："裁判很好，没有烦恼。"

罗落忍不住笑。

林时蛰突然想到什么，问："最近怎么没看到你跟丁斯时一起吃饭，反倒跟起我们了？"

乔岁安卡了一下壳，随即低头，假装要喝水，拧了矿泉水瓶盖，顾左右而言他："好渴啊，我待会儿要把水带过去。"

下午天公不作美，太阳光丝丝缕缕穿过薄云散开来，渐渐地，云似被光线击溃了，太阳露出来。

艳阳高照，天气开始炎热起来。

乔岁安站着不停地出汗，脸都在发烫，她开始后悔没戴帽子，见一组

-172

接力赛刚跑完，正想趁着这会儿空当迅速溜去观众席上拿帽子，就见检录组带着另一支队伍过来了。

检录组的成员手里也拿了一面黄旗子，点了点身后的队伍，说："这是下一组比赛接力的，你跟他们讲一下注意事项。"

乔岁安点点头，喝了口水，指了指跑道，说："六班至十班从左到右排到跑道上，站在黄线后面，拿到棒子前可以助跑一段，但一定要在超过前面第二条黄线之前拿到棒子，不然就算犯规。"

这段注意事项她今天已经讲了好几遍了，顺溜得很，几乎是一口气讲完的。

她开始数，这是高二第二组，再下一组就是一班。

一班参加接力的有谁来着？

有丁斯时。

还有谁来着？

忘了。

不知道丁斯时会不会在她负责的这个区域接棒。她这边是冲刺组，他跑步那么好，大概率会的吧……

她正胡思乱想着，远处哨声吹响，比赛开始，她忙回了神，把注意力放在跑道上。

目送走了上一组，身后脚步声渐近，估计又是检录组带着下一组来了。

乔岁安刚要转过身，视线蓦地被遮了一半，头顶被鸭舌帽盖住，一股干净、干燥的青橘味传过来，接着是头顶带着笑意的那一声："乔裁判，等我拿冠军啊。"

她顿住了，思绪骤然混乱，像是被下了某种古怪的咒语，心跳断了半拍，这些天一直在深深苦恼着她的问题的答案，似乎快要浮出水面。

其实她早有预料，却从不敢深究。

比赛期间，乔岁安止不住地紧张。

一班第二棒处于第一的位置，优势满满，奈何第三棒速度差了些，尽管已经尽力奔跑，咬着牙脸部表情都扭曲了，仍一路从第一掉到了末尾。

乔岁安提着心脏，眼睛都不带眨的。

站第四棒的人一个个开始跑了，丁斯时仍站在黄线后面，手往后伸着。临近接棒，他慢慢往前跑动两步。

终于，绿色接力棒交接，丁斯时握住，扭头开始最后的冲刺。

乔岁安紧紧捏着手里的黄旗子，目光一路随过去。

丁斯时和前面几位拉开了不小的距离，但他冲的速度极快，超越前面一人几乎是眨眼间的事。

第三、第二……

临近终点线，他离第一只有几步之遥。

她隐隐听见观众席上有一班的同学扯着嗓子呐喊："丁斯时，加油！"

台上的播音员念着加油稿："青春的汗水肆意挥洒，奔跑不息，努力不止。加油，运动健将们，无论结果如何，拼尽全力的你们就是第一名！"

此时，一切声音都被虚化成背景。

乔岁安屏住呼吸，盯着两个逐渐接近的人影。

终点线越来越近，丁斯时蓦地一发狠，最后关头猛地一冲，率先一步越过了终点线。

观众席上尖叫声不停。

他手握着接力棒，在红色跑道上走了几步，接着转回头，隔着半圈之遥望过来。

他眼底的光自信而张扬，在阳光底下闪闪发光，冲她做着口型——

我是第一。

她怔怔望着，再次听见了自己不受控的心跳，闷声作响。

就在这么热烈的阳光下，就在尖叫与欢呼的环绕中，乔岁安终于认知到一个早有预兆的事实——

我完蛋了。

下午的比赛结束之后，乔岁安摘下裁判证，拿着黄旗子，交给老师，跑去观众席把自己的书包拿了下来。刚要走，一个同是田径组的裁判跑过来，在观众席下喊她："乔岁安，有同学举报 0035 号一千米作弊，你过来一下。"

她愣了一下，随即放下书包，从观众席上跑下去，远远便瞧见红色跑道边上老师负手站着，前面是两个男生，身上分别用别针别着号码布，正脸红脖子粗地指着对方骂。

"你就是绊我了！你作弊！"

"我没有！"

老师头疼，见乔岁安跑过来，立马道："行了，别吵了，裁判过来了，我听听裁判的。"

乔岁安扫了一眼两位男生的号码布，0035 和 0042，她细细思索了下，才终于忆起当时的情况。

0035 原本落在 0042 的后面，在冲刺阶段，0035 瞬间提速，从外侧超越时，左脚碰到了 0042 右脚的后脚跟。但是实际上并没有影响到 0042 的跑步，反倒是 0035 自己险些摔了个跟头。

因此，乔岁安只是扫了一眼，并没有举黄旗判犯规。

跟老师讲清楚后，老师点了点头，摆了摆手示意她可以离开了。

乔岁安瞥了一眼 0042，对方脸憋得通红，狠狠地剜她一眼。

莫名其妙。

她本来转身都要走了，想了想总觉得自己受委屈了，鼓了鼓嘴，回瞪一眼，紧接着扭头就走。

身后 0042 大叫："老师，一定是裁判没看清楚！要不是他绊了我，我就能拿第一了！"

今天的乔岁安累了一天，暴躁值直线上涨，她默默吐槽：内心狭隘，您绝对是当之无愧的第一！

这话她是不敢说出声的，不过背对着 0042，她胆子稍稍大了些，表情阴阳怪气，无声地在嘴里念了一遍，挤眉弄眼，然后一个抬头，就看见丁斯时倚在主席台边上，单肩背了个包，手里还提了个，是她的。他隔着一段距离望着她，感到好笑似的，唇角扬着，见她望过来，无声地扬了下眉。

乔岁安："……"

她瞬间收敛了表情，垂着头小心翼翼地踏着小碎步跑过去。

"谢谢。"她拉住他手里的书包带子，拽了拽，没拽动。

丁斯时没松手，手指修长，好似只是轻轻搭在书包带子上，实际暗暗使了劲，旁人压根动不了，他人还是这么倚着，垂着眼瞧她："怎么了？是对我有什么不满吗？"

乔岁安没抬头，一口否决："没有。"

"没有？"他重复了一遍，尾音微微上扬，"那你抬头看看我。"

乔岁安头上还戴着他给她亲手戴上的帽子，她按住帽檐，不动声色地压了压，帽檐阴影盖住了眉眼，昏暗不清，她终于才肯抬起眼，望向他。

"看了。"她尽量让自己的语气落落大方。

丁斯时盯着她的眼睛，几秒后轻轻笑了声，道："行，走吧。"

乔岁安默不作声地跟在他身后，忐忑不安。恍惚中，她想他应该是没发现什么吧？

乔岁安觉得自己变了，换作从前，她站在他身侧，从来不会像现在这样紧张。

她不会假装落落大方泰然自若，她会在转身对上他视线的那一刻奔过来，提过他手里的书包带子笑着说"谢谢"，会在路上拉着他的衣角愤慨地提刚才的一系列事情。

可是她现在只会在对上他视线的那一刻慌乱地垂头，担心自己的表情会不会过于狰狞，她甚至开始担忧起自己的过去，不漂亮的黑历史是不是过多了一些。

正胡思乱想着，额前蓦地一痛，乔岁安抬头，丁斯时不知何时停下了，正垂了眼望她，问："打算现在就来我家？你不回去吃晚饭了？"

她这才恍然发现已经到他家门口了。

"书包给你！"乔岁安有点慌乱，她自以为找了个完美的借口，卸下书包丢给他，挤出了个笑，"这样我就不用待会儿再带作业过来了，哈哈，是不是很方便？"

她要笑不动了，丁斯时望着她，她便觉得嘴角都是僵的，再待下去她怕她的心思无所遁形。

于是，乔岁安转了身又要溜走："我先回去吃晚饭了。"

手腕再次被人拉住，她身形一顿，身后人叹了口气，带着无奈。

"我们的时间很长，很多事情你可以慢慢想。"他语气中携着温柔，语速慢下来，"只要你别躲我就好了。"

我们的时间……

乔岁安大脑宕机了一秒，近乎落荒而逃。

她简直听不得"我们"这两个字从他口里说出来，带着缠绵缱绻，近乎幻想浪漫的。

但偏偏又怕，只有她一个人这么觉得。

运动会在周五中午圆满结束，一班拿了好几个奖，年级总积分排列第一。班长领完奖状回来，一群人"啪啪"鼓掌，欢呼雀跃。

"还有个好消息。"班长示意大家安静一下，手作话筒状，放在嘴边大声道，"班主任说，要请大家喝奶茶！隔壁奶茶店见！"

瞬间，掌声雷动，不知哪个男生冲着观众席底下的班主任大声吼道："老班老班我爱你！就像老鼠爱大米！"

班主任立马嫌恶道："你，奶茶别喝了。"

周围立马一阵哄笑。

丁斯时上一秒刚比完赛，下一秒就被学生会的叫走了。

乔岁安在奶茶店排着队，手机屏幕上显示着她跟丁斯时的聊天记录。她不知道别人有没有通知过他班主任请客的事情，犹豫了片刻，她还是打

-176

字给他发消息，让他忙完了学生会的事情之后直接来奶茶店。

前面的女生突然"哎"了声，疑惑道："你怎么买了两杯啊？"

乔岁安收了手机，抬眼望去，前面两位手挽着手，笑嘻嘻的，店员重复了遍："两杯杨枝甘露，半糖，常温，对吗？"

其中一个女生点点头，随后才回答了同伴的问题："丁斯时不是被学生会的叫走了吗？我怕他过来的时候老班请客都请完了，所以给他带一杯。"

女生的心思往往只需要一个眼神就能明白。同伴戳了戳她的腰，笑容意味不明。女生立马嗔怪地瞪同伴一眼，"啪"一下拍掉她的手。

乔岁安在身后默不作声地听着，烦躁地呼出一口气。

两个女生点完了，往边上走了几步等待着，乔岁安上前一步。

"一杯多肉葡萄，常温，半糖。一杯奶绿，全糖，常温，加珍珠。"她点完了，扭头望向边上那两个手挽着手的女生，"不好意思，丁斯时只喝全糖奶茶，并且他喜欢加珍珠，他从来不喝杨枝甘露。"

女生愣住了。

乔岁安语毕也跟着愣了下，两人对视几秒，她肩膀一塌，低下了头，自觉语气有点过分，小声补了一句："不好意思。"

女生还是愣着，目光越过乔岁安，紧接着，乔岁安听见头顶传来一道熟悉到不能再熟悉的嗓音："嗯，对，我只喝加珍珠的全糖奶茶。"

乔岁安彻底僵住，不敢转头，倏地被自己的口水呛到，咳得惊天动地。

丁斯时帮她拍着背，待她终于顺过来了，才转而将目光投向两个女生身上，礼貌又疏离："谢谢，但是那杯杨枝甘露还是帮我退一下吧。"

他顺手把她落进后衣领里的发尾捞出来，见她错愕地望过来，收了手，面上不动声色，眉毛微微抬起，眉眼间含着笑意："点完了就去旁边坐着，待会儿奶茶做好了我给你拿过来。"

乔岁安动了动唇，张口想要说点什么，可一对上他的目光，最终还是什么也没说，只应了声"好"。

天色慢慢暗下来，天际最后一丝余晖都沉了下去，被暗色吞噬。微风徐徐，路灯一盏盏亮起，把人影子拉得很长。远处的吉他声和歌声被风捎过来，听不分明。

秋季入了夜，天气便冷下来，乔岁安把校服外套穿上，咬着奶茶吸管，垂眼瞧着投在地面上的影子，随着走动而晃动。

她像是霜打了的茄子，一直低头盯着影子，余光又止不住去捕捉身侧的他。见身侧人有要扭头望过来的意思，赶紧收回视线，假装什么也没发生般，刻意抬起头望向马路的尽头。

歌声愈来愈响，在耳畔环绕。她眯着眼睛仔细分辨了会儿，这才发现远处有一群人围在人行道旁的路灯下，音乐声从里头倾泻出来，温柔的男声似流水，在昏黄的灯光下轻轻流淌。

丁斯时注意到她望过去，问：“要去看看吗？”

“好啊。”乔岁安道。

站在前排听够了的观众挤到外圈，亦有不少路人像他们一样被吸引，好奇地围过来，他们在更迭的人群中顺利地挤到了前排。

灯光下的绒毛与灰尘清晰可见，飘飘扬扬，被围住的男人站在立麦后，身上挂着把吉他，手指拨动着，音符便在晚风里流淌开来。他闭着眼，微长的卷发被一顶褐色的八角帽盖住，唱着一首柔和的英文歌——

Close your eyes

Get out of your skin

Only this matters

Let it in

…………

乔岁安咬着奶茶吸管，凑到丁斯时耳边小声说：“好好听，这是什么歌你知道吗？”

“没听过。”他摇摇头。

乔岁安伸手摸了摸口袋，将手机掏出来，按下开关键，这才发现手机已经没电自动关机了。她戳戳他：“手机。”

他讶然道：“我怎么会带？”

“今天运动会啊。运动会你不带手机过来拍照啊？”

“没带。”

乔岁安嘴一撇，惋惜地说：“好吧。”

这是最后一首歌，结束后，男人便收了吉他和立麦。周围的人在短暂地停留后也三三两两地散开了。

她转过身，说：“我们也走吧。”

乔岁安向前迈出了两步，却见身侧的影子没动，落在了后面。

“你怎么不……”她疑惑地转过头，恰巧丁斯时靠近一步，他的袖口在面前一晃而过，下一秒，耳机被塞进了她的左耳，方才的英文歌再一遍开始播放。

熟悉的旋律穿过耳膜，顺着血液轻轻扯动了一下神经，她的心脏随之一跳。

她愣住了。

丁斯时往前一步，重新和她并肩，歪着头笑："怎么了？你不是喜欢这首歌吗？"

乔岁安抬起一只手，摸了摸那只耳机，回过神，抿了下唇瓣，扯开话题："你不是说没带手机吗？"

他摊开掌心："是MP3。"

"这么古早啊？"

"古早吗？"两个人并肩沿着回家的路慢步走，丁斯时仔细想了想，"这个好像是我十岁那年，阿姨送我的生日礼物。"

"七年半了，还不古早啊？"

他偏头望她，漆黑的瞳孔里似是有什么东西在闪动，他说："能用得上就好。"

乔岁安没再说话了，她低头望着耳机线随着走动在两个人之间晃动，耳上轻微的牵扯感随时提醒着她正和他共用一根耳机线听着歌。

她摸了摸掌心，一片湿润。

一卷秋风拂过一片光影斑驳，于是枯叶掉了一地，清洁工的竹扫帚一摆，就送走了周末。

日出的红晕还挂在天际，乔岁安背着包一进教室，就瞧见林时蛰和罗落两个人脑袋凑在一起小声聊着天，咯咯直乐，中间的那张桌子上搁着一包开了封的瓜子。

林时蛰见她来了，忙挥着手示意她赶紧坐过来。

乔岁安把椅子摆正了，坐下卸了书包，好奇地问："你们在聊什么呢？"

"劲爆大瓜！"林时蛰压低了声音，却难掩兴奋，"我就说为什么罗落生日那天唱歌那么'夹'，你猜怎么着？"

乔岁安表示洗耳恭听。

林时蛰掩在唇边，凑近乔岁安的耳畔。

"她邀请的人里面有……"她挤眉弄眼两下，"懂了吧？"

乔岁安意会，拖长了尾音："哦——"

罗落脸还是红的，趴在桌上，小声威胁："我目前只跟你俩说过，别传出去了。要不然，一个以后永远也别想吃我的瓜子，另一个，以后上舞台别想雇用我做化妆师！"

乔岁安跟林时蛰对视一眼，默契地在嘴边做了个拉拉链的动作，但眼底的八卦神色难掩。

"就是……"罗落语气放轻了，耳根通红，继续说，"我补习班的一个同学，跟我坐一桌的。"

林时蛰把瓜子嗑得噼里啪啦响，迫不及待："然后呢？"

罗落扭捏着，低头捏着手指头，嘀咕："哪有那么多然后？"

"那你觉得他对你有什么不同吗？"林时蛰问。

罗落声音轻了又轻："就……我跟他对上视线，有的时候他眼神会躲闪，然后他明明在线，给他发消息，回消息却总要隔一段时间，我看他一直在输入中，却要等很久才能看到他的回复。"

乔岁安疑惑："对方明明在线，却要等好久才能等到对方的回复，这算什么不同？这简直听上去像是对你有意见。"

罗落瞪了乔岁安一眼。

"你不懂。"林时蛰摇摇手指，神秘兮兮地笑，"这才叫不同。"

"真的？"乔岁安半信半疑。

"真的，你早晚会知道的。"林时蛰戳罗落，"好了，你接着说。"

"没了。"

林时蛰不信，罗落真诚道："真没了！"

"好吧。"林时蛰放她一马，收回视线，站起身，道，"乔乔，我们去倒水吧！"

身侧人一动不动，盯着桌面，入了神。

林时蛰在乔岁安面前打了个响指，乔岁安蓦地回过神，茫然地仰起脸望过来。

"看什么呢？"林时蛰拉她，"走啦，陪我去倒水！"

乔岁安呼出一口气。

"没什么。"她从包侧抽出水杯，"走吧。"

没什么，她只是克制不住地……想要试探一下。

他也会这样吗？

当天晚上，乔岁安的写作业速率难得地高，带着作业临走前，她特地跟丁斯时嘱咐，神情认真："记得看手机消息。"

待从对门跑回家，她把作业放下，又从口袋里掏出手机，翻到和丁斯时的聊天页面。

乔岁安想了想，手停在打字键盘上，随便敲了个字母。平时看见什么都想跟他分享一下，但到了这一刻却什么也发不出来。

　　她往下划了下聊天记录。

　　上一条是来自昨天。

　　娇娇丁公主：过来，给你讲题。

　　岁岁和碎碎：哦。

　　她平时总喜欢跟他分享一些稀奇古怪的东西，比如好笑的视频，比如八卦，比如今天的天气，甚至闲着没事干就拍拍他。可是自那个夜晚过后就很少了，就好像发给对方的每一句话都容易暴露自己的小心思，必须得斟酌一二，才敢郑重其事地佯装随意发条消息。

　　思索片刻，乔岁安谨慎地打出了四个字加一个标点符号，发了过去。

　　岁岁和碎碎：我到家了。

　　乔岁安正准备开个计时器，虔诚地等待，看丁斯时要隔几分钟才回她，却蓦地见聊天页面最上方他的昵称变了变，紧接着他的消息就弹了出来，速度之快，几乎是秒回。

　　娇娇丁公主：？

　　乔岁安一愣，然后又见他另一条消息弹了出来。

　　娇娇丁公主：你打了十四分钟的字，就是要跟我说这个？

　　乔岁安的表情瞬间凝固。

　　她的第一反应是反驳。

　　岁岁和碎碎：我没有！

　　丁斯时给她甩过来一条视频，是一条十四分钟的录屏。她点开来看，是丁斯时和她的聊天页面。

　　乔岁安这才发现，他不知道什么时候居然给她换备注了，从"隔壁那位"变成了"隔壁那位岁岁"。

　　屏幕最上方的备注变成了"对方正在输入中……"，片刻后，重新变回了"隔壁那位岁岁"。

　　没隔几秒，又变成了"对方正在输入中……"。

　　重复以往，整整十四分钟后，她看见视频里自己发了一条消息。

　　隔壁那位岁岁：我到家了。

　　乔岁安："……"

　　确实有点荒谬。

　　她手指僵了半天，不知是何想法，社死的同时，她盯着视频最开头里他给她的备注，抿着唇，指尖微微发麻，这股麻意顺着血管，一路涌上大脑。

虽然她网名叫"岁岁和碎碎",但实际上众人都叫她"乔乔",丁斯时平时只喊她全名,偶尔逗她,也只是似笑非笑地喊她"乔同学"。这是她第一次在丁斯时的手机里看到这个称呼。

是叠字,是几乎独一无二的叫法。

半是试探,半是为了扯开话题,她打字问:怎么给我改备注了?

她紧盯着屏幕,看到上方的备注变化,她就等着,手指捏紧了手机,有些紧张,终于,删删减减一分钟,备注又回来了。

娇娇丁公主:怎么扯开话题?

乔岁安的指尖蓦地一松。

紧接着,他下一句话就发了过来,回复了她的那个问题。

娇娇丁公主:还能是为什么,发挥你的聪明才智好好想一想。

她觉得忐忑又磨人,斟酌着,又忍不住故意暗示:往哪个方向想都没关系吗?万一我误会了些什么怎么办?

他回消息的间隔变得好漫长,乔岁安一直盯着那个"对方正在输入中……",指甲无意识地抠着手机壳,心脏在跳舞,忐忑又期待。

娇娇丁公主:那我可以给你个参考答案。

乔岁安一下直起腰,隔壁那位娇娇丁公主又在输入中了,时间被拉长,煎熬到她想立马回一句"什么",但她闭了闭眼,还是憋住了。

她深呼吸,给自己下心理暗示:乔岁安,你是一个矜持的人!

再睁眼时,手机进了新消息,他发的文字一下闯进了她的视线,在她的心底横冲直撞。

娇娇丁公主:因为叫你乔乔的人实在太多了,会让我觉得自己不够特殊。

乔岁安的手指蓦地一颤,误触了手机侧边的开关,屏幕一下暗下来。她在漆黑的屏幕上看见自己无意识睁大的眼睛,还有唇角无意识扬起的弧度。

真糟糕。

她抿住上扬的唇瓣,捂着脸额头往桌子上一敲。

乔岁安在心底默默祈祷,拜托了,明天快点来吧,这样又能见到他了。

翌日早晨,乔岁安很不幸地起晚了,匆匆忙忙捯饬完自己,连早饭都顾不上吃,直接拿着书包冲去玄关处了。

人到门口,一下福至心灵,她悄悄打开猫眼看了眼,果然,门口站了一道熟悉的身影。她小心翼翼地关上猫眼,在旁边的全身镜里上上下下扫视了一会儿，拨动了一下精心修饰的刘海儿，确认是最完美的弧度之后，抿了抿唇，淡定地拉开了防盗门。

丁斯时正低头吃着早饭，听到动静抬起眼，眉梢微扬，语气自然地道了声："早安，岁岁。"

乔岁安脚步一下顿在了门口，手握着门把手，指尖的力道加重了，大脑仿佛被轰炸。她尽量保持着冷静，几秒后她终于找回了自己的声音，觉得自己大脑冷静了些，能让他看不出端倪了，结果一开口就结巴了："你……你叫我什么？"

"隔壁那位岁岁，怎么了？"他声音里闷了声笑，轻轻圈着她的手腕把她捏着门把手的那只手挪到自己面前，掌心向上，垂着眼，评价道，"手指都捏红了。"

乔岁安下意识地蜷起手指，却又被他掰开。

丁斯时把指尖勾着的另一份早饭搁在她的掌心上，是一个包子、两个烧卖。

乔岁安愣愣的，还有心思悄摸摸拿余光扫了眼他的那份早饭，也是一个包子、两个烧卖，一模一样。

"你怎么知道我今天还没来得及吃早饭？"

"不难猜到。"丁斯时转了身，往电梯那儿走，"再不走就要迟到了，隔壁那位岁岁。"

乔岁安跟在他身后，脸还是热的，那声"岁岁"简直像魔咒，一直在她耳边挥之不去。她后知后觉地想，自己好像被拿捏了，毫无还手之力的那种。

电梯逐渐上升，到他们所在的楼层，"叮咚"一声。

乔岁安偏头，无声地盯了身侧人耳后的那块皮肤很久，思索片刻，突然道："丁斯时，你耳根好红。"

电梯门开了，她目不斜视地先一步踏进了电梯，没再看他。

丁斯时的步子一顿，紧跟着进了电梯。

在电梯里沉默片刻，乔岁安把视线从电梯门移到了数字上，又沉默了一会儿，突然意识到什么，伸手迅速按下了一楼。

电梯下行。

乔岁安昨晚有些没睡好，在电梯里站着，眼睛干涩发疼，打了个哈欠，有点困。

"没睡好？"丁斯时眼尖地瞧见了，问了句。

乔岁安立即合上正打着哈欠的嘴巴，说："有点。"

又是一片寂静。

直至电梯门再次打开，他轻飘飘地落下一句："我也是。"

乔岁安的心跳声差点泄露出来。

她愣愣地目送他踏出电梯，往门口去了，留下个背影。门外的暖阳洒进来，金黄色落了他满头，光晕踩着他的发梢跳舞。

丁斯时单肩背着包，脖子间围着条红白色相间的围巾，印着菱形格。

乔岁安也有一条一模一样的围巾，是他俩的妈妈一起买的。

"快点了。"他的声音从前面传过来，显得有些模糊，"真的要迟到了。"

冬天的气氛越发浓厚，她却在一片天寒地冻中感受到一阵炙热的心跳，裹挟着她的悸动，在最了无生机的冬季悄悄春暖花开。

冬风凛冽，枯枝败叶落了一地，唯有教室门前那几棵常青树还鲜活着。

临近期末，作业越发多了起来，老师课上讲题的速度也快了起来。乔岁安熬了几个晚复习，好在成果还不错，如今她已经能稳定在班级前十五名。

新年接着寒假到来，乔妈买了一个红色纸灯笼，系在门把手上，春联一贴，窗外的鞭炮声混着小孩的嬉笑声传入了耳朵。

大年初二，小姨领着表弟过来见亲戚。表弟人才两岁半，个子差不多到乔岁安膝盖，他牵着小姨的手，眼睛黑溜溜的，紧紧靠在小姨身上，似是有些怕生。

乔妈见了小姨眉开眼笑，摸摸表弟的脑袋，扯着嗓子喊："乔岁安，带你弟弟玩去。"

得了令的乔岁安踩着拖鞋过来，礼貌地叫了声"小姨好"，蹲下身刚要握握表弟的手，表弟脸往小姨身上一扭，没有任何前兆，"哇"一声哭了。

乔岁安手在半空中一僵，随后小姨干笑着拍着表弟的背，说："他有点怕生。"

表弟的尖叫声响彻整个屋子，他捏着小姨的手要往她身上爬，口齿不清："抱抱，妈妈抱抱。"

尖叫声直刺耳膜，乔岁安太阳穴突突直跳，直觉不太妙。

三个人手忙脚乱联手哄了表弟半个小时，又是抱又是拿玩具，最后乔岁安给他播了动画片，哭声才渐渐止息。

播了半小时，表弟抱着她的手机不肯松手，她只得眼巴巴地坐在他边上跟着看了半小时的动画片，几次想要伸手把手机拿回来，表弟黑溜溜的眼睛望过来，奶音模糊："姐姐。"

乔妈道："再给你弟弟看会儿吧，你也别一天到晚玩手机。"

乔岁安很后悔，却只得干笑着收回手："你继续看吧。"

不知道过了多久，没有手机的乔岁安简直度秒如年，手机屏幕蓦地一暗，紧接着振动，重新亮起时屏幕上闪着"娇娇丁公主"这几个字。

有了正当理由的乔岁安瞬间喜上眉梢，夺回了手机，按了接通键。

"喂。"

静了两秒，她声音大了点，问："现在吗？"

电话那头一顿，随后熟悉的嗓音传过来："我还没说话。"

乔岁安充耳不闻，继续大声道："什么？拿卷子啊？新买的啊？"

丁斯时忍不住笑了声："你那边是不是有人？"

"好，那我现在马上过来。"乔岁安挂了电话，冲着三位微微一笑，一切尽在不言中。

听说是学习的事，加上来电人又是丁斯时，乔妈眉眼舒展，挥挥手说："那你去吧。"

乔岁安松了口气，把手机往口袋里一塞，立刻大步出了门。

总算解放了。

隔壁的门开着，丁斯时倚着门框，细框不规则眼镜架在鼻梁骨之上，他抱胸扬眉，瞧着她关上家门，迅速两步飞了过来，待"砰"一声合了门，她肩膀一塌，总算松了口气。

"怎么了？"

"天啊，你简直不知道。"乔岁安睁大了眼睛，拧着眉抱怨，"我表弟过来了，那个哭的啊，尖叫的啊！我耳朵都要聋掉了！刚又拿着我的手机不肯松手，我过来避避难！"

乔岁安换了鞋，张望了下，问："叔叔阿姨不在？"

"出门了。"

她"哦"了声，又问："那你刚打电话是想说什么？"

丁斯时踩着拖鞋进了房间，没一会儿，抱着一沓卷子出来了，递给她，下巴微昂："拿卷子。"

乔岁安低头看看卷子，再抬头看看他，左眼写着不可思议，右眼写着丧心病狂。

她忍了又忍，最后客气地问："大年初二，你礼貌吗？"

丁斯时忍着笑，耸了下肩，说："是你自己要的卷子。"

防盗门"咚咚"两声被敲响，她愤愤不平地瞪他一眼，才走去玄关处开门。

一打开门，她便顿了下，门口站着三位：乔妈、小姨，还有那位不低头压根看不见人影的表弟。

"卷子拿好了？"乔妈目光扫过她怀里抱着的那沓卷子，"拿完了一起去超市买点菜，好久没见你小姨了，我午饭烧点好的。"

乔岁安视线下移，落在弟弟身上，沉默了两秒，深吸一口气，秉持着有福同享有难同当的原则，一把拉过了边上的丁斯时："他说他也想去，他爸妈不在家，家里正好也没东西吃了。"

乔妈诧异，想了想，欣然接受，说："也好，小丁过来也能帮咱们拎拎袋子。"

被安排得明明白白清清楚楚的丁斯时一脸错愕。

这段时间天气渐冷，温度连续零下了几天，枯草蔫着，河里的水面结了冰。边上有几个人蹲着，从河里捞了几块碎冰捡来玩，玩完又扬手丢进河里。

表弟"噔噔噔"地迈着小短腿跑过去，仰着小脑袋盯着人家丢碎冰看了半天。他蹲下身子，从地上捡了块人家捞上来的，用力往河里一丢，力气太小，没丢出太远，他却依然开心，蹦跳着鼓掌。

小姨过去拉了他一把，柔声道："宝宝，咱们去超市。"

表弟嘴一瘪，小身子扭得厉害不肯走，小姨哄着拖着，他嘴一鼓，眉毛一皱，"啊"的一声叫，仿佛下一秒就要哭出来。

"行了行了，你让他在这里玩一会儿吧。"乔妈在边上劝，"你让乔岁安在这儿看着，咱们去超市买菜。"

乔岁安不动声色地往后退了一小步，在心底偷偷摇头拒绝。

小姨犹豫道："这小孩难搞，我怕乔乔一个人哄不过来。"

"那就让小丁也留下来。"乔妈挽着小姨的胳膊，"哎呀，他们两个人还搞不了一个小孩吗？咱们好久没见了哦，正好叙叙旧。"

小姨被乔妈拉着，不放心地一步三回头，见自家儿子玩得不亦乐乎，便也就走了。

她俩的背影消失在拐角处，乔岁安视线移过来，落回表弟身上，脸一垮，手指点了两下胸口，默默祈祷："阿门，希望他不要闹。"

表弟站在河边，玩完了别人捞起来的碎冰，四处望望，低着头迈着小碎步往边缘走，拿脚尖轻轻往前伸，要试探底下的冰块。

乔岁安被吓得险些魂飞魄散，生怕一不小心他就掉下去了，忙弯腰拉

-186

住他的胳膊往回扯。表弟被扯得后退了两步，见自己离河边远了，拼命往河边冲，回头又是"啊"的一声尖叫，气鼓鼓地瞪着乔岁安。

她一个头两个大，指指边上的丁斯时，哄他："你让哥哥给你捞冰块行不行？你别往边上走了。"

小孩子好像听不懂人话，扭得更厉害了，手腕拧着要挣脱她，嘴里念念有词，不知道在说些什么，咿咿呀呀，乔岁安一句都听不懂。

丁斯时蹲下身捡了块大的冰，往地上一砸，瞬间裂成了好几块小的，他从地上挑了块，在表弟面前晃了晃。表弟终于眉开眼笑，不扭了，伸手握住冰块，往自己身前一砸，嘿嘿笑着，给自己鼓掌，回头看看乔岁安跟丁斯时，原地蹦跶了两下。

乔岁安敷衍地竖了个大拇指，看着表弟玩得开心到跺脚，两眼绝望，按了按太阳穴，喃喃道："这小孩也太难搞了。"

她扭过头，有点怀疑地说："你说，我小时候不会也这么难搞吧？"

丁斯时站在她身侧，仍然围着那条红白相间的菱形格围巾，手揣在口袋里，凛风吹过，他额前的碎发有些凌乱。沉吟片刻，他垂了眼，望向她。

"有点。"他的语气无比诚恳。

"……"

乔岁安道："你不能安慰我一下？"

"好好好。"丁斯时叹了口气，顺着她来，"你小时候可乖了。"

她皱着眉，"嘶"了声："这话听着感觉有点不太对劲。"

"没什么不对劲的。"他弯下腰，捡了块冰递给她，忍着笑，"你也要玩吗，乔小朋友？"

"……"

她终于知道哪里不对劲了。

哪有同龄人拿这种语气说"你小时候可乖了"的？

乔岁安不服输："你小时候我还抱过你咧。"

丁斯时扭过脸看她，乔岁安仰起脸，扬着眉毛说："怎么，有问题吗？"

对视几秒，他率先移开了视线。

"嗯。"他舔了舔干涩的唇，轻描淡写地说，"确实抱过。"

年一过，整个世界又开始忙碌地转起来。乔爸乔妈都去上班了，乔岁安坚持着上午写作业，下午去舞室练习的作息，而丁斯时这几天忙着准备竞赛，桌上的卷子厚厚一摞。

冬天的夜晚总是来得很快，不过五点钟，晚霞落尽，夜幕漆黑。城市里绚烂的霓虹灯光裹挟着冰冷的空气，车鸣声响彻整条马路。正是下班高峰期，公交车内灯光明亮，缓慢地在一片车流中行驶。

乔岁安下巴尖埋在围巾里，从手套里伸出一根手指划着手机。

听说今天京城下了场大雪。

她扭头望向窗外，鼓了鼓嘴。

今年的盐桐没下过一场雪，一场都没有。

公交车停站，隔着一块透明玻璃，她看见了路牌下站着的丁斯时。

他恰好抬起眼，与她四目相对。

乔岁安悄悄弯唇。

她下了车，三步并两步走到他身侧："你今天怎么在这儿等我？"

"有什么区别吗？这儿到巷子口也就几步路。"他顺手卸下她肩上的包往身上一担，"走了，回家吃饭。"

乔岁安走在他身侧，和他分享："今天我被老师夸了。她说按我现在的水平，正常发挥艺考绝对没问题。"

"真棒。"

她得意扬扬："那可不是。"

顿了顿，她扭过头，眼睛亮晶晶的："你听说了吗？今天京城下大雪了哎！"

"嗯。"他点点头。

乔岁安抬头瞧瞧天空，叹了口气，抱怨道："听说那边的雪景可漂亮了。好可惜啊，后年的冬天，我们俩才能去看……时间能不能过得快一点啊？"

丁斯时失笑道："这么想去京城看雪啊？"

"当然啦。"她问，"你难道不觉得时间真的很慢吗？"

"还行。"丁斯时提了提肩上的包带，"其实后年也没有很远，我陪着你呢。"

乔岁安偏过头去看他，唇瓣微抿，翘起一个弧度。

她无声扬眉，慢悠悠地把视线挪开，重新望向前方月光下的道路，安静的夜晚勾勒出一片朦胧。

他要这么说的话，后年确实不会遥远。

第十一章 //
因为我想你了

自高二下学期开学开始，楼上高三的那股紧张的氛围似是蔓延了过来，他们被冠以"准高三"的名头，闷在教室里的时间越来越长，闲暇时间越来越短，一切都像一场急匆匆的影片。

时间仿佛过得越来越快，试卷一扬，便从冬入了春，又从春入了初夏，天气还不算特别炎热，只是白天的时间明显越来越长了。

乔岁安最近的成绩一直在不断进步，基础扎实了很多，几次测验都挤进了年级前十，偶尔人品大爆发一次，能进前五。

作文竞赛的成绩也下来了，丁斯时全国第三名，乔岁安差了些，第二十一名。

明明早就知道自己排名不会高，在得知结果之后她仍然有些失落，数了数，跟他差了十几名。

但很快她又振作起来。就像余清说的那样，丁斯时这种人的成绩，适合作为目标，但绝对不能比。乔岁安觉得自己尽力了，没有遗憾了。她也已经足够优秀了，她还有舞蹈，这种进步只要一直平稳地继续下去，进入S大舞蹈系是十分稳妥的。

周末，乔岁安照例去舞室练舞，休息时刻，舞蹈老师问她："集训快要开始了吧？"

乔岁安算了算时间，道："还有一个半月。"

"好好努力，你一定行的。"舞蹈老师拍了拍她的肩，又感慨，"如果林中绪还在国内的话，现在他应该已经在S大了。"

乔岁安笑了笑，侧过脸去望窗外的太阳，阳光热烈刺眼，穿破云层，带着不容拒绝的强势，落下来。

她被阳光恍了下神，突然想起林中绪离开的时候也是夏天，她就是坐在这个舞室里，给他发了"再见"。

　　后面他再也没回她消息。但是她想，他应该过得很好，舞蹈也肯定进步了很多。

　　他们都在自己要走的路上，为自己的梦想努力着。

　　只是自林中绪走后，再没有人陪乔岁安练舞到天黑。

　　晚上，照例是丁斯时来接的乔岁安。他的接人等待地从巷子口挪到车站，如今已经挪到了舞室楼下。

　　乔岁安给舞室锁了门，正要扭头跟他说"走吧"，突然看到对面的花店还亮着灯。

　　隔了会儿，一个老奶奶走了出来，花店灭了灯，她给店铺上了锁。

　　乔岁安惊讶："花店什么时候换老板了？"

　　她记得之前的老板是个二十出头的姐姐。

　　丁斯时也没注意到这件事，虽说就在舞室对面，但他俩都没有刻意留意过。他想了想，道："估计就前段时间吧。"

　　乔岁安盯着老奶奶，思索道："我总感觉这个奶奶看着好眼熟。"

　　老奶奶锁好门，弯着腰拎起地上的袋子，转身负手沿着马路朝东边去了。城市的夜晚车来车往，轮胎摩擦地面的声音不止息，她的背影却在车影交错间安静又祥和。

　　乔岁安灵光一闪："啊，我想起来了，是上次卖我白兰花别针的奶奶！"

　　丁斯时惊异于过了那么久她居然还能记起那个卖她别针的奶奶长什么样，乔岁安解释："因为当时她给我的感觉很深刻，所以记了很久。"

　　那个老奶奶的身影慢慢消失在了视野尽头，成为茫茫人海中的一员。就像两颗擦肩而过的原子，在某一瞬间交换彼此的气息，最后终究驶向它们人生不同的轨迹，与更多原子继续擦肩而过。

　　千帆归来，它的身上残留了太多航行的轨迹，它变了，可它还是它。

　　原子是这样，人也是这样；她和老奶奶是这样，和林中绪也是这样。事实上她很清楚，她和现在那些关系要好的同学，也有可能只是擦肩而过。

　　可是她一点也不想和丁斯时这样。自出生开始，他们的过去一直都纠缠在一起。

　　占有欲作祟，她根本没有办法做到把他的余生让给其他人。

　　乔岁安扭过头问他："那个白兰花别针，你最后是扔了吗？"

　　"没扔，做成干花书签了。"丁斯时没看她，直视着前方，似是不经意的一句，顺着晚风爬进她的耳朵，"你送我的，我都留着呢。"

夜里的灯火很亮，她和他并排走着，闻言一愣。

"哦。"她又低头看影子，心里很痒。

影子晃悠半晌，乔岁安半是玩笑半是故意地问："那小时候我送你那朵粉色玫瑰呢？"

"情人节你卖不掉的那朵吗？"身侧那人声音低低的，语气轻描淡写，"我做成永生花了。"

乔岁安彻底怔住了。

他偏过头，垂眼望她的侧脸，斟酌片刻，轻笑出声："为什么突然问这个？怎么，如果凋谢了，你要再送我一朵吗？"

好似一句风轻云淡的玩笑，又好似在试探，含蓄地将话意隐藏。

夜晚的知了鸣叫个不停，夏风拂过手心里的汗，路灯投影晃动，橙黄色的灯晕染氛围。

"不是。"乔岁安手指蜷在身侧，"但是如果你想要，我可以买了再转手卖你。"

"那你打算多少钱卖我一朵？"

乔岁安想了想，说："一块。"

他笑了，说："这是亏本买卖。"

"不亏本啊。"乔岁安的声音轻轻的，却很认真，她道，"只要你愿意买，就不会亏本。"

垂落在身侧的手前后摆动间轻轻擦过他的手，明明只是瞬间，却是一片温热的触感，像火柴摩擦的一瞬，燃了火，发了烫。知了声缠绵，月亮被云遮了眼，越发朦胧，今天的夜晚好似格外寂静，静到她的心跳声清晰可闻，静到她几乎只能听见他的声音，无比清晰。

"那你的花店里会进红玫瑰吗？"丁斯时又问。

乔岁安一直低着头，望着他们俩的影子。

影子在牵手，她小声说："也可以……未来只卖红玫瑰。"

顿了顿，她又小声补充："只卖给你。"

"……"

好像连知了都静了，把呼吸声衬得缠绻又旖旎，磨人得像羽毛轻挠，毫无力道，却偏生发痒，惹得人心跳轰隆。

他喉头滑动了下。

其实，他还想问：买一朵，会送老板吗？

可是张张口，话又咽了回去。

算了，太明确了，太快了。

太快了吗？又似乎是时间过得太慢了。

八月中旬，乔岁安正式踏上了集训的路。她基础好，集训时间也短，一共三个月。

封闭式集训，手机上交，只有在每天晚上九点钟才能短暂地领到手机，十点三刻便又要上交。每周只有周日下午才被允许出去，购置一些必要的东西，下午四点前就一定要回来。

地方偏，附近荒凉，没两家店，挂着又小花样又土的门匾，去热闹一点的地方得乘坐公交车，花半个多小时才能抵达。

一日三餐都是专门配好的营养减肥食谱，无油炸、无辛辣、无甜品的"三无"产品，简直吃得比狗少，练得比狗累。一天差不多十二个小时都泡在练功房里，一个动作总要练上千遍，抠细节，抠眼神，练到昏天地暗，精疲力竭。

饶是乔岁安有多年的跳舞经验，也觉得累和苦。她的室友更是不得了，每天压腿都能听见杀猪叫，晚功结束后好不容易从练功房里出来，被乔岁安拖着回寝，累得一根手指头都不想动弹，两眼发黑。

"不行了。"夜晚的 emo 时间留给室友，她瘫软在床上，累到眼泪都流不出来，痛苦万分，"怎么会那么累啊？这三个月我要怎么度过去啊？"

乔岁安也很累，压根不想说话。

现在是十点一刻，离上交手机的时间还有半小时。

她给手机开了机，打开流量的那一刻不少消息涌了进来，父母的、余清的、罗落和林时蛰等同学的……还有丁斯时的。

她照例给父母报了声平安，打开了跟丁斯时的聊天页面。

娇娇丁公主：加油。

乔岁安给他打字，道：好累啊，好困啊，好饿啊。

备注瞬间变成"对方正在输入中……"。

乔岁安向下划拉他俩的聊天记录，等待着他的回复。

集训以来，每天她一打开手机都能收到他的那句"加油"，有了那句"加油"，感觉就好像有了动力，能支撑着自己坚持下去。

室友突然起了身，八卦道："哎，你知道吗？隔壁寝有个人特牛，前两天偷偷点了炸鸡外卖，结果去铁栅栏拿的时候被逮个正着，被加练了。"

乔岁安静静听着，"嗯"了声。

手机"嗡"的一声响，她赶忙低头，丁斯时发了一张图片。

她点开大图，是一个厚厚的本子，封面上写着"送给隔壁的课堂笔记"，字迹工整，落笔熟悉，是丁斯时的字。

娇娇丁公主：陪你一起努力。

她心中一暖。

室友盯着她低头发消息，打量了半天，摸着下巴，眼神充满探究："你在跟谁聊天呢？嘴角都快咧到后脑勺了。"

乔岁安闻言抿住了笑，尽力向下撇了撇唇角，但笑意总是会漏出来，从眼底，从眉梢，从面部的每一块肌肉。

她将垂落的头发拨到耳后，说："也没有吧。"

"也没有？"室友翻了个白眼，"你要不要自己照照镜子？"

她轻咳一声，寻了个借口："我只是天生爱笑。"

室友无言以对，竖起大拇指："你厉害。"

后面乔岁安又跟丁斯时聊了几句，时间离十点三刻越来越近，她有点舍不得，盯着手机上"娇娇丁公主"这五个字发了一会儿呆。

晚上洗漱完了躺在床上，她盯着天花板，鼓了鼓嘴，叹了一口气。

有点想他。

夏秋交替，天气慢慢转凉了，桂花的香味萦绕在空气里，浓郁到让人想打喷嚏，外头的阳光倒是仍然热烈。自从上了高三，楼层又高了一层，午饭时间冲刺的人也少了很多，毕竟再怎么着也抢不过底楼的高一，干脆也懒得抢了。

图方便，教室里吃泡面的人越发多了起来，吃完了桌子一擦就可以开始继续学习了。气氛也逐渐紧张起来，墙上挂着春考倒计时，窗外的风顺进来，卷子一阵哗啦响。

卷子越发多了，桌肚里塞满了还不够，教室后头的单人小柜子也被塞满了，桌上还垒了一摞，大多数人又买了桌边袋挂着，满满当当，鼓鼓囊囊。

教室里安静得不行，一半人在食堂，一半人吃完了泡面，丢了垃圾擦干净桌子后，摊开了一张卷子低头写。

罗落上午灌了一瓶咖啡还不够，仍然困得不行，她做完最后一道数学填空题，实在睁不开眼睛，嘱咐了林时蛰一句十分钟后喊醒她，便胳膊作枕头，一趴就睡着了。

十分钟后，她隐约感觉有人在戳自己手臂，紧接着猛地被惊醒，直起了身子睡眼惺忪地望向林时蛰。

林时蛰问："你还困吗？"

罗落打了个哈欠，从书包里捞出瓶眼药水滴了滴，才道："废话，我昨晚凌晨两点才睡的，物理难死了。好想直接春考走人啊，拖到秋考我得累死在这儿。"

顿了顿，她又叹气，担忧道："不知道乔乔怎么样了，你说现在那么高强度练习，等她回来了会不会跟不上进度？"

路过的英语课代表正好听见了，忍不住插嘴："别担心乔岁安了，丁斯时一直在给她整理知识点呢。"她把罗落的默写纸发下来，鲜艳的红色画着一个又一个叉，右上角的分数刺目，"你先担心一下你自己吧，英语老师又要请你去办公室了。"

罗落绝望地哀号一声，把默写卷子翻了个面，眼不见心为净。

林时蛰把目光落到了旁边的丁斯时身上，他低着眉眼，鼻梁上架着眼镜，指间执笔，在一个厚厚的笔记本上记着什么，神色专注，估计又是那本"送给隔壁的课堂笔记"。

"对了。"英语课代表喊，"丁斯时，老师也叫你去趟办公室。"

罗落瞬间瞪大了眼睛，震惊之余，暗自窃喜："丁斯时默写也没及格吗？"

"想什么呢？"英语课代表翻了个白眼，"英语竞赛成绩出来了，他第一，老师让他拿奖杯去的。"

罗落："……"

丁斯时神色淡淡，点了下头，放下笔，起了身迈着长腿往外走。

林时蛰目送着他的背影，无比同情地摸了摸罗落蔫蔫的脑袋，安慰道："没关系，换个角度想，你起码和学神有个共同点——都是办公室的常客。"

罗落瞪她，把她的手拍了下来，亮出了自己的长指甲："闭嘴，不然要挠你了。"

林时蛰向后躲了下，目光掠过她的指甲，嘴半点闲不住："你要庆幸我们学校管得不严，才中压根不让留指甲。"

罗落又瞪她。

怕和丁斯时一起去办公室会形成鲜明对比，让老师更为愤怒，罗落便磨磨蹭蹭地拖着，想着过一会儿再去，跟林时蛰有一搭没一搭地聊着。

林时蛰刚写完一张化学卷子，也累了，转了转手腕，聊聊天就当是放松两分钟。

罗落拧着身子，下巴搁在桌面上，唉声叹气："乔乔什么时候回来啊？我好想她！"

林时蛰附和："我也想她。"

穿梭在座位间发默写纸的英语课代表闻言贼兮兮地笑了，眨了眨眼："我估计你们都没人家丁斯时想。"

林时蛰安静了一秒，给她使了个眼色。

英语课代表茫然回头，这才看见丁斯时手里拿着奖杯已经走回来了。她顿时有点尴尬，一下就闭嘴了。虽说也没说什么不好听的，但让当事人听见总觉得不太好。

好在丁斯时目不斜视地往自己的座位那儿走，未曾朝这边扫过一眼，脸上也没什么情绪，似是没有听见。

她刚要松一口气，擦肩而过之时，蓦地听见他轻声说了句："还行。"

还行。

不过是上学放学时空荡荡一个人，连风也寂静。

不过是晚上写作业时只剩下秋秋的猫叫。

不过是每天到点了就打开手机等着她的消息，习以为常。

乔岁安这几天状态不错，被老师夸了好几遍，连带着的，是和乔岁安形成明显对比的室友被骂了好几遍。

晚饭时，室友问她："乔乔，你学舞蹈多久了啊？"

"记不清了，反正从幼儿园就开始练了。"

乔岁安饿得要死，感觉自己能吃两碗饭。机构的饭菜其实味道不错，蔬菜、瘦肉、水果等，每天换着花样，只是忌口多了些。她感觉自己这辈子都没那么饿过，但又顾忌着体重，不敢吃太多了。

室友嘀咕："怪不得，我就说你怎么跳这么好。"

吃过了晚饭，休息了一小时，又要去体能训练。乔岁安最恨的就是体能训练，比跑八百米更令她痛苦，练完简直两眼一抹黑，能累到昏过去。

晚功回来从老师那边领到了手机，开了机，最先弹出的又是来自娇娇丁公主的那句"加油"。

乔岁安回了消息，下一秒，手机振动来电。

她一愣，看了眼瘫在椅子上的室友，小跑去阳台上，关了门，清了半天嗓子，才按了接通键。

夜风安静，外头已经是一片漆黑，她"喂"了声，手机那头没有回应，只剩下清浅的呼吸声。

乔岁安手指无意识地抠着手机壳边缘，试探性地喊："丁斯时？"

他终于开了口，很轻的一声"嗯"。

乔岁安小声问："今天怎么突然给我打电话？"

"没什么，误触了。"他的嗓音不咸不淡地传过来。

乔岁安不信，她抿了下唇，透着一丝笑，问："真的吗？"

丁斯时不置可否。

乔岁安本来也不是非要个答案，只是故意敲他一下。她低着头，看自己那双拖鞋，跟他讲："今天老师夸我了，说我体能进步了，舞也跳得好。我是不是很厉害？"

丁斯时静静听着，"嗯"了声，说"是"。

乔岁安问："那你有什么要跟我分享的吗？"

手机里，他静了几秒，呼吸声绕过来，磨着她的耳根。

半晌，丁斯时道："今天林时蛰拿来了几张明信片，说是她哥寄过来的，她给了我一张，让我拿给你。"

很久没听见林中绪的消息了，她讶然，问："那你收了？"

"没有。"很干脆利落的两个字。

她忍不住偷笑，又不敢笑出声让他听见，于是轻咳一声，故意问："你是不是心情不好？"

丁斯时意味不明地反问："我有心情不好的资格吗？"

乔岁安盯着自个儿的脚尖，轻轻摩擦着地面，跟他解释："我俩之前在一个舞室里练舞，而且他家当时闹得……同样都是学舞蹈的，我挺心疼他的。"

"嗯，心疼。"他刻意加重了这两个字，还是不咸不淡的语气，又好像添了点别的什么。

"不是。"她觉得有点好笑，怎么还越描越黑了，怕他真不高兴，她解释得也有点着急，"看到他的时候，我总会觉得还好还好，老天爷偏爱我。我有你，有爸妈一直支持我。所以，我会因为他的经历感到难受。仅此而已，你别想太多。"

丁斯时道："我知道。"

闻言，乔岁安声音也低了下来，像充满气的气球瘪了下来："你知道就好。"

"你很担心我误会吗？"他问。

乔岁安嘀咕："怕你不买我的玫瑰了。"

对面一下子静了下来。

风拂过时枝叶沙沙作响，枯叶摇摇欲落，坠进一片夜色里。

"乔岁安。"

他喊她名字，声音从手机里传过来，携着电流感酥酥麻麻地贴着耳郭，在秋天的夜里显得很温柔。

"秋秋说，它想你了。"

乔岁安抠着手机壳的手指蓦地一顿，心跳清晰可闻。

她咬了一下唇，模糊不清地开口："我也想秋秋了。"

"还有一个月。"他低声道。

乔岁安望着阳台窗外，漆黑的夜寂静一片，弦月缀在半空中，莹白色，朦朦胧胧的。思念在这一刻喷涌而出，就从他说"想"这个字开始。

室友在敲阳台门，喊她："乔乔，时间到了，要收手机了。"

电话那一头，丁斯时隐约听见了点声音，问："是要挂了吗？"

她不吱声，手指握紧了手机，抿了下唇，睫毛颤着，心跳如鼓。

室友担心她没听见，又敲了两下门，跟她的心跳声一样急促。

"那……"电话那头，他轻轻说，"挂了？"

"丁斯时。"她短促地喊他，在电话挂断前鼓起勇气，先开了口，"我想的不只是秋秋。"

他愣了一秒："你……"

乔岁安匆匆打断他："挂了，晚安。"

心跳难掩，她摁下挂断键，在阳台上站了片刻。初秋夜晚的凉风无法将理智捎回来，她的大脑仍不算清醒，深呼了一口气后才打开阳台的门，把手机关了机交出去。

室友疑惑地盯着她，嘀咕："都秋天了，你怎么热成这样？"

"没有啊。"她下意识反驳。

"那你的脸怎么那么红？"室友担忧，"你不会是发烧了吧？"

乔岁安终于反应过来了，伸手摸了摸脸，唇角动了动，明明是在懊恼方才的冲动，可是她唇角却在不自觉上扬。

她背过身，抿着唇有意无意地压了压唇角，拿手扇着风，自言自语般解释："好像是有点热……"

十月中旬的秋风掀开又一年运动会的幕布，以篮球赛打头阵。一班的其中一个主力成员不幸在练习时崴了脚，这一崴愁坏了一堆人，尤其是体育委员，天天拿着报名表，每个人的球技都要问一遍。只可惜一班的篮球技术两极分化，要么特别会打，要么就是连三步上篮都差点意思。

问到学习委员时，正在旁边交作业的林时蛰简直震惊，她俯视了下学习委员的头顶，瞪大了眼睛："咱们班真的已经到这种地步了吗？"

学习委员发怒道："你懂不懂浓缩的才是精华！"

"就是！"体育委员叉腰配合，随后冲着学习委员谄媚地笑，"您球技怎么样？"

学习委员轻咳了一声，面不改色地坐回自己的椅子上写作业："我浓缩的是学习上的精华。"

体育委员："……"

林时蛰憋着笑，问他现在参赛的名单，听完后十分疑惑，问："丁斯时不参加吗？"

"他这段时间不是在准备竞赛嘛，还要给乔岁安整理知识点。"体育委员担忧，"我怕他分心。"

林时蛰问："那你还能找到其他人吗？"

明显不能。

体育委员顿了下，环视一眼教室，最后沉沉地叹出一口气来，换上一脸笑，燕子般奔过去："丁哥——"

学习委员抬起头，伸手推了下眼镜，迷茫道："刚什么尖嗓子鹦鹉喊着'丁哥'飞过去了？"

丁斯时球技算不上好，占优势的就是他体力好，跑步快，投篮的准度及技巧性却是一言难尽。

但体育委员对他的要求不高，他愿意参加就已经谢天谢地了，在练过几次团队默契之后，握着他的手嘱咐："拿到球之后传给队友就行。"

丁斯时点点头，不着痕迹地把手抽了回来。

周日的下午不上课，乔岁安多了几个小时的手机使用时间，给丁斯时打电话，没接。她算了算时间，离一班篮球初赛时间越来越近，估摸着他可能是又被拉去练球了，也不知道什么时候才能看见她的来电。

室友正在边上摇着她的手臂哀号："乔乔，再带我一局吧！好不容易有玩手机的时间！我王者段位又下去了！求求你了！"

乔岁安被磨得没法子，又见丁斯时还是不接电话，便道："好好好。"

室友闻言欢呼，搬着椅子坐到她身侧，点开了游戏，邀请她之后又随即匹配了剩下的队友。

乔岁安拿了打野位，她操作好，手速快，连拿了几个人头之后，室友直呼厉害："亲爱的，你这技术，不去当职业选手可惜了。笑'富'我了，对面小乔看见你扭头就跑。"

乔岁安闻言扫了眼小乔的 ID，愣了下，忍不住笑了。

老熟人，真是冤家路窄。

她一个闪现冲上去就把小乔的人头给收了，这回小乔死得很沉默，没有再"哥哥姐姐"乱喊。

手机蓦地振动，聊天框从屏幕顶端弹出来，乔岁安一顿：娇娇丁公主邀请您进入视频通话……

"啊啊啊！你怎么不动了？"室友尖叫，抽空凑过来瞟了眼她的手机屏幕，怒道，"朋友和男人你选哪个？你要是选后一个，你今天晚上睡觉最好两只眼睛轮流站岗！"

伴着室友的咆哮，乔岁安的指尖一抖，直接点到了"同意"。

首先入眼的就是丁斯时锁骨上的那颗痣。他穿了件白T，外头套了件深蓝色的篮球服，领口露出两截锁骨。

他把镜头往上移，从喉结处滑过去，镜头定在脸上。他头上戴了条蓝白色相间的运动发带，碎发凌乱地搭在上面。可能是刚打完球的缘故，他有点微喘，薄薄一层眼皮子上撩，隔着屏幕望过来。

就在视线对接的那一秒，乔岁安呼吸一滞，指尖再次一抖。

通话结束。

乔岁安盯着灰暗下来的屏幕，数字不停闪动着复活时间，半天眨了眨眼，才反应过来。

"我是怎么'挂'掉的？"半晌，她问。

"被对面小乔刀掉的。"室友感慨，"什么仇？什么怨？"

乔岁安震惊："就没有人救我吗？"

"有点远了，赶不过来。"室友碎碎念，"快快快！你复活了就赶紧过来推塔！这把赢了，随你和那个什么公主怎么聊天好吧！事关我的排位！"

乔岁安抿了下唇，操纵着角色过来。

隔了一会儿，室友恍惚道："什么情况？对面团灭了……我的天！我们什么时候抢到龙了？"

乔岁安没吭声，抢了龙之后恰逢小兵出塔，她领着自家小兵尽快推掉了塔，"胜利"的字眼很快占据屏幕上方，她没来得及看战绩和MVP，小跑到阳台上，关了门。

她戳开和丁斯时的聊天页面，咬了下唇瓣内侧，又打开手机相机，左右照了照理了下头发，拨了拨刘海儿，才重新回到微信，深呼了一口气，清了清嗓子，拨了视频通话。

她刚发起视频通话，对面立马就接了，他离摄像头很近，几乎到了能看清睫毛的程度。

　　乔岁安捏紧了手机，他好似是找了把椅子坐下，不过两秒重新调整好了角度，整张脸露了出来。

　　乔岁安抿了下唇，解释："刚手抖了。"

　　他"嗯"了声，说："刚在练球，没看手机。"

　　解释了刚才他为什么没接电话。

　　"其实你打电话回来就可以了。"乔岁安无意识地垂眼去瞧他的锁骨，小声道。

　　丁斯时先是"嗯"了声，漆黑的瞳孔凝望着她，道："瘦了。"

　　她没反应过来："嗯？"

　　"下巴都变尖了。"他的目光从她脸上扫过，叹了一口气。

　　"那肯定得瘦啊。"提起这个，乔岁安就无精打采，"舞蹈生要控制饮食，每天还有那么多训练，要练舞蹈，要练体能……反正要练的一堆。"

　　他拖长尾音"啊"了声，带点心疼的意味："好辛苦啊，岁岁。"

　　是挺辛苦的。

　　她的肩膀一塌，莫名其妙地觉得有点委屈。阳台上迎面的风一吹，带着凉意，她立即收回情绪，问："那你呢？你这段时间过得怎么样呢？作业多吗？累吗？最近学校里有发生什么其他有趣的事吗？"

　　"我啊。"他看着她，说，"和之前一样，就是身边少了个人。"

　　乔岁安愣了一秒，心脏倏地像浸了水的海绵，被手指轻轻一碰，便软陷下去。

　　望梅止渴，不过如此。

　　她忍不住从他脸上移开视线，低下头，指尖绷着，抠了抠手机壳。半晌，她又开口问："我们班是周一篮球初赛吗？"

　　听见丁斯时"嗯"了声，乔岁安惋惜地说："那我看不到你比赛了。"

　　"别看。"丁斯时道，"我篮球打得不好。"

　　"没关系。"她又不是不知道他打篮球打得一般，小时候还经常打打，但随着学业越来越忙，他好像已经很久没打了。

　　"就是想看看你打篮球，无所谓好不好的。"她嘀咕。

　　通话那头有人在喊他名字，听着声音像是体育委员的："丁哥！你休息好了吗？"

　　乔岁安张了张嘴："又要挂了？"

　　他静了两秒，突然问了句："无所谓打得好不好？"

　　她愣了下，"嗯"了声。

屏幕里的他眼皮垂着，似是在思索些什么，乔岁安就等着，望着他。

良久，他问："那你现在要不要看？"

"啊？"她有点猝不及防，待反应过来后立马点头，"要要要。"

他似是有点不放心的样子，张口似要说点什么，乔岁安立马伸手发誓："我看不懂篮球赛的，你打得不好也绝对不会影响你在我心中的形象的。"

丁斯时盯着她竖着的四根手指，提醒："发誓是三根手指。"

乔岁安扭头看了眼，立刻折下一根手指，冲他眨眨眼，笑了笑。

丁斯时起了身把手机搭在包上，立起来，调整了下角度。

"乔同学。"待角度调整好了，他蹲下身子，盯了她两秒，道，"其实我刚是想问，距离有点远所以会有点糊，但是你不会认不出我吧？"

乔岁安向他满口保证："你放心，以我对你的熟悉程度，哪怕你只露出一根手指头，我都能精准认出你。"

他哼笑了声："你最好是这样。"

乔岁安上下扫了眼他的衣服，信心满满。

直到丁斯时转了身往另一面跑，露出了整个球场的样貌，她才清楚地感知到这个"有点远"是个什么远法。

一个大型体育馆，他放包和手机在这一头，篮球场在另一头，中间隔了一片羽毛球场。篮球场上的所有人都统一穿着白T恤、黑裤子，套着件紫色的套头篮球服。

别说脸了，也别说号码牌了，她甚至有时候连视线都会被羽毛球网挡住。

乔岁安："……"

她沉默了两秒，在室友疑惑的目光中，打开阳台门进来滴了两滴眼药水，随后又匆匆忙忙出去了。

一班的初赛是和六班比，在周一下午的那节体育课上打篮球赛。球场两边分别围了两个班级的人，聚在一起加油打气。

裁判哨声一响，一班体育委员率先抢到了球。

球场一侧，一班的人声嘶力竭："加油！一班加油！顾杰与！冲！"

"一班一班！非同一般！"

罗落喊得正起劲儿，眼睛一抬，望向球场另一侧，蓦地一愣，戳了戳边上的林时蛰示意她看："阵仗那么大！"

林时蛰跟着望过去，同样也惊了。

六班的人音量比不过一班，拿出了横幅，高举着，视觉效果拉满。

"花里胡哨！"林时蛰撸起外套袖管，气势汹汹，大吼道，"顾杰与！丁斯时！季也！张怡嵘！汤览博！冲！"

一班配合默契，六班终究不敌，裁判哨声响起，一班以五分的优势赢得了比赛。

丁斯时下了场，从边上的椅子上捞起自己的那瓶水，身侧有人靠近了，他扭过头去看。

女生拎着摄像机和支架站在他身旁，见他望过来，笑了下，说："学长你好，我是校记者站的，能采访你几个问题吗？"

他点点头，说："可以。"

女生忙摆好了摄像机，按下录像键。

"先来简单地介绍一下自己吧。"

女生将话筒递过去，丁斯时道："大家好，我是高三（1）班的丁斯时。"

"你觉得你们队在这场篮球赛中表现如何呢？"

"因为已经高三了，大家的备赛时间并不多，但好在很有默契，今天赛场上状态也不错，所以顺利赢了初赛。也很感谢六班的同学，大家都辛苦了。"

"篮球赛是高三为数不多的活动之一，毕竟我们也都知道高三的压力很大，课业很繁忙。那想问问学长，作为高三的一员，有什么话想对学弟学妹们说的吗？"

丁斯时望着摄像头的方向，阳光在眼底跳跃，像闪烁的星光，他笑道："人生总有些时候我们是需要奔跑的，比如现在。"

运动会结束后，高三生又投入到紧张的学习中。

课间时，罗落趴在桌上叹气，大脑好像被知识装满了，但真要她说出个所以然来，却又好像脑袋空空如也，什么知识点也没捞住。

她问林时蛰："一个好消息和一个坏消息，你想先听哪个？"

林时蛰正抓紧时间抄着黑板上的数学解题步骤，闻言冷笑一声，选择做得毫不犹豫："坏消息。我倒是想听听，能坏成什么样，能坏得过今天数学作业两套卷子吗？"

"坏消息是，运动会过了，咱高三能参加的活动只剩下观看元旦晚会一个了。"罗落再次叹气，"好消息就是，乔乔还有五天就回来了。"

············

"集训只剩下五天了！"晚功结束回了宿舍，室友泪流满面，掰着手指头算日子，"终于！终于！我要离开这个鬼地方了！"

入了初冬，温度已然降了下来，但一天练下来仍然汗流浃背，疲惫得不行，乔岁安先是冲了个澡，才去楼下老师那边拿了手机回来，开了机。

"乔乔。"室友喊她，"你打算怎么回去啊？这儿离你家好像可远了。"

"乘动车。"手机连上网，消息弹出来，除了丁斯时每天照例的一句"加油"，还有乔妈的消息，是一张手机截图，乔岁安点开大图一看，是动车票的信息，早上九点半钟的。

亲爱的妈妈：等你到盐桐了，我和你爸爸开车去车站接你哈。

室友在边上问："你一个人吗？我感觉行李好重啊。"

乔岁安笑了下，收了手机，道："我来的时候不也是一个人吗？来回要好久呢，难不成让我爸妈提早一天过来找个宾馆住下，第二天再来接我一起走吗？"

室友想了想也是，这也太辛苦了。她往床上一瘫，感慨："还好我家近啊，我爸妈能开车来接我。"

十一月中旬的风重新凛冽了起来，携着丝丝凉意渗过来。窗外天阴沉沉的，好似轻轻一触就会下起雨来。

集训的最后一天，晚功取消了，老师征求了大家的意见后，在舞蹈房的大银幕上投了部电影——《寻梦环游记》。

灯关了，只剩下前面电影银幕上的光亮，落在人身上，人影摇晃，昏暗一片。

电影里，米格弹响德拉库斯的吉他，落叶随之飘起，活人再也看不见他，米格能触碰到的只剩下亡灵。

这部片子很有名，也算是老片子了，刚上映时乔岁安上初中，那会儿就已经看过了，也是跟丁斯时一起。

当时周末电影票很难抢，最后他们没买到两个连着的座位，丁斯时的票在前面，乔岁安的票则在倒数第二排。零花钱有限，爆米花只买了一份，让乔岁安抱着拿到后面去了。

电影结束，灯光亮起，丁斯时跑过去找她，蓦地就见到一双哭到通红的眼睛。周围的人陆陆续续已经在往外走，只有乔岁安坐在椅子上不动，一边哭一边等他过来找她。

见着他人时，乔岁安刚用完身上最后一张餐巾纸，声音中掺着浓浓的鼻音，她朝他伸出手，问："你还有纸吗？"

丁斯时从口袋里掏出一整包纸递给她。

"一张就够了，我差不多哭完了。"乔岁安抽噎着，接过了那一包，抽出一张，又把剩下的塞回他口袋里，"不客气。"

丁斯时站在她身侧，垂眼瞧着她在椅子上坐着，狠狠擤了下鼻涕，随后把餐巾纸丢进早已经吃完的爆米花桶里。

"我好了。"她站起来，把装满了餐巾纸的爆米花桶顺势往他手上一塞，又拎起自己的小包，往他脖子上一挂，眼睛还是通红的，"我们走吧。"

出了电影院，迎面的风一吹，乔岁安方才把情绪收拢点。

丁斯时把爆米花桶丢进垃圾桶，听见她在身侧兴致勃勃道："哎，我刚才看见最后一排居然是双人沙发座！看起来好爽哎！我们下次买最后一排试试吧！"

他顿了下，眉头皱了下，张口拒绝："不好，不合适。"

"为什么啊？"乔岁安问。

他静了片刻，最后憋出一个理由："贵，零花钱不够。"

乔岁安的兴致顿时被一个"贵"字打消了一半，却还是不死心地问："多贵？都一个电影院的还不是最佳观影区，怎么票价还不一样的？"

丁斯时简直想闭眼。

片刻后，他把脖子上的包拿下来给她背上，随口胡扯："小几百，别想了。"

乔岁安震惊地捂住了自己装着零花钱的口袋。

后来乔岁安才知道，那个双人沙发座的名字叫作情侣座。

不过价格没丁斯时说得那么离谱，乔岁安偷偷在心里想，或许未来可以试一试。

身侧室友哭得稀里哗啦的，周围也隐隐传出几声抽泣。乔岁安再看一遍，即使早已知道情节，也不可避免手里攥了几张餐巾纸。

电影播完了，大银幕暗下来，灯光重新亮起后，老师难得地给每个人发了一颗水果糖，道："明天大家就要离开了！所以老师呢，就自掏腰包，给大家买了点糖。只是难得吃一次过一下嘴瘾，不代表体重就不需要维持了啊。"

发完了糖，她站回前面，含笑扫视底下人，开了口："这段时间大家都很辛苦……"

顿了顿，她调侃道："我怀疑可能还有同学私底下吐槽我，觉得我给你们压腿的时候下手太狠，是吧？"

室友正哭着的动作一僵。乔岁安余光里注意到了，拼命抿着唇把笑压下去，低着头假装什么也不知道。

"没关系，老师也知道你们每天都很辛苦，人总是有情绪的，可以理解。"她乐呵呵的，也没怪谁，只是一摊手，"只是没办法，艺考不是捷径，你们选择了这条路，就得承受这些痛苦，为了将来去拼搏一回。"

底下又有人在哭了，小声抽泣着。

"真是的。"身侧，室友吸着鼻子，小声嘀咕，"为什么煽情环节要放在煽情的影片之后啊？搞得我又想哭了。"

"老师！"不知是谁喊了声，"我会想你的！"

老师笑着望着她们，故作嫌弃，开了句玩笑："想我可以，但不用来看我，明年我可不想在这里重新见到熟悉的脸，哭着跟我说：'老师，我去年没考上。'"

底下又爆发出一阵笑声，带着哭腔。

"好了。"老师耸了下肩，收了笑，正经道，"祝大家前途似锦，考上自己心仪的高校。明早大家就要离开了，我在这里呢，就跟大家说声，再见！"

"再见。"

"老师再见！"

室友抱住乔岁安，忍不住一下哭出声："乔乔，我会想你的。呜呜呜，哪怕不住一起了，你也要跟我发消息。"

乔岁安回抱住她，眼眶通红："会的，我也会想你的。"

说来奇怪，集训的这段日子苦得很，生活千篇一律，练舞练到头皮发麻，累到晚上一碰床就能一秒入睡，张嘴就是抱怨，盼星星盼月亮等着三个月什么时候结束。但就在真的要结束的那一刻，总是多了些不舍。

天空终究抵不过乌云的进军与占领，败下阵来，于是，小雨淅淅沥沥降了下来，湿气弥漫开来。

乔岁安东西其实没带太多，都是必需的生活用品，只是好说歹说也生活了三个月，整理下来也有两个大行李箱。

"你这要怎么去动车站啊？"室友担心地望了眼外头的天气，"有手撑伞吗你？要不然我叫我爸妈顺便送你去车站吧。"

"没事。"室友家和动车站是两个相反的方向，而且室友家说是在本市，其实也不近，开车过来也要两个小时，她不是很想麻烦别人，"我自己打车就行。"

室友也没坚持，耸耸肩，说了句"好吧"，又不放心地补充道："那你回家了记得给我发消息哦。哦不对，不仅仅是刚回家，以后也要给我发消息的，得常联系。"

乔岁安有点想笑，张开手臂轻轻抱了她一下，拍拍她的肩："会的会的，你也是啊。"

从宿舍到机构门口这一段路有点费劲，乔岁安来回跑了两趟，先把一个行李箱拖去保安处，再跑回宿舍拿了另一个行李箱过来，又一手撑伞，一手拉着两个行李箱费劲地挪到了门口。

她伸手从口袋里掏出手机，想看看打到的车的车牌号是多少，才发现司机给她发了条消息，说这条路太堵了，全是接人的，不肯来了。

乔岁安有点发愁，早知道就应了室友的话了。

她低头打开地图，搜了搜去动车站的路，其实也不是很远，抄小路走过去大概要二十分钟，乘公交车只要十分钟。拖着两个行李箱又撑了把伞，走路过去显然不如乘车方便。

只是……连出租车都不愿意来的路，估计公交车也被堵住了吧。

乔岁安有点急，怕赶不上时间。

耳边车鸣声不断，她抬头刚要看看马路上的情况，却蓦地发现身前站了一个人。

乔岁安一愣，目光顺着那件黑色的薄羽绒服往上移，划过撑着伞的那只骨节分明的手，最后落在一张熟悉的脸上。

很久没见，她顿了下，恍惚间，思念在这一刻突然泛滥成灾，难以言喻。

他只低眼望着她，不知望了多久，眼眸被雨幕衬得漆黑。

见她终于抬头，丁斯时哼笑了一声，很轻一声，他微弯腰，伞和她手里那把碰了头，他平视着她，往左侧歪了下头，语气里说不清是愉悦、想念，还是对她那么久都没有发现他而产生的不满，抑或是其他，诸多情绪糅杂在一起，只化作一句："终于发现我了啊，乔同学。"

"你怎么在这儿？"乔岁安震惊，"你什么时候过来的？"

"来接你回家。"他自然而然地接过了她的行李箱，语气轻描淡写，"早上来的。"

乔岁安默默在心里算了下时间。

现在是八点半，从盐桐乘动车过来差不多要三个多小时。

她抬眼仔细瞧了片刻，才发现他的眼下有一圈很浅的青紫。

"不是说我自己回去吗？"她有点心疼，袖子下指尖却悄悄蜷起，悸动探出头，她小声嘀咕，"你这得多早起来啊？"

"睡不着，"他把伞抬得稍微高了点，伞的边缘摩擦过她的伞面，"所以就干脆买票过来了。"

"为什么睡不着？"她脱口而出。

问完后，乔岁安自己也愣了一下，指尖捏紧了伞柄。

丁斯时蓦地一顿，低着眼凝视她。乔岁安快速眨了两下眼，盯着面前的地板。雨还是淅淅沥沥地下着，两把伞隔开雨幕，像是形成了一个小的双人空间。

他望着她，半晌，开了口，嗓音在小雨声中显得十分低缓："你不清楚吗？"

乔岁安没抬头看他，握着伞柄的手越来越紧，心跳敲动耳膜，她转过身去，故作放松，话题却转变得生硬："我们赶紧走吧，不然要赶不上车了。"

身后传来一声笑，嗓音被雨淋得模糊。

他俩的座位不是连着的，丁斯时找乔岁安身侧的乘客换了票，顺理成章地坐在她旁边。

他说他之前睡不着，实际上了动车之后，靠着椅背没多久就闭眼睡着了。

乔岁安在一边玩手机，在微博上刷到个段子忍不住笑，扭头要分享给他，就见他眼睛闭上了，头往后靠着，随着车厢微微晃动。三个月没有见面，从机构门口见面，到现在，她才算有时间认真放心地观察他。

丁斯时的头发好像长了，碎发松松软软地搭在额头上，遮了些许眉毛。他睫毛浓密，在眼下投出一小片阴影，下颌线分明。黑色的薄羽绒服衬得他更白了，平添了些冷感。

乔岁安悄悄举起手机，偷拍了他一张，搓了搓手指，发给了余清。

余清秒回了个问号。

云宝：这照片是个什么意思？

其实她也不知道是个什么意思，就是忍不住想拍下来发给人看。

乔岁安努力克制了下，有意无意，斟酌着打字：就是……觉得动车里光线照得人还挺好看的。

云宝：丁斯时去你集训那里接你了？

云宝：宝，你想夸他长得好看你就直说，不必如此拐弯抹角。

沉默了片刻，余清突然又发来一串省略号。

云宝：我左思右想还是觉得怪异，你怎么会突然夸他帅呢？你以前不夸他帅的，你会说这张脸你看惯了的。是什么东西打开了你的审美呢宝？

乔岁安抿了下唇，接着打字。

岁岁和碎碎：那他一早上过来接我也很怪异啊！

云宝：很正常啊！很丁斯时啊！

云宝：你不懂！你个眼睛里只有游戏和舞蹈的懂个屁！

乔岁安很想反驳"凭什么说我不懂"，刚要打字，余清的消息又发了过来。

云宝：……我还是觉得不对，但是我说不清哪里不对。

云宝：哎呀，我周末作业还没写完呢，我还管你俩呢！我要去赶我的十套卷子了！

乔岁安鼓了鼓嘴，肩膀一塌，情绪无处发泄，她偷偷转头看了眼丁斯时，他还闭着眼。

她揉了揉鼻尖，佯装不经意地举起手机，又偷拍了一张。

第十二章 //
我有一个秘密

第二天天气便转了晴，只是一场雨过后，温度骤降。

乔岁安换回了校服冬装，重新踏进教室的那一秒，突然响起一阵掌声，紧接着罗落一个熊抱扑过来："想死我了，我的乔！"

教室后排有人"砰砰"拍着桌子，在喊："欢迎未来的大舞蹈家回归高三校园生活！"

笑声混着掌声与欢呼声，又掺了不知是谁的两声口哨声，乔岁安忍不住扬唇，拍了拍罗落的肩膀，说："我也想你！"

去集训时是暑假，算下来，她其实已经有将近五个月没有踏进过教室门了，感觉很奇妙，恍若隔世般。

好像还是老样子，但又感觉大家多多少少都有些变化，比如林时蛰。

乔岁安有点惊讶，摸着她的头发："你什么时候剪的短发啊？"

"一个月前。"林时蛰伸手，拨了下乔岁安的刘海儿，"你刘海儿是不是长了？"

刘海儿被拨到前面，有些挡视线，乔岁安眨眨眼，伸手又把它拨到两边去："在那边没找到理发店。"

"其实我感觉你现在这样没刘海儿更好看。"林时蛰道，"看上去更有气质，就是那种学舞蹈的挺拔的气质。"

乔岁安摸了摸自己的脸，叹气道："你觉我更好看了也许不是因为刘海儿，而是因为我变瘦了。"

总的来说，回来再见到同学们，她还是挺兴奋的，有一种还没有被知识折磨过的新鲜感。

直至第一堂数学课下课。

乔岁安趴在桌上，久久不能回神，感觉自己好像又回到了当时高一刚进来时的状态，大脑完全反应不过来老师在讲些什么东西，过题快得很。

笔掉在地上，她捡起来，再一抬头，黑板上已经换了一道题了。一个晃神，黑板上已经换了一张卷子了。

乔岁安痛苦捂眼，崩溃道："现在数学课已经快成这样了吗？"

坐在旁边的罗落正在飞速抄写黑板上残留的解题步骤，闻言感慨："别说你了，我也经常听不懂，甚至也别说听懂了，能把步骤抄下来都需要一定的笔速。"

乔岁安头抵着桌子，哀号。

"不慌。"罗落早已习惯了这样的听不懂，讲话抄题两不误，"你还有丁斯时呢你慌什么？"

"你说得对。"

乔岁安突然想起丁斯时昨天递给她了一本"送给隔壁的课堂笔记"，一下直起了身，从桌肚里翻出那本笔记，往桌上"砰"地一放，闭眼虔诚地在胸口点了几下："阿门，我能学会数学的。"

丁斯时给她的这本"送给隔壁的课堂笔记"很厚很厚，里头的知识点很全面，还有一些比较重要、经典的例题，知识点拿黑笔写，例题拿蓝笔写，思路清晰。最令她震惊的是，里面不仅有语、数、英和生物，还有地理和政治。

乔岁安问过丁斯时，他没选地理和政治，怎么把地理和政治的课堂笔记搞到手的。

他的语气理所当然又轻描淡写："借别人的抄。"

罗落抄完了黑板上的步骤，余光里瞟见她翻开了那本"送给隔壁的课堂笔记"，便也好奇地扭头看过来。

一直见丁斯时写这个，罗落还挺好奇他究竟整理成什么样了。

目光扫见满满当当、密密麻麻的黑黑蓝蓝的字时，罗落一顿，脸扭曲了一瞬。

丁斯时只有封面上那几个字写得工整，里面的字全是龙飞凤舞的，笔锋漂亮，但实在是难以看懂。

"这是什么？"罗落扫了两眼，感觉自己已经眼花缭乱了，"天书吗？"

"啊？"乔岁安奇怪地看她一眼，"知识点啊。"

罗落凑近了定定看了几秒，有一种在看语文老师作文评语的感觉，读字一知半解。她手指了个字，问："这什么字？"

乔岁安顺着她的手指望过去，不过一眼，便给出了答案："多。"

罗落又指了个字："这个呢？"

乔岁安飞快道："意。"

罗落目瞪口呆："你是抢了丁斯时的大脑来跟我说话的吗？"

"不是。"乔岁安摇摇头，"从小到大看习惯了。"

身后的林时蛰忍不住笑："人家从小一起长大的，跟你能一样吗？"

罗落吐槽："这本笔记简直就是在加密通话，我好像那个在解摩斯密码的。"

关于丁斯时字的问题，乔岁安其实也吐槽过。

他之前练过一段时间的草书，从那以后字体就开始变了，除了必须要求字体工整，比如考试的时候，他写字便很随意。

初一那年暑假，乔岁安玩了两个月，跟余清天天天出去这里混混，那里闯闯。

假期只剩下三天时，她无意中翻到了那张作业清单，浑身一颤，幡然醒悟。

眼见着作业要完不成了，乔岁安"噔噔噔"跑去丁斯时家，急得很："快！丁公主！作业借我抄抄！"

当时的丁斯时还比她矮一点，伸出一只手摁住了她的额头，严肃拒绝："抄作业是不对的。"

"借鉴！这叫作借鉴！而且我就借鉴一本数学！真的！"乔岁安纠正他的说法，挪开他的手，可怜巴巴地看着他。

见他不为所动，她肩膀微塌，随后鼓了鼓嘴，举起四根手指，发誓道："这样，我保证，以后每次假期我都每天写一点，绝对不拖到最后几天！这是最后一次！"

丁斯时瞧了她半天，叹了口气，伸手，把她的手指折下去一根："都跟你说了，发誓是三根手指。"

乔岁安乖乖由着他来，又听他问："你要是做不到怎么办？"

她眼睛转了转，努力想了一个特别恶毒的后果："那我最好的朋友以后个子长不到一米六！"

"……"最好的朋友丁斯时有被这个恶毒的后果震慑住，沉默了两秒，最后还是借给了她作业本。

乔岁安高高兴兴地接过，高高兴兴地打开一看，惊愕中感叹："好一手漂亮的水星文！"

丁斯时："……你要不要重新组织一遍语言？"

乔岁安"啪"一下合上，往身后一藏，忙微笑着强调："重点是漂亮！"

后来每一年的寒暑假，他都会给她制订一套计划表并且严格监督，以确保她能在开学前最后几天不会为作业发愁到手忙脚乱。

今年的冬天格外冷，才十一月份，温度已经降到了零度左右。高三教室里的空调是老早以前装上的，老化了，比不上高一高二教室新装上的制暖效果，开了和没开几乎没有太大区别。

哪怕在教室里，乔岁安都得裹着围巾，戴着手套，兜里再揣两个暖宝宝，写字时右手手指露在外面，冻到几乎要僵掉，毫无知觉，想要抽空拿暖宝宝焐一焐，一个抬头发现黑板上又开始写新的笔记了。

乔岁安认命地重新拿起笔，用着那双已经不太灵光的手飞快地抄笔记。

身侧的罗落脑袋前后摇晃，眼睛半眯着，手里还握着红笔，挣扎着在练习册上写字。

乔岁安往旁边瞟了一眼，她的练习册上歪歪扭扭写着"He is 无私奉献直线 a 垂直于平面……"。

台上的英语老师在黑板上写完了最后一行翻译，转过身，目光从左到右扫过来。

乔岁安忙用手肘戳了下身侧人，罗落蓦地从睡梦中惊醒，下意识地挺直了身子，抬了一下头，再低头，不动声色地动着笔头，佯装笔记记得认真，待老师视线转过去，拿起修正带就是一阵狂涂。

乔岁安抿唇压住笑。

课后，罗落灌了一大口咖啡，睡眼惺忪，用手把眼睛撑大，嘀咕道："真的困死我了，还好你刚叫醒我，不然要被英语老师看见我睡着了，又要骂我了。"

"你昨天几点睡的？"乔岁安问。

"凌晨两点。"罗落叹气，恨得牙痒痒，"物理，真的太痛苦了，昨天一共布置了三道大题，听上去很少对不对？实际上，一道题要做四十五分钟。我真解不出来，但总共就三道又不好意思全空着。作业帮也搜不到，不知道这又是年级里哪个老师出的题，难死了。"

林时蛰表示同情："还好我没选物理。"

乔岁安把黑板上那些单词和词组记下来，终于把手空了出来握住暖宝宝，瑟瑟发抖："今年冬天好冷啊。"

林时蛰附和："对啊，我也觉得好冷，比去年冷好多。我看天气预报，明天又要降温了，下雪概率百分之八十呢。"

"要下估计也是雨夹雪，盐桐的雪下不大的，前年那场属于是奇迹了。"

罗落说完又打了个哈欠，困得不行，"受不了了，我得睡会儿，不然下节课熬不过去，上课了记得叫我。"

自十一月后，高三年级对于午休有了新规定，周一的午休时间献给了数学，周二的献给了语文，周三的献给了小三门，而英语沾了春考的光，霸占了周四和周五两天的午休。

紧接着，今日的午休时间，语文老师踏进教室门，宣布了一个坏消息："明天咱班有两节课，咱们进行小测，不写作文。今天晚上该背的什么古诗词赶紧回去背一背抱抱佛脚，要让我发现谁明天默写扣分了，一首诗词罚抄十遍。"

全班哀号，乔岁安更是如遭雷劈。

集训的三个月里她半点没碰学习，古诗词几乎快忘得差不多了，回来的几天时间里光是写作业、努力跟上课堂节奏就够困难了，更别提背完古诗词。

语文老师目光掠过她，一顿，仁慈地开了口："乔岁安刚集训回来，没接受过统一的一轮复习，要是错了情有可原，把单独那句句子拎出来抄个十遍就行。其他同学，你们都是复习过的人，自己好好掂量下啊。"

乔岁安稍稍松了口气，身侧的罗落愁昏了头，双手合十小声祈祷："上天保佑，没有《六国论》没有《过秦论》，拜托拜托，我基本不会啊，要考到我会抄死的。"

高三作业量明显增多，数、英、生、地、政各一套卷子，还有纠错作业，语文由于明天要小测，老师十分良心地只布置了几道关于文化常识的选择题，乔岁安白天趁着课间写掉了生物卷子和数学纠错，晚上照例背着书包去隔壁写作业。

丁斯时的作业在白天就写完了，书包里就装了本竞赛题和笔袋，空空荡荡的。

目前课堂主要就是刷题讲题，他题错得少，上课时间基本用来做回家要做的作业或者刷竞赛题，只有在老师讲有意思的题时他才愿意抬头听一听。

他成绩好，老师也就对他不听课的行为睁一只眼闭一只眼，左右都是在学习，高三的时间紧张，何必为了再听一遍会的题目而浪费时间？

相比起他做题时的放松，乔岁安简直像上了岸的鱼，指尖绷紧了，笔落在纸上却只写得出一个"解"字。

努力苦读两年爬进年级前十，只需集训三个月就让她一朝回到解放前。

最后，她实在解不出来，放弃了，说："我不会。"

丁斯时在身侧写着数学竞赛题，她凑过头读了遍题目，感觉自己的大脑如同打了结，哀叹一口气，人往椅背上一靠，仰脸两眼望向天花板。

他把那一题写完了，偏过头问她："哪题不会？"

乔岁安伸手，手指从一页头划到一页尾，小声道："这些，都不会。"

丁斯时垂着睫毛，目光自上到下扫过她手指划过的范围，静了片刻，随后抬起眼，淡淡看她一眼。

乔岁安琢磨着他的眼神，有点心虚，小声补充了一句："曾经会过。"

"不怪你。"他把试卷移过来点，翻过一页干净的草稿纸，低头书写解题关键要点，"今天的数学卷子是有点难。"

她不是全然不会，题目总是眼熟的，只是过程写到一半思路就常常卡住了。丁斯时提点两下，她基本上也就懂了，不像高一刚上来那会儿，经常要丁斯时把解题过程一行行列清楚了。

晚上十一点半，乔岁安把所有作业写完了，开始背语文古诗词。

高一的内容最熟，她基本上一遍就顺下来了，从高二的教科书开始，她几乎就变成了哑巴。

乔岁安在边上抱着高二教科书背，丁斯时则在身侧给她圈出高三教科书上较长篇目的常考的句子。

《阿房宫赋》背得最为费劲。她嗯嗯啊啊半天，眉头紧皱，指甲划拉着书侧面，绞尽脑汁想着下一句是什么。诗词背得缓慢，她的视线开始乱飘，从怀里的书到天花板，再从天花板到窝在一边睡觉的秋秋，最后落在丁斯时身上，顿住。

注意力崩离，划拉着书的指甲也停了。

他趴在桌上，睡着了。

他呼吸绵长，桌边台灯灯光在他身上镀上了一层暖光。眼镜仍然在鼻梁上架着，被枕着脑袋的手臂挤着，压住鼻梁一侧，眼下有一片很浅的青色，被长睫毛的阴影挡住了。

高三的教科书合上了，搁在他的脸边。

乔岁安停下背书，静静地望着他。

半晌，她轻手轻脚放下手中书，起身靠近，慢慢伸手，捏住他的眼镜架，缓缓从他鼻梁上抽出。

手腕蓦地被人握住，乔岁安一愣，指尖下意识地颤了下。

丁斯时睁开了眼，眼底带了些许倦意，他直起身子，抬眼望向她，片刻后又垂下眼睑，握着她手腕的力度紧了紧，带着她的手把眼镜往鼻梁上推进几分，直至硅胶鼻托搭上鼻侧，他才缓缓松开了握着她手腕的手。

乔岁安眨了两下眼，指尖往掌心缩了缩，收回了手，不自然地摩擦了一下腕上的皮肤，温度撩人。

"是我弄醒你了吗？"她有点内疚。

丁斯时摇摇头，把高三的教科书往她那边推了推："高三的重点划好了，你接着背吧。"

"要不我回去背吧，"乔岁安道，"感觉你困了。"

"我还要刷两道竞赛题，"丁斯时从她身上收回视线，重新摊开了自己的那本竞赛书，"你就在这儿背吧。"

乔岁安默不作声地望着他的侧脸。

丁斯时低着头，下颌线却清晰可见，手指指节分明，指间夹了支笔，一边转着，一边读题。

他鼻梁上那款黑色细边不规则眼镜框，是她选的。

她盯着他的镜框，突然心上涌上一种很奇怪的情绪，莫名地让她心跳加快。

乔岁安移开了视线，轻咳了两声，想找个话题盖住情绪，于是问："丁斯时，你眼镜几度了啊？"

他指间的笔顿了顿，往她的方向侧了侧头，似是觉得有点好笑："上次不是你陪我一起去眼镜店重测的吗？"

乔岁安张了张口，如梦初醒。

对哦，暑假的时候，她陪他一起去的，一百五十度。

她舔了下唇瓣，声音有点大了，像在掩盖心虚："就是，看你平时除了上课写作业都不戴眼镜……有时候课间写作业也不戴……"

她其实也不知道自己在说什么，摆摆手："随口一问，就随口一问，我现在想起来了。"

丁斯时望着她，良久，笑了声，把眼镜摘了下来，轻轻一声"哒"，眼镜被搁置在桌上。

"乔同学。"他盯着她的眼睛，似笑非笑，又好像在不满，"不是你自己说的，戴眼镜的男生不好看吗？"

他歪了下头，眉头轻蹙着似是疑惑，可目光还是紧追着她不放，充满探究："眼镜框明明是你选的，现在问这个问题的也是你，你到底是什么意思呢？"

乔岁安被他盯着，下意识地躲闪了眼神，反驳道："我有说过这个话吗？"

"嗯，没说过——"他尾音拉长了，复述，"三观要正，身高要一米八五以上，长期戴眼镜会使眼睛变丑，所以最好不要戴眼镜的。不是你说的？"

她的思绪恍惚了下，记忆的碎片飘过来，她心虚地小声嘀咕："那我也没说你丑啊。"

随即，她挺直了脊背，伸手点点他，义正词严："丁斯时同学，脸和眼睛都是自己的，要自信，怎么可以因为别人的三言两语就动摇呢？"

"我动摇什么？"

"你现在就因为我的一句话怀疑自己戴眼镜不好看。"

"所以你是觉得我好看？"

"那当……"话说到一半，乔岁安倏地收了声，触碰到他眼底明显的笑意，牙一咬。

服了，被他套路了。

乔岁安脑袋撇开，不搭理他了："好了，不要打扰我，我要背书了。"

他不说话，撑着脑袋，就这么一直盯着她，听着她大声背："六王毕，四海一；蜀山兀，阿房出……"

乔岁安被他盯着看了半天，背书的声音越来越弱，最后熬不住了，抱起书，"哗"一下起身："我还是回去背吧。"

"等等。"他的声音在身后响起，乔岁安没理，又听见他轻轻哼笑了声，语气中带着调侃，"书包不要了？"

乔岁安步子一滞，又低着头冲回来，拎起书包就要走，书包带子却被他拉住。

包带缠住食指绕了圈，丁斯时抬了眼，望她："真不回答我？"

其实乔岁安有点想笑，但她压了压唇角，不答话，使劲一拽，包带从他手里脱落。

"走了。"

她没回头，径直出了屋。

待合上他的房门，她将脊背在门板上靠了会儿，偏了偏头，还是没忍住笑意，轻轻地用气声把那句话补充完整："那当然了。"

乔岁安晚上照着他画的范围背了个大概，还没完全背出来，更别提看字怎么写了。好在语文课是下午最后两节，她还有一天的时间可以抱抱佛脚。

课间，林时蛰给她和罗落两个人抽背。

林时蛰翻了翻书，道："'开国何茫然'前面一句。"

罗落："呃……"

乔岁安："呃……"

她俩相视一眼，两双眼睛相顾茫然。

林时蛰做了个口型提醒，乔岁安脑中一闪，忙道："蚕丛及鱼凫！"

林时蛰继续抽："'谪戍之众'后一句。"

乔岁安和罗落继续对视，两个人半天憋不出一个正确答案，嗯嗯啊啊半天，望着对方的眼睛，最后忍不住"扑哧"一声笑了。

笑完了，罗落趴在桌子上，开始犯愁："我这场小测要怎么办啊？"

林时蛰摸摸她的头发，同情："这就是一轮复习不好好背的下场，运气不好的话，几十遍你估计免不了的。"

罗落额头磕在桌上，脸埋进臂弯里，哀号一声。

"你还不如乔乔呢，她那三个月拼了命集训，现在还能背段出来。亲爱的，还有两个月就春考了。"林时蛰顺手牵羊，把她桌肚里的瓜子拿出来了，"作为不好好学习的惩罚，没收了。"

罗落愤怒地用自己的长指甲隔着厚厚的冬装校服戳林时蛰的肩："你就是为了一己私欲！"

为了这一场小测，中午一向去食堂的乔岁安拿出了她桌肚里尘封已久的泡面，看了眼保质期，还好，还没过期。

丁斯时划的范围她差不多背熟了，只是很多字不会写，还要再过两遍。至于剩余的，没划到的重点，实在来不及，她便只能赌一个不会考。

吃完了泡面，她就专心致志继续背书，碰到了比较复杂难写的生僻字，便执笔在草稿纸上写一遍。

没过一会儿，去食堂吃饭的同学也陆陆续续回来了，教室门口爆出几声笑，她抬头，就见几个男生手里握了几块薄薄的冰乐滋滋地走进来。

林时蛰手拎一包薯片冲进来，坐下来，兴奋道："哎，你们知道吗？学校楼下那个人工小池塘结冰了！"

乔岁安在草稿纸上照着书一笔一画写下一个"骠"字，才抬起头，讶然道："今年冬天结冰那么早？"

"太冷了呗，今年天气怪得很。"林时蛰抱怨了句，才继续道，"我刚回来的时候看见一隔壁班的，死活非说冰结得可厚了踩着走都没问题，然后亲身试了下，掉进去了。"

"人没事吧？"乔岁安问。

罗落打了个哈欠："小池塘水浅，顶多衣服湿掉了，找个住宿的借来换一身就行了，就是这天气挺冷的，遭罪。"

"呃，心理上可能有点事……"林时蛰憋着笑，"在众人的围观下摔进去的，离开的时候是捂着脸跑开的。"

乔岁安想象了一下那个场景。

真丢人。

千不愿万不想，语文小测还是来临了。

罗落在边上双手合十碎碎念，各路神仙都求上了，乔岁安有点紧张，不知出于何种缘故，她回头，很想看一眼丁斯时。

四目相对，她撞进一双漆黑的眼睛里，一顿。

见她回望过来的那一秒，他忍俊不禁似的，眸底盛了些笑，冲她微微颔首，鼓励般的，前面的试卷传过来，他错开了视线。

乔岁安赶紧正回脑袋，抿了下唇。

她深呼吸了一下，肩膀一松，心里安定了些。

试卷发下来，她还没来得及看，突然听见讲台上一阵尖叫。

语文老师从椅子上"噌"一下站起来，扭头看了眼椅子上的水，愤怒地将目光投射过来，怒吼："谁把水倒椅子上没擦？"

"老……老师。"一个男生默默举起了手，"那是冰块融化了。"

语文老师视线射过来："冰块？你放的？"

男生低头，错认得非常干脆利落且大声："对不起！"

班里几声哄笑，幸灾乐祸。

语文老师像是被噎住了，半天才咬牙切齿道："待会儿再找你算账！你们先考试，我回趟办公室！"

眼见着语文老师离开，教室立刻骚动起来了。

"第一句！快看第一句！'砯崖转石万壑雷'前面是啥啊？"

"飞湍瀑流争喧豗。"

"啥？"

"飞、湍、瀑、流、争、喧、豗！"

"字咋写？"

"……"

乔岁安低头，目光过了遍默写，还好还好，五道题全部在丁斯时给她画的范围内。

提笔写完了默写，剩下的便一路顺畅了。语文这门学科一直就是她的强项，高二下半学期几次考试都稳居年级前三。即使和其他人差了中间三个月，她依然有信心能考出一个不错的成绩。

语文老师回来的那一秒，骚乱的班级重新回归安静，她做完了前面的基础题，开始看第一篇阅读。

那是一篇讲泰戈尔的文章，他所处的时代、他的写作风格、他的思想。

她一边读着，一边用水笔在文章中圈画着重要句子：

人们从诗人的字句里，选取自己心爱的意义。

乔岁安顿了下，依稀觉得这句话有点耳熟。

思索了片刻，才想起高一那年冬天的初雪，回家的路上，丁斯时对她说过同样的话，还垂眼望她，问她有没有听过这一句。

没有。

她当时茫然，回望灯光下的他。

光线橙黄温暖地笼下来，他只是抿了下唇，轻轻一声叹，所有情绪被镜片盖住，看不分明。

乔岁安不由得被回忆恍了下神，才继续看下去。

但诗句的最终意义是指向你。

她指尖一颤，黑色水笔不受控制似的，在试卷上划出一道长长的印记。

一瞬间，心脏被这一句话搅得天翻地覆，心跳声越发清晰。乔岁安近乎忍不住地，猛地扭过头去寻侧后方的他。

丁斯时坐得端正，垂着眼，眉头轻皱，下巴搭在拉到顶的校服拉链上，握着笔正答得认真。窗外天空阴下来，沉沉的背景色，教室里灯火通明，在他身上晕开。

"乔岁安，回头看什么呢？"台上语文老师提醒，"把头转回来。"

丁斯时闻言，作势要抬头。

乔岁安如梦初醒，在他抬起头之前，先一步把脑袋扭回去，愣愣盯着那句话，感觉自己手指也僵住了，思考也停滞了。

朦朦胧胧中，思绪探出头，像是有一只手拨开了一层云雾，带着她触碰到属于他的答案。

她紧握着手中的笔，悄悄提了提围巾，将下巴尖藏在围巾里头，抿着唇盯着卷子上的那行字。

可是现在俨然不是该为此事胡思乱想的时候，乔岁安眨眨眼，强行冷静下来，决心要融入考试的氛围中。

老旧的空调呼啦呼啦吹着热气，墙壁上的钟"嘀嘀嗒嗒"地走动着，老师高坐讲台之上视线却一直在巡逻。

她写完卷子，又检查了一遍。

下课铃打响，卷子上交的那一刻，她大脑一松，往椅背上一靠，一些考试时不去想的东西重新漫上来，占据她整个大脑。直至她收拾好了书包，和丁斯时一起走出学校大门，仍然心跳如鼓。

步子慢了，神色恍惚，耳边响起丁斯时的声音，带了点探究的意味："你今天怎么了？"

她一个激灵，抬头看他。对上视线一秒过后，她眨了眨眼，目光又慢慢旋下来，落回地面："没怎么。"

"感觉你这一路走得心不在焉的。"丁斯时走在身侧，跟着她把步速放慢了。

静了半晌，他好似不在意地，嗓音却绷住了，问："我送你那本笔记，看完了吗？"

"还没。"乔岁安轻声回答，思绪飘得很远，又好像就落在他们之间的对话上，就落在眼下他们之间的关系上。

丁斯时低低地"嗯"了声，再没有开口。

沉默半路。

头顶蓦地被什么砸了一下，乔岁安抬起头，才发现下雪了。

雨夹雪。

乔岁安缩在袖口的手指瞬间攥住了袖子边缘，前所未有的冲动在这一秒在心里横冲直撞，达到了顶峰，连着心跳声一起，一路撞到喉咙尖。

"吧嗒"，视线里闯进一只手，撑着伞，举在她的头顶。

乔岁安蓦地伸手，抓住伞柄上方一点，抬起眼直直地望向他。

"丁斯时。"她短促地喊了一声他的名字。

他茫然地回过头。

世界像是停止了运转，连车轮划过沥青路都如此安静。风从伞下穿梭，绕过发梢，无声卷起一场绚烂的心跳。

她仿佛看见时间在倒退，四周景色碎成一个又一个过去的片段。

下雪的冬日、过年的烟花、温柔的巷口灯光，还有随着年龄增长，她越来越看不懂他心中所想时的别扭。

不知从何时开始，丁斯时有了他的私人秘密，他们再也不是无所不知的关系。

客观上她知道这是长大带来的在所难免，主观上却对这种变化惶恐又气恼，她担心他又生气，忐忑他离自己渐行渐远了，他却只叹着气说"未来你会知道的"。

未来有多远呢？是等到毕业、工作、垂暮，还是耄耋？

未来是现在。

她在伞下望着他，轻声说："我有了一个秘密。"

现在有秘密的人，变成了她。

自集训回来后这段日子里，乔岁安除了学习，也三天两头往舞室里跑。统考她过得轻而易举，紧接着要准备的就是 S 大的校考。

"S 大不是综合类大学吗？怎么联考完了也还有校考？"电话里，室友讶异，随即想了想 S 大舞蹈系的水平，也能理解了，便感慨道，"真难考啊，这得是文化课和艺术分一个不落才成啊，还好我的目标不是 S 大。"

乔岁安正坐在舞室里休息，一阵舞练下来汗流浃背，她喝了口水，听着室友在电话那头焦虑："哎呀，我在思索我要不要报名校考呢，我最近回到学校发现自己文化课落了好多好多，万一校考没过，那不是浪费了很多时间吗？感觉得不偿失。"

"如果你想考的话，那就努力试一试吧，别担心那么多。"乔岁安放下水杯，深呼了一口气，"我要继续练舞了，拜拜。"

室友叹气，说："我也到补课的时间了，拜拜。"

挂断了电话，乔岁安站回镜子前，继续过基本功。

关于室友提出的那个问题，乔岁安倒是从来没有犹疑过。S 大的校考报名时间早，她毫不犹豫就报了。

因为她的目标一直很坚定。

第十三章 //
和丁斯时一起

高三每周都有小测，这段时间乔岁安掌握的知识点稳固了不少，她本来成绩便好，只是三个月的时间遗忘了很多东西，在丁斯时的辅助下，要想把知识点捡回来并没有特别难。

刚开始两场小测，语文和英语还好，数学简直就是在不及格的边缘来回试探，现在勉勉强强，能考个一百出头。

最令她头疼的还是政治，主打的就是一个鱼的记忆。自从进了高三，每天政治都有默写，一天要背个十几二十页，少了三个月的背诵时间，一下把差距拉大了几本书。

不过离高考还有几个月，她还有时间磨一磨文化课。

冬风一吹，便吹到了校考。

乔岁安向学校请了假，乘着飞机去了京城，乔妈担心，便陪着一起去了。

到京城的第一天，她又去逛了圈 S 大，迎着冬日的暖阳。

S 大里有个人工湖，湖的后面有一大片树林，林间小道蜿蜒。林子里不知种的是什么树，冬季了仍还郁郁葱葱一片。有人抱着课本从身侧穿过，挽着手臂聊着话题，远处自行车车铃打响。

乔妈笑着问："这就是你梦想中的学校吗？"

乔岁安也跟着忍不住一弯唇，笑了。

夕阳笼罩着整个校园，黄昏裹着挟着云，把晚霞抹开很远，一抹红色就是半边天。

她望着，语气轻快："是啊。"

晚上，回到酒店。乔妈先去卫生间洗澡了，乔岁安坐在桌前椅子上，给丁斯时发消息。

下一秒，电话就打了过来。

手机振动，乔岁安猝不及防，下意识地瞟了一眼浴室的位置，这才接通了电话，嗓音压低了问："干吗突然给我打电话啊？"

"不能给你打电话吗？"丁斯时反问。

"能。"她手指无意识地抠着手机壳，"我只是说，这个电话来得很突然。"

他在电话那头笑了笑，又问："今天在 S 大校园里逛过了吗？"

"那肯定啊。"

"怎么样？我们俩明年就要进的大学好看吗？"

"这么笃定我们俩明年都能进呀。"乔岁安脊背往椅子上一靠，顿了顿，道，"怎么不问问我对明天校考有没有信心呀？"

"你要是没信心，那么全体考生里就没两个有信心的了。"

她讶异，夸张地"咦"了声："这么信任我？"

他的嗓音从手机里传出来，显得分外柔和："因为你本来就很优秀。"

她心中微微一动，随后听见他轻声说："今天学校保送名额下来了。"

乔岁安愣愣的，话在脑子里过了两遍，听懂后一下睁大了眼睛，"噌"一下从椅子上站起来，音量有些控制不住了："你——你——你，所以你是拿到保送名额了？"

丁斯时"嗯"了声，嗓音里含着愉悦："所以说，明天好好考，我在 S 大等你。"

电话挂断，乔妈正好从卫生间里出来，目光扫过她，眉头一皱："怎么了这是？明天校考，今天人傻了？"

乔岁安这才反应过来，举着手机尖叫着扑过去抱住妈妈："啊啊啊——丁斯时真的拿到保送名额了！"

"知道了知道了。"乔妈也高兴，但又觉得好笑，"这不是必然的吗？小丁成绩那么好，前段时间竞赛又拿了奖，保送本是板上钉钉的事情啊，你那么激动干吗？"

乔岁安乐得不行，已然到了昏头的程度。

她当然知道，以他的能力，拿到保送名额是非常正常的事情。但是当这件事真的降临了，当这个消息由他亲口说出来，传到她的耳朵里时，她就是觉得非常高兴，几乎不受控制的那种兴奋。

"我就是觉得挺厉害的。"乔岁安从妈妈身上下来，唇角忍不住上翘，想炫耀的心明明努力按捺了，却还是受不了要蹦出来。

乔岁安转了个圈，重新窝回椅子上，开始给余清、罗落、林时蛰她们发消息。

发完了，又开始给集训时的室友发。

岁岁和碎碎：我有个朋友……

中国好室友：你有个朋友……然后呢？

乔岁安手指按键盘按得飞快，打完了又觉得自己的语气太过张扬，删完了克制了下心情，重新打了遍。

岁岁和碎碎：他被保送 S 大了。

中国好室友：？

中国好室友：牛。

现在是晚上九点半，乔岁安精神抖擞，一下跳下椅子，碎碎念："不行，我要再练两遍舞。"

乔妈拎着她的后衣领子忍无可忍："那么小一房间，练个屁！洗洗弄弄赶紧睡觉！"

满腔热情突然被扑灭的乔岁安宛若被拎住后脖子无法四处扑棱的鸭子："……哦。"

校考当天的天气很好，阳光明媚，天空蓝得很温柔。

家长是不允许进入教学楼的，乔妈干脆就没出酒店，出发前跟她确认了一遍要带的东西是否都带全了。

最后，乔妈问："你紧不紧张？"

乔岁安仔细感受了下，认真回答："其实还好。"

她已经为此准备很久了，胸有成竹，有足够的自信通过这场考试。

S 大舞蹈系校考没有什么初试、复试、三试之分，所有内容都合在一场考试中，因此时间也久。

但实际上，乔岁安在考试中没有感受到什么时间的流逝，她很认真地完成每一个动作，从基本技能技巧到完整剧目表演，再到即兴舞蹈和个人才艺，全程都很放松。

完成得出乎意料地好。

考试结束后，她跟所有老师鞠了一躬，道了谢，出门后长长地吁了一口气。

中午温度升上去了，丝丝缕缕的云缠绵着，随风慢慢悠悠在空中飘荡。

她不想那么快回去，总想着在校园里再逛一逛，漫无目的。

似是临近期末了，背着包或者抱着书的人步子格外迅速。下了课，又

-224

是一拨人从各个教学楼里涌出来。

她还听见有人在哀号，应该是法律系的学生："民法学总论和刑法学总论内容太多了，真的背不完啊！不求高绩点，放我六十分过去行不行？"

"那你去老师面前多刷刷存在感，让老师给你平时分高点。"

"啊啊啊！"

乔岁安懵懵懂懂地听着，肩膀处忽然被人撞了下。

那"男生"手里的书掉了，撒了一地，"他"一边低头捡书一边道歉，一个抬头，望见她脸的那一刻一愣，拍了拍书上的灰，直起了身。

乔岁安道了声"没关系"，友好地点头微笑了下，转身便要走时，身后那人叫住她。

"同学，能加个微信吗？"

乔岁安顿了顿，回过头，礼貌道："我已经有喜欢的人了。"

"啊？"那人也愣了下，随后笑了，"不是，我也是女生，就是头发短了点，声音粗了点……哦，我是直的。就是你长得真的很漂亮，想认识一下。"

乔岁安脸瞬间爆红，打开手机扫了二维码，止不住道歉："对不起对不起，不是故意认错你性别的。学姐你长得也很好看，对不起对不起！"

那位学姐咯咯笑，耸了下肩，挥了挥手："没事，认错的人挺多的，那我先走了，拜拜！"

她这才松了口气，跟着挥了挥手说"再见"。

手机振动，她低头看了眼，备注上显示着"娇娇丁公主"这几个大字。

乔岁安接了电话，经过刚才一事，语气有点有气无力的："喂。"

那头，他声音顿了顿："考得不好？"

"没有，挺好的。"乔岁安打起精神，笑了下，又道，"话说你这打电话时间掐得挺准啊，我刚考完出来没多久呢。"

丁斯时"哦"了声，尾音拖长了，语速不紧不慢："说不定……我有千里眼呢？"

乔岁安愣了下："啊？"

他嗓音瞬间淡下来："比如说，能看见你刚才给了别人你的联系方式。"

乔岁安呆了一秒，随后扭过头四处张望，寻找他的身影。

丁斯时叹了口气："转身。"

乔岁安闻言转身，相隔十米处，同样握着手机的丁斯时伫立着，微微歪着头望着她，瞳孔漆黑，似笑非笑。

她小跑过来，诧异道："你怎么来这儿了？"

"来看看我未来的学校。"他垂眼望她，"嘶"了声，眉头蹙起，意味深长，"可惜我来得不是时候。"

乔岁安抬了眼。

四目相对一会儿，她没忍住，先错开目光笑了声，再看他时，丁斯时眉梢微挑，只盯着她，安静地等她开口。

"那是个学姐。"乔岁安解释。

丁斯时油盐酱醋皆不进："时代已经不同了。"

乔岁安笑得厉害，又补充："真的。"

他看了她有一会儿，慢慢悠悠挪开视线："勉强接受。"

"丁公主。"乔岁安"嘶"了声，却不放过他，声音里带着调侃，"就这么喜欢管我啊？"

"哪有管你？你也轮不到我管。"他暗示，"我只是提醒你，要注意分寸。"

她直喊冤枉："我一直很有分寸啊。"

丁斯时瞥她一眼，说："是吗？我看你对我就挺没分寸的。"

"比如？"

他开始翻旧账："比如高中了，居然还想尝我的泡面，当我是你闺蜜呢？"

她故作沉思状，几秒后摸着下巴，赞同地点点头："你还真别说。"

"……"

丁斯时静了静，立即伸手又要下拉她的毛绒帽子，乔岁安敏捷地一个侧身躲开，捂着帽子大声强调："那是过去！过去！"

他停住动作，眉梢微扬，手摸摸鼻尖又慢吞吞插回口袋，从她身上收回了目光，直视前方，佯装随口一问："哦，那现在呢？"

她顿住了。

片刻后，乔岁安轻轻眨了下眼，低头踢了一脚路上的石子儿，小声卖关子："高考后再告诉你。"

高三生没有寒假，只有春节假期。年一过，立马又投入热火朝天的学习生活中。天气慢慢转温了，春光挤兑寒冬，垂柳枝丫冒新尖，浮云涌动，薄雾朦胧，于是寒冬便卷着风跑没影了。

黑板旁边的墙壁上张贴着高考倒计时。

一百天。

一连几日春雨，天空如同昼夜不分般暗淡，教室窗户半开着，冰凉的雨丝透进来，又闷又湿，把春困生生拔高了许多。

　　自从校考结束后，乔岁安便全身心投入学习中，她比旁人落了些功课，熬夜熬得也狠，每天凌晨两点睡，六点钟起。

　　丁斯时保送了，她也不愿意让他陪着自己熬，通常凌晨十二点便回自己房间了，打开自己课桌上的台灯继续和题目较劲，有时候写着写着就熬不住了，笔头一歪，额头撞上桌子，又瞬间惊醒过来。

　　课桌上的卷子多得像是要把人淹没，一场又一场考试宛若永无止境，咖啡总是一杯接着一杯，直到完全没有用了。课间总是安静的，一半人做题，一半人禁不住倦意趴在桌上补觉。其实课间八分钟完全不够大脑清醒，但上课铃打响的那一秒，却如悬梁刺股般，倏地从课桌上爬起来，强打起精神继续听课。

　　难熬又折磨。

　　这几次小测下来，乔岁安的成绩并不理想。尤其是数学，挣扎了半天，却只能半死不活地垂在一百一十分上面一点。

　　丁斯时照例每天晚上给她讲题，察觉到她心情有点沮丧，便安慰她："没事，离高考还有八十二天，还有时间。"

　　乔岁安趴在桌上，摸了摸头顶，总觉得头发又少了，她叹气："我觉得自己可能就不是学数学的这块料。"

　　"等到大学你就不用学数学了。"丁斯时道，"再忍一忍，你想想S大。"

　　乔岁安深呼一口气，给自己加油打气："我可以的。"

　　他看着她，说："你可以的。"

　　乔岁安继续自我心理暗示："我能考进S大的。"

　　丁斯时重复："你可以考进S大的。"

　　乔岁安握拳："数学对我来说不是难事，加油！"

　　丁斯时忍不住笑了一声，摸了摸她的头发，声音柔和下来，鼓励她："加油。"

　　有时学累了，乔岁安会停下来刷刷手机微博S大超话里的帖子，窥伺一角里头学生的生活，依靠这个来想象以后自己的大学生活。

　　想象了会儿，她又觉得自己有动力了，可以继续前进下去了。

　　四月六日中午十二点，S大的校考成绩出来了。

　　这天正好是周四，乔岁安还要上课，耳朵有一搭没一搭听着，心却飞

没收。

窗户微敞，走廊上的风与交谈声模模糊糊灌进来，她浑浑噩噩地盯着身前人长长的睫毛，失去了思考的能力。

脚步声停在了窗外。

"嗯？这间教室……"

他按在她唇上的手用力了几分，乔岁安下意识地屏住呼吸，侧耳听着窗外的动静，紧张的情绪从心脏蔓延至身体的每一个细胞。

"怎么了？"另一个老师问。

"中午要是没人用的话，我就征用了。下次谁默写不及格，我就把人逮过来重默。"

脚步声重新响了起来。

"我快头疼死了，我们班上那几个，背书不好好背，手机玩得倒是起劲。这个月我抓到了三个带手机来学校的，你说多离谱……"

聊天声渐远，直至彻底听不见，丁斯时才终于松开捂着她的手。

乔岁安喘了一口气，整个人卸了力气，肩膀一塌。随后她便要起身，腿还未直起来，一声痛苦的"嗷——"便喊了出来，一个没站稳，"砰"的一声往后摔了个结实。

乔岁安："……"

丁斯时："……"

两个人相望几秒，他先别开目光，没忍住，从唇边溢出一声笑。

她恼："别笑了，我只是腿麻了，快扶我一把啊！"

"对不起。"他真诚地道了歉，回头又看她一眼，再次笑出了声。

乔岁安怒道："啊啊啊，你别笑了！"

"我错了。"丁斯时抿住唇，强行拉平上扬的嘴角弧度，向地上的她伸出一只手。

乔岁安借着他的力道，拖着一条残废似的腿，小心翼翼地起了身，再小心翼翼地脚尖点地，缓慢地活动。

腿还未恢复正常，上课预备铃先打响了，她身形一顿，再一次发出了爆鸣声。

完了，要迟到了。

人到一班门口的时候，老师刚进去，乔岁安站在门口喊了声"报告"，老师回头，视线在他俩脸上晃了圈，诧异道："你俩这是……课间跑了个八百米才回来？"

全班哄笑。

乔岁安忍不住摸了摸脸，低头盯着脚尖。

有那么红吗？

"开玩笑啊，老师知道今天你校考成绩出来了，激动，正常。"老师视线转了转，落在她的口袋上，和蔼道，"口袋里那个东西藏藏好，只此一次啊，下次再看见就交给你们班主任了。"

乔岁安赶紧把手揣兜里捂住手机，顿了顿，又觉得多此一举，头埋得更低了。在老师说了"进来"后，她压抑着雀跃和尴尬走回自己座位。

罗落戳戳她，用气声问："怎么样？过了吗？"

乔岁安小声道："我专业第一。"

"牛。"罗落给她竖了个大拇指，兴奋道，"厉害死了，我的乔！等你进 S 大了，S 大舞蹈系第一那个美女曾是我高中同桌这事儿，我能吹半年好吧！"

乔岁安抿唇，憋笑。

她的目光飘向黑板旁边的高考倒计时上，还有六十三天。

这个消息像一次好的预兆，乔岁安持续兴奋了好几天，一连这几天的学习效率也特别高。除了她那上升空间狭小的语文，其余几门科目成绩都有所提高。

紧接着，新一次数学小测成绩出来了。

一百三十二分。

高三以来，她从未拿到过如此高分。乔岁安拿着那张卷子跟丁斯时得意扬扬地炫耀了好几天："我说什么来着？区区数学，难不倒我！"

好像一切都在变好。

白昼时间逐渐变长，绵延的春雨停了，温度也慢慢升上去了。

从清晨的日出到深夜的月光与灯光，无数支用完的笔芯堆砌成刻骨铭心的日子，黑板旁的倒计时一天一天减少。

乔岁安这段时间进步飞快，最后一次年级大考里，拿了年级第四，班级第三。语文一百三十五分，单科排名年级第一，作文被当作优秀范文，打印出来发给其他同学学习。

"你这个进步速度，都快赶得上火箭了。"罗落看着她的作文感慨。

乔岁安佯装谦虚地摆摆手，唇角却扬起："一般一般。"

随着高考的日子越来越近，天气也越来越炎热，课后揪着老师问题目的同学也越来越多，时间过得越来越紧凑，气氛也越来越紧张。

风透过窗户，掀开卷子，携了墨香味，卷起教室后学习园地上贴着的心愿便笺一角，学习园地最上方用图钉固定着一行大字——

乾坤未定，你我皆是黑马。

毕业照定格笑脸与青春，黑板旁的日历在倒数，从两位数迅速往下坠落，开启最后的倒计时。

晚上的学校难得聚满了人，在教学楼的走廊上围了一圈，有人拿着手电筒照着对面，也有人拿着荧光棒，还有胆子大的直接掏出了手机。

夜很黑，月亮伸手掰开云层向下探着头张望。各种手电筒、荧光棒的亮光在黑夜里一点一点，汇聚成一片星河。

"我要上五百五十分！"不知道是谁开始，喊了第一句话。

静了两秒，紧接着越来越多人鼓起勇气，大声呐喊。

"我要考上医学院！"

"我想当法官！"

"S大！我来啦！"

"'985'们，'211'们！给我一个机会吧，求求啦！"

"要求不高！一本收留我！"

"加油！对面的你！加油！"

各种梦想的声音混在一起，大声地喊出来，带着对未来的期待和憧憬，带着孤注一掷的勇气。

其中有一道声音，明显是拿了喇叭，带着扩音效果，回荡在教学楼间，格外引人注目："金老师！对不起！你前两天那个假发是我拿走的！我不是故意让大家都知道你戴假发的！我已经把它放回你办公室桌上了！"

顿时，走廊上围绕着的人群一阵哄笑，金老师骂骂咧咧："哪个兔崽子？有本事把名字留下来！"

乔岁安趴在廊边，忍不住笑，乐得不行。

身侧有个人靠过来，上臂贴着她的肩膀，衣料摩擦间，他问："你喊不喊？"

"不喊，我不太好意思。"

乔岁安回头望他，夜色朦胧，他眼底映着灯光，亮晶晶的，闻言挑了下眉，又问："我给你那本笔记，你看完没？"

"看完了啊，早看完了。"

"最后一页也看了？"丁斯时补充，"翻过去的最后一面。"

她仔细回想了一下，有点茫然："你那一页我记得没写字啊。"

"写了。"丁斯时轻声道。

周围过于喧闹，乔岁安没听清，便靠近了些，问："你说什么？"

他抿着唇笑了下，挪开眼："没什么。"

借着夜色，丁斯时悄悄把她搭在廊边的胳膊拉下去，摸索片刻，触碰到她的手指。

温热的。

只碰了一下，像是不经意间。

她指尖颤了颤，抿了抿唇，嗓音有点干巴："你干吗呀？"

"没干吗，不小心碰到了。"他没看她，望着对面。

乔岁安哼了声，不去看他了。

两个人心照不宣地靠在栏杆边，胳膊肘碰在一起，夏季的晚风拂过周围的喧嚣，闪烁的灯光像永不言败的宇宙。

倏地，她听见身侧那人道："我也想喊一句。"

乔岁安愣了下，脑子还没理清楚他的意思，丁斯时伸出手搁在嘴边，突然很大声地喊了一句："我想说，岁岁平安！"

他的声音很快淹没在人群中。

但她猛地回过头望他，对上了一双染着笑意的眼睛。

"记得回去看笔记最后一面右下角。"丁斯时笑着，认真强调，"别忘了啊，岁岁。"

夏季的温度和他眼底的灼热顺着血管抵达心脏，卷起一片波涛汹涌。

乔岁安一眨不眨地望着他的眼睛，不可思议的，震惊的。良久，她收回视线，目光落回对面的教学楼上，眼神没聚焦，她抿住唇，勉强克制住唇角上扬的弧度。

她好像有点理解了他那句话的意思。

人群嘈杂，乔岁安按捺住心跳，悄悄拉了拉他的衣角，丁斯时察觉到了，配合地弯下腰，耳朵靠过来。

乔岁安在他耳边轻声道："我不敢喊，所以，我就跟你一个人说。"

"我想考Ｓ大，和丁斯时一起。"

在学校的最后一天。阳光爬上树梢，爬进教室，一片璀璨的明亮。

班主任给每个人发了步步糕。

他站在讲台上，从左到右扫视了一遍教室。

"这三年，很高兴认识大家。"他说，"我知道，大家这一年过得很累，每天有写不完的作业、刷不完的题，可能早上念着语文古诗词醒来，半夜枕着数学卷子入睡。大家压力都很大，你们担心考不好，老师也担心自己没教好。每天都盼着，说高考什么时候结束，又暗自祈祷它再晚一点来吧，这样就有更多的时间可以复习了。"

所有人都安安静静地坐着，坐姿笔直，认认真真听他讲话。

快速流逝的时间总是在这一刻慢下来，阳光坐在窗台上陪他们一起听这最后一堂课。

"可是这个世界最公正的就是时间，它不会为任何一个人慢下来，也不会为任何一个人加快脚步。不过请不要担心，因为我们都尽力了。无论结果如何，都请为自己，为努力拼搏过的自己而骄傲。

"带好所有要带的，什么准考证、手表，去考你们高中生涯的最后一场试，为你们的这段旅程画上一个完美的句号。"

老班笑着，语气却有点哽咽了，最后他说："'海压竹枝低复举，风吹山角晦还明。'希望你们未来都能实现自己的梦想，做光芒万丈的自己！"

"老班别哭！"

"老班！我会想你的！"

有男生跑上讲台，抱了他一下。没一会儿，好几个人围住了班主任。

他说："我不哭，我们都好好地往前走。"

垃圾桶旁堆满了试卷和书本，桌肚清空了，椅子翻上去了，高三的教室人进进出出，越来越少，直至最后空无一人，只剩下黑板上用各种颜色粉笔签下的名字，乔岁安、丁斯时、林时蛰、罗落、季也、顾杰与、张恰嵘……

装满了希冀的盛夏，终是来临了。

第十四章 //
少年不说再见

最后一场考试的结束铃声打响，像是一条划分时间的分割线，正式结束了乔岁安的高中生涯。

她呼了一口气，随着人流往外走。

外面阳光很好，穿透云层，树影摇晃，地面上粼粼光影斑驳。

她最后再回头望了一眼教学楼，整座楼被阳光镶上一层金边光晕。她笑了下，扭回头，往外走，奔赴她的新世界。

校门口人流拥挤，袂云汗雨，密密麻麻的一片。

她踮起脚尖张望丁斯时人在哪儿，胳膊蓦地被人拉了下，下一秒，话筒递到了唇边，记者快速地问："同学你好，可以占用你几分钟采访你一下吗？"

乔岁安余光里瞥见摄像头对准自己，愣了下，人还蒙着，记者又道："就几分钟，不会太久的。"

对上记者期待的目光，她不太好意思拒绝，便点了点头。他们在拥挤的人群中找了一个相对来说宽阔一点的地方开始采访。

"请问你觉得这次考试难吗？"

乔岁安思考了下，慢慢道："还好，出题还是挺中规中矩的，我做这几张卷子还都挺顺手的。"

"那你觉得你这次大概能考多少分呢？"

乔岁安道："这……不太好说，但考 S 大应该没问题。"

记者一愣："学霸啊！"

她有点不太好意思地伸手挠了一下脖颈："我是艺考生，是打算考 S 大的舞蹈系的。"

她余光往旁边一扫，一顿，丁斯时站在摄影大叔边上，正抱胸挑眉含笑望着她。

　　几个问题问完之后，记者向她道了谢，乔岁安摇摇头，就小跑两步奔过去了。

　　"丁斯时。"她喊他，眼睛在阳光底下亮晶晶的，"你刚站哪里了啊？我都没找到你。"

　　他昂起下巴，点了个方向："刚在那边，也在接受采访呢。"

　　乔岁安来了点兴趣："也问你这次考试难不难？"

　　他点点头，语气不咸不淡的："问我难不难，我说不知道，没参加。又问我说我不是今年的考生吗，我说我是保送生，就来这儿接个人。"

　　乔岁安想象了一下那个画面，有点想笑。

　　穿过熙攘的人群，周围人总算慢慢少下来。

　　乔岁安打了把遮阳伞，伞柄自然而然地被丁斯时接过。

　　两个人并肩走在路上，微风拂过树叶一片沙沙响，马路上的车鸣声不绝，行人三两，步履匆匆。

　　考场离家不远，走过去一刻钟的时间。

　　两人慢吞吞的步伐像是在散步，气氛一下沉默下来，只剩下风声和车声，有点奇怪，磨人的奇怪。

　　半晌，身旁那人道："高考结束了。"

　　乔岁安低头看鞋，指尖蜷起："哦。"

　　垂下的指尖在身侧前后小幅度晃着，两个人靠得近，她的手指擦过他的裤子布料，冰凉的。

　　乔岁安偷偷摸摸地抬眼瞟他那只撑伞的手，指节分明，指甲剪得干净圆润。

　　她抿唇，稍微鼓起了一点勇气，指尖绷紧了要抬起来够他那只手，抬到一半又觉得有些刻意，又放下了。

　　这样会不会太快啊？他会不会反应不过来她是什么意思？

　　他应该知道她的心意吧？她应该先主动暗示吗？还是干脆一点，直接大胆说出来？

　　他怎么偏偏用那只靠近她一侧的手撑伞呢？

　　好烦。

　　她悄悄拿余光瞥了一眼丁斯时的侧脸，指尖再次动了动，重新抬起来一点……

　　周围路过同样刚高考完的学生，激烈地讨论数学最后一道选择题的答案。

"B！肯定是B！"

"不可能！C的范围比B更小！"

骄阳下几人针锋相对，争得面红耳赤。

乔岁安噎住一口气，手又放下，狠狠闭了下眼。

手机在口袋里振动，她像被吓了一跳，有点手忙脚乱，把手机拿出来，是班群的消息。

"班长说，明天班级聚会，订了餐厅和KTV，要去的群里扣'1'。"乔岁安呼了口气，抬头装作什么事也没有发生过，语气自然地问，"你去吗？"

"去。"丁斯时道，"我手机在包里，不太好拿，你帮我回一下吧。"

她"哦"了声，指尖一动，先是自己回了'1'，紧接着微信切去丁斯时的号，刷新了一下页面，再打了个'1'发过去。

发完消息后，乔岁安摁灭了手机。漆黑的屏幕映出一张忐忑又纠结的脸，她盯着手机看，感觉自己的心跳又逐渐开始激烈起来。

她收回手机，闭了闭眼，蓦地开了口："丁斯时。"

"怎么了？"

她决定主动出击："之前我告诉你说，我有一个秘密……"

他神色一凛，打断她的话，拽着她的手臂往旁边一扯："小心！"

肩膀似是擦过什么，乔岁安被拽得趔趄两步，回头一望，一辆自行车驶过，消失在拐弯处。

她瞠目结舌，说："怎么会有人在人行道上骑自行车？太危险了！"

身侧的他叹了口气，她仍盯着自行车消失的方向未回过神，手心突然触碰到一阵温热。

乔岁安转过头。

不知何时，丁斯时已换了只手撑伞，他低着头，修长的手指触碰到她的手，顺着掌心的纹路慢慢往下滑，直至最后牵住她的手。

不是十指相扣，只是一个非常普通的牵手姿势，她却整个人都僵住了。

乔岁安从未有过这样的感觉，盯着两只相握的手，下意识地屏住了呼吸，心脏像被浸泡在了糖浆里，好似下一秒她就要溺死在里面。脑袋里那种呼之欲出的欲望在高考结束后变得清晰，如同洪水汹涌而出。

这比任何一次触碰更令她心跳加速，令她心猿意马，令她怔怔然分不清现在身处何处。

明明这只是一个非常普通的牵手姿势。

他先是"嗯"了声，像是在回应她前面的话，随后说："看路。"

什么？她茫然。

他刚才说看什么？看路？只是看路而已吗？

乔岁安有点不可置信，余光里他们的手紧紧相握，她声音闷闷地试探："怎么突然牵我的手？"

他没看她，声音很自然："怕待会儿再出什么意外，拉你方便一点。"

她从溺死人的氛围里清醒了点："……你还有什么想说的吗？"

"没了。"

"……"

她静了静，瞥见他唇角的一点微小的弧度，一瞬间像点了火的鞭炮，炸了。

乔岁安甩开他的手，怒目而视："什么叫作男女授受不亲你不知道吗？好朋友之间能这么牵手吗？啊？丁斯时你太过分了！"

语毕，她扭头就走，将他甩在后面。

丁斯时立即追上来，将伞举在她头顶，闷着笑道："不是怕黑吗？"

"我不撑了！"乔岁安拔腿就跑。

"乔岁安——"他在身后喊她，她充耳不闻，一路气鼓鼓地冲回了家。

她委屈。

浑蛋！他明明都懂！

翌日，闹钟没响，乔岁安猛地从睡梦中惊醒，下意识地伸手从床头柜上摸手机看时间。

六点五十。

她先是"咯噔"了下，掀开被子一下翻下床，一个滑步飞去衣柜边上，手指触碰到校服的那一秒，她突然恍恍惚惚地想起来——

高考结束了，她今天不用上学。

乔岁安深呼了一口气，肩膀微塌，踩着拖鞋小步走回床边，往床上一瘫，踢开拖鞋，愣愣地望着天花板，解脱的同时却又茫然，心里空荡荡的。

忙碌的生活像是一下子被人抽空了，无事可做，手足无措。

不过片刻，她就从这样的状态抽离出去了。下午还有同学聚会，班长在 KTV 订了包房，从一点到四点。

她去，隔壁那位也去。

乔岁安站在衣柜面前沉思了很久，扒拉了半天，挑了两件裙子在身上比画了下，盯着镜子咬了咬指甲，有点拿不定主意，干脆拍了照片发给余清。

云宝：你很怪，为什么突然问我哪身裙子更好看？什么情况？

乔岁安有点心虚。

岁岁和碎碎：怎么，不允许我爱美一下吗？

她要闪亮登场，亮瞎隔壁那位的眼睛，但是不搭理他，让他为昨天的过错买单。

云宝：不是，主要是这两身衣服都不是你平时的风格啊，你平时衣品都是那种大方简约的，这两身都是那种有一丢丢小性感的类型。

云宝：所以，今天是什么特殊的日子吗？

乔岁安避而不谈：你就说哪件更好看？

云宝：左边那身。

云宝：不要逃避话题，你怎么突然转变风格？我的直觉告诉我这件事没那么简单，你要大杀特杀谁？

乔岁安直接视而不见装掉线。

左边那件上身是一件酒红色的挂脖短款吊带衫，吊带搭在精致的锁骨上，直角肩平滑，冷白的皮肤与红色碰撞出一种强烈的视觉冲击力，黑色短裙，不规则的裙摆遮住一半大腿，她本就腿长，也直，肌肉匀称地附在骨头上。

这身衣服其实是乔妈买来自己穿的，结果买小了一号，就扔给乔岁安了。她不太习惯这个风格的衣服，便一直丢在衣柜里没动过。

难得尝试一下，她照照镜子，心情稍微好了点。

自己身材真好呀。

换完衣服，乔岁安把头发梳梳顺，绾起一个高马尾，拿了个小包，走到门口刚换上鞋，手机"嗡"的一声响。

娇娇丁公主：在你家门口。

乔岁安小心翼翼地打开猫眼瞄了眼外面，果真有个人影站在那儿。她深呼了一口气，打字。

岁岁和碎碎：我已经走了。

娇娇丁公主：不信，出来。

岁岁和碎碎：我真的已经走了！

手机那头没声音了。

乔岁安抱胸站在门口等了会儿，手机上没有新消息，猫眼显示外面的那位始终低着头，不知道在干什么，就是不走，也不知他信了没有。

隔了一会儿，乔妈打着哈欠从房间内走出来，目光掠过乔岁安，一顿，上下扫视了一番。

乔岁安低头看了看自己的着装，再对上她妈的目光，突然间僵住了，浑身不自在。

但乔妈什么也没说，又打了个哈欠，在乔岁安的注视之下，慢吞吞地走过来，慢吞吞打开了防盗门，把人往外面一推，手指在丁斯时身上一点，终于开了口："好了，我要睡觉了，不要再给我发消息了。"

大门被关上，30℃的夏天，乔岁安感受着头顶似笑非笑的视线，整个人仿佛被冰冻了，鸡皮疙瘩起了一身。

"你有什么想说的吗？"身后那位问。

乔岁安转过身，没敢看他的眼睛，平视他的胸口，余光里注意到他居然还背了个包。

奇怪，又不是去上学，背这么大个书包干什么？

但她也没多想，清了清嗓子，若无其事地问："时间差不多了，走吗？"

自她转身的那一刻起，乔岁安就感觉到那道落在她身上的目光，骤然间变了味道。

他沉默了。

乔岁安随着他的不说话而紧张，垂在身侧的手指捏紧了。她忍不住，视线一点一点往上挪，从他那件白 T 到肩膀，到喉结，紧接着她清晰地看见，他的喉头轻轻动了动。

"走。"他道。

乔岁安眨了眨眼，视线重新低下去。

两人到 KTV 的时候，包房里已经来了不少人，里头正播着萧敬腾的《王妃》，吼叫声一片，像猴子叫。班长握着话筒站在大屏幕前，蹦得正起劲。桌上还放了几瓶酒和几瓶果汁。

包房门打开，班长扭过头，目光扫过他俩，又是一定，仔细瞧了瞧乔岁安，一声惊呼通过话筒传遍包房里的每个角落。

丁斯时一进包房就被半醉的学委拉走，鬼哭狼嚎地吼着"丁哥，我压轴不会做"。

乔岁安找到罗落跟林时蛰的位置，挤进她俩的中间。

罗落目瞪口呆看着她从门口走过来，眼睛聚焦在她的肩上，半天挪不开，最后吞了下口水，色胆包天地问："乔，我能摸一下你的锁骨吗？"

乔岁安闻言望过来，罗落又补充了一句："没有别的意思，我是直女哦。"

林时蛰默默举起手，说："一人摸一边行吗？"

"滚吧。"乔岁安对此的评价是，"碰我一下两个亿，有本事你俩摸。"

两个人又默默把手收回去。

乔岁安没点歌，拿一次性杯子倒了点果汁坐边上喝，目光有意无意地往丁斯时那儿瞟。

学委抱着丁斯时的胳膊不撒手，还在号："为什么？凭什么？是我身高上浓缩的精华还不够吗？是我学习还不够努力吗？"

丁斯时一个头两个大，学委个子小力气却格外大，怎么挣都挣不开。体委在边上看戏，剥着花生摇头叹气："早知道他力气那么大，我当时运动会就该给他报个铅球的，肯定能拿奖！"

乔岁安鼓了鼓嘴，收回视线，又给自己倒了一杯果汁。

几杯下去，她有点想上厕所，便放下杯子从沙发上起了身，手搭在门把上，顿了顿，回头像是随便往后扫了一眼。

余光里，丁斯时仍然被学委缠着，他好像抬眼回望向她，包房内光线昏暗，把他的眸子照得晦暗不明。

乔岁安抿了下唇，收回视线出了门。

上完厕所，乔岁安洗了个手，抬眼瞧着镜子，弯了下嘴唇又放下，肩膀微塌，垂头盯着自己湿润的手半天，不知道在跟谁较劲似的，狠狠甩了甩手上的水珠，尔后一甩头踩着那双白色运动鞋出了卫生间。

KTV 的走廊很长，廊上灯光明亮，不时传来各个包房的音乐声，混杂在一起。

乔岁安默念着"306"，蓦地瞧见他们包房门口的墙壁上靠着个人，一条长腿微微屈着，很干净的一件白 T 恤，抱着胸，低着头，额前碎发挡住了眉梢，下颌线十分分明。

她脚步一顿，随后下意识地挺直了腰，昂着下巴假装什么也没看见，大步流星地走过去，就在手握住门把手正要往下按时，手腕突然被人握住。

随着手腕上温热的触感，她紧跟着颤了下，稳了下嗓音，没看他，说："干吗？"

身侧那人直起了身子，握着她手腕的那只手却没有松开，微微靠近了些。

"高考结束了。"他道。

乔岁安"嗯"了声。

静了一秒，头顶传来一声极轻的哼笑，他带着她的手松开门把手，指尖顺着手腕往下滑，插入她的指缝间。

她能感受得到头顶他的目光，炙热滚烫。但她仍没抬头，只是手被人控住，指尖动了动。

"我喜欢你。"他的嗓音从头顶传下来。

乔岁安猛地抬起头。

她眨了眨眼，舔了舔嘴唇，企图镇定些："你刚说什……什么？"

"我刚说……"他凝视着她的眼睛，声音放轻放软了，"岁岁，我想当你男朋友。"

心跳声震耳欲聋，乔岁安还残留些理智，没有冲动地应下来。

"你喜欢我你昨天对我那个态度？"她又开始委屈了，"你喜欢我你牵我手结果就说让我看路？你喜欢我你在我说'好朋友'这三个字的时候不反驳？"

"昨天有些东西还没有准备好，"他低声辩解，"并且我也不想让你先表白。"

"那你刚才那个意思不就是在暗示让我先表白吗？"她的声音不由自主地大了点。

"没。"他认真地说，"我肯定会抢在你之前先说出口的。"

乔岁安稍微消了点气，瞅他："那你昨天是什么东西没准备好？"

"礼物。"

她突然想起他今天背的那个包："给我的？"

"给我女朋友的。"丁斯时又向她靠近了一点，"给个准信吧，岁岁，你愿意吗？"

他的声音低到像是蛊惑，KTV走廊上凌乱的音乐成为背景音，心跳得那样快，乔岁安感觉自己整个人都好像被拉进了一场不切实际的梦里，唯有一个念头无比清晰。

终于，她鼓起勇气，手指搭在他的指关节上，回握住他的手，终于抬起眼，直视他，微蹙的眉头好似在苦恼，嗓音却故作轻快："怎么办呢？只能原谅你了，男朋友。"

她抬头望过去的那一瞬间，对上了一双漆黑的眼睛，墨色沉沉，情绪翻涌，一切都意味不明，全部沉浸在海浪澎湃中。

下一秒，乔岁安感觉整个人被拽了过去，一阵天旋地转，她下意识惊呼一声，隔壁包房的门打开又合上，丁斯时压了过来。

他脊背靠着墙，一只手垫在她的脑后，另一只手仍维持着十指相扣的姿势，却是反剪住她的那只手，环住她的腰。

空无一人的包房内灯还未开，一切都隐在一片暗色里，视线模糊，其他感官却更为清晰。

她感觉到他靠得很近，呼吸声近在咫尺，尽数喷洒在脖颈侧，一阵痒。

丁斯时气息不稳地低声问："可以接吻吗？"

心跳很重的一下，她的睫毛颤得厉害，低垂下盯着他胸前的衣襟，不吱声，身子却微微动了动，往他那边贴得更近了些。

不知道过了多久，乔岁安抿了抿有些泛红的唇，眨着眼，手指有点麻，掌心出了汗，她动了动指尖，却又被他十指缠得更紧。

丁斯时将脑袋搁在她的肩上，蹭了蹭她的脖子，静了片刻后，轻声夸她："今天你很漂亮。"

"那当然。"她终于听见这么一声，立即扬起下巴，语气里带了点小得意小炫耀，还有一点捉弄的意味在，"今天路上好多人都在看我，你会不会吃醋呀？"

"你是成年人了，怎么打扮穿什么衣服是你的自由，我无权干涉，也不能把看你的人眼珠子抠下来吧？"丁斯时抱着她，伸手捏了捏她的脸，"并且，看你的人那么多，你的男朋友仍然只有我。"

"哦。"乔岁安一只手抱住他的腰，脸贴着他的肩，还是忍不住弯着唇笑。

回到原来班级的包房，乔岁安下意识地把他俩相握的手往后藏了藏，贴着丁斯时找个最边上的位置坐。

"你干什么？"丁斯时察觉到她的小动作，低声问，"你是不是想地下？"

"不是。"乔岁安小声解释，脸还是红的，"就……现在公开太快了，而且人太多了。"

丁斯时盯她。

乔岁安摇了摇他的手，眨眨眼，声音轻轻的："过两天吧，实在太多人了，告诉一个，不过一会儿全班都知道了，到时候聚会还没结束，他们就逮着我俩看了，这太高调了。我们可以一点点公开，比如先告诉几个关系好的。"

丁斯时继续盯她，声音里带着笑："岁岁，你现在是在撒娇吗？"

"不……"她下意识想反驳，但扭头一想，跟男朋友撒娇怎么了？于是，她理直气壮地盯回来，"不行吗？"

"行。"他收回视线，扭头去看大屏幕，手捏了捏她的指尖，语气却若无其事的，"就听你的呗。"

后面林时蛰叫乔岁安去玩游戏，她"啊"了声，松开丁斯时的手，便小跑过去了。

林时蛰看见她时一愣，疑惑道："乔乔，你头发怎么乱了？"

乔岁安闻言怔了下，摸摸头发，干笑："可能刚才头靠着沙发靠久了，就有点乱吧，没，没事，我重新扎一下。"

林时蛰还是觉得奇怪，多看了她两眼，却也没有深思，拉着她坐下玩游戏去了。

KTV 唱完歌，晚上班长又订了一家餐厅，很大一个包房。

乔岁安特意跑到丁斯时旁边，佯装无意地环视了一下四周，见无人注意到她的动作，安心坐下。

班长转转盘时，目光一扫，在丁斯时身上停住，皱眉疑惑："你怎么用左手拿筷子？"

乔岁安呼吸一滞，还没得及松开丁斯时的手，丁斯时握着她的手紧紧的，压根挣不开。

"班长，你袖口要碰到碗里的菜了。"丁斯时不动声色地转移话题。

身侧的乔岁安不自然地咳了一声，右手轻轻捋了一下脸侧的八字刘海儿，低头盯桌上的碗筷。

好在班长也没有过多在意这个问题，闻言慌忙抬手远离碗，也把疑问抛之脑后了。

"哎，话说那个，老金的假发究竟是谁拿走的？"餐桌上，有人挑起了话头，好奇地问，"喊楼的时候，那个声音听上去好耳熟啊。"

"是挺耳熟的，但应该不是咱班的吧？"罗落分析道，"那个声音感觉是从咱班对面走廊上传来的。"

体委默默举起了手："是我干的。"

所有人都愣了，林时蛰憋着笑给他竖起了大拇指："牛。"

"但我真不是故意的。"体委叹了一口气，忧愁地说，"我为了不让别人发现，特地拿着喇叭跑去对面喊的。"

"你别说，老金那个假发还挺逼真的，要不是你，我还真不一定发现得了。"英语课代表笑了半天，想到什么，又问，"哎，上次英语老师说她茶杯底座莫名其妙磕了个口，站不稳了，是不是也是你干的？"

体委怒指学委："这个真不是我！不要污蔑好人！这是学委干的！"

学委立马站起来，假装没听懂似的，说："什么？你要跟我碰杯？"

从金老师的假发开始，话匣子突然打开，吵吵闹闹一片，大家回忆着各种糗事，高中三年那些好笑的、好玩的，抑或难过的所有事。水杯或者果汁满了又见底，又被满上又见底，水面隐隐倒映出一群人嬉闹的模样，和记忆里的穿着校服的人影重合又交错。

直至现实抽空回忆，包房里渐渐安静下来，所有曾经的欢闹在这一刻共筑沉默。

碗筷碰撞的声音特别清脆，在一片静悄悄中显得格外响亮，大家都在用夹菜的动作掩盖住情绪。

最后，班长站起来，椅子"刺啦"一声响打破寂静，他举起杯子，大声道："咱别的也不多说，我以水代酒，祝大家都考上心仪的学校！干杯！"

所有人都站起来，举起杯子："干杯！"

到后面，林时蛰也有点情绪上头，抱着罗落不撒手，呜呜哭："我再也不抢你的瓜子了，我不想和你分开，呜呜呜呜。"

罗落备受感动，刚要伸手拍拍她的背说两句煽情的，林时蛰撒手撒得利落，扭头又抱上乔岁安，哭得更大声了："乔乔！我的乔乔！S大好远啊！上大学之后咱们得多久才能见一面啊！"

班里流眼泪的人越来越多。

班长说以后要是想聚聚，照样可以开同学聚会。但是实际上每一个人心里都清楚，以后不可能再有这样刚刚好好的机会了。刚刚好好每一个人都在，刚刚好好你在我的记忆里还很鲜活，刚刚好好我们相熟。

多年之后，或许再有机会，只是大家也许都变了样，也许记忆模糊了，难免多了些陌生与尴尬。到最后的最后，我们在彼此的回忆里只剩下一个模糊的印象，告诉我，过去的我认识过去的你。

席慕蓉写道："筵席已散，众人已走远，而你在众人之中，暮色深浓，无法再辨认，不会再相逢。"

最后一个夏季结束在灯光之下挥手说"再见"的那个傍晚。

聚会散场之后，乔岁安跟丁斯时肩并肩一起走回家。

晚风褪去热闹的外壳，情绪久久不能被压抑住。

乔岁安心情有点低落，直到丁斯时伸手握住她的手。她偏头望了一眼他，随后便低下头看两个人脚下的影子。

两道影子相贴，随着走路的晃动忽近忽远。掌心温热地合在一起，传递体温。

路上汽车轮胎划过沥青，扬长而去，路灯把一切都照得朦胧橙黄。

老半天，她才从离别的思绪里抽出来，心情好了些。她盯着影子看了半天，突然起了点幼稚的坏心思，踩了一脚他的影子。

丁斯时瞧着，不由得觉得好笑，扯了一下她的手，说："干什么？"

"心情不好，发泄一下。"乔岁安道，"你也可以踩回来嘛。"

丁斯时不说话，松开她的手，步子加快了点。

乔岁安愣了下，站在原地，不可置信地看着他就这么往前走了。

生气了？不至于吧？

她不由得恍惚了下。

丁斯时以前有那么容易莫名其妙生气吗？

哦，有的，他是公主。

但起码现在她知道了，他以前那些生气说白了就是吃醋。现在又是怎么了？

乔岁安震惊地瞧着他的身影消失在广告牌后面，一面嘀咕，一面稍微加快了一点步子想要追上去问个明白。

乔岁安快步，正要绕过广告牌，面前蓦地被一束花拦了脚步。

丁斯时就这么靠在广告牌上，阴影挡住脸，唇角的笑隐隐约约，手里握着那一大束花。

她低头看，是针织的泰国玫瑰，一大束。

乔岁安愣住了，抬头看看他，又低头看看花。

"愣着干什么？"他又把花往上举了举。

她这才接过花，抿了下唇，嘀咕道："你刚走那么快，我还以为你生气了。"

"没生气，只是这个花在包里压久了，刚拿出来有点丑，理理再给你。"

"哦。"她低着头，伸手捏了捏其中一朵的花瓣，唇角忍不住往上扬，挑了下眉，评价道，"还挺好看的，你怎么想到编这个送我？"

丁斯时站在广告牌的阴影下，弯下腰，双手撑着膝盖，平视她，眼角沁了笑意。

"因为永生花最多只能保存十年。"他垂下眼，目光落在针织玫瑰上，很认真，"但我想送你一朵真的永生的。"

"丁斯时。"她突然喊他，他"嗯"了声，尾音上扬，一抬眼，就见她眼睛亮晶晶的，蓦地踮脚，在他脸侧轻轻触碰了下。

他怔了下。

一触即离，她抱着花头也不回就往巷子里走。

"花我很喜欢啊。"微风把她的声音从前面卷过来，"男朋友，回家吧。"

丁斯时摸了摸脸侧，失笑，直起身子，迈着长腿三步并两步追上来，牵住她的手。

乔岁安的好心情持续到家门口，她把花束藏在身后，转着钥匙慢慢开了门，谨慎地拉开，往里头张望了下。

家里的灯灭着，看来爸妈还没回来。

她松了口气，把花从背后重新抱回怀里，进了屋。

乔岁安在房间书桌上方的柜子里清出一片空来，把花束小心翼翼地摆在中间，和那本"送给隔壁的课堂笔记"放在一起，接着后退两步看了看，又调整了一下位置。

她想拍两张照的，从口袋里掏出手机时才发现不知何时已经没电关机了，她给手机充上电，开了机，在等开机的时候她突然想起自己好像有个拍立得。

于是，乔岁安一阵翻箱倒柜，终于在床底的杂物柜里头翻到了那个拍立得，里头还有两张胶片。

她调好角度，对着那束玫瑰按下快门，胶片从一片白到慢慢成像，她很满意。

手机开了机，"叮叮咚咚"响个不停。乔岁安拿起来看了眼，才发现余清今天给她发了不少消息。

云宝：为什么逃避我的问题？

云宝：你甚至不回消息了！

云宝：一定有猫腻！你越这样我越是怀疑！

云宝：乔岁安同志，请你不要装死！回我消息！回我消息啊！

云宝：戳一戳。

云宝：戳一戳。

┈┈┈┈┈┈

乔岁安趴在桌上，往下划拉消息，剩下的就是一大堆"戳一戳"，里头偶尔混了一两句"快回我"。

她乐得不行，咬了咬大拇指指甲，开始打字。

字还没打完，余清又给她了条新的。

云宝：哟，终于在"正在输入中"了啊，知道要回消息了啊？我盯了一下午的消息框。

岁岁和碎碎：手机没电了。

余清发了个"盯"的表情包。

乔岁安斟酌着打字。

岁岁和碎碎：跟你讲个事，希望你不要太过于惊讶。

余清继续"盯"。

岁岁和碎碎：就……

她慢慢吞吞地敲击着键盘，深呼了一口气，伸手把唇角往下扯了扯，终于把消息发了出去。

岁岁和碎碎：我跟丁斯时在一起了。

消息发出去，对面很久也没有回应。

乔岁安还以为手机卡了，刷新了一下屏幕，仍是没有消息。

这不该啊，是她没看见消息，还是震惊到打不出字了？

良久之后，那头终于有了回应，直接拨了一个微信电话过来。

乔岁安按下接听的那一秒，对面余清的声音像轰炸机一样顺着网线炸过来："什么时候开始的？高考昨天才结束，你俩今天就在一起了？没点基础我不信我跟你说！"

余清破音："丁斯时我不说了，我之前就知道了，那你呢？啊？你呢？我之前问你对他什么看法，你说好朋友、好发小，扭头直接跳过暧昧跟我宣布你俩在一起了。"

乔岁安小声辩解："没跳过暧昧。"

"那对于我来说是不是你俩跳过暧昧了？那个阶段你是一字都没跟我提啊！我哎！你的亲亲好闺蜜！我就说你突然搞一出穿搭是要去大杀特杀谁，原来是你隔壁那位'公主'。要不是我问起来，你是打算等后面直接给我发结婚请柬给我来个五雷轰顶吗？"她语调拔高了，激动愤怒了一会儿，乔岁安欲言又止，压根插不了口。

隔了一会儿，余清略微平静下来："说吧，这件事我是第几个知道的？"

乔岁安闻言赶忙道："除了我跟他，你是第一个。"

"这还差不多。"余清哼了声，话锋一转，语气低下来，夹了点难以言喻的好奇和兴奋，"可以开始交代了，什么时候发现自己对丁斯时夹带私货的？"

乔岁安小小声："高二。"

"高二？整整一年你都不跟我透露！"余清嗓音又高上去了，她深呼了一口气，平复了下情绪，"继续，不要求十万字写篇小作文，但你得跟我详细地描述清楚。"

于是，后面乔岁安跟余清打了一晚上电话，乔岁安声音很轻，有点不太好意思，余清吃她的瓜倒是吃得津津有味。

到凌晨两点时实在熬不住困意了，以余清一句"我话先跟你说在前面，万一哪天你俩吵架了，千万不要来跟我抱怨，我们闺蜜向来是劝分不劝和，哪怕他是丁斯时"为结尾结束了通话。

晚上睡得晚，翌日早晨乔岁安起得也便晚，一觉醒来拿起手机一看时间，已经是十点半了。

爸妈已经去上班了，她洗漱了下，捯饬了下自己，钩了钥匙就跑去隔壁门口，站在丁斯时门前给他发消息。

岁岁和碎碎：给你买了个礼物，放你家门口了。

发完消息，她特意用手指堵住了猫眼，耐心等着。

没隔一会儿，她听见隐隐有声音，下一秒门从里面被人推开。

乔岁安冲上去一个熊抱，胳膊往他脖子上一挂，眼睛亮晶晶的，歪头道："女朋友一枚，怎么样？"

丁斯时勾了下唇，下巴顺势往她肩上一搭，环住她的腰，带着她往门里进了些，合上门，"嗯"了声："还不错。"

乔岁安没松手，刚起床嗓子还有点闷闷的鼻音："午饭吃什么啊？我饿了。"

"这么早就饿了？"他讶然，接着又摸摸她的头，了然，"你是不是刚起床？"

"对。"她理直气壮，从他身上下来，"高考完的人有赖床的权利。"

他无奈地道："你先吃点面包垫垫肚子，想吃什么？我待会儿给你做。"

乔岁安跑去厨房冰箱里翻了翻，他家冰箱里满满的，东西很多，能做的菜也多，她思考了一会儿，说："鱼汤、红烧肉、刀豆土豆，嗯……玉米烙。"

丁斯时顿了顿，看向她："我不会做玉米烙。"

"我会给你提供菜谱的，你放心。"乔岁安冲他眨了下眼。

他失笑："是你提供，还是手机提供？"

乔岁安抱胸，下巴微抬："我的手机提供，四舍五入一下就是我提供，怎么了？"

她去客厅茶几上拿了点小零食，跑去厨房门口，倚着冰箱门，一边吃一边瞧着丁斯时做饭。

油锅刺啦刺啦响，他拿着铲子动作利落，满满的人间烟火气。

但其实，丁斯时并不是一直都会做菜的。

自从上了初中，丁爸丁妈婚后二度甜蜜开始，放假了有事没事就出去二人世界一下，乔爸乔妈经常性加班，外卖一两顿还好，但也不是长远之计，没办法，丁斯时只得一个人撑起两个人的胃。

他第一次下厨时很紧张，脸上倒是装得泰然自若，结果油倒入锅刺啦时，他手拿锅盖挡在前面，弹得比乔岁安还远。

乔岁安在一边翻着菜谱一边摇头叹气，犹豫着开口："要不……我来试试吧？"

"不用。"丁斯时面无表情，语气坚定，"我能行。"

能行的丁斯时最后端着两盘炒焦了的菜搁在餐桌上，在他充满希冀的眼神之下，乔岁安颤抖地伸出了筷子，夹了一筷子青菜。

味道确实不好吃，一股焦味直上天灵盖，加上他盐放少了，实在有些难以下咽。

后面丁妈回来后，他俩又狠狠挨了一顿骂。理由是炒菜时没开油烟机，油糊了一墙。丁妈一边擦一边骂："你俩是眼瞎吗？上面那么大一油烟机当摆设呢。"

他俩肩并肩站在门口，手背在身后，统一垂头盯地，罚站似的，乖乖挨骂。

后来丁斯时厨艺越来越好，乔岁安也就越来越顺理成章地在厨艺这件事情上摆烂。

无所谓，丁公主会出手。

红烧肉的香味扑鼻，把她从回忆拉回到现实。

手里那一包小零食已经吃完了，乔岁安望着他解下围裙，突然喊了一声他的名字："丁斯时。"

他回头，"嗯"了声："怎么了？"

"我们下午去看电影吧。"她想到什么，笑了，"就坐你之前说的那个贵到零花钱都支付不起的双人沙发椅。"

他扬眉，道："这算是约会吗？"

她"嘁"了声，仰头认认真真想了想："这算是……"

她笑，望着他的眼睛，故意道："弥补小时候零花钱不够花的遗憾。"

丁斯时乐了，踩着拖鞋走过来捏了捏她的脸："就是约会啊。"

乔岁安搜了搜最近的电影。网上常说情侣该看恐怖片，恐怖画面出来时一切亲密举动都会自然合理。但她不怕这些，丁斯时也是不怕的，无论谁在看恐怖片时颤抖着说"害怕",对方都会笑着说"好假"。

最后她买了两张悬疑片的票。

本来丁斯时是想付钱的,但是她轻飘飘拨过他的手,语气慢悠悠的:"放心,我零花钱够花。"

丁斯时:"……"

乔岁安一边吃着爆米花一边津津有味地看着电影,后面吃不下了,把爆米花桶直接塞给了丁斯时。

电影里,谜团逐渐揭晓,女主角颤着指尖摸上梦中人的脸,交换了一个缠绵的吻。

乔岁安一顿,突然又忆起一些事情。

"你怎么不捂我眼睛了呢?"她身子往丁斯时那边靠了靠,声音里带了点狡黠。

他在身侧,模糊不清地"嗯"了声,尾音上扬,似是感到有些疑惑。

乔岁安继续打趣:"我记得以前,每次屏幕里有这种场景,你不都会捂我眼睛吗?"

他感到一丝无语:"女朋友,你记得是多久以前的事?"

她撇撇嘴,脊背靠回了沙发。

电影里,色彩交织浓烈,浓墨重彩地把一些废弃在记忆深处的往事细节刻画。

沉默半晌,她突然听见身侧人冷不丁地问了句:"你想怎么捂?"

乔岁安"啊"了声,思维还没转回来,正要扭头看他,蓦地,眼上覆盖了一双手,握惯了冰奶茶的手指冰凉湿润,刺激神经,衣料的摩擦声在黑暗里显得尤为明显。

下一秒,唇瓣处一片温热。

手指摩擦过眼角,含糊不清的声音在唇边低低绽开:"这样捂?"

乔岁安僵住了。

电影还在播着,似是到了最紧张的交锋环节,谁在嘶吼,谁在疯狂地笑,声音落在她耳朵里,却又极轻,像一阵微风,在耳畔打了个旋就过去了,压根无法顾及。

她的视线一片漆黑,只剩下唇上的触感。

明知情侣座两侧被抬高的沙发包裹住,明知大家都在认真看电影不会有人回头特意看他们俩,但乔岁安仍然紧张,手指扣住衣角,在他掌心拼命眨着眼,心跳加倍。

这个吻说长也不长,顶多也就不过十秒钟的时间,但她整个人都在燃烧，覆在眼上那双原本冰凉的手也被她眼周的皮肤染上了滚烫的温度。

乔岁安愣愣地听着衣料的摩擦声，身前那人坐了回去，捂在眼上的那双手却没松开。

她平复了一下心跳，抬手推开他覆在自己眼上的那只手，压低了音量："你干什么？周围那么多人呢！"

丁斯时顺势握住她的手，大拇指蹭了蹭她的手背，交握着搁在腿上，语气淡然："没人这么闲，特地扭头看情侣座的人在干什么的。"

他拍拍她："好好看电影。"

乔岁安鼓了鼓嘴，转回视线，目光愣愣地落在大银幕上。

似是有什么憋在心间，像闷气，也像紧张心跳的余韵。

究竟是谁不好好看电影，啊啊啊——

高考成绩出来了，乔岁安毫不意外地过线了。

她的小三门中两门 A，一门 B+，语文 134 分，英语 128 分，数学 129 分，远远超过了 S 大对艺考生文化成绩的要求。

对于这个结果她并不惊喜，相反，英语还比预估的低了几分。不过总体来说，没有辜负这三年的努力。

余清给她打了通电话，电话里她强压着兴奋，神秘兮兮的："猜猜我总分考了多少？"

乔岁安品了品她的语气，再结合她平时的成绩，想了想，猜了个数字："600 分？"

"低了。"余清道，"再猜。"

"610 分？"

"还是低了！"

她"嘶"了声，再往上这个成绩就有些恐怖了，她不太确定地小心翼翼往上加数字："615 分？"

"哎呀，我直接告诉你吧。"余清憋不住了，语调下意识地高了起来，兴奋难掩，"我！本人！余清！考了 620 分！"

乔岁安瞳孔地震，不可置信。

"咱们这儿总分是 660 吧？"她犹疑地问。

电话那头，余清怒道："你什么意思？你不相信我优秀的实力？"

乔岁安缓过神来，久久不能平复："宝！你太牛了宝！"

余清在那头笑得很是猖狂，说成绩出来后她爸妈对她一整个态度大转变，从"小兔崽子"直接晋升为"我家争气的大宝贝"。

"那你志愿打算怎么填呢？"乔岁安问。

"那肯定是Ｓ大啊！"余清的语气理所当然，"我考这么高的分数，不去Ｓ大那不是太委屈了吗！而且正好，你也在Ｓ大，我俩以后又可以一个学校啦！"

"不过，我这个成绩估计去不了Ｓ大特别好的专业，但次一点的问题不大。Ｓ大嘛，哪怕再差的专业，放眼全国那也是数一数二的。"余清笑着说，"我想学新闻，你知道的，我在才中也是干记者站的，就是……很感兴趣。"

乔岁安觉得挺好，她们能在一所大学挺好，每个人都有自己想选择的道路挺好，就连今天的天气也挺好。

第十五章 //
陪我度过未来

录取通知书发下来前，哪怕知道自己过了，乔岁安还是很紧张，脑袋里各种奇怪的脑补内容蹦出来。

有一天晚上做的梦更是离奇，梦里邮递员给她打了通电话，说她的通知书被海盗抢劫了，要一百万块钱赎金。她急得快要哭出来，说自己没有那么多零花钱。

醒来后头痛欲裂，乔岁安茫然地盯着天花板，心想：这什么跟什么啊？

直到录取通知书发下来，她扫了通知书的二维码，进入官方校群、班级群，才感觉尘埃落定，对自己终于进了S大舞蹈系这件事有了些实感。

隔了几天，宿舍分配情况也下来了。宿舍长拉了个微信群，把三个人都邀请进来了。

一下子，乔岁安的微信多了许多群，有辅导员和没有辅导员的班群、校群、军训群、宿舍群……也有好多人对她这个专业第一名感兴趣，跑过来加她。顷刻之间，她的朋友圈被一群大学同学包围了。

乔岁安还是挺兴奋的，一打开朋友圈就是各种美女，各种风格的都有，手长腿长，一个更比一个比例逆天。她没那么自来熟，跑去人家朋友圈底下回复"美女"，她只敢偷偷点赞，完了之后再把那些照片发给余清。

岁岁和碎碎：好好看！好好看！我的美女同学们！

云宝：啊啊啊啊啊，美女！我愿为美女痴，为美女狂，为美女砰砰撞大墙！！！

结果过了两天，乔岁安忽然发现，余清悄悄背着她加了她的那些美女同学，每一条朋友圈下面都有余清的尖叫评论。

乔岁安："……"

突然间，她有了一种被闺蜜背叛的感觉。

不过，这种感觉稍纵即逝，她和余清马上又沉沦进一片美色之中。

自从放了假，乔岁安懒了很多，晚上的夜照样熬，一觉睡到大中午，再爬起床跑去隔壁吃午饭，有时候睡衣都不换，在隔壁吃个饭就回来继续在床上瘫着了。或者有时候乔爸乔妈加班，她下午干脆就不回家了，有时候直接跳到丁斯时的床上躺着，一边撸猫一边刷手机。一个是直接在他家吃完晚饭再回家比较方便，另一个就是，她其实觉得隔壁的距离也有点远了，大概是热恋期的缘故，总想着离对方近一点。

但她实在懒，秉持着"能坐着绝不站着，能躺着绝不坐着"的原则。

丁斯时对此很无语："你能不能不要总是动不动穿着睡衣过来躺我床上？"

"男朋友的床我怎么不能躺了？"乔岁安的长头发在枕头上散开，举着手刷手机，还嫌这么拿手机有点累，"要不我买个床头手机支架吧，解放双手。"

她征求了一下他的意见："你觉得呢？"

"……我说不行有用吗？"

"你也觉得这个主意很好是不是？英雄所见略同！"乔岁安打了个响指，打开手机，"那我下单了。"

丁斯时只觉得头疼："你从我床上下来，行不行？"

"可是躺着真的很舒服啊。"乔岁安下完单，终于把视线从手机上挪开，望向他，盯着他的眼睛看了半天，像是恍然大悟似的"哦"了很长一声，眉梢却扬着，很明显的调侃，"你是不是……"

"你是不是觉得我占了你的位置？"她往里头挪了挪，赤裸裸地逗人，"那我进去点，你要一起躺着吗？"

丁斯时抿着唇，低着头定定瞧她，他背着光，眼底一片漆黑。

乔岁安原本是等着他拒绝再调笑两句的，唇角扬着，眼底含了促狭的笑意，却在他的一片沉默中，唇角渐渐僵硬，慢慢往下降。

她指尖动了动，感觉不太自然，轻咳了声，揉揉鼻尖："随口一说。"

话音未落，丁斯时突然有了动作，他弯腰掀开了被子，乔岁安蓦地呼吸一滞，拽着被子就要往里滚，奈何男女力气差异大，他长臂一捞，乔岁安人就进了他的怀里。

乔岁安闭眼，紧张到语无伦次地求饶："开玩笑的哥哥，真的开玩笑，不必来真的，我不逗你了，我举三根手指发誓成不成？"

身下一空，她下意识地搂住他的脖子，感觉自己离开了床，又落在了什么其他地方，硬邦邦的，应该是椅子上。

她偷偷睁开了一只眼，就见丁斯时双手撑着她身后的椅背，隔着一点距离，歪着头，意味不明地盯着她，语速不紧不慢，咬着字说："开玩笑啊？"

乔岁安惶恐，往椅背上又靠了靠，小鸡啄米般点头。

他继续盯着她，喉头轻轻滚动了下，蓦地倾身，乔岁安被吓得缩了缩脖子，紧接着感觉自己的颈侧被人轻轻咬了下，痒痒的。

"你也知道害怕是吧？"声音就在耳侧，低低的，他下口极轻，说话却是咬着牙根的，很沉，"知道害怕就别挑战你男朋友的忍耐力。"

乔岁安憋着气，耳畔发麻。

顿了顿，他声音放软了点，又道："也别老穿着睡衣躺我床上，你自己换位思考一下，如果是我穿着睡衣躺在你床上，你什么感受？"

乔岁安听话地去想象了一下那个场面，彻底不敢动了，闭眼抿住唇。

有点刺激。

丁斯时垂眼，盯着她通红的耳垂看了半晌，伸手捏了一下，她颤了下，他威胁道："下次还敢吗？"

她惊恐地摇摇头。

丁斯时哼笑了声，撑在她椅背上的手松开，慢慢悠悠离远了些。

乔岁安感觉到他气息远了，悄悄睁开一只眼，见他抱胸倚在桌前瞧她，立马把眼睛全睁开了，"噌"一下站起来就要往外跑。

迈出第一步，大脚指头狠狠撞到了椅脚。

她皱着脸吃痛地"嗷"了声，丁斯时贴心地把椅子挪开了，随后继续倚回桌沿，慢条斯理地说："拖鞋在床边，穿上。"

停顿了一秒，他嗓音里忍了笑意："慢点跑。"

在短暂的疼痛之后，乔岁安飞快穿上拖鞋，落荒而逃。

伴着炎热夏季的深入，蝉鸣声汹涌，终于迎来了开学季。

S大被嘈杂的人声充斥，拖着行李箱的人群围在搬运车前等待，校门口的大屏幕上滚动着"S大欢迎你"的几个红色大字，操场上卖宽带、办理空调租赁的支着摊子，人头攒动。

按照保安的指示，乔岁安在便笺上写了宿舍楼号，贴在了行李箱上，把那一堆行李送上了搬运车，接着就和丁斯时一起去林荫道那边办新生报到了。

在一堆人和牌子里，她终于找到了属于自己专业的牌子，边上撑了把大伞，伞下坐着几个学姐学长，这个时候来报到的新生还不多，几个人在伞下聊着天，有说有笑的。

见乔岁安过来，几个人才收了声音，乔岁安把要交的资料从文件袋里拿出来，学姐看了看她的录取通知书，讶然抬头："你就是今年专业第一的那个啊。"

见她愣了下，学姐笑着解释："给你校考的老师是我老师，之前提过你，夸你长得好看，跳舞也好呢。"

学姐把她提交的东西分类理好，又递给她一个白色的帆布袋，上头印着"S 大舞蹈系"几个字，说："这个是新生大礼包，欢迎来到 S 大！"

乔岁安低头粗略一望，是一些没有什么热量的小零食，还有黑笔、水杯等一些东西。她道了声谢，刚要扭头去找丁斯时，却隐隐约约听见几个学姐学长聊天的内容。

"这届新人长得都巨漂亮啊，尤其是刚才那个。"

"你的菜啊？那你怎么不去问人家要个联系方式？"

"多冒昧啊真的是，老牛吃嫩草，说不准人家有男朋友了呢！"

…………

丁斯时那边队伍排得就要长一些。乔岁安过去时刚刚到他，她就在旁边等着。

办理完了，他走过来，自然而然地接过她手里的遮阳伞帮她撑着，说："走吧。"

丁斯时在手机上找到之前学长发的校园地图，对照着找路，就听见乔岁安在身侧小声雀跃道："刚才报到的时候，学姐学长夸我长得好看哎！"隐隐约约带了点炫耀的意思。

他指尖拉了拉她的袖子往右边拐，顺着她的话非常自然地附和："夸得没错。"

丁斯时从来都不吝啬对她的夸奖，恋爱前可能还会别扭一下说"还行吧"，恋爱之后基本上就夸得非常顺口了。

乔岁安偏过头，盯着他的侧脸看了几秒，突然想到什么，不由得产生了一点怀疑，还有点好奇，她伸手摸了摸自己的脸："你喜欢我是因为我的脸吗？"

"……"

丁斯时像是被这个问题噎了一秒，扭过头垂眼望她，无语地嘲了句："我喜欢你总会问一些奇怪的问题。"

顿了顿，他哼笑了声："乔同学，从小到大，我网盘里你的黑历史照片多了去了。"

　　乔岁安倒吸一口气，品了品"从小到大"这四个字的重量，嗓音抖了抖，震惊道："你还存网盘，你你你——你居心叵测！"

　　在她彻底炸毛之前，丁斯时补了一句："不是我拍的，都是你妈妈发给我的。"

　　乔岁安："啊啊啊啊！"

　　丁斯时忍着笑，作势要打开网盘："你要看吗？你上次看电影眼泪鼻涕哭到混一块儿的也在里面。"

　　乔岁安跳起来伸手捂住他的嘴："够了，别说了，你礼貌吗？"

　　丁斯时脑袋往后仰了仰，唇瓣离开她的掌心，笑到嗓音都颤了："逗你的，没存，放心。"

　　乔岁安不信，她摊开手："手机给我。"

　　"手机给你，路怎么找？"他无奈。

　　乔岁安从口袋里捞出自己的，点开校园地图，塞他手里，又把他手机夺过来，打开网盘和相册仔细搜寻。

　　丁斯时也没制止她的行为，只是替她看着路，提醒她："左转了。"

　　乔岁安眼睛还盯在手机上努力"工作"，闻言脚下一个拐弯，跟着他继续走。

　　"右转。"他又道。

　　她手指继续划动着，脚听话地拐了个弯，然后额头径直撞上他的胸膛，她有点茫然，在他怀里抬头看他。

　　"你宿舍楼到了。"丁斯时下巴微抬，指了指边上那栋楼，"照片找完没？"

　　乔岁安"哦"了声，低头继续翻找，最后真的被她逮到一张，是趁她吃饭时拍的。她头发潦草地扎了个低丸子，腮帮子鼓鼓的，嘴角还粘着红烧肉的酱汁，望向镜头时两眼迷茫，看上去很傻。

　　她愤怒地把手机摊在他面前："这张怎么解释？"

　　丁斯时低头看了眼，说："这张哪里是黑历史了？很可爱啊，跟仓鼠似的。"

　　乔岁安低头看看照片，再抬头看看他，不可置信："你眼镜度数是不是又涨了？需要我再陪你去一趟眼镜店吗？"

　　他一顿："什么骂法？"

　　"眼瞎的意思。"

257-

"真挺可爱的，只有你一个人会觉得不好看。"

"那个……打扰一下。"旁边的余清忍了又忍，最后还是忍不住开口发了言，"有没有人在意我？明明我是和你们一起乘高铁来的，两位是否太过分了些？"

最后，等丁斯时走了之后，余清就这件事情骂了乔岁安整整一小时。

乔岁安乖乖地低头贴在墙角罚站，在余清的监督下诚恳地反思了自己的错误，并举起三根手指头发誓绝对不会再有这样见色忘友的事情发生。

余清勉强消了气，拖着她的行李箱"噔噔噔"用力踩着楼梯上五楼去了。

乔岁安的宿舍在四楼，第一次和另外三位室友见面，大家都有些不好意思，四个人各自收拾着自己的东西，忙碌之下，也显得没那么尴尬了。

乔岁安行李收拾得慢，收拾好的时候其他三位室友已经去吃饭了。

她想了想，拿出手机给余清发消息。

岁岁和碎碎：亲爱的宝贝，到饭点了，能否邀请你和我一起共进午餐？

云宝：哟，怎么不去找你的丁公主呢？

云宝：毕竟我在你俩面前存在感约等于空气呢。

乔岁安："……"

岁岁和碎碎：一声姐妹大过天！一句闺蜜胜过万语千言！一个人可以没有对象，但是不可以失去关系最铁最亲的姐妹，都怪这一声"对不起"太过单薄，无法充分表达我那深似海的歉疚，哦，我亲爱的宝贝，我已深刻反思了我自己，请你再相信我一次！

云宝：哟，这回是百度说的还是搜狗说的啊？

岁岁和碎碎：我自己打的！！！

云宝：不信，发个红包看看实力。

乔岁安无语地抿住唇，敲了敲手机键盘。

岁岁和碎碎：你究竟同不同意我的约饭请求？

云宝：首先，我不希望这场约饭中出现第三个人，不然我会选择把饭碗直接扣你脸上。其次，这顿饭你请。

岁岁和碎碎：应该的，应该的。

退出了和余清的聊天页面，乔岁安这才发现丁斯时给她发了消息，问她中午要不要一起去吃饭，乔岁安瞬间打起十二分精神。

岁岁和碎碎：我约了余清，我俩去三食堂，你去一、二、四、五、六食堂随便，记住！千万不要来三食堂！如果在路上看到我，请当作没有看见，快点走，不要让余清看见你！她对我俩刚才的行为感到非常不满意。

娇娇丁公主给她发了一串省略号，从那六个点中，她看出了他的无语。

岁岁和碎碎：要说"知道了"。

娇娇丁公主：知道了。。。。。

这次是六个句号，无语加倍，那也没办法。

乔岁安无比真挚地想：谁说婆媳关系最难处理？这世上最难处理的关系明明是闺蜜和男朋友。

余清收拾完了东西，顺便还补了个口红，才下了楼。

收拾完自己的东西，乔岁安已经累成狗了，宿舍内的空调不太好使，制冷效果比较糟糕，她估计整栋楼都这样，之前校方说她们的空调是旧的，明年暑假会换掉。

汗出了一身，额前的碎发都湿掉了，软软地贴在皮肤上。

乔岁安很饿，也没空管自己有多狼狈，见到余清光鲜亮丽穿着小裙子下来时很是震惊："你们宿舍空调是好的吗？"

"挺好的啊。"余清也很震惊，"你怎么出汗出成这样？"

乔岁安脸一垮："我们宿舍空调都没什么冷气。"

"是不是滤网的问题？"余清高一时住过一年宿舍，对此有点经验，"你下午回来和室友一起把外壳打开看看呗。"

乔岁安手上还拿着个小电风扇，对着自己吹着，闻言便点点头。

三食堂是离她们宿舍楼最近的一个食堂，走过去大约十分钟。伞是要撑着的，但她俩还是挑着树荫下走，一人手里还拿一个电风扇，嘴里哀号着夏季的残酷式炎热法。

"那个是不是丁斯时？"余清冷不丁开了口。

乔岁安一顿，顺着她的视线望过去，马路另一端，丁斯时和室友走在一起，恰巧回了头，目光定在她身上，脚下步子慢了慢，似是在思索，几秒之后，大概是想起了她微信里的那句话，视线移开，继续往前走了。

乔岁安松了口气，拽了拽余清的胳膊正想开口说"走吧"，又听见余清愤愤不平地开了口："他什么意思？为什么瞟了你一眼就走了？居然那么冷淡吗？你俩热恋期过了没有他就这么对你！果然，男人得到了就是会不珍惜，哪怕他是丁斯时！简直太过分了！"

乔岁安张了张嘴，欲言又止，最终又闭上，彻底陷入一片沉默。

要问乔岁安大学和高中最大的区别是什么，大概就是脱去了稚嫩的校服，脱离了对发型、服装、饰品等的硬性要求，多种多样的人的个性与风格更加凸显，上回乔岁安在学校便利店瞧见之前高中时隔壁班的同学，险些没认出来。

摘掉了眼镜，一向高高扎起的马尾放下来，烫了棕色波浪卷，眼线、口红、腮红一个不落，露肩辣妹装，一下子夺目起来。

有时她和丁斯时在食堂一块儿吃饭，眼睛一扫，便捕捉到个漂亮学姐，忍不住悄悄在桌下用脚踢了踢他，压低了声音兴奋道："快看三点钟方向，有个美女，好漂亮！"

被她一踢，丁斯时以为出了什么事，一抬头就听见这么一句，深觉无语："你觉得你和我说这个话是合适的吗？"

乔岁安无辜地看着丁斯时，丁斯时盯着她强调："我是你男朋友。"

她心虚地低头，咬着筷子小声嘀咕："你不是说你不是因为外貌才喜欢上我的吗？我这是对你信任的表现。"

主要还是因为身边没有其他可以立马分享的人了。

"那个学姐长得真的真的真的很漂亮，长相完全戳中我心巴。"乔岁安补充，还顺带了一句感叹，"丁斯时，你真没眼福。"

丁斯时："……"

乔岁安感觉他好像被气到了，因为吃完饭他就直接拉着她去了旁边教学楼的安全通道。

人被压在墙上，手腕被圈住了折在身后，乔岁安扭了扭手腕，没挣开，她眨眨眼："会有人的。"

丁斯时嗤笑一声："谁放着电梯不乘爬楼梯？"

"那儿有摄像头。"她承认，这句话是有点故意不想让他得逞的意味在里面。

"我看过了，这是死角。"丁斯时隔着不近不远的距离撑着墙望着她的眼睛，歪头，眼角抹了丝笑，说话慢条斯理的，"说吧，还有什么借口？"

乔岁安："嗯？"

没借口了。

"居心叵测。"她这般评价，话音未落，后脑勺被人用手托住，紧接着尾音被吞进腹中。

安静了几秒，他认真道："岁岁，我觉得你好像没有那么在乎我。"

乔岁安愣了下，简直觉得匪夷所思："何出此言？"

"比如，你对我没有那种占有欲，你甚至刚才还让我看别的女生，还说我没有眼福。"他嗓音低下来。

"不是。"乔岁安怕他真误会了，有点着急，伸手抱住他的腰，"就是单纯觉得她好看，身边能立马分享美女的人就一个你，那句没眼福就是逗你的，你有我这么一个漂亮的女朋友，哪里没眼福？"

乔岁安轻咳了声，有点不太好意思地揉揉鼻尖，小声开了口："我很喜欢你的。"

"这样啊。"丁斯时垂着睫毛，似是若有所思，几秒之后，他声音又低了点，有意无意地问了句，"那你打算什么时候跟阿姨和叔叔说我跟你谈恋爱这件事？"

乔岁安环住他腰的手一顿，随后慢慢松开，面无表情地直视他："你刚故意的？"

丁斯时回视她，面不改色道："没有。"

她才不信，盯着他，语气笃定："你嘴角向上翘了一毫米，你有。"

四目相对，最终，丁斯时还是没忍住一声笑，额头碰了碰她的额头，肩膀笑到耸动："好，我故意的，这都被你看出来了，好厉害啊岁岁。"

顿了顿，他不忘初心，又问了遍："所以你打算什么时候跟父母公开？"

乔岁安思考了一会儿。

这件事其实没想过，只是觉得跟父母公开这件事多少有点尴尬，等公开了，她要跟丁斯时出去约会，跟乔妈一讲，乔妈指定会拿那种别有深意的眼神看她然后发出起哄声，说不准还要磨着她问她和丁斯时怎么在一起的、谁先告白的之类的。

不能小看长辈的八卦之心。

于是，她道："再等等吧，感觉时机还不够成熟。"

"嗯，不够成熟……"丁斯时拖长了尾音，挑起眉毛，看她，"昨天你妈妈给我发消息，让我留意点你周围的男生，帮你物色物色。你怎么说？"

乔岁安倒吸一口气，安抚似的摸摸他的脸："那你怎么回的？你跟她讲我俩的关系了？"

"没，向父母公开这种事情不还得看你意愿吗？"丁斯时环住她的腰，叹了口气，"但你总得给我个准信吧？"

乔岁安想了想，最后敲了定音："那等放寒假的时候说吧，正好假期也要回去，当面说也比较好。"

丁斯时点了头："行。"

乔岁安本来还想再抱一会儿他，正好下午没课，这里也没别人，平时在学校里，身侧学生来来往往说说笑笑，他俩最多只敢牵牵手，或者嘴上逗两句，压根不敢做什么亲密举动，不然实在尴尬又高调。

蓦地，揣在口袋里的手机"嗡"的一声振动，在安静的楼梯口显得格外大声，吓了她一跳，乔岁安赶紧把手机掏出来，手机显示屏上显示着室友的名字——卢浇千。

乔岁安接通了电话，"喂"了声，听着卢浇千说话，余光瞟着丁斯时，隔了会儿，"哦"了声，才把电话挂断。

"我室友买了辆折叠自行车，但这个车一个人有点难装，问我有没有空去帮下忙，我得先走了。"乔岁安把手机塞回口袋里，抬头看他一眼，突然想到了什么，"你今天下午三点钟是不是有场辩论赛？"

"对。"

乔岁安笑了："那我过来看啊，你得好好打，我给你加油。"

她跟丁斯时说了"拜拜"，转身要走了，没两步，脚下停了停，忽然转身快步过来，踮脚亲了一下他的下巴，紧接着扭过头转身就"噔噔噔"下了楼。

丁斯时倚着门，望着她的背影从楼梯转角口消失不见，抬手摸了摸下巴，忍不住笑了。

乔岁安的自行车刚开学时就买了，当时是她和丁斯时两个人看着组装的视频一起装的。

在宿舍其他人还要到处抢共享单车的时候，她已经可以慢慢悠悠出门，慢慢悠悠开锁，慢慢悠悠骑上自己的小车子，然后看着其他三个人跑来跑去找共享单车。

学校里的共享单车也不全是好的，有的扫码扫不了，有的脚踏不灵光，有的车头歪了。上回卢浇千骑了辆快散架的，一路"吱吱呀呀"心惊胆战从宿舍楼骑去教学楼之后，终于忍不住了，在淘宝里对折叠自行车下了手。

全寝只有乔岁安一个人有组装自行车的经验，卢浇千一个人实在搞不定，只得把她叫过来了。

乔岁安过来的时候，卢浇千找了块空地，已经把快递包装箱拆掉了，零件撒了一地，她正蹲在地上低头看组装视频。

后面另外两个室友吃完了饭也过来一起帮忙，顺便积累经验，因为她们后面也要买自行车，从卢浇千的自行车开始练手，待她俩的到货了，也好组装。

四个人联合，一下把组装速度加快了。一个搞车头，一个搞脚踏，一个装后座，还有一个负责看商家发的组装视频，看看有哪里装得不对。

结果发现车后座那边少了个螺丝。

乔岁安疑惑："是不是商家漏发了？"

"应该不是，我刚打开的时候对着零件纸数过，数量对的。"卢浇千道，"是不是刚组装的时候掉哪里了？"

四个人在四周空地上找了一圈，还是没有，再过去点就是草坪了，压根没法找了。

"实在不行我陪你去五金店买一下吧。"乔岁安提议，"我记得我们学校附近好像有一家五金店。"

卢浇千又往草坪那边张望了几眼，还是没有，于是叹了口气，只得点点头。

五金店说远不远，但也不近，走过去要将近半个小时。

回来把车上最后一个螺丝拧上，卢浇千说是要请乔岁安喝奶茶。

她摇摇头，义正词严地拒绝了。

"哎呀，没事，悄悄喝一杯，老师不会发现的。"卢浇千道，"咱平时又是锻炼又是饮食管理的，也不可能因为这一杯就长肉吧。"

乔岁安稍微有一点动心，卢浇千又抱着她胳膊说了很久。卢浇千眼睛大，酒窝浅浅，声音也甜甜的，标准的甜妹。乔岁安最后耐不住也心动了，就答应了。但她还是没让卢浇千请她，坚持要自己付钱。

卢浇千见她买了两杯，不由得好奇："你是给谁带的吗？"

乔岁安"嗯"了声，笑了笑："待会儿去看丁斯时辩论赛，顺便给他带一杯。"

全宿舍都知道丁斯时是她男朋友。实际上他俩在学校里还挺出名的，俊男靓女，加上不知道是室友还是哪个一起上了 S 大的同学传出去了，说他俩青梅竹马，话题度一下就爆了。

"辩论赛？"

见卢浇千起了兴趣，乔岁安便问："你要不要陪我一起去？"

卢浇千欣然答应："好呀。"

辩论赛在学校的小礼堂举行，出乎意料，观众居然还挺多的。乔岁安特地找了个前排的位置，跟卢浇千坐下。

比赛还没开始，两支队伍已经分开坐下了，丁斯时打的质询位，坐在反方二辩上，正低头跟一辩的选手说着什么。

语毕，他往台下望了望，乔岁安见状跟他挥挥手。

台上台下的距离，丁斯时望见她，笑了声，拿手盖住唇边的笑意。

比赛正式开始，题目很经典，华语辩坛老友赛中也比过这个题——故事的结局重不重要？

刚开始还好，后面角度越来越深入，语速也快，加上丁斯时穿着正装，认真的模样确实挺帅的，有点分她的神，乔岁安逐渐开始听不懂了。

她觉得有点尴尬，有种一个菜鸡混在大神里的无措感。

身侧的卢浇千看了半天，突然举起手机，打开相机，放大再放大，半晌，"嘶"了声："正方那个三辩，长得好帅。"

乔岁安："……你是来听辩论的吗？"

"这不是发现自己的大脑逐渐跟不上他们的辩论速度了嘛。"卢浇千嘿嘿笑，拿肩膀撞了她一下，语气里带了点讨好，"你能帮我跟你男朋友说一下，问他能不能拿到那个正方三辩的微信啊？我明天请你吃饭。"

比赛结束，反方胜利，最佳辩手是反方三辩，辩论协会的现任会长。

下了场，丁斯时小跑着往观众席这边奔过来，乔岁安站起来，把奶茶递上，双眼弯弯："恭喜！比赛赢啦！"

丁斯时就着她的手，吸管扎破了盖子，吸了一口奶茶。

还是全糖，加了珍珠。

他咽下奶茶，一手握住奶茶杯，另一只手自然地勾过她的手，扬眉道："嗯，还挺甜的。"

卢浇千站在她身侧，不敢跟丁斯时直接说，悄悄戳了戳她的腰侧。

"哎，对了，跟你讲个事啊。"乔岁安余光扫过卢浇千，比了个"OK"的手势，清了清嗓子，见他低下头看着她，用眼神表示疑问，便小声道，"那个正方三辩，你有他微信吗？"

紧接着，她感觉自己的指尖被人轻轻捏了下，丁斯时歪头，语气却是不咸不淡的："你想要啊？"

乔岁安察觉到他有点不满，忍不住别过视线笑。

手指又被人捏了下。

"说话。"

"不是我，"她忍着笑解释，"是我一个室友想要。"

室友卢浇千默默在边上举起手，弱弱道："我——我想要。"

丁斯时目光扫过卢浇千，这才松开她的手指，情绪好了点，爽快地"哦"了声，低头去翻手机微信联系人。

他是有卢浇千的微信的，把正方三辩那个学长推给她之后，给那个学长又发消息解释了一下，才熄了屏。

"晚饭想吃什么？"丁斯时问，"叫上你室友还有余清一起，我请客。"

余清晚上有事情，没来成。

实际上乔岁安总觉得，自从她跟丁斯时谈恋爱了之后，余清对丁斯时的态度就冷了下去，每次约她出来玩都要提前说明不能带他。

乔岁安有的时候都忍不住上网求助：闺蜜和男朋友是不是真的不共戴天？

为了测试余清对丁斯时的态度，某天她故意骗余清说自己跟丁斯时吵架了，本来以为余清会小事化大，大事化分，积极建议分手，没想到余清居然当起了和事佬。

问为什么，余清便道："尽管我总觉得你适合更好的，但是不得不承认，要找一个比丁斯时对你更好更懂你的，基本上没可能，而且你也不会比现在更开心的。"

乔岁安觉得好感动，伸手就要去抱余清，结果被余清一把推开了，冷飕飕地说："但你要是敢重色轻友，我跟你没完。"

乔岁安："……"

餐厅是乔岁安选的，是一家火锅店。丁斯时顺便还叫上了正方三辩一起来了。

乔岁安在桌下给他发消息。

岁岁和碎碎：那个学长不认识我们，整个餐桌前就认识你一个，会不会尴尬啊？

丁斯时抬头看她一眼，没过一会儿手机屏幕上弹出他的消息。

娇娇丁公主：他会很高兴我请他吃饭的，毕竟省了一顿饭钱。我也没压着他强迫他过来。

一边的卢浇千坐姿端正矜持，手指却是兴奋地狂戳乔岁安大腿，给乔岁安竖大拇指，压低了嗓音道："你男朋友，很懂！这门亲事我同意了！"

乔岁安不由得抬头，望向丁斯时，目光相触，他自然地拿起杯子抿了一口果汁，眼神多少带点运筹帷幄的意味。

乔岁安："……"

她扭回头，抿住唇压住笑。

好嘛，妥妥是故意来拉她室友们好感度的。

大一课业仍然繁忙，时间在一堂堂课中稍纵即逝。枯叶冻黄，蜷缩在角落，又被人清扫掉，于是凋敝的枝丫便什么也不剩了，风穿过枝间，从深秋吹向初冬，越发凛冽。

十二月份，乔岁安报名了元旦晚会，S大的元旦晚会节目是按院来算的，每个学院都有两个名额。舞蹈学院的老师是打算这两个名额一个群舞，一个独舞。

乔岁安报名的是独舞，难度系数更大，要一个人撑起整个舞台，要比过所有学姐学长拿下这一个名额。

但是好处也更大，据说这次有一个著名舞蹈团的会过来看晚会，看看是否有好苗子能提前下手签下。而独舞被看到的概率更大。

面试前，丁斯时陪着乔岁安坐在候场教室里，乔岁安紧张得要死，不停地深呼吸，碎碎念："我感觉竞争好大啊，我都没什么优势。"

丁斯时挑眉："怎么没优势了？你是专业第一。"

"这次选拔是从大一到大四都可以参加，一个学院还有好几个专业，像我这样的专业第一多了去了。"乔岁安越说越紧张，最后"噌"一下站起身，"我去趟洗手间。"

上了个厕所洗完手，她又往脸上泼了点冷水，深吸一口气，对着镜子道："加油！"

匆匆赶回候场教室，乔岁安看了眼叫号的屏幕，下一个就是她了。

"好点了吗？"丁斯时问她。

乔岁安点点头，手搭在膝盖上，视线到处转，眼睛睁得老大。

里头有人叫了她的号码，她蓦地站起，像个提线木偶似的，尽量昂首挺胸，端出个得体的微笑，要往里走。

"乔同学。"身后，丁斯时喊她，声音带着笑意，"你要知道，站在舞台上的乔岁安总是闪闪发光的。"

乔岁安步子一顿，肩膀微松，继续向前走。

是什么时候开始真正喜欢上舞蹈的呢？乔岁安记不清了。

进入舞室后每一个拉伸练基本功的日日夜夜构成了她的日常，从刚开始压腿时发出的惨叫，到深呼吸着压伸，从两股颤颤到习以为常。直至现在，她这十几年的人生都跟舞蹈挂钩。

音乐响起的那一瞬间，令人兴奋，她总会沉浸在音乐的氛围中，尽情地在音乐的世界里翩翩起舞，抛去烦恼。

她喜欢舞台，喜欢灯光打在身上，享受别人掌声带来的鼓舞与冲劲，她永远为站在舞台上的自己而感到骄傲。

热爱永不落幕，舞蹈没有尽头。

跳完了舞，她听见微弱的几声掌声，看见老师脸上的微笑。

"你是今年的新生啊？"其中一个老师低头看看她的资料，讶异。

乔岁安点头。

"这样的话……你是不是从小就开始学舞蹈了？"老师又问。

她微笑着，答道："对，我从幼儿园就开始接触舞蹈了。"

"怪不得。"老师若有所思地翻了下资料，"那下一位吧。"

乔岁安出了门，深呼了一口气。

丁斯时一直在门口等她，见她出来，站起了身："怎么样？"

"我感觉还不错，"乔岁安忍不住笑，灯光落进她漂亮的眼睛里，像琉璃一样，"反正我已经尽力了！"

不管结果怎么样，起码她为自己努力争取过了。

结果出来是两天后的事情，乔岁安刚下了思修课回到宿舍，打开手机，发现微信弹出一个新的好友申请。

竹林喜鹊：你好乔同学，我是舞蹈学院的付老师，恭喜你通过独舞的审核！

惊喜一下砸中了她的脑袋，像被戳破了的气球飞升上天，头晕眼花的。乔岁安眨了眨眼，睁大了又读了一遍这条好友申请。

"我过了。"她呢喃了句，反应过来后一下蹦跳起来，抱住离她比较近的卢浇千，"我过了！我过了！我过了！"

卢浇千被摇得晕头转向的："你什么过了？"

乔岁安不说话，实际上她现在兴奋得什么也听不见。乔岁安放开卢浇千，呼出一口气，突然拔腿就往外头跑。

"你去哪儿？"卢浇千还没反应过来就见她突然跑出了宿舍，愣了下，在身后喊。

乔岁安却像是没听见似的。

十分钟后，丁斯时接到了乔岁安的电话，匆匆下了楼，就见她站在他宿舍楼门口，笑容几乎快要溢出唇角。

他有点疑惑，走到她面前："你怎么……"

话还未说完，脖子猛地被人搂住，怀里撞进一个人，乔岁安眼睛亮得不像话："丁斯时，我过了！"

丁斯时下意识地环住她："元旦晚会的独舞吗？"

她重重地点头。

于是，他也笑了，抬手摸了摸她的头。

"好棒呀，岁岁。"他说。

确定了独舞名额之后，乔岁安就开始忙起来了。

大一的课本来就多，她还要准备独舞，这次的机会对她来说很重要，前前后后找了好几遍老师，看看她还有没有能改进的地方。

　　一忙起来，宿舍仿佛就成了一个光用来睡觉的地方，丁斯时的消息她都得隔着半天甚至将近一天才回。他也有比赛和课，加上乔岁安练舞的地方不固定，还有事没事往办公室跑，消息又回得慢，他几乎逮不到她人。

　　周一下午就一节思修课，两点二十分开始。

　　乔岁安练完舞，骑着车赶回宿舍拿书，又骑着车赶往教室，在校园里窜出了一阵风。

　　人刚冲到教室门口，被一只手臂拦住了。

　　她愣了下，抬头，才发现丁斯时倚着墙，垂着睫毛看着她。

　　乔岁安一怔，仰头确认了遍教室号，又低头确认了遍课表，最后问："你怎么在这儿？"

　　"我在这儿的原因不够清楚吗？"挡着她路的那只手垂下，去触碰她的手指，丁斯时慢悠悠道，"陪女朋友上课。"

　　他牵住她的手，捏了捏："几天没见面了？嗯？"

　　乔岁安仔细回忆了一下，有点不太好意思："快到元旦了，就比较忙。"

　　"你忙没关系，刚巧我这个学期后面也没别的比赛了，稍微空了点。"丁斯时拉着她进了教室，找了个空位坐下，"所以我这不是来找你了吗？"

　　乔岁安手指挤进他的指缝间和他十指相扣，唇角止不住往上翘。

　　丁公主的"陪她上课"系列持续了半个月。

　　十二月三十一日的白天，乔岁安进行了最后一场彩排。

　　付老师看完她的舞台效果，拍拍她的肩膀，脸上露出欣慰的笑："不错，挺好的，到时候别太紧张，放轻松就好了。"

　　晚上六点，陆陆续续有观众进场了。

　　乔岁安的节目排在倒数第四个，她坐在化妆间里，老师正给她做发型。手机在手里玩了半天，乔岁安忍不住打开和丁斯时的聊天页面。

　　岁岁和碎碎：男朋友，在干吗？

　　男朋友给她发了一张自己在观众席间坐着的照片。

　　娇娇丁公主：在等着看你演出。

　　她乐不可支。

　　头顶上，老师打趣地问："和谁发消息啊？那么开心。"

　　乔岁安把手机按灭了，唇角的弧度还是压不下去，她很大方地承认："和男朋友。"

本来是想和以前一样，化完妆做完造型，趁离自己表演还有一会儿时间，去观众席找丁斯时的，结果一拉开后台的门帘，望见台下那一片人山人海，她倒吸了一口气。

这……人是有些多了。

乔岁安默默放下门帘，嗯，还是好好候场吧。

由于她的节目比较靠后，乔岁安在后台等得有些无聊，老师又化好了一个表演同学的妆，一扭头发现她还在这儿，感到有点好笑："你不去看表演吗？一楼观众席前四排给你们演出的同学留着呢。"

于是，乔岁安就去观众席前四排看表演去了。

S 大的元旦晚会形式很丰富，唱歌、小品、相声、B-box、舞蹈、乐器……

她惊叹于别人的说唱水平，被相声逗得咯咯乐，被小品吸引到目不转睛……直至倒数第六个节目开始时，她重新回到后台候场，舞台上的声音隐隐约约传过来，她开始紧张起来了，手指交织在一起。

"乔岁安。"老师喊她，"可以上舞台了。"

乔岁安深呼了一口气，踏上了舞台，在舞台中央躺下。

音乐声响起，那道光落在她的身上，她闭眼，再睁开，彻底融入音乐中。

她向上伸手，像是要把那束光抓住一样，腰腹用力，从地面起了身，仰着下巴，长发划过半空，动作干净利落，身体轻盈柔软，却偏偏每一个动作都果决稳当。

她在舞台上尽情盛放，在灯光下尽情舞蹈，带着那十几年的梦想，不遗余力地展示美丽。

她在闪闪发光。

音乐落入尾声，乔岁安收了动作，向台下鞠了一躬，听见台下掌声如雷，长久不息，汗水滑落衣襟，她喘着气，笑得灿烂。

下了舞台，老师给她竖起大拇指："很棒！"

顿了顿，老师压低了音量，悄声说："那个舞蹈团应该是稳了，刚才给我打电话了，年轻人，未来前途光明啊。"

乔岁安感到惊喜，说了声"谢谢"，在后台的桌子上拿到了自己的手机。

一点开，丁斯时的消息映入眼帘。

娇娇丁公主：我在门口。

乔岁安握着手机匆匆离开了后台，往门口奔过去。

头发有点散了，她无所谓，她推开那扇门，看见熟悉的身影，怀里抱着一大束花，就站在不远处，挑着眉梢含笑望着她。

"丁斯时！"

乔岁安扑进他的怀里，开口急促，气息未平，兴奋道："你看见我的表演了吗？"

"看见啦。"丁斯时搂住她，语气温柔缱绻，像绕了天上的云朵，他由衷地夸她，"好优秀啊岁岁。"

乔岁安往后仰了仰身子，和他隔开一点距离，仰着脸望着他柔和的眉眼，半晌，"扑哧"一声笑了。

丁斯时分明也弯着唇角，却问："你笑什么？"

"就是很感慨。"她说。

乔岁安感觉很奇妙。

多年前，她绝对不会想到她真的能站在 S 大的校园里，从千千万万人中一路杀出来，登上这个舞台。她也绝对不会想到，从舞台上下来后，她能够这么肆无忌惮扑进面前这个手捧鲜花、和她从小一起长大的人的怀里。

他是陪着她走过一年四季的人，是她的男朋友，是鼓励她追梦的人，是那个永远会在巷子口等她的人，是那个会在高考前给她准备各种复习资料的人，是那个认真地说"我们一起考 S 大"的人，也是她喜欢的人……

"丁斯时。"乔岁安盯着他的眼睛，特别认真地说，"谢谢你。"

"谢我干什么？"丁斯时失笑，摸了摸她的脸。

"不过也要麻烦你。"

"麻烦我什么？"

"麻烦你……"她牵住他的手，笑弯了眉眼，"陪我度过未来的每一个舞台。"

他总说岁岁平安，可是她也想说——

我喜我生，独丁斯时。

番外一 //
唯愿岁岁年年

难熬的期末周终于过去，寒假正式来临。

乔岁安第一次这么长的时间没有回家，当下了动车，见到乔爸乔妈熟悉的笑脸时，还有些恍惚。

"怎么感觉咱女儿又瘦了啊？这个大学上得是不是很辛苦啊？"乔爸一边帮忙把行李箱搬到后备厢里去，一边心疼地开口，"在学校好好吃饭没？生活费要是不够得跟爸爸妈妈讲。"

"行了，她一个舞蹈专业的，有体重指标的，要是胖了那还得了？"乔妈白他一眼，轻轻推了一下他的肩膀，嗔道，"你少说点没用的，赶紧吧，小丁爸妈饭都快做好了，就等我们回去吃呢！"

丁斯时帮衬着一起把行李放上去，把后备厢盖子拉下来盖实了，拉开车后门，眼神示意乔岁安先上去。

汽车启动，穿梭在路上，窗外的景物迅速后退，沿路的风景熟悉却又陌生，金黄的余晖铺满天际。

她撑着下巴瞧着，蓦地听见坐在副驾驶的乔妈开了口："你俩在大学怎么样啊？生活上都还适应吗？"

"我俩都挺好的。"乔岁安掰着手指头数，"食堂菜挺好吃的，室友人也好，嗯……大一课是多了点，但也还好。"

乔妈"哦"了声，尾音拖长了，静了两秒，清了清嗓子，试探着又问："那感情生活上呢？"

乔岁安卡了下，呼吸一滞，下意识地转过头望向身侧的丁斯时。

他上半身倚着靠背，一派放松的姿态，目光悠悠地落在她身上，似是也在等着她的回答。

四目相对，乔岁安眨了眨眼。

乔妈感觉到车里有点沉默，忍不住又补充了句："不是催着你俩谈恋爱，就是了解一下，你俩也都大学了，要真碰到喜欢的别憋着，要先下手的。"

丁斯时持续盯着乔岁安，眉梢微扬，歪着头，静静瞧着她，看她打算怎么回。

乔岁安伸手挡住他的视线，简直想捂脸。

"别老看那丫头，小丁你也一样，要碰到喜欢的别含糊。"透过后视镜，乔妈语重心长，"要追人啊，要约会啊，你跟阿姨讲，阿姨给你钱，虽然我不是你亲妈，但也从小看着你长大，在阿姨心里你跟亲儿子没什么区别的。"

乔岁安非常清楚地看见丁斯时脸上的表情僵了一下，险些笑出声来，勉强抿住唇抑制住声音，忍着笑对他做口型。

——弟弟。

丁斯时从她身上移开视线，双手抱着胸，唇瓣平着，像是不满，又像是无语。

他动了动腿，朝她那边挪了一点，膝盖轻轻碰了她的一下，警告似的。面上却是不动声色，静了两秒后，泰然自若地开了口："嗯，确实有喜欢的人了。"

乔岁安："……"

她的唇角瞬间放下来了，瞪大了眼睛回视他。

乔妈一下来了兴趣，音调高了些："谁啊？和你一个班的吗？追到手了吗？哎，乔岁安，你认识那个女孩吗？"

"她认识，我也追到了。"丁斯时忍不住低声笑，抬手握拳抵住唇边，余光望着紧张的"乔·那个女孩·岁安"，"嘶"了声，又把手放下了，眉头微蹙，别有深意，"但是目前那个女孩好像还没有要公开的意思啊，我也不是很方便说。"

这是在提醒她，说好的寒假公开，该提上日程了。

乔岁安伸手挠了挠脖子，又揉了揉鼻尖，装模作样地扭头望向窗外。

后面乔妈又聊了两句，但丁斯时嘴严，最后也没有说出什么，只是眼神止不住地在她身上打转。乔岁安一直假装看风景，实际竖起耳朵偷偷听，像个群里潜水的。

乔妈便也没有继续问下去了，只是觉得有点奇怪，目光在他俩身上绕了圈，终究还是没说什么。

隔了会儿，搁在口袋里的手机贴着手背振动，乔岁安打开来扫了眼。

娇娇丁公主：？

余光里，坐在旁边的那人仍握着手机，低头打着字。

没一会儿，屏幕里又弹出一行字。

娇娇丁公主：怎么说？

乔岁安默默把余光收回来。

岁岁和碎碎：回去再说吧，等你爸你妈、我爸我妈都在的时候一起说掉，也省得一个一个公开了。

顿了顿，她想到什么，唇角上扬。

岁岁和碎碎：别着急，弟弟。

娇娇丁公主：……

她听见身侧人叹了一口气，很轻的一声，屏幕上显示着"对方正在输入中……"，她忍不住偷偷闷笑。

"现在的年轻人，一天天就知道抱着个手机。"乔妈透过后视镜瞅着他俩，摇摇头，感慨。

乔岁安赶忙放下手机："我现在不看了。"

压力给到了丁斯时这边。

一行字还没打完的丁斯时牙齿磨了磨舌尖，被逼无奈合上手机："我也不看了。"

"这才对。"乔妈满意，"我们聊聊天，马上就到家了，玩什么手机啊？"

车驶进小区，路边放了学的小孩嬉闹个不停，路过广场时乔岁安蓦然间发现不知何时，广场上装了几个秋千，她有点蠢蠢欲动，伸手戳了戳丁斯时的腰，暗示："那个秋千，你看到了吗？"

丁斯时目光扫过那两个秋千："别想了，那是给小孩子玩的。"

她鼓了鼓嘴，嘴硬："谁说我想玩了？"

他沉默了几秒，随后道："永安公园前两个月建了大的秋千，你想玩的话，我明天陪你去。"

乔岁安扭过头来望着他，唇角抿了笑，偷偷张望了下前面两位，见他俩没注意，搭在座椅上的手一点一点慢慢挪过去，悄悄钩住他的手指。

皮肤相触，她忍不住唇角上翘，却故意撇过头去继续望向窗外。

"好啊。"她欣然同意。

"你俩在后面嘀嘀咕咕什么呢？"坐在副驾驶的乔妈好奇转头，乔岁安瞬间松开缠着他的手，故作什么都没发生地拢了下头发，眨眨眼，有点

273-

紧张。

丁斯时垂在座椅上的手指微微蜷起，闷着笑也跟着扭头去看窗外。

乔岁安的紧张一直持续到拉着行李箱上了楼，虽说他俩已经打算公开了，但自己公开还是被发现了再公开还是有一点区别，后者多少多了些被动性，说不准乔妈会恨声质问是不是要是她没发现就不打算说了。

隔壁丁家的防盗门开着，听见动静，丁妈踩着拖鞋从厨房走过来，探出头："回来了？"

丁斯时"嗯"了声，喊了一声："妈。"

乔岁安拎着个行李箱走在后头，眼神不断往丁妈身上瞟，闻言一抬头，才发现已经到家门口了，一个愣神，跟着丁斯时脱口而出一句："妈。"

整个世界陷入两秒钟的沉默，她跟着呆住。

紧接着，是前面那人抑制不住的一声笑，愉悦的，连带着胸腔都跟着振动。

她后脑勺被挨了下，乔妈骂："叫谁妈呢？你妈在你身后，你对着前面叫什么？"

乔岁安低头，声音弱弱的："阿姨好。"

丁妈也忍不住，弯了下唇："没事，我差不多也算乔乔的干妈嘛。"

乔岁安继续低着头，越想越觉得那句公开逐渐难以启齿起来。

干女儿拐走了亲儿子，多冒昧啊。

前面的那位还在笑，简直没完没了，她借着众人看不见的角度，恶狠狠地给了他后腰一拳。

笑什么啊！尴尬死了！

将行李箱放回了家，东西还没来得及整理，乔岁安把外面那件厚重的羽绒服脱掉，室内开了空调，倒也不觉得冷。她洗了个手，便跑到隔壁家的饭桌前了。

丁妈烧了一桌好菜：可乐鸡翅色泽鲜艳，入口香酥嫩滑，汤汁浇洒，香味扑鼻；酱红色的红烧肉肥瘦正好，软嫩鲜香；清炒生菜翠绿清爽，绿叶上还撒了些许蒜蓉，入口酥脆；干锅土豆，底下的火苗仍燃着，慢慢煮着上头的菜，土豆边缘微焦，辣椒切小小段铺撒在上面，葱做点缀，芝麻均匀。

乔岁安正好饿了，菜的香味顺着鼻腔滑到肚子，赤裸裸的勾引。

她闭眼，在心里疯狂地挣扎着找借口：一顿，就多吃这么一顿，没问题的，胖不到哪里去的，大不了寒假再减一减。

紧接着，她眉头一皱，用力抿住唇。

-274

不行，有了第一次就有第二次，忍住！你要忍住！

眼睛再睁开时，她见着丁斯时正忍俊不禁侧着脸望她，不由得心虚了一瞬，声音小小的："看我干什么？"

他移开目光，筷子夹起一块可乐鸡翅，搁在她的碗里："吃吧。"

她眼睛一亮，感觉一下子有了借口，却故意忧愁，唉声叹气道："不能多吃，万一胖了怎么办？你负责吗？"

丁斯时看她一眼，像是洞悉了她所有的想法："要真胖了的话，后面我陪你减肥，保证你开学瘦回来达到指标，行吗？"

乔岁安佯装矜持，瞥他："你说的？"

"我说的。"

话音未落，她快乐地夹起碗里那个可乐鸡翅，咬下的那一秒，幸福感油然而生。

身侧那个人又在笑了，带着气声的，抓耳得很。

乔妈的目光在他俩面前转悠了半天，眉头皱得越来越深，疑虑并存，最后斟酌着开了口："小丁啊，阿姨知道，你跟这丫头关系好，但是你俩也长大了，有时候避着点，别像小时候那样整天形影不离的，特别在你女朋友面前，更要收着点，别让人家误会，女生都是需要安全感的。"

乔岁安一口饭直接呛在嗓子眼，咳得撕心裂肺。

丁斯时连忙拍着她的背帮她顺着。

丁妈目光震惊，跟丁爸对视一眼，确认了对方眼里同样的茫然之后，目光直射过来："有女朋友了？我怎么不知道？什么时候的事？"

乔妈立马撇清关系："我也是刚刚知道的，不比你早多少啊。"

乔岁安："……"

她勉勉强强缓过气来，脸被呛得通红，在事态没有继续恶化之前，她把筷子往桌上一放，赶紧道："有件事我得跟你们坦白一下。"

丁妈刚想开口逼问，听她开了口，便又把话吞了进去，示意她先说。

"就是……"乔岁安手指捏紧了，有些紧张，她深呼了一口气，指尖动了动，但在家长面前也不敢做什么动作，只道，"我们俩在一起了。"

"……"

一阵寂静之后，乔妈缓缓开口："你说什么？"

乔岁安声音大了点："我说，丁斯时的女朋友就是我。"

丁妈不可置信地望向丁斯时，他含着笑点头："是真的。"

乔岁安本来以为他们会逼问很久，例如"什么时候开始的""谁先追的谁"，没想到，最后乔妈只说："挺好的，知根知底的。"

275-

丁妈回过神来，乐不可支，跟着点头，说："我跟你妈，闺蜜变亲家，挺好。"

全场只有乔爸一个人恨声怒道："我早说你这小子看我女儿不对劲！"

然后，乔爸的后脑勺就挨了一巴掌，乔妈嗔怪道："能不能对你女婿放尊重点？"

乔岁安脸红得不成样子，却默默低头偷笑。

灯光融融，给整间屋子披上一层暖色，吵闹与笑声混在一块，温柔得不像话。

乔岁安有时候总会觉得自己应该是上帝的宠儿，比如这一刻。

丁斯时这人有一个优点就是说到做到。第二天就带着乔岁安去了永安公园，但是非常不幸，小朋友们今天也跟着放假了，他俩去时，秋千已经全被小孩子们霸占了。

乔岁安坐在边上的椅子上看着他们脚踩在上面，摸了摸口袋，也没有带纸巾，瞬间失去了玩的欲望，小声嘀咕道："小区的秋千还不够他们玩吗？"

丁斯时在边上笑，她不高兴："你笑什么？"

"乔小朋友，别不高兴了。"他弯腰，拉起她的手，指腹轻轻摩擦了两下她的手背，"带你去玩卡丁车，要不要？"

乔岁安睨他："你请吗？"

"我请啊。"丁斯时道。

她"嘶"了声："这么大方啊？"

丁斯时觉得好笑："我什么时候对你不大方了，女朋友？"

乔岁安一下起了身，拉住他的手指，兴致高昂："那走吧。"

两个人在工作人员的指导下先尝试了几圈，确定掌握了基本操作之后，工作人员才放手让他们自己玩。

"比比吗？"乔岁安上手快，试玩的几圈后感觉开得还不错，昂着下巴有点嘚瑟，"我手机游戏车开得可好了！"

手机游戏哪能和实战一样啊？

丁斯时有点无语，但还是说："行。"

事实证明，乔岁安在学校运动会之外的其他竞技上都很有天赋。她也不赖，拐弯甚至都不怎么减速，速度飙得快，但出奇地稳，头盔下的表情满是从容，超他超得容易。

下了车，工作人员忍不住怀疑地问她："您真的是新手吗？"

乔岁安更得意了："对啊。"

"那好有天赋啊。"工作人员赞叹。

她回头去看丁斯时，眨眨眼，扬扬眉毛，冬风狠劲，但她脸却是粉扑扑的，在阳光下笑得灿烂。

丁斯时垂着眸望她，唇角的弧度无奈又宠溺："好有天赋啊，岁岁。"

乔岁安点头赞许，非常满意。

丁斯时笑。

他每次都觉得嘚瑟的乔岁安很可爱，特别可爱。

放假的这几天，乔岁安也会往舞室里跑，怕一个寒假过去腿就硬了压不下去了，舞蹈老师看见她特别高兴："哟，稀客啊。"

乔岁安是舞蹈老师带出来的第一个考上S大舞蹈专业的，自从她考上之后舞室里生意也更好了。S大的名头传出去，舞蹈老师更是宝贝她得紧，为她感到骄傲不说，她还是个活招牌。

偶尔，舞蹈老师看着她也会感到惋惜。如果林中绪不走，那就可能是两个S大学子了。

那段时光好像一段短暂的梦，渐渐藏在深处，哪怕偶尔拿出来提一提，叹一声笑一笑便过去了。

自那年离开以后，林中绪也没再传来消息。但乔岁安总觉得他现在一定过得很好，舞蹈跳得好，生活一定要美满才好，就像他之前在微信上说的那样——希望下次见面，我和你都已功成名就。

时间过得很快，像一阵风似的，不曾逗留地就远走了。回头一望，过去好像已经很久了，偏偏又好像就在昨天。

又是新年。

街道冷清，店铺关了门，楼下的早餐店老板早回家了，舞室对面的花店，老奶奶拉下卷帘门，手里握着一枝玫瑰，不知是送给谁，或许只是单单献给自己，就这么慢慢悠悠走远了。

今年的贴春联任务交给了乔岁安和丁斯时。

乔岁安对着手机查了半天如何贴春联："门左边贴上联，右边贴下联……哪个是上联啊？"

丁斯时指了指其中一张，乔岁安拎起来读了遍，好奇地问："怎么看出来这是上联的？"

"凭语感。"他是这么回答的。

乔岁安："你礼貌吗？"

于是，他又换了个说法："看平仄。"

她有点茫然，迷惑地望着他，感觉"平仄"这两个字有点耳熟。

丁斯时提醒："高中的时候，语文老师讲过的。"

她扭回头，嘴角往下一撇："跟大学生讲高中知识，更不礼貌了。"

他忍不住笑，强调："语文 134 分，你怎么回事？"

乔岁安翻了个白眼，轻飘飘回敬："凭语感考的。"

丁斯时笑得更厉害了，肩膀都在抖。

乔岁安拿起一边的下联，丢他怀里，语气有点凶："笑什么啊！贴你的吧！"

他强行抿住笑，在她充满威胁的眼神中比了个"OK"的手势。

入了夜，万家灯火，室内灯光透过窗户渲染温暖，电视里播着小品，一群人乐得呵呵笑。

乔岁安不太喜欢看春晚，听着窗外有鞭炮声和烟花声，拉着丁斯时要下去放烟花。

仍然是小区外面那片空地，乔岁安这回没逗他，把那一箱烟花搬到地上，点了火便捂着耳朵往他那儿冲。

烟花在她背后冲向天空，在一片漆黑的幕布上绚烂盛开，流光溢彩。

乔岁安跑到他身侧，扭过头仰起脸去看烟花。

彩色的烟花拥抱漆黑，触碰月亮，星星点点布满整片夜色，慢慢暗下来，下一个又接着涌上来，漂亮得不像话。

"丁斯时！"乔岁安突然在他耳边很大声地喊他。

他低下头，抬起眉毛疑惑地望向她，下一秒，眼睛就被一只手遮住了，她冰凉的掌心轻轻贴着他眼睛周围的血管，他的世界突然黑暗。

乔岁安的声音带了点狡黠与搞怪："昨晚整理房间时，我重新翻了一遍你高三时送我的那本课堂笔记。"

乔岁安的声音响起，丁斯时顿住了。

"告诉你一个秘密。"身前的她踮起脚尖，笑着凑近他耳畔，无比认真道，"其实我也超级超级喜欢你。"

那本笔记最后一页的右下角，工整地写着一行小字——

岁岁平安的意思是，我喜欢你。

丁斯时忍不住弯了唇笑。

他突然松开了捂着耳朵的手，任由烟花喧闹，一把握住蒙着他眼的那只手腕，扯着往身前一带，视线恢复光明，乔岁安直直撞进他的怀里，被拥住。

最后一支烟花在夜空上燃烧殆尽，世界在那一秒恢复安静。

从过去到现在，再从现在到未来，时光流转，对你的喜欢，从不曾停歇。

番外二 //
比昨天更喜欢

　　毕业没多久，乔岁安靠着各种参赛履历和过硬的舞蹈实力，爬上了舞团首席的位置，速度之快，连室友都不禁连连赞叹。回学校时，老师望着她，笑着感慨："青出于蓝而胜于蓝，不错！"

　　乔岁安只是笑笑，礼貌说了句"谢谢"。

　　曾经遥远的梦想终于实现，她从儿时第一次压腿到慢慢成为人人口中的大舞蹈家，不断进步、一点点走近理想的满足感几乎要溢出来，忙碌的紧凑感充实着生活，一切都变得有意义起来。

　　《幻觉》在国内巡回了几场后，即将首次在国外亮相，这段时间乔岁安格外忙碌，几乎脚不沾地，不是在排练，就是在排练，人在国外，谈恋爱全靠两部手机。

　　有时一天下来，她累到一根手指头都懒得动，冲了个澡就往床上一瘫，眼睛合上后不过一秒便进入了梦境，入睡速度堪比昏迷，压根来不及看手机消息。

　　偶尔闲下来，她跟丁斯时视频，有些内疚："最近实在太忙了，可能有点忽略你了，你会不会不高兴啊？"

　　"那是你太优秀了，我身为男朋友能怎么办？还能绑着你不让你优秀不成吗？"电话那头，丁斯时叹气，耸了下肩，"只能大度点了。"

　　"等我这段时间忙完，打算休假一段时间好好休息一下，到时候一定好好陪陪你。"乔岁安小声向他保证。

　　丁斯时顿了下，语气轻描淡写，似是无意提了句："怎么陪？"

　　乔岁安才不吃他那副装作什么也不在意只是随口一提的模样，她偷笑，随后抿住唇闷咳两声，顺着他的话往下说："你想要我怎么陪？"

电话那头寂静了两秒，她感觉他的呼吸好像重了一点。

隔了会儿，他道："别回夏辉路了吧。"

乔岁安愣了下，一下子有点没回过神："嗯？"

"我在你舞蹈团附近买了套房子。"他低声道，"如果你愿意的话，可以搬过来，比夏辉路过去要近一点。"

乔岁安惊住。

舞蹈团的地址在繁华地段，那儿的房价并不便宜。

她一下子脱口而出："你哪儿来那么多钱？你卖器官了？"

丁斯时硬生生被她气笑了，咬牙切齿："你对你男朋友的工资还能再不了解一点吗？"

乔岁安眨眨眼，这才反应过来，伸手捂住嘴，声音闷闷地透出来，又携了点笑意："对不起，我闭嘴。"

不过两秒，她又把手放下了，故意问："怎么不买在你公司附近啊？"

丁斯时沉思了一会儿，才道："那对你的诱惑力似乎就没有那么大了。"

乔岁安没忍住笑，像是甜酱装满了整颗心脏，满满当当又溢出来，她的嗓音软下来："怎么就不大了？"

他挑了下眉。

乔岁安脸有点红，唇角却是翘着的，她凑近了手机，睫毛轻颤，清了清嗓，有点不太自在地小声说了句情话："你只要说你在，对我的影响力就够大了。"

门口有人喊她的名字，乔岁安吓得一个激灵，立马把手机扣下，脸上的红还没褪去，惊慌地望过去。

"该排练了。"

那人叫了她一声，见她点头，便又往外走了。乔岁安心有余悸地把手机翻回来，就见那头丁斯时手抵着额头笑个不停。

乔岁安压低了音量恼道："别笑了！"

难得说两句情话还差点被人发现，别提有多尴尬了。

"不笑了，优秀的岁岁，忙工作去吧。"丁斯时顿了顿，又补充，"保证我的别忘了。"

"知道了。"

临近挂电话，乔岁安的手指放在挂断键上方，停住，她望着屏幕里他那张好看的脸，他就这么撑着下巴，瞳孔漆黑，安静地等着她先挂断电话。

有这么一瞬间，她觉得这样的丁公主真是乖得不得了。之前几次电话及视频，他也总是静静等着她结束，可是她分明看见他眼底的情绪，不舍、思念，又有点无奈。

"丁斯时。"情绪在一瞬间泛滥成灾，乔岁安喊了他一声，带着依赖，轻声喟叹，"好想你啊。"

"我知道。"他望着她，笑了，"你也应该知道，我也想你了，乔岁安。"

《幻觉》的演出临近，舞团在台上进行了最后一次彩排。那天其实正好是丁斯时的生日，生日礼物已经寄过去了，零点还祝了他生日快乐，但乔岁安还是觉得有点内疚。

毕竟这是第一次他生日，她没有陪在他身边。

下了台，乔岁安隐隐听见团内的化妆师在聊天。

"你刚看见了吗？好帅啊！"

"看样子也是华人吧。他们团是不是比我们早一天演出？"

"不是啊，同天吧，只是他们是下午的场，咱们在上午。"

…………

乔岁安没太在意她们的聊天，再过来时，她们的话题也止住了，笑着跟她打招呼。

"乔老师是要走了吗？"其中一人问。

乔岁安含笑颔首，挥了挥手："对，再见！"

"乔老师再见！"

她赶着回去跟丁公主连麦过生日，她跟丁公主说好了，蜡烛不准先吹，等她排练好了开了视频，再点燃蜡烛许愿。

乔岁安脚步匆匆地推开门，余光里略过一道熟悉而又陌生的侧影，个子好似比以前还高了些，走路从容不迫，跟身侧的白人谈笑着，唇角梨涡浅浅，踏出了视线范围，她先是一愣，却也没多想，司机在按喇叭了，她赶紧转头上了车。

乔岁安也买了一个小蛋糕，插了根蜡烛，回到酒店后小心翼翼地摆在桌前，支起手机，开了视频。

视频通话被接通的那一秒，乔岁安绽放出灿烂的笑："丁公主，生日快乐！"

那头，镜头晃动，丁斯时找了个支架，才把镜头稳下来，调了调角度，确保蛋糕和他的脸都能入镜之后，才收回手。

他好像是在家，身边很安静。桌子上摆着一个小小的水果蛋糕，奶油纹路漂亮，中间摆满了草莓、蓝莓和芒果。

　　乔岁安有点好奇："今天你不是说同事帮你一起过生日吗？怎么那么安静？"

　　他"嗯"了声，点燃了蜡烛，才抬起眼看她，笑了："中午聚过餐了，但是蛋糕没吃，愿望想等你在的时候再许。"

　　乔岁安见他点了蜡烛，也赶忙在自己桌上那个小蛋糕上点了蜡烛，拍手给他唱着《生日歌》。

　　丁斯时双手合十，但眼睛却没闭，鼻梁上架着一副眼镜，毕业之后他原来那款黑色细边不规则镜框不小心被摔坏了，后来又去眼镜店买了一副，无框的，也是乔岁安给他选的。

　　四目相对。

　　他就这么笑着望着她，唇角止不住往上扬："现在我对我的生活没有什么不满意的，所以我就许个关于未来的吧。"

　　乔岁安赶紧提醒了句："岁岁平安就不用许了，你换一个。"

　　"那我就希望……"丁斯时"嘶"了声，思索了一会儿，"今天的乔岁安比昨天要更喜欢我一点。"

　　她忍不住笑，觉得好离谱："你这是什么愿望啊？"

　　丁斯时吹灭了蜡烛，重新抬眼看她，眉梢微挑。

　　乔岁安想了想，也吹灭了自己面前那个小蛋糕上的蜡烛，语气大方："好吧，那我就满足你这个小愿望吧。"

　　丁斯时："谢谢乔神仙。"

　　乔岁安陪着他演："不客气。"

　　两个人许完了愿望，开始吃起自己面前的蛋糕。

　　丁斯时问她："你是不是后天演出？"

　　"对。"乔岁安点点头，蛋糕她不敢吃多了，蛋糕本就小，又被她分了一半出来放着，只剩下可怜的一丁点，"舞团原定是打算演出完过两天再回来的，但我跟她们说过了，我说我提前走。"

　　顿了顿，她声音小小的："回来陪你。"

　　丁斯时突然来了句："再加一个愿望。"

　　她愣了下："你蜡烛都吹灭了啊。"

　　他拿出打火机，又点上了。

　　这次他闭了眼，小小一簇火焰跃动，他语气认真："希望乔大舞蹈家演出顺利。"

　　"要早点回来陪我啊。"他的语气格外温柔。

乔岁安心中微动，突然间有些许恍惚，不知为何，她突然想起很久以前，在谈恋爱前的某一天，暑假乔爸乔妈带她出去旅游。

度假村的夜晚静谧又漂亮，没有地铁的呼啸声，也没有车鸣声，远处的海浪翻涌时偶尔会卷来一阵深邃的响动，小城市的夜空星星很多，是她在盐桐未曾见到过的。

她躺在阳台上的摇椅里，仰头看星星，给丁斯时拨了一通视频电话。

本来是想给他拍星星看的，可惜手机像素太低了，什么也拍不出来，最后只能用语言描述给他听。

丁斯时冷不丁地问了句："你什么时候回来？"

"不知道啊，看我爸妈吧。"乔岁安后仰着慢慢悠悠摇晃着椅子，"怎么啦？"

"你有两本暑假作业没带过去。"他好心提醒，"你最好规划好时间，免得到时候写不完。"

她晃椅子的动作停了，脸瞬间垮了："能不跟我提作业吗？"

蓦地，夜幕之上，有什么闪着白光，一下子滑过去，很短暂。

"天啊，流星。"乔岁安一下子从椅子上弹起来，赶紧闭上眼，催促，"快许愿，快快快！"

在她贪心地许了八九个愿望之后，才重新睁开眼，却见镜头里的丁斯时仍撑着下巴一直盯着她瞧。乔岁安忍不住问："你许了吗？"

他"嗯"了声，语气淡淡的。

"许了什么？"

丁斯时垂下了眼，手执起笔，似是要开始写作业了，她以为他不会再回答了，却听他轻描淡写来了句："许愿你能早点回来。"

乔岁安闻言不满："我还没玩够。"

他仍旧没看她，低着头，似是不经意道："想听你亲口跟我说这边的景色有多漂亮，这次旅行有多好玩。"

当时的丁斯时说句想念要拐弯抹角很久，不像现在这般直白。

乔岁安望着镜头里那个从年少就一起长大的人，他穿了一件白色上衣，外头套了件黑色薄款风衣，无框眼镜架在鼻梁上，一点火光映照在他眉眼间，和过去的身影重叠又分离。

二十几岁的人，脸庞轮廓比从前更分明些，下颌线清晰，稚嫩的少年感慢慢褪去，时光晕染，多了一些沉稳与温柔。

她盯着手机屏幕里那个丁斯时，小声嘟囔："好想见你啊。"

演出当天，乔岁安站在舞台中央，灯光聚焦在她身上，身侧的舞蹈演员围着她转圈，又散开。这支舞的概念是由无数个人格组成的一场幻觉，像是一面面镜子，反映主人格的过去、心绪，从挣扎、痛苦到解脱。

最后，她跪落在地上，垂着头颅，了无生气般的，却露出个笑。

台下掌声雷动。

乔岁安从音乐中抽出情绪来，如释重负地呼了一口气，和其他人拉着手站成一排，向台下观众鞠了一躬。

演出很成功，她听着台下不止息的掌声，绽放出灿烂的笑，抬起头望向台下的那一刻，视线蓦地顿住了。

第一排有个人脊背笔挺地坐着，为她鼓着掌，唇角一弯，露出浅浅的梨涡，漂亮又熟悉。

不过台上台下的距离，乔岁安有一瞬间的恍惚，时间突然被拉回很多年前的那个炎热的夏季。

——希望下次见面，我和你都已功成名就。

她看清林中绪眼底的亮光，与从前如出一辙的热爱。

乔岁安站在舞台上，站在灯光下，回以一个微笑。

下了台，乔岁安听见那几个化妆师还在聊，才知道她们口中下午场舞团里那个华人帅哥是林中绪，她有意无意问了嘴，点开手机查了下他那个舞团，是国外的一个团，挺有名的。

挺好的。

门口有人敲了敲门，她喊了声"请进"，紧接着那几个化妆师的聊天声停了。

乔岁安回过头，看见林中绪站在门口，手指搭在门把手上，见她望过来，微微一笑，道："乔大舞蹈家，好久不见。"

他好像长高了一些，面容长开了，陌生却熟悉，和记忆里那个少年有些许偏差，举止间更加从容自信。

乔岁安笑了："林大舞蹈家，好久不见。"

他挑眉，不置可否，让了让身："刚好像看见你男朋友站在门口，手里捧了一束花，你要出去看看吗？"

乔岁安错愕，随即就是惊喜，下意识地拿起手机看了眼，发现丁斯时刚给她发了一张照片，正是剧场门口。

娇娇丁公主：出来。

她立马匆匆收拾了下东西便要走，路过林中绪身侧的那一瞬间，她顿了下，抬起头，很认真地说了一声："再见。"

林中绪跟她挥了挥手，唇角的梨涡陷进去，他望着她，笑着说："有缘再见。"

乔岁安跟他擦肩而过。

她推开化妆间的门，就像那个夏季，她被舞蹈老师推着拉开楼上的门，房间里那个少年回头冲她微微一笑，那是她第一次见到林中绪。

这是她第一次面对面正式地跟林中绪说"再见"。

少年人的梦想都实现了，他们再次相见就在舞台上，彻底为过去那场奋斗的故事画上一个句号。未来还很长，人生的路还很远，他们都踏上了自己心仪的那一条道，并且还在努力地迈着步子往前走，迈进自己的新生活。

乔岁安拎着包往剧院门口一路奔跑。

阳光被玻璃折射，洒下一片绚烂，丁斯时伫立在那里，怀里抱着一大束玫瑰，单手插着口袋，站在阳光下，含笑注视着她。

乔岁安扑进他怀里。

"你怎么来了？"她抱着他的腰，颇为意外，因为刚跳完舞及跑动，气息还有点不稳。

"不是你说的想见我了吗？"头发被人轻轻抚了抚，头顶上那道声音温柔地道，"而且，不是你说的，希望我能陪着你度过每一个舞台的吗？"

乔岁安撤出他怀里，从他手里接过玫瑰，感动得一塌糊涂，刚要张口发表一点情话，肚子就在这时不合时宜地叫了声。

丁斯时低头望向她的肚子，"扑哧"一声笑了。

乔岁安垮脸，肩膀塌下去，有点怏怏的："饿了。"

丁斯时自然地牵过她的手，带着她慢慢沿着路，肩并肩往外走："那你想吃什么？"

乔岁安小声："其实想吃你做的。"

他思索片刻："现在这个条件……可能不太能满足你这个愿望了。"

顿了顿，他又说："等回去了，我再给你做。"

"好吧。那今天的话……我还是想吃中餐。"

"刚才过来的时候，好像正好看见有家中餐厅，去那家？"

"好啊！丁公主，等回去了我想吃你做的番茄炒蛋。"

"给你做呗，你先想想待会儿点什么菜吧。"

"嗯……刀豆土豆，想吃，不知道有没有。"

"……"

　　阳光明媚，投下两道紧挨着的影子，慢慢沿着路晃远了。微风徐徐，树叶响动，盖住聊天声，渐行渐远……

番外三 //
未来依旧很长

丁斯时一直觉得隔壁那位是位稀奇古怪的主儿。

幼儿园时对自己是奥特曼地球使者这件事深信不疑，于是每次他一挨欺负，她就冲上去说是要保护他……结果四手难敌八拳，她抱着他哇哇大哭，边哭边坚定地告诉他："放心吧，奥特曼马上就要来保护我们了。"

小学了，每个暑假都要重温一遍《还珠格格》，他抱着暑假作业敲响她家的防盗门，门一开，她眼睛亮亮地把他拉进来，语气欢快："小燕子，你来啦！看我给你表演翻跟头！"

他面无表情地看着她从客厅翻到餐厅，最后一脚踢到了桌上，"砰"的一声摔在了地上，哇哇大哭。

"……"他连忙扶起她，一边给她擦眼泪，一边费劲地思索：自己为什么是小燕子呢？怎么着也是永琪才更对吧？

到了初中，她开始迷上了《王者荣耀》。

假期，丁斯时在一边写作业，她就盘腿坐在他的床上打游戏。

First blood！

Double kill！

Triple kill！

…………

Penta kill！

他终于忍无可忍："乔岁安，假期都过半了！你作业碰了吗？"

乔岁安正忙，随口敷衍："哎呀，马上马上！"

他扭过头，赌气不肯搭理她了。

于是，床上没声音了，丁斯时私以为，自己的赌气起作用了，手指捏着笔，静静地等着她过来哄自己。结果等了半个钟头，笔下一字未落，愣是没等来人。丁斯时悄悄偏头，看见床上那位戴着耳机，手机横屏，手指在屏幕上都快戳出烟了。

"……"他快要被气死了。

良久之后，乔岁安才察觉到不对劲，她下了床，"噔噔"两步走到他身侧，弯下腰凑过脸："怎么啦？"

他一声不吭，手臂一撑，头往另一侧一歪，拒绝她的目光来访。

乔岁安又"噔噔噔"跑到另一边："生气啦？"

废话！

他再次歪头，拿后脑勺对她。

"是不是我打扰到你学习啦？"乔岁安扯扯他的袖子，讨好道，"对不起，我错了，所以我刚刚戴上耳机了。"

丁斯时心中那股无名火烧得更旺了，又烦又委屈。

他气的是这个吗？

他气的分明是……分明是，她因为打游戏，已经好久没跟他一起玩了。

明明以前不是这样的，她会拉着他一起去看电影，一起去拍大头照，晚上一起跑出去荡秋千、玩滑板。而不是像现在这样，身处一个空间，她对他说话的语气里都带着敷衍。

他又开始烦她的同桌，那个叫余清的女同学，干什么不好，非带她打游戏。

"我真的错了，你理理我吧。"乔岁安还在可怜巴巴地拉着他的衣服求饶。

真是烦死了！

丁斯时冷漠道："回你家把你的作业拿过来写掉。"

"好嘞！"她立马放下手机，跑出去了。

桌上被抛下的手机屏幕还亮着，显示着游戏结算界面，她的战绩是21-0-1。

丁斯时轻飘飘瞥了一眼，伸手摁灭了屏幕。

关于乔岁安喜欢打游戏这件事，他一直都知道。不过还好，她不是会玩物丧志的类型，每周末照例去练舞，作业也能按时写完，成绩不算多好，但也马马虎虎，临近期末他在边上盯一盯，她的成绩能往上提一提。

只是他觉得，他和她之间的共同话题变少了。

乔岁安问他要不要一起打，她带他，丁斯时婉拒了。然后，他偷偷开了个小号，下载了游戏，注册了账号。

乔岁安花了一个月时间从青铜提升到了王者，他想他也行。

他要偷偷苦练技术，惊艳所有人。

……再然后，他花了两个月，从青铜三提升到了青铜二。

看着追过来加好友骂人的队友，他面无表情地卸载了游戏，这回是再也不碰了。

他觉得自己还是适合友好悠闲的单机小游戏，比如《保卫萝卜》。

再长大点，春天换枝丫，青春期把周围人微妙的情愫染得朦胧，同学们的课余交谈中忽然多了几个异性的名字。偶尔丁斯时路过旁人之时，也会听见那群男生嘴里有意无意提起乔岁安的名字。

他顿了顿，有点不满。

他甚至都不知道自己在不满些什么，只是心底那股横冲直撞的郁气像没有发泄口似的，装在皮球里，越滚越大。最后也只是抬着下巴冷漠地从那群男生身侧快步走过。

他也开始有意无意地跟乔岁安提："昨天，隔壁班那个男生找你出去干什么？"

乔岁安眉毛一扬，无比骄傲道："他夸我打游戏厉害，说想和我交个朋友！"

丁斯时盯着她，重复："交个朋友？"

"对呀。"她点点头，语气自然，"交个朋友。"

只是交个朋友吗？

他望着她那张写满了茫然和无忧无虑的脸，气一泄，又升起几丝微妙的庆幸来。

她什么都不知道，在这方面简直一窍不通，但是也挺好。

……也挺好吗？

坐在电影院里，固执地选了部爱情片的丁斯时开始反思自己。大银幕上投影着相拥的男女，在雪夜烟花声中一点点靠近。

他冷眼望着，一动不动，手指摩挲了下，掌心在发烫。

大人们总说他早熟，他比乔岁安小一个月，但懂的东西比她多，加上他是男生，理所应当地就喜欢多照顾她一点，当成妹妹那般照顾。

所以，他会监督她学习；所以，每次看电影里头有亲密戏时，他都会捂住她的眼睛。

可是今天不一样。

猫都比你有良心

他听见自己卑劣的心跳，感受着搁在膝盖上轻颤的手指，无法言喻的紧张情绪在扩散。

大银幕里的主角在拥吻，他没有捂住她的眼。

丁斯时余光轻轻往边上瞥，平生第一次觉得自己居然是有点恶劣的。

电影院的光线太暗，身侧人又毫无动静，他的余光什么也探查不到，干脆佯装不经意地一扭头——

乔岁安歪着头，闭着眼睡着了。

他整个人倏地一松，又不可置信。

她就这么轻飘飘地睡着了？啊？

丁斯时的目光复杂地在她身上转了一圈，最后肩膀一塌。

是了，算了，她对这些感情类电影确实不感兴趣，全是他说想来才陪着的。

他有点生气，但不知道自己在气什么，明明她没什么错。事后想想，大抵是在气他自己。

"你是不是不开心？"出了电影院，乔岁安问，"是电影不好看吗？"

丁斯时面无表情："没有。"

"你骗人！"她指着他的眉头，"你眉毛往中间靠了一毫米！你明明就有！"

他努力舒缓眉毛："没有。"

乔岁安盯住他。

丁斯时撇开脸，半晌，声音闷闷的："电影不好看。"

她点点头，果然如此。

"没关系的。"乔岁安安慰他，"我多攒点零花钱，下次请你去看好看的电影。"

"……"

丁斯时不吭声。

有关系的，她什么都不懂。

初中的最后一次运动会开在秋风瑟瑟的十月天。

班主任突发奇想，入场式要来段舞蹈，要求是炸裂全场，拿下第一，担心群舞太乱，很多同学没有基础，又怕独舞撑不起场子，最后手一拍桌——双人舞。

这个任务自然而然地落到了乔岁安头上。

双人舞的另一个人选是丁斯时。

他人被叫去办公室时还是茫然的，听完班主任的交代后沉默了几秒，诚实地说："老师，我不会跳舞。"

"你跟乔岁安不是发小吗？她学舞那么久，你就算不会跳也能懂一点，而且你们俩家住得近，排练时间也多。"还有一个顾虑是，他俩不容易早恋。但是班主任没说，只拍拍他的肩，"交给你了，加油！我相信你可以的！"

"……"

他不可以。

他是真的不可以。

"首先，你要转个圈。"周末，乔岁安跟舞蹈老师说了声，占用了一间教室，拿着手机一边看动作一边指挥丁斯时动，"你转呀！"

丁斯时转了个圈。

她"啧"了声："你这个圈转得一点也没有美感。"

"你要这么转。"她示范了一遍，"你来。"

他又转了一圈。

"……"

乔岁安沉思了几秒钟，果断放弃："我们下一个动作。"

"你伸手。"

丁斯时无奈地伸出手。

乔岁安直接拉过他的手搭在自己的腰上，他瞬间僵住了，就好像被人施了魔法，动弹不得，右手的掌心虚虚贴在她的腰上，却像是贴在了心脏上，一声声心跳声急促地撞击着他整个灵魂。

"这里我有一个下腰的动作，所以你要扶稳我……"

他已经听不清她在讲什么了，她的声音像隔了层膜，被风吹散了。

于是，他只感觉得到从掌心蔓延开的酥麻电流。

……直到乔岁安充满试探与莫名其妙地喊他："丁斯时？"

他倏地回过神来，贴着她腰的手一下弹开来，然后一言不发，落荒而逃。

丁斯时发现自己出问题了。

无论是跟乔岁安无意间对视上的一眼，还是写作业时手肘的触碰，抑或是她笑着喊出"丁斯时"这三个字……曾经他习以为常的一切，如今都产生了新的化学反应，气泡在他心脏处胡乱飞舞、活蹦乱跳，没有任何章法可言。

更甚至，他偶尔目光瞥见她脖颈间那根和他的几乎一样的红绳、一起挑选的围巾、同样款式的鸭舌帽……那股奇怪的、隐蔽的、充满占有欲的满足感像是不断膨胀的气球，不停叫嚣着他的心思。从未拥有过的悸动偏偏发生在了一个绝对熟知的人身上，他开始惶恐。

他开始躲着她。

要练舞就找机会逃跑，在班里她一蹦跶过来就埋头写作业，回家路上永远不动声色地和她保持一小段距离。

鉴于丁斯时实在是四肢不协调，又老是找借口不肯跟她一块儿练习，双人舞的另一个人选换了。

开幕式上，他和其他同学一样站在后面，高举着小红旗挥舞，眼睛紧紧盯着前面那两道相互靠近的人影。

那天他们班拿了第一，所有人都在欢呼雀跃，只有他一声不吭地把小红旗丢进了垃圾桶。

乔岁安从人群中朝他挤过来，拽住他的衣袖，眼睛亮晶晶的，问他："我今天跳得怎么样？是不是特别棒？"

丁斯时语调平平："嗯。"

她不满："你最近怎么了？老对我那么冷淡。"

他扭头不看她，乔岁安就伸手把他脸掰过来，非要让他看她，接着在他面前转了圈，气鼓鼓地质问："我今天不好看吗？我今天表现不好吗？"

丁斯时猝不及防地被扳过头，目光落在她身上。

他们班的双人舞是有故事情节的，乔岁安扮的是虞姬。此刻，她柔顺的长发散开，红色古风舞裙上绣着刺绣，漂亮的眼睛直直地盯着他，要一个说法。而他张张口，给不出说法。尚未完全理清的思绪乱得像糅在一起的丝线，让人想不出任何对策。

好看吗？

当然好看，她可是乔岁安。

表现好吗？

当然好，她可是乔岁安。

丁斯时隐隐觉得自己好似摸到了那古怪的悸动与狂乱的心跳是为什么，可是一触及那个名词，他就像是被烫了下，不敢承认——

他对和他从小一起长大的好朋友产生了非分之想。

丁斯时躲了乔岁安很久，在没有完全理清自己的心意之前。

直至那场文艺晚会。

参加晚会的同学去彩排了，剩下的同学便待在教室里写试卷。身侧的座位是空的，他撑着下巴扭头望向窗外，深秋的暖阳绒绒地垂落，把一切都染成了漂亮的金黄色。有个想法逃窜到了他的脑海被瞬间捕捉，像是突然被施了咒语，又像是一下砸进心头的第六感，不知缘故，他的右眼眼皮轻轻跳动了一下，紧接着心脏开始不安地狂躁。

丁斯时伸手按了下眼皮，顿了顿，低头迅速写完了卷子，交到讲台上，借口肚子难受，溜出了教室。穿过长长的走廊，他匆匆进了大礼堂，找了个后排的位置偷偷坐下。

他只是想悄悄看她一眼，来抚平那莫名其妙的不安。

舞台上，主持人念着稿子，正下方的老师指挥着要他们的站位再靠右一点。

"……接下来有请乔岁安同学为我们带来她的精彩表演！"

他看见她了。

她穿着一身蓝色的表演服，从后台奔出来，脑后的长发随着跑动在灯光下飞舞，带着她惯有的、跳舞时的微笑。

变故只在一瞬间——

舞台上的人脚下一滑，脸色突变，趔趄之间，直直摔下舞台。

他瞬间站起来："乔岁安！"

突如其来的变故惊了在场的所有人，随即而来的就是慌乱与吵闹。

老师皱眉："没事吧？都愣着干什么，来个同学，送她去医务室。"

丁斯时率先一步奔过来，触及她要哭不哭的呆呆眼神，抿了下唇，转过身子，蹲下来。谁都没有说话，她乖乖地环上他的脖颈，由他背着去医务室。

"刚刚怎么回事？"

"地上好像有一摊水……"

身后的吵闹逐渐远去，乔岁安在他背上委屈地抽泣，眼泪大颗大颗地掉，他感觉肩上的衣服都湿掉了。

她趴在他的背上，声音闷闷的："丁斯时，好疼啊，我是不是跳不了了？"

"没事，后面还会有很多次上台跳舞的机会。"他安慰她。

她安静着没说话，他却隐隐感觉她搭在他肩上紧绷的手臂慢慢松下来。

隔了几秒钟，乔岁安小声哼了一下，嘀咕道："我才不要信你说的话。"

"为什么？"

"你最近都不理我。"

丁斯时沉默了，那份几乎掩盖不住的心意借着她这句话如此直观地展现在他的面前，他有些无所适从，但又不知道如何向她说起。

几秒后，他低声为自己辩解："没有吧。"

"你有，你分明就是有！你躲着我！你浑蛋！"她哽咽着，超大声。

"好好好，我错了。"他无奈地向她道歉，"我发誓下次不会了。"

"不会什么？"

"不会不理你了。"

"把人名加上，完整地说一遍。"

"丁斯时以后再也不会不理乔岁安同学了。"

"一秒钟都不行。"她补充。

他顺从地复述："一秒钟都不会。"

"举三根手指发誓。"

"原来你也知道发誓是三根手指啊。"他诧异，随后往上颠了颠她，无奈，"我背着你呢，哪空得出手？"

"那我替你举。"她伸出三根手指在他面前晃了晃。

"行。"丁斯时叹口气，问，"开心了？"

"不开心。"

她将下巴往他肩上一搭，吸了吸鼻子，呢喃："这可是初三最后一次活动。"

"你缺席了这场表演，但你人生的舞台才刚刚开始。"

乔岁安又不说话了，直至进了医务室，直至他放她下来，小心翼翼扶着她坐上床，她候地满含期待地问："那你会一直陪着我吗？"

丁斯时顿了顿，喉头滚动了一下，垂着眼睛没看她，道："乔岁安，没有谁会一直陪着谁的。"

她鼓鼓嘴，有点失落，但也没说什么。

医务室医生还没来，整个世界就好像只剩下他们两个人，还有从半开的窗中顺进来轻抚帘子的微风。

如此安静，可是他的心跳声却不这么听话，像是供血不足，所有的血液都在往上涌，他的手指一再蜷缩，过去所有他认为怪异的事情都有了清晰的指向，他不得不接受，也承担不起不接受的后果。

像是下定了某种决心，他终于望向她："我会。"

乔岁安错愕，仰起头茫然地看着他。

"我会的。"他盯着她的眼睛重复。

如果她愿意给他个机会，他会的。

他知道她目前什么都不懂，他知道她目前只是把他当成和余清一样的好朋友。可是没有关系，就从现在这一刻起，他们可以慢慢来。

近水楼台先得月，没有人比他更了解她，也没有人比他更有优势了。

他开始慢慢筹划。

筹划两个人可能的未来。

晚上写完作业，丁斯时抽出了一张白纸，在上面写下她和他的一模分数，以及所有的重点中学名字。

他盯着最上面的才中看了半晌，最终拿笔掉。

她考不上。

笔尖在白纸上缓缓划过，最后在一个名字上点了点——育德。

丁斯时圈起她的一模考分数，对照着育德历年的分数线比对了下。如果下学期她再努把力，考上应该不是问题。他记得育德的重点班是很强势的，等考上了，他可以尽力把她捞去重点班。

暑假可以多下点功夫，不过按她的性子考完试肯定会放飞自我。没关系，他们可以先从平行班开始……

"丁斯时！"

背后蓦地有个人喊他，下一秒他的双眼便被一双温热的手盖住，有道声音刻意压低了："猜猜我是谁？"

他不动声色地将日记本合上，弯唇悄悄笑了笑，才道："女朋友。"

乔岁安松开手："你怎么猜到的？"

"只有你才喜欢这么做。"丁斯时收拾着桌上的东西，瞥了她一眼，"你行李都收拾好了？"

"差不多了，搬家公司还有秋秋都在下面等着了。哦，我爸妈本来说要从公司请假帮忙搬行李的，我寻思着他俩年纪也大了，就跟他们说我俩可以。"她探头，目光扫过桌面上那本日记，好奇，"你现在还写日记啊？"

他摇摇头。

在一起之后就不写了。

"哦。"她突然想起一件事，"我记得中考结束的那个暑假，有天我不小心看见你日记本放桌上，虽然我是拿起来了，但非常有原则地没有偷看哦，结果你正好撞上我拿着它，好几个小时没搭理我。你记不记得这事？"

他一边继续整理，一边应了声："记得。"

"你当时可过分了，我跟你解释了好久你都不听。"乔岁安腿一跨，倒坐在椅子上，趴在椅背上看着他整理，寻求认同，"是不是很过分？"

　　"对不起。"他顺从地道歉。

　　"就口头道歉呀？"她小声暗示，"没点什么……实质性的补偿吗？"

　　丁斯时动作停了，垂着眼瞧她半晌，忍不住笑了一下，手指搭在椅上，弯下腰亲了下她，稍微离开点距离，眉梢一扬："够不够？"

　　她抿住笑意，挪开目光："还行吧。"

　　乔岁安站起来，道："你快收拾吧，早点搬完家，我们去新家附近转悠一圈，顺便熟悉一下上班的路……你上次说离我们舞蹈团挺近的，是吧？"

　　"嗯，几百米。"

　　他"哗啦"一下拉上行李箱的拉链，两个箱子的把手并在一只手掌之下，还空出了一只手来牵她："走吧。"

　　她兴高采烈地拉住他："走咯。"

　　窗外的阳光透进来，暖暖的，风掀动窗帘，丁斯时关上门，发出轻轻的一声"砰"。

　　他们要离开这个从小陪着他们长大的地方了。

　　他最后再回头望了一眼那扇铁绿色的大门，勾唇，扭过头，牵着她继续往外走，迎着阳光。

　　又是一年春天，他们的未来依旧很长，就像他曾经在日记本上描述的那样。